岩 波 文 庫
33-135-2

奴　　　隷

── 小説・女工哀史 1 ──

細井和喜蔵作

目次

第一篇

一

積雪は涯《はて》しなく続く水銀の海原《うなばら》に似て、田畑を蔽《おお》った浪のうねりが音も立てずにのた打っていた。

そこは三方山に囲まれた塵取《ちりとり》の底型の狭隘《きょうあい》な平地で、かなり昔から半農の機業地《きぎょうち》として知られておった。毎年早くから晩《おそ》くまで雪がふって、ひと冬じゅう山の常磐樹《ときわぎ》と田圃《たんぼ》の黒土を見ることができない。

[1]紹《ろ》縮緬《ちりめん》の流行《はや》り出しで、[2]機家《はたや》の景気は素晴らしくよかった。また、[3]大江山《おおえやま》から昇って裏山の一本松へ沈む太陽の、へだてない恵《めぐ》みによって稲は豊作であった。その取り入れも済んで小作はそれぞれ年貢《ねんぐ》を納めてしまった平和な[4]大節季《おおせっき》の二十五日頃、奉公人《ほうこうにん》たちを銘々の里方《さとかた》へ帰してぴったり機音《はたおと》の停《と》まった村には、[5]筬《おさ》の音に代えて餅搗《もちつ》く杵《きね》の音が喧《かまびす》しかった。

江治《こうじ》の家と一軒おいて隣の、[6]駒忠《こまちゅう》でも未明から盛んに餅を搗き出した、[7]千本搗《せんぼんづき》の掛け声が面白く伝わってくる……。

　江治は朝起きるといつものように御飯の代用《かわり》として乾《ほ》し菜《な》の雑炊粥《おじや》を食べさせられ、箸《はし》をおくとすぐに祖母が織る賃機《ちんばた》の[8]緯糸《ぬきいと》を巻かねばならなかった。それは幼い彼に課せられた毎日の仕事なのだ。祖母一人の老いた細腕で織る一台の賃機、それで三人の者が食べてゆかねばならぬ彼の家では晦日《みそか》が押しつまっても仕事は仕舞えない。だが、祖母はその日半日機織《はたお》りを休んで、正月の拵《こしら》えに土間へ竪臼《たてうす》を据《す》えて曽祖母と二人がかりで樫《かし》の実をはた[9]いておった。

「これ、江《こう》や、正月には[10]自在《じざい》の餅《もち》こしらえたるでな、上手に[11]管《くだ》まいといてくれよ。」

　祖母はときどき杵《きね》持つ手を休めては、こう言って孫の方を見やった。江治はこれに、

「うん。」と淋しげな返事を与えては小さな手で糸車を回した。

三味線《しゃみせん》の糸ほど硬い縮緬の[12]撚《よ》り緯《ぬき》は、小さき者の指に幾ヶ所も食い入ってひどい傷を負わせておった。そして、それが寒さのために皮膚皸裂《あかぎれ》となって見るからに痛そうだ。

　駒忠の餅搗きはだんだんはげしくなった。ヒョッペンポ、ヒョッペンポ、ヒョッペンポと、餅搗く真似《まね》をして[13]股《もも》たぶらを平手で打つ遊びのような音が、たまらなく江治の耳へ響いてくる。彼の耳へは一番近い糸車の[14]錘《つむ》の音より、次に近い樫の実をはたく音より、一番遠い千本搗の音がより強く聞こえてくる。と、仕事の手が、しらずしらず緩《ゆる》んでゆ

くのであった。

「おばあ、駒忠さんで餅ついとるなあ……。」

江治はいつしかすっかり糸車を停《と》めてしまって、せっせと杵を動かしている祖母に声をかけた。

「おお、精出して搗《つ》いとんなるな。」

「[15]おっち、ちょっとでええで餅搗き見たいなあ。」

「いやしいこと言うな。」

「白餅《しろもち》が一つ食いたいわ。」

「いやしいことぬかすときかんど。」

「ほんでも、自在の餅なんか旨《うも》ないで……。」

孫にせがまれる祖母の顔は暗くなった。しかし彼女は強《し》いてそれを紛《まぎ》らわすために江治を叱りつけた。

「ひつこいこと言うと叩くど！」

それで江治は黙ってしまった。聾《つんぼ》の曽祖母が呆けたような顔つきでこれを見ておる。

やがて駒忠では餅が搗き終わった時と[16]石場《いしば》突《つ》きの最後に歌うおさめの祝い唄を歌い出した。

「めでためでたの駒忠さまよ
突いておさめるホイホイ
末繁昌《すえはんじょう》おめでたや
お家の富貴世《ふきよ》や……。」

これを四人の歌い手がひとくだりずつうたった。それは皆《みんな》近所に住む小作なのである。男手のある家では駒忠のことといえば我が家の用事もうっちゃらかしておいて、我先《われさき》にと手伝いに行くのが常であった。

＊　＊　＊

しばらくすると駒忠の息子の勝太郎《かったろう》が、

「江治、遊ぼうか？」と言って誘いに来た。で、彼は祖母に許しを受けて、藁沓《わらぐつ》を履《は》きながら裏へ出た。祖母は余所《よそ》の子供と遊ぶためには容易に時間をくれなかったが、勝太郎となればどんな忙しい折でも黙って遊ばせた。

勝太郎は金釦《きんぼたん》[18]のついた[17]羅紗外套《らしゃがいとう》を着込み靴を履いている。そして、いま搗きたてで拵《こしら》えたほやほやの包み餅を持って来て見せびらかしながら言った。

「おい、お前とこにはこんな白餅ないだろ？」

「……。」

「お前とこにないと思って、お母はんに貰って来たった。」

江治は、いつも彼からちょっとした物を貰うために甚《はなは》だしい侮辱《ぶじょく》や過重《かじゅう》な償《つぐな》いを課せられるのだったが、幼い頭に残る苦い記憶もその甘そうな餅の前には脆《もろ》くも打《う》ち拉《ひし》がれねばならなかった。彼は包み餅を貰うべく手を出した。すると勝太郎は差し出していた手をさっと引っ込めてしまい、

「これお前にやる代わり、僕の馬になってくれよ。」と言った。

江治ははっと思って自分も出した手をいったん引いたが、でもやっぱり餅は食べたかった。

「馬にならんのだったら、やれへんど。せっかく持って来たけど、このまま家へ持って[19]いんでしまう。」

唾《つば》が水のように喉《のど》の奥から湧き出してきて、江治はすぐに答えが出なかった。勝太郎はもどかしそうに、

「江治、お前僕の言うこときかんのか？　せっかく、お母はんに貰って来たった餅いらんのか？」

「……。」

「欲しかないのか？　阿呆《あほ》たれ！」

「……な、なるちゅうのに、坊ちゃん。」

江治は込みあげる唾液《つばき》をぐっと一呑《ひとの》みして、ようやくこれだけ言葉を出した。

「よっし、ほんなら天保《てんぽう》[20]の皮巾着《かわぎんちゃく》と思ってみんなやろう。」

勝太郎は投げつけるような態度で四個の包み餅を江治に与えた。

彼にとっては滅多《めった》に経験することのできない甘い美味《おい》しい不思議な味覚《あじ》が、再び還《かえ》らぬ奈落《ならく》の底へ沈んでいくように舌から咽喉《のど》の奥へ消えゆくのであった。しかし最後の一つが喉仏《のどぼとけ》を通過してしまうと、彼は泣きたいような後悔に襲われた。勝太郎は待ちかねた如く、

「さあ、食ってしまったら馬になれ。」とせき立てる。

江治はいやいやながら雪の上へうつぶさった。すると、勝太郎はあたかも本当の駒[21]に打ち乗ったよう、

「はい、どうどう……。」

と掛け声して、かねて携《たずさ》えた鞭《むち》でしたたか彼を打った。そうしていかにも得意がって雪[22]中行軍《せっちゅうこうぐん》の軍歌をうたうのであった。

江治はしばらく無我夢中で辺りを駈《か》けずり回ったが、湯気《ゆげ》みたいな汗をかいてついに行《ゆ》き停《ど》まった。手も脚も他人《ひと》のもののようになっていうことをきかない。もう一這《ひとは》いも

進めなかった。すると勝太郎はその鞭で石でも打つほど無頓着《むとんちゃく》に、彼の頭や尻をしばいた。

「はい、どうどう……。もっと駈[23]け！」

「……。」

「動け、こら糞《くそ》！」

「もう、えろうて動けん、降りて。」

「なに、もう少し動きくされ！」

「もう厭《いや》だ、こらえておくれよ。」

江治は懸命になってたのんだが一向勝太郎は背中から降りない。そして、

「こら、食うもんだけ先へ取っておいてなにぬかす。動かんか、横着者《おうちゃくもん》め！　走れ、こら糞！」とに[24]え込むほどひどく鞭打つ。

「痛い、痛い、勝太郎はん、坊ちゃん。」

「貧乏人の子のくせして横着だ。どうしても動かんな？」

勝太郎はなお続けて江治を打擲《ちょうちゃく》したが、へとへとになった相手は声さえあげなくなったのでついに手ごたえを失って鞭を投《な》げ棄《す》てた。しかし彼はそのまま帰ろうとはしなかった。

「貴様はどうしても動きくさらんか？　餅の四つも食っておきながらたったこれだけしか馬にならんのだったら承知せん。江治、貴様は嘘つきだな。僕を騙《だま》して餅食いくさったな？　よっし、お前みたいな嘘つきには小便《しょんべん》かけたる。」

勝太郎はこう言うなり病馬《びょうま》の如く横たわって喘《あえ》いでいる者の頭へ向けて本当に小便をしかけた。

江治は常づね祖母から「駒忠の坊ちゃんにはどんなことがあっても逆らったり手出ししてはならない」と言いきかされていた。そして彼は決してその訓《おしえ》を忘れたことはなく、いかなる場合にも固く守っていたが、これにはどうも我慢がしきれなかった。と、発条《ばね》のように雪を蹴《け》ってはね起きた江治は、精いっぱいの力を出して柄《がら》にも似合わず弱々しい勝太郎の鼻《はな》っ柱《ばしら》へ拳骨《げんこつ》を食わせた。小さいけれども貧乏に養われた彼の拳骨は、勝太郎の鞭より強かったのか、殴られた勝太郎は危《あや》うくその場へ倒れそうによろめいたが、辛《かろ》うじて踏み止《とど》まって次には大声で泣き出した。そして何やら訳の判らぬことを呟《つぶや》きながら、両手で我が頭を抱えて藻掻《もが》いている。堪《た》えられぬというような誇張した素振《そぶ》りだった。

江治も泣いた。悲しいやら口惜《くや》しいやら後の心配やらで、彼の小さな頭は混乱してしまった。一時の激昂《げきこう》から前後の考えもなく勝太郎を殴ったものの、かりそめにも相手は身分の違った分限者《ぶげんしゃ》の坊ちゃんだ。また祖母に叱られたうえ駒忠へ謝りにつれて行かれねばならんのかと思えば、彼は自分が打たれたよりも悲しかった。

＊　＊　＊

しばらく時が経った。さっきから惰性《だせい》のような泣き方をしておった勝太郎は、その眼を抑えた手の下から狡猾《こうかつ》そうに時どき江治を見やっては隙《すき》を窺《うかが》っているのだったが、江治のいよいよ悲しげな泣《な》き態《ざま》を見て急に、それはプッツリ糸でも切れたように泣きやんで彼に唾《つば》を吐きかけた。そして、

「おぼえとれ、江治。いんでお母《かあ》はんに告げたるわ。」と言い残して我《わ》が家《や》の方へ一散《いっさん》に逃げて行くのである。

江治ははっと我に還って跡を追うた。

駒忠は一軒おいて隣とはいうものの、かれこれ[25]一丁《いっちょう》も隔たっていてなお江治の家の屋敷を下るところに石段があり、そこからまた駒忠の屋敷へ続く小径《こみち》には、坂と崖《がけ》があった。そして、それらの路は一面に雪に蔽《おお》われてよく見分けがつかない。江治は足にも合わぬがばがばの藁沓《わらぐつ》を履いて難儀《なんぎ》だったけれど、崖のところで相手を追いつめてしまった。そして、

「待て!」と呼び返した。

——次の瞬間、前に倍した勝太郎の泣き声が火のつくように崖下《がけした》から起こった。綿入れの[26]裾《すそ》をふかせたように崖上を蔽った雪のつらなりが一ヶ所、剔《えぐ》った如くかき取られて下敷きになっていた[27]鉄砲玉の草が青黒い葉を見せている。江治は（あっ、しまった！）と、我が身が落ちたよりも劇《はげ》しい衝撃を覚えた。そして何か草の葉でもつかまえて上へあがろうと、壺《つぼ》の中へ落ち込んだ鼠《ねずみ》のように足掻《あが》きかえす勝太郎を、崖上に立って茫然《ぼうぜん》と眺めるよりほかに道はなかった。

　樫の実の[28]荒《あら》はたきができてひと通り皮がむけたので、次の本搗《ほんづき》によって粉を取るべくいちど[29]箕簸《とうみ》にかけて、その皮を棄てるために祖母は戸外へ出た。

　江治はあたかも失神した者のように、恐怖と寒さに打ち顫《ふる》えながら雪の中にたたずんでいる。

二

　祖母はかなりな老体に軽くもない勝太郎を背負《せお》い、[30]孟宗藪《もうそうやぶ》の間を潜《くぐ》って雪に踏み込みつつ我が家の軒先《のきさき》まで帰ったがはたと当惑《とうわく》した。[31]そうしてこの暴君をどう処置したものかと迷ったが、結局はいったん家へつれて入って、何とかたらすよりほかに方法のないことに気づき、雪を払い落として中へ入った。

「これ、ちっと[32]枝木《おどろ》でも焚《た》きなんへ。また江の餓鬼《がき》が坊ちゃんを泣かせくさって、怖ろしや駒忠さんから[33]尻《けつ》が来るわ。」

祖母はかん高い声で吐き出すように己《おのれ》の母をきめつけて命令した。

「……。」しかし大聾《おおつんぼ》の彼女は呆けたような顔をしてきょろんとこの態《さま》を傍観している。

「火《ひ》い焚《た》きない！」

祖母はもう一遍きめつけ、枝木を折って焚きつける手真似《てまね》した。と、彼女の耳へはおそらく聞こえないのであろうが、手真似で悟ったのか木小屋の方へ行ってひと摑《つか》みの枝木を取って来、付木《つけぎ》に火を点《とも》して土間で燃やし始めた。

江治は寒さに打ち顫《ふる》えつつ戸口の脇で火恋しそうにこの態《さま》を眺めているのだったが、祖母は一向孫のことなど構わずに勝太郎のご機嫌を取る。

「なあ、勝太郎はんは[34]おぞ者《もん》だ。賢いさかいここで温《あた》って、泣かずに家《うち》へいぬるんですよ。」

祖母はこう言って勝太郎の頭を撫《な》でた。そしてまた、

「坊ちゃんは強いなあ、大けになったら何《なん》になんなる？　馬に乗った兵隊はんですか？」

しばらく世話を焼きながら火に焙《あぶ》っておると、濡《ぬ》れた彼の着物はあらかた乾いた。が、まだ裾《すそ》の方が少し湿《しめ》っているので、そこをも乾かそうと思って祖母は勝太郎の着物の裾をまくった。

その瞬間に、彼女は飛びあがるような驚きに胸を打たれた。そして思わず、

「まあ、坊ちゃん！」と言って少年の足頸《あしくび》を手で抑えた。だが次の瞬間には、何も知らずにいる者へわざわざ傷のついていることを教えて、寝る子を起こしたに等しい自分の軽卒《けいそつ》な言葉をしまったと思った。しかし泣きやんでいた勝太郎は、足袋《たび》とズボン下の間に[35]真似《まね》糞《くそ》ほどにじんでいる血を発見してまたもやたまらないように泣き出した。

「あぁん、あぁん、あぁん、あぁん、あぁん、あぁあぁあぁ……。江治が突いたんだ、江治が落としたんだあ……。」

祖母の両眼が凄《すご》く江治の方へ光った。そして爆発するような声が投げかけられた。

「こら、糞餓鬼《くそがき》め！　貴様《きさま》という糞坊主は碌《ろく》な仕事もしくさらんとおって、分限者《ぶげんしゃ》の坊ちゃんに怪我《けが》させたな。覚えとれ、この厄介者《やっかいもん》[36]のどもならずめ！」

これに引きかえ勝太郎には顔の相好《そうごう》まで崩して猫撫《ねこな》で声《ごえ》を出し、

「おぉおぉ、ほんにほんに、どれおばはんが[37]親子したげよう。親子するとじっきに癒《なお》ってしまうで。」とあやしながら彼の足頸へ押し戴《いただ》くように接吻《せっぷん》した。そしてまた痛く

ないようにといって、変な手つきで呪禁《まじない》をするのであった。

しかし、相手はなかなか泣きやまぬので彼女はほとほと当惑した。

江治は、祖母があまりに勝太郎を可愛《かわい》がって舐《な》めるようにする腹立たしさや、勝太郎の悪賢《わるがしこ》さを憎む情《こころ》やらで、身の置き所もないほど泣けてきた。しかし声は出ない。鈍感な曽祖母は相も変わらず呆けたように、あらぬ方へ眼をおとしている。

＊　＊　＊

途方に暮れた祖母は、ふとなにか妙案を得た如く勝太郎に言った。

「坊ちゃんはほんに、柿が好きでしたなあ？」

「……。」彼は頷《うなず》いた。

[38]「吊《つる》し柿がええか、熟柿《じゅくし》がええか？　どっちでも坊ちゃんの好きな方を持って来たげる。さ、どっちにしなるな？」

「……。」勝太郎はぶるぶるっと泣きじゃくりして黙った。

「熟柿も吊し柿もどっちも好きですか。よっし、ほんならおばはんが両方ともあげよう。」

祖母は奥へ入って宝物のように大切がっている大《お》美《み》濃《の》柿《がき》の熟柿と、白い粉のふいた吊し柿を持って来て勝太郎に与えた。

曽祖母はふと曽孫《ひまご》のたたずんでいる方を見て、

「これ江や、[39]われそんな入口で顫《ふる》えとらんと、こっちへ来て温《あた》れえやあ。」とあわれんで言った。

すると祖母は彼女の言葉を叩きつけるよう、さも憎々しげに、

「なに言いなんすお前は！　余所《よそ》の大事の坊ちゃんに怪我させて戻るようなどもならずは、なんぼ寒たって温《あた》ったりなんかせえでもええ。」

そうして勝太郎には、

「なあ、ほんに可愛い可愛い坊ちゃん、江治はあんたを虐《いた》めたばちに今夜ひと晩じゅう[40]背戸《せど》の柿の木へ持って行って縛りつけたりますど。あんな餓鬼太郎はもう[41]おばはんねの子だあれへんで、死んだってどうしたって構《かま》えへん。」

「今夜じゅうほどいたらきけへんど。」

「なんであんなどもならずの子を庇《かば》うもんか。」

勝太郎は勝ち誇って、江治の上へ得意げな微笑《ほほえ》みを投げかけているのだったが、彼は「背戸の柿の木」という言葉を聞いて磔刑《はりつけ》にされるような思いがした。

「さあ、ちょっとおばはんがすることを見とんなれ、あいつを今すぐに括《くく》ってしもたるさかいな。」

祖母はこう言うなり柱に掛けてあった[42]細引《ほそびき》を手にした。江治は、こんな場合過去の経験としてどんなに詫《わ》びても赦《ゆる》された例《ためし》がなかったから、もう謝《あやま》る勇気は出てこない。そして、小さな心がむしろ反抗的な捨鉢《すてばち》を起こすのであった。

「さあ、悪いことしたばちだ。駐在所へ連れて行くのはこらえたる代わり、明日の朝まで雪ん中に立っとれ。われみたいな厄介者《やっかいもん》は死にたかったら勝手に死んでしまえ。[43]晩景《ばんげ》になったら、また冷たい雪が降ってくるわ。[44]鬼子母神《きしぼじん》さんの松の木から、鴉《からす》が啄《つつ》きにくる——。」

祖母は小さき者を引っ立てて、ついに柿の木へ縛ってしまった。

「江が、何か悪戯《わるさ》でもしたかや?」

曽祖母は[45]つかぬ口調《くちょう》で祖母に問うた。が、娘に鋭く怒鳴《どな》り返されるのは耳へ入らなかった。

「お前は黙ってすっ込んどんない! ほんまに、いつまでもいつまでも死にくさらんと子に苦労ばっかりかけて。」

「ええ? もう午飯《ひるめし》かな?」

「なにが午《ひる》だいな。」

「雪かな?」

「ええ、ほんまのことに辛気《しんき》くさいど聾《つんぼ》！」
[46]「今年は、雪でんが死なにゃええがなあ。」
しばらくすると、またドスンドスン竪臼《たてうす》の音が起こった。[47]これはすっかり粉になったものを篩《ふるい》にかけて袋へ入れ、水の落ちる谷川へ晒《さら》しておいて渋をぬいてから餅にするのである。

＊　＊　＊

駒忠のお主婦《かみ》さんがやって来た。そして縛られている江治を敵意と侮辱《ぶじょく》の眼差《まなざ》しで眺めやって憎々しく声をかけた。

「自家《うち》の勝太郎を、そこの崖から突き落としたのはお前だな？」

彼女は、こう言って足駄《あしだ》の歯につまった雪を石段で払った。

「なんだえ、その憎たらしげな面《つら》つきは？　よくもうちの勝太郎に怪我《けが》をさせたなあ。駐在所へ曳《ひ》いて行って巡査《おまわり》はんに渡してしまったる。」

勝太郎の母はやがて江治の家へ入って行った。祖母はひどく狼狽《ろうばい》した。そしてあれほどな手当てを施《ほどこ》してやり、よく納得して帰っておきながら母親へ告げ口までした勝太郎の仕打ちが恨《うら》めしかった。彼女は、また駒忠からどんな難題を吹きかけられるか判《わか》らぬと思えば、どうしていいやら途方に暮れるのであった。が、もうどうにも逃れる術《すべ》はないので、聾の母に合図して女王を迎える如く恐懼《きょうく》して駒忠の主婦《かみ》さんを迎えた。

「これ、おばはん！　江治はうちの子に傷《きず》負わせましたなあ？」

彼女は曽祖母が[48]上《あ》がり端《はな》へ出した座蒲団《ざぶとん》を汚《けが》らわしそうにはねのけ、[49]剃《そ》り落とした眉《まゆ》をぴりっと動かしてかん高に言った。

「へえ、お主婦さん何とも申し訳のないことをしでかしました。」

祖母はこう言いつつ恭《うやうや》しく両手をついて丁寧にお辞儀する。

「お前の家《うち》では余所《よそ》の子に怪我させるほどの大事が起こっても、親が謝りにひとつ来《こ》いで済むのかえ？」

「滅相《めっそう》もないお主婦さん、そんなこたあれしまへんが、坊ちゃんがこらえたる言いなはったので、ついその、いや何とも申し訳はござりまへんです。」

祖母はひたすら詫びた。

「何だってえ？　おばはん、勝太郎が赦《ゆる》すと言うた？」

「へえ。」

「そりゃお前、法が違いはせんか。なんぼあれがこらえる言うたって、相手はお前子供のこった。我が子のした[50]不調法《ぶちょうほう》を親のお前が詫びに来《こ》んちゅう法はないはずだ。いや、子ではのうてもお前が[51]大けにしとりゃ子も孫も同じこった。」

「ほんまに、とんだ不調法しまして何ともお詫びのしようもありまへんです。」

「謝って事が済むのなら、なんぼでも私はこらえますがな。こればっかりは口で断[52]ってもらっても勝太郎の傷は癒《なお》らん。」

「お主婦さんのおっしゃる通りで……。」

「大体お前の子は貧乏人のくせに生意気だで、こんな取り返しのつかんことが起こるんだ。」

相手の剣幕《けんまく》に呑《の》まれて、祖母はしばらく言葉が出なかった。しかしややあって、

「自家《うち》の餓鬼が悪いこた、どこへ出ましても間違いやありまへんさかい、殺しなりと駐在所へつき出しなっと、貴女《あんた》はんの胸の晴れるようにしとうくれ、得心《とくしん》のいくまで責めとうくれ。[53]分限者《ぶげんしゃ》の坊ちゃんに傷をつけるなんて、ほんまのことに呆《あき》れはてたどもならずです。うらには、どうなされても毛頭《もうとう》異存はござりまへん、お主婦さん。」と言いきった。

「自家《うち》もな、いまちょうど旦那はんが留守だでしっかりきめる訳にはいかんが、いずれないしょでおっても知れることとですで、お帰り次第に話して処置つけてもらいます。余所の子を滅多《めった》無性《むしょう》に怪我させるようなどもならずのある家は、危なくて近所におってもらえまへんさかいにな、この屋敷から立ち退《の》いてもらいまひょうか！」

「お主婦《かみ》さん、そりゃあんまれです!」

祖母は思わずきっとなって言い返した。

「なにがあんまれです? 屋敷年貢《やしきねんぐ》も納めんとおいて大けな口きくもんでないわ。」

「その年貢につきましてはお主婦さん、てっきり当てにしておったのがころっと外《はず》れたもんだで、大変なご迷惑をお掛けしまして何とも申し訳ござりまへん……。」

「私は、そんな泣きごとなんぞ聞きに来《き》いしまへん。何しに来たのか訳が判らんわ、ほんまのことにちっとも埒《らち》のあかん。」

彼女はぶつぶつ呟《つぶや》きながら、再び江治の縛られている傍《かたわ》らを通り、残忍《ざんにん》な薄笑《うすわら》いを残して我が家へ去った。

江治は長い間はり裂《さ》けるように泣いた。しかし涙の壺はもう涸《か》れ果ててしまって瞼《まぶた》は潤《うるお》いだもせぬ。

大江山颪《おおえやまおろし》は暮れゆく一面の雪野を吹き荒《すさ》んでおった。それが孟宗藪《もうそうやぶ》に衝《つ》きあたって葉《は》摺《ず》れの音がさわがしい。

——夕暮れが迫った。と、いつしか風が和《やわら》いで辺りは底知れぬ静寂《せいじゃく》を呼び起こす。鉛のような夜と冷気が、ひしひしと江治の体を責めるのであった。

鬼子母神の森では餌《えさ》に困った雀《すずめ》の群が、チィチィチィチク囀《さえず》っている。飢えた鴉《からす》は悲しげに啼《な》いた。ある仔鴉《こがらす》は親に離れて淋《さび》しいのか、意味も判らぬ名前を精出して呼ばわっているようであった。そのうち、一羽の鴉は江治の縛られている柿の木の枝を掠《かす》めて屋根へ飛んで行き、なんだかその黒い嘴《くちばし》でてっぺんの鴉おどし[54]の辺を啄《ついば》んでいるのは、おおかた裏山の墓場から持って来て匿《かく》しておいた団子でも、ふと思い出して取りに来たのだろう。

白金《しろがね》の部屋ほど明るい雪の四囲《しい》も、こうしておもむろに夜の暗色で蔽《おお》われる……。

江治は朝雑炊粥《おじや》を食べてから、勝太郎に貰った四つの包み餅きり何も食べていないので非常な空腹を感じた。そこへ持ってきて冷気がひしひしと迫って、歯の根も合わぬほど打ち顫《ふる》える。顔は蒼《あお》ざめ唇は[55]桑実《ふなび》色《いろ》に変わった。彼の神経は、もう寒さに対する感覚を半ば失っているのであった。程経つと自家《うち》や隣や駒忠の窓から淡《あわ》い灯がさす。やがて日はとっぷり暮れて、夜は静かに更《ふ》けていった。

江治は考えるともなく、今頃勝太郎はぬくぬく火燵《こたつ》に温《あたた》まって餅や菓子を飽きるほど食いながら東京から取り寄せた面白い本を見ているのだろうなど思っていると、冷たいものがちらと頬《ほほ》をかすめた。と、夜目《よめ》にも白い花弁《はなびら》のような大きい雪が、チラ、チラ、チラと、あたかも戯《たわむ》れでもするように落ちてきた。そして五枚、十枚、二十枚、百枚と、数えられそうな降り出しが見る間にだんだん多くなって、果ては幾億枚とも数知れぬほど密に落ちてくる。まるで[56]掻《か》きずらすようであった。地上へ落ちるたびにぼたっと音がするように思われる重い重い塊《かたま》った雪。

江治はおもむろに意識を失っていった——。

ドロドロ、ドロドロ、ドロドロ……と、大雪を呼ぶ「雪起《ゆきお》こし」の音が、陰鬱《いんうつ》そのものの如く低くたれさがった真っ暗い天空で鳴る。さながら地球の終焉《おわり》を告げるような気味悪い音、それは幾重《いくえ》も幾重も山を背負ったこの雪国で大雪の前に鳴る一種の雷鳴《かみなり》である。

*　　　*　　　*

便《べん》に近い曽祖母はカンテラを点《とも》して軒端《のきば》へ出た。そして、

「おぉおぉ、うたてやうたてや、[57]また冷たいもんが降るなあ。まるで掻きずらすように降る。」と独り言《ひとりご》ちて、[58]霞眼《かすみめ》を難儀そうにしばたたかせながら空を透[59]かして、「おぉ、なした寒いこった」と顫《ふる》った。

「おや？　なんだ黒い者《もん》がおるど。犬かな？　シ、シ、シッ！」

曽祖母はこう言って二、三度追ったが、その黒い影はびくとも動かぬのでさらにカンテラを翳《かざ》して見届けた。

「ありゃ、犬かと思ったら人間だわ。なし[60]たこったいや、この寒い大雪ん中で……。」

彼女は彼を助けるため軒《のき》を出てすぐに柿の木の方へ行きかけたが、かなり雪が深いのでいったん家へ引き返して藁沓《わらぐつ》を履《は》いて来た。そして片手にカンテラを差しのべつつ人間の方へ近づいた。

「ああれまあ、江だわ。わりゃこの寒いのに雪ん中でなあにいつまでも立っとるだ。」

「……。」

しかし江治の意識は既になかった。

「ほんに、そういや今日江は縛られたんだったかなあ、寝しなにおらんようだったわい。」

「……。」

「お祖母《ばあ》は、うっかり忘れてしまっただ。どれどれ、曽祖母《ばあ》はんがほどいてやる。」

彼女は独り呟《つぶや》きながら、カンテラを傍《かたわ》らの雪の上へ置いて江治を解《と》いた。そしてよろめきながら冷たい者を抱いて家の中へ入った。

＊　＊　＊

祖母は昨夜ぐっすり寝込んだところを曽祖母に起こされて江治の介抱《かいほう》などさせられ、睡眠不足に陥った眼を無理矢理に瞠《みは》って、老眼鏡の力を頼りに朝早くから薄暗《うすぐら》い三分芯《さんぶしん》の石油洋灯《ランプ》の下で機台《はただい》に向かって[61]杼《ひ》をとったが、昨日の事件に連絡した屋敷年貢の未納問題が頭にこびりつき、むしゃくしゃして仕事が手につかなかった。そしてかりそめのことながら、あの事件が[62]ありゃこりゃに、もし勝太郎が江治を突いたのであって、厄介《やっかい》者《もん》の孫が崖下の岩角に頭をぶっつけてそのままうんとくたばったのなら助かったなど、貧乏ゆえに碌《ろく》でもないことまで考えられるのだった。そしていいことだけしておいて倅《せがれ》の顔も見ん先に出て行った畜生みたいな婿《むこ》や、それからやけくそになって、産褥《さんじょく》を離れてどうにか元の体になるとこれまた家を飛び出してしまって今は行方《ゆくえ》も知れぬ、しかし噂《うわさ》に聞けば自分から好んで芸者になっているとか何とかいう、自堕落《じだらく》な娘が憎かった。

　こんなつかぬことを考えながらひと仕事済まし、曽祖母が拵《こしら》えた朝餉《あさめし》の雑炊《おじや》粥に箸をつけたところへ、ガラガラッと表戸《おもてど》を開けて駒忠の番頭がやって来た。と、祖母は予期したことながらはたと当惑した。

　番頭は、

「ずいぶん精が出ますな？　ほんなに押しつまるまで稼いだら、銭《ぜに》が残ってしょうがないで、おばはん。」と言って、そっと上がり框《かまち》の筵《むしろ》へ腰をかけた。

「なあに言いなる、駒忠さん。年から年じゅう働き通しても、情けなや正月の餅一つ搗《つ》けまへんだ。」

「滅相《めっそう》な、おばはん、ほんな阿呆《あほ》たれげなこたあるもんか。」

「誰が番頭はん、[63]あた外聞の悪いありもせん嘘なんぞつくもんか。」

「まあ、飯の済むまで待ちまひょう。それからに……。」

「なに、[64]時分どきでもちょっとも構えしまへんわいな。お話は承《うけたまわ》ります……。」

祖母は箸をおいて、機織《はたお》りに使う素焼きの火鉢へ火を出して応じた。と、番頭は銀の煙管《きせる》で煙草《たばこ》をふかせながら先を続けた。

「お前《みゃあ》ちの小倅《こせがれ》は悪いことしたもんだなあ。いやもう、旦那はんはもってのほかのご立腹だ。」

「へえ、番頭はん、いやもう何とも申し訳がございまへんわ。」

「気の毒なけどおばはん、年いっぱいにこの屋敷をあけとうくれんか？」

「しかし駒忠さん、旦那はんやお主婦《かみ》さんのお腹立ちはさることながら、こんな吹き飛ぶような荒家《あばらや》でもな、とにかく一軒の家が上に建っとるからには屋台車《やたいぐるま》じゃなかろうし、そう三日《みっか》や四日《よっか》にはどうともなるもんだない。」

「そりゃ、理屈はおばはんの言いなんす通りだ。が、……。」

「なるほどお前はんは駒忠さんの一番番頭でいわば旦那はんの[65]腰巾着《こしぎんちゃく》だ。けども元をただしゃ赤の他人だないかいな？　ちったぁうらの味方にもなっとうくれよ番頭はん。」

「ものの道理やそうだてや、おばはん。けどもなにぶん今回の事は大事《おおごと》すぎるし、それに……。」

番頭は思わず口をすべらせたことに気づいてちょっと言い淀《よど》む。祖母はすかさず追及した。

「それに、どうだってえ?」

彼の顔色はいささか狼狽《ろうばい》ぎみだったが、相手に突っ込まれたので詮方《せんかた》なく続けた。

「こっちは大変屋敷の場所がえさかい、郡長《ぐんちょう》はんや大阪の方の人を呼ぶのに西洋づくりが建てたいと、二、三年前から旦那はんは言うとんなった。」

「へえ……。」

祖母はわざと空《そら》とぼけたような返事をした。しかし、駒忠のたくらみがおかげで読める。

「私《わし》も、旦那はんの言葉にはちっと無理があるように思う。けど、何でも年じゅうに、退《の》いてもらうように言い渡してこいちゅうこったってなあ、とにかく、催促だけしときますわ。」

「そりゃもう、地主さんから置かんちゅわれりゃなんぼ頑張ってみたってあきまへんがな。しかしこんな雪ん中ではのっぴきならん。」

「おばはんの理屈屋には、もうかなわんかなわん。文句は旦那はんがじかに聴きなはるさかい、今いうたこと承知だけしといとうくれ。」

番頭は言い残してそそくさ出て行った。

三

駒忠の番頭が出るとそれなり仕事を仕舞ってしまい、ぷいと家を出て行ったきり帰らなかった祖母は、大晦日《おおみそか》の朝氷《こおり》のように固く凍《こご》えた雪を踏んで戻って来た。そして、「やけ糞で砂糖[66]一斤《いっきん》買《こ》うて来た。」と言って[67]白下《しろした》の[68]竹皮包みを投げ出した。江治は、樫《かし》の実の餅へその甘い砂糖をつけて食えるのかと思えば、腹の虫が鳴るほど嬉しかった。

祖母は、大晦日の晩駒忠へ行って屋敷年貢の断りを言い、年が明けて、掛かっている機《はた》を織り上げてしまってその織り賃が入るまで延ばしてもらうように頼むつもりでいたのであるが、難癖《なんくせ》をつけて人を立ち退かせようとする卑劣《ひれつ》なやり口が読めてみれば、ほかでどんな苦しい思いしても年貢を納め、たとえ一時《いっとき》にもしろ憎むべきそのたくらみを裏切ってやりたかった。それで、いったん別れた情夫《じょうふ》の許《もと》へ走って二晩も泊まり込んだあげく、やっと金の段取りをつけて帰って来たのだ。情夫というのは呑んだくれの、博奕《ばくち》打ちの、強暴《きょうぼう》な無頼漢《ぶらいかん》であった。おまけに彼は痘痕面《あばたづら》の片眼ときている。

祖母はこの醜男《ぶおとこ》とずいぶん久しいあいだ関係していたのだったが、ある年彼は啞《おし》の娘を強姦《ごうかん》して子を孕《はら》ませ、ついにその娘を水死させてしまった。それから彼女は彼のところへ往《い》かなかった。そしてもう自分もとる齢《とし》ではあるし、あんな不憫《かわい》そうな真似《まね》する犬畜生みたいな男の許へは、死ぬまでたとえどんなことがあっても往き来すまいと堅《かた》く心に誓っていた。それだけに彼女の思いは苦しかった。彼女は帰る途《みち》すがらも、何やら定《き》まった良夫《おっと》ある身が不貞な真似をしたように思えてならなかった。そして捨て鉢を起こして男から貰った金の一部で砂糖を一斤買ったのであったが、いざこの金で地代を納めて駒忠の旦那の弱り顔が見られるのだと思うと、良心の呵責《かしゃく》は幾分晴れた。

大晦日の宵《よい》に、祖母は米価[69]五斗《とう》分の地代を持って駒忠へ行った。そして帳場格子《ちょうばごうし》の前へ坐ってその金を出すと、旦那の顔には明らかにしまったという当惑の色が見えた。

「こんなに、押しつまってから持って来てもらっても、帳合《ちょうあい》が忙しくてな、困るがな。」

駒忠の旦那は痰《たん》でも吐きかけるようにこう言って、せっせと大きな帳面を繰《く》っていた。

「旦那はん、どうぞ帳合して受け取っとうくんなはれ。」

祖母は、茶瓶《ちゃびん》ほど禿《は》げた頭を向けて帳面ばかりいじくり、容易に金を納めようとせぬのでこう言って請求した。

「そんなにな、せいたってな、帳合はなかなか忙しいで、そう、お前の方にばっかりかかっとられへん。」

「けど、先《せん》からもうだいぶ経ちますでなあ旦那はん、どうぞ受取《うけとり》を戴《いただ》かせとうくんなはれな？」

「帳合は、なかなか忙しいでな、そうせき立ててもらっても、[70]どんなれへん。」

「別に受取なんぞ貰わいでも、うらこのままご免しても大事ありまへんだ。」

「お前の方は、大事なかろうけど、それではな、こっちのな、その事務が、事務が……。」

旦那は妙に「な」を、多く使う癖があった。そして、ぶっつり、ぶっつり切ったような口調である。

「話があるでな、話したいことが、ちょっと手の抜けるまで待ちないな。ちょっと、ちょっとな。」

祖母は粗茶一杯ご馳走にならずに、ずいぶん長く待たされた。そしてようやく一枚の受取証を貰ったのはいいが、引き換えに江治の話を持ち出された。そうして散々侮辱をあびせられたうえ、「今後江治が勝太郎様を泣かせるようなことがあったら、その時こそは早速屋敷を立ち退きます」という付け書きのした詫証文《わびじょうもん》に判をさせられたのである。

行きがけに機嫌よさそうな顔をして出た祖母は、すっかり気を腐らせて帰って来た。そして閾《しきい》を跨《また》ぐなりやり場《ば》のない癇癪玉《かんしゃくだま》を家の者に向けて爆発させた。

「江！　出てうせ。」

江治が明日の拵《こしら》えに雪を分けて山から取って来た松を揃《そろ》えていると、祖母は、いつもより鋭い尖《とん》り声で怒鳴りつけた。彼は猫のように縮みあがった。そしておどおどしていると、前にも増してかん高い次の言葉が、喧嘩《けんか》のように投げかけられた。

「貴様という餓鬼《がき》は、どっこまでもこのうちを困らせるためについて回る。明日、もう串柿《くしがき》[71]食わんと死にくされ！」

「……。」江治は口答えせずに黙っていた。

「うらがあんな厭《いや》な思いして拵《こしら》えた金も、貴様のおかげで茶々母《ちゃちゃも》茶《ちゃ》[72]に死んでしまったわ。ああ！　口惜《くや》しや口惜しや、ほんまのことに身の置き所がない。いっそ大地震でも揺《ゆす》って加悦《かや》が埋まってしまやええ。」

曽祖母がふと横合いから、

「江、滝壺へ放り込んだ自在の粉がもう晒《さら》せとるだろうで、提灯《ちょうちん》とぼして引き揚げて来いや。」と呆けたように言った。で、彼は松を下へ捨てて立ちあがった。すると、

「何だ？　言いつけといた用事をまださらしとらんのか、このど鴉《がらす》めが！」

「こらえてえ……。」

「阿呆《あほ》たれめ！」

祖母の手が動いたので、江治はすぐに頭を引っ込めて懸命にゆるしを乞《こ》うたが、それより速《すみや》かに彼女の手は孫の頭に懸《か》かった。

「この穀潰《ごくつぶ》[73]しめ！　え、え、え。」

「お祖母《ばあ》、こらえて、こらえて……。」

「糞ど厄介者《やっかいもん》、どもならず、死ね、死ね、死にくされ！」

「おっちが悪かった、おっちが悪かったでこらえて。」

祖母は詫びる彼には耳をかさず、仇《かたき》のように罵《ののし》りながらいくつもいくつも続けざまに小さき者を滅多《めった》打った。

＊　＊　＊

貧しい中にも江治は一つ年を重ねた。それが彼には嬉しくてしょうがない。（早く大人になって祖母から辛《いじ》められぬようになりたい）幼い者はいつもこう思っていたから――。

暗鬱《あんうつ》な冬の圧迫からようやく解き放たれた四囲の山々では、名前も知らない木までが若葉の髪を結ったり花簪《はなかんざし》を差したり、紅白粉《べにおしろい》は言わずもがなプンプン香水まで薫《かお》らして青春の歓びに熱狂しておった。野原ではまた昆虫の小さな恋人たちが、輝かしい空へ向けて春の歌を高らかにうたっている。

江治は祖母にいいつけられて、裏山の野原へ晩飯のお副食《かず》にする草を摘《つ》みに来た。彼の家《うち》では実に都会で想像もつかぬような草木の数々を食糧とした。

まず山の木では[74]ムシコと言うものの葉を摘んで来、これを陰乾《かげぼ》しにして貯《たくわ》えておいて飯《めし》に混ぜる。それからお茶がきれると河辺《かわべ》の猫柳《ねこやなぎ》の葉を煎《せん》じて飲《の》み、甘いものが食べたければ甘茶《あまちゃ》の葉で間に合わせた。副食物には寒中雪の下で採《と》れる苦い苦い蕗《ふき》の薹《とう》を手始めとし、雪解けを待って[75]嫁菜《よめな》、[76]藪ニク、芹《せり》、艾《よもぎ》、[77]鼠麹草《ほうこう》、独活《うど》、土筆《つくし》、[78]酸茎《すいとう》、蕨《わらび》、薇《ぜんまい》、[79]茅花《つばな》、虎杖《いたどり》、山椒《さんしょう》など、夏から秋へかけては[80]雀《すずめ》の枕《まくら》、[81]烏《からす》の豌豆《えんどう》、稗《ひえ》の実、[82]莧《ひゆ》、[83]山《やま》牛蒡《ごぼう》など、菌子《きのこ》類は一般に知られている物のほか[84]鼠茸《ねずみたけ》、[85]布引《ぬのび》き、[86]針茸《はりたけ》、[87]黒皮《くろかわ》、柴《しば》カツギなど山のものや、桑の木に生える木《き》海月《くらげ》、[88]香茸《こうたけ》などことごとく食べた。

江治が、自分の胴ほど囲《まわ》りのある[89]簣籠《あじか》を持って、合歓《ねむ》や山漆《やまうるし》の木へ葛《かずら》が巻きついた下をガサガサ分けながら藪ニクを採っていると、やっぱり摘《つ》み草《くさ》らしい出立《いでた》ちの少女が一人やって来た。腰をはしょり、手拭《てぬぐい》を大人みたいな嫂《あね》さん冠《かぶ》りにした彼女は小《こ》籠《かご》を脇に置いて嫁菜を探すのであった。

「おい、そこへ来たん誰だ？」

江治は葛の下から声をかけた。すると少女は、

「誰や?」とおうむ返しをして「うち、お繁《しげ》……。」と答えた。

「お繁はんか?」

「そう、江はんか?」

二人はもう一遍問い返して、ひとところへ集まった。お繁は江治より少し年上で、駒忠の小作をしている隣の家の娘なのだ。そして彼は彼女が非常に好きなのだけれど、二人一緒に遊ぶことは、双方とも家の手伝いばかりさせられているゆえ滅多にないのである。それが、計《はか》らずも今日行き会ったのは嬉しかった。

「お前、なに採りに来たんだ?」

「うち、嫁菜。江はんは?」

「おっち、藪ニク採りに来たんだ。」

「もう、ええだけ採った?」

「うん、もうおおかた簣籠《あじか》に一ぱい溜《た》まった。お前は?」

「うちも、だいぶようけ採れたでもうやめてもええん。」

「ほんなら、やめて二人で遊ぼうけい?」

「ふん、遊びたいわ、うち。」

「これ、合歓《ねむ》の木の下へ匿《かく》しといて三本松[90]へ登ろうけい？」

「日が暮れへんかしらん？」

「大丈夫だ、お日さんあんなに高いもん。なに暮れるもんけい。」

「ほんなら、行こう。うちに、杖《つえ》こしらえて。」

「よしきた。」

江治は携《たずさ》えていた草刈り鎌でばさっと山漆の枝を払ってお繁の杖を作ってやった。そうして二人はすぐ上の桑畑から杉林へぬけ、檜《ひのき》、栗《くり》、櫟《くぬぎ》、雑木《ぞうき》とだんだん低くなっていく樹間《きのあい》を潜《くぐ》り脱《ぬ》けて、禿山《はげやま》の頂《いただき》にただ三本きり大松があって宮津《みやづ》湾《わん》[91]の遠望ができる三本松へ登った。

よく晴れて碧海《うみ》を逆様《さかさま》にしたような天空《そら》がどこまでも続いている。その遥かの涯《はて》の地平線で空と海とがまったく一緒になったところへ長蛇のような松畷《まつなわて》[92]がにゅっと突き出て、帆かけ船の帆だけがあたかも玩具《おもちゃ》みたいに小さく、動きもせずに白《しら》んでいる。江治もお繁も、この山へはたびたび登ってそのたびに必ず見ている景色なのであるが、幾度眺めても見飽《みあ》くことを知らぬ自然美である。

「綺麗だなあ……。」

「美しいなあ……。」

二人は心から賛嘆の声を放《はな》って、しばらくのあいだ茫然《ぼうぜん》と酔った如く彼方《かなた》の景色を打ち眺めておった。涯しなく続く一帯の青空に、燃え熾《さか》る太陽が大自然の瞳孔《ひとみ》のように懸《か》かっている。

「お繁はん、お前、今年から学校へ上がるんだろう？　おっち、羨《いか》[93]めえなあ。」

ややあってから、遠望に疲れた眼を少女の方へ向けて江治は羨《うらや》ましげに言い出した。

「うち、新《しん》[94]の四月から学校へ出るように、役場の小使《おっ》つぁんが何遍《なんべん》も言うて来たんだけど、お父《とっ》つぁんが行かんでもええ言うん。」

「なんでえ？」

「家が貧乏だで。」

「ほれでも、お前、学校へ行きたいだろう？」

「行きたいなあ。ほうして、海老茶《えびちゃ》の袴《はかま》も欲しいわ、うち。」

「お母《かあ》は、どう言うん？」

「お母はな、やっぱりお父《とっ》つぁんと同じなこと言うん。女子《おなご》は手習いなんぞせえでもええさかい、来年になったら駒忠さんの機先《はたさき》[95]に使ってもらったるって。」

「お繁はん、お前、駒忠へ奉公するんか？」

「ふん。」

江治は彼女が奉公をするのだと聞いて、何だか淋《さび》しくなってきた。そうして駒忠に対する反感を抱いた。

「江はんは、男子《おとこ》だで来年になったら学校へ上がれるだろう?」

「おっち、親がないでなあ……。」

「ほれでも、お祖母《ばあ》があるもん。」

「おっちな、お繁はん、いつもいつもお祖母に虐《いた》められてばっかりいるんだ。あんな酷《ひど》いおばあども、いっそない方がええ思う。」

江治はこう言っている自分が、だんだん悲しくなってきた。そして重たい涙が両眼から落ちた。

「江はん、泣くもんだないわ。あっちが綺麗に見えること。」

お繁は肉親の弟のように彼を慰めるのだった。そして天《あま》の橋立《はしだて》と反対の方向に位《くらい》する[96]但馬峠《たじまとうげ》を指さした。と、牛の背のような山や駱駝《らくだ》の背のような山や、または馬の首みたいな山が幾重《いくえ》にも折り重なって起伏していて、それらの山々は呼べば皆応《こた》えそうであった。

しばらくしてお繁は、

「江はん、ダンジリ。」と言って摘み草の時に採って来た虎杖《いたどり》を分けた。

江治は彼女からそんなにされることが嬉しかった。

「江はんは、お父《とっ》つぁんもお母《かあ》もないで不憫《かわい》そだなあ。[97]さぶしいだろう?」

「おっち、ちょっとも淋しいことあれへんけど、おばあに虐《いた》められるんと、余所《よそ》の子に親なし言われるん、胸糞《むなくそ》が悪い。お前は親があってええなあ、おっち、羨《いか》めえなあ。」

「自家《うち》のお父つぁん、いつもうちを叩くんや。ほうしてお母は[98]爪《つめ》くるんだ。うちなんにも悪いことせえへんのになあ……。」

今度はお繁が泣いた。

「泣かんかってええが。早《はよ》う大けになって、銭儲《ぜにもう》けするようにさえなりゃ誰も虐《いた》めへんわえ。」

江治が慰めた。彼女にはそれが何よりも嬉しいのである。

「……うち、昨日野良へ手伝いに出て、空豆踏んだらお母がこんなに酷《ひど》う爪くって死なせてしまったわ。」

お繁は袖をまくって五厘《ごりん》銅貨ほどのまわりが黒く死んで斑点《ぶち》になった腕を見せた。そして、

「江はん、親子してよ。」と甘える。

江治は、

「よっし、おっちが親子したったらすぐ癒《なお》るど。」こう言って彼女の腕《かいな》に接吻してやった。

江治はお繁が一番好きであった。またお繁も江治が誰よりよかった。そして親や祖母から叱られて戸外で泣いているような時には、よく慰め合うのが常であった。また、二人は厳しい監視から脱け出してはよく鬼子母神《きしぼじん》さんの森へ行き、お堂の床下へ隠れてはベベクロ[99]掘りなどをやり、帰る時も打ち忘れて遊び過ごした。

少年と少女は、こうして愛なく育《はぐく》まれていった。

四

祖母はいつまで待っても江治が戻らぬので癇癪《かんしゃく》起こして曽祖母を怒鳴りつけていると、突然駒忠の番頭が現れた。そして、

「今日はまたおばはん、ちょっとお気の毒な用件で来ましたが……。」という前おきで、いよいよ屋敷の空け渡しを迫った。

駒忠では今度さらに投資して工場の増築を計り、力織機《りきしょっき》の試用をするために屋敷つづきの地所が要るので、互いに隣り合った江治の家とお繁の家を立ち退かせるつもりなの

だ。お繁の父と祖母とは三月の節句に駒忠へ呼ばれて行って、あらかじめその宣告を聞かされてはいたのであった。しかしなかなかたやすく借りられる地所がないのと、[100]よし地所は貸してくれる者があってもそこへ家を移すことはすこぶる物いりなので駒忠がそれを何とかしてくれなきゃ動かぬつもりであった。

　駒忠は非常に妥協してきた。堂守も何もおらぬ鬼子母神の境内《けいだい》になっているお堂の裏手に、三十坪ほどの空地《あきち》があってそこに駒忠の[101]稲木《いなき》小屋《ごや》が建っていた。そこまで[102]向こう人夫で壊させた家を搬《はこ》んでやったうえ、[103]十人手間の大工に手伝いをつけて寄越《よこ》すから立ち退いてくれと言うのである。

　祖母は吝《けち》ん坊《ぼう》な駒忠がこの途方もない譲歩をしたのではほとんど驚いてしまった。そして気の毒な思いさえしたが、どうせいるにいられぬ屋敷ならこんないい条件のとき従順に承諾して、立ち退いた方が得だと考え、一も二もなく委細承知《いさいしょうち》の旨を答えた。

*　*　*

　江治とお繁は遊びふざけて日がとっぷり暮れてから家《うち》の方へ山を降《くだ》った。

　江治は野原まで辿りつくと、やっと怖い祖母の命令で晩餐《ばんめし》のお副食《かず》を採りに来たことを思い出し、悔《く》いを感じながら簣籠《あじか》を取り出して我が家へ帰った。けれどもこんなに遅くなって、しかも充分草が摘めていないのを見るとどうしても中へ入れなかった。で、簀籠《あじか》を抱えたまま家の入口でしくしく泣いていると、祖母がこれを聴きつけて出て来、「泣くな。こらえたるさかい中へ入れ。」と言って[104]簀籠ぐるめ引き入れた。

「江、明日から自家《うち》の家壊《いえこわ》しが始まるさかいな、ちっと下片づけ手伝え。」

そしてこう命令する。

翌日から駒忠の人夫が来て江治の家を壊しにかかった。ところが[105]なかへ持って行って再び建てねばならぬ家だのに、人夫たちは乱暴きわまる壊し方をするのであった。[106]貫《ぬき》が折れようが[107]ほぞが欠けようがお構いなしに、大きな[108]掛矢《かけや》で打ち壊してゆく。大黒柱にかかった梁《はり》が半分垂《た》れて、ほぞが欠けそうなので祖母は気をもみながら注意した。

「なあ、そんな荒《がさ》いことをしたらほぞがめげてしまって今度建てられへんで、もう少し大事に壊しとうくれよ。ことに、大黒柱は大事だでなあ。」

けれども駒忠の人夫は祖母の言葉を耳にも入れず、垂れた方の梁へ持って行ってどすんともう一つ掛矢を入れた。

「あれな、そんなことしてもらっては大変だ!」

顔色を変えて祖母が制するうちに、太い梁はメリメリッと音を立てて墜落《ついらく》した。そしてその勢いに大黒柱のほぞは見事に欠けてしまった。

「まあ、あきれ果てた、何ちゅう荒《がさ》い人たちだろう!」

祖母は絶望的に呟《つぶや》いた。

——隣へ手がかかるまでに壊し家の材木は一切鬼子母神の裏へ搬《はこ》ばれ、その古材《ふるざい》でもって掘立小屋《ほったてごや》の周囲をかこった家が出来あがった。それが江治の家なのである。彼は久しいあいだ毎年秋をたのしんだ柿の木を残していくのが惜しかったが、といって越すよりほかに何ともしょうがないのであった。

四、五日経つと半分残っていた稲木小屋を造作《ぞうさく》してこれまた荒家《あばらや》に作り、そこへお繁一家が移って来た。板一枚で仕切った急造長屋が出来あがった訳である。江治には以前より一層隣へ近くなったことが喜ばしい。そしてまた[109]門《かど》や背戸《せど》から駒忠が見えなくなったことも嬉しく、事実上家は以前の数倍汚《きたな》くなっているにもかかわらず日陰から明るみへ出たほど気が晴ればれした。しかし祖母の顔は暗い。彼女は、畳《たたみ》なればおよそ二十枚ほど敷ける面積に、障子《しょうじ》一本土間《どま》一坪ないだだっ広い凸凹の板場へ機台《はただい》を据《す》えて、いつもの如く縮緬織《ちりめんお》りに余念がない。ところが、駒忠ではとうとう約束による十人手間の大工を差し向けなかった。

たとえ吹けば飛ぶような家にもしろ、それを壊させて掘立小屋へ追い込んだのが駒忠のペテンであったことを知った祖母は、地団駄《じだんだ》ふんで口惜《くや》しがったがついに泣き寝入りになってしまった。

郡会議員で大地主で、大縮緬屋という分限者《ぶげんしゃ》にはどんなに踏みつけられても頭があがらなかった。

＊　　＊　　＊

少年と少女は、虐《しいた》げられながらも自然の恵みに浴して追々《おいおい》成長していった。

と、ある日のことである。江治の家では滅多《めった》になく曽祖母が白飯《しろめし》を炊《た》いたので、嬉しさのあまり有頂天《うちょうてん》になった彼は日課の一つである朝のお勤行《つとめ》を忘れてしまって膳《ぜん》の前に坐ったのである。江治は毎朝、

「南無《なむ》先祖代々《せんぞだいだい》、南無[110]妙見《みょうけん》さん、南無鬼子母神《きしぼじん》さん、[111]最上《さいじょう》はん、南無[112]七面《しちめん》さん……。」

こう言って拍手拍掌《はくしゅはくしょう》をしながら仏壇と神棚を拝むのであった。そして祖母や曽祖母たちは頭髪《かみ》につける[113]水油を[114]始末しても、神仏には必ず菜種油《なたねあぶら》を灯《とぼ》して朝晩お勤行《つとめ》を欠かさなかった。

江治が箸を把《と》るや否《いな》や、祖母はそいつを引ったくって叱りつけた。

「江、われは食い餓鬼になって神さん拝むことも忘れたのか？　このふぬけめ、ど鴉《がらす》！」

それで江治は、

「悪かった、拝んでくる。」と素直に返事してお勤行を済まして来、再び元の席へ着い

て茶碗《ちゃわん》へ口をつけた。そうして喉《のど》を鳴らして貪《むさぼ》るように白飯を食った。たまらなく旨《うま》い。

「こら！」

と、祖母は不意に怒鳴った。そうして、

「背中をまっすぐに伸ばして食え！　言うてもきかん、糞行儀《くそぎょうぎ》の悪い子だ。」と言いつつ側《わき》にあった七輪《しちりん》から火箸《ひばし》を抜き取って孫の背中をしたたか打ちにかかった。

江治は祖母の手が動くのを見て身の危険を悟り、除《よ》ける心で横へ身を外《そ》らした。

しかし次の瞬間には、

「熱っ！」という彼の悲鳴と共に、焼け火箸が頭の一部へ触ってしまっていた。

江治は頭を抱えてその場へうつぶさり、悶絶《もんぜつ》するように身を慄《ふる》わせた。

と、その焼傷痕《やけどあと》はちょうど犬が駈けているような形の禿《はげ》になってしまって、一生毛の生えることがなかった。そのため彼は学校へ行くようになってから「犬禿《いぬはげ》」という渾名《あだな》をつけられた。

＊　＊　＊

江治は屋敷が変わってから畑のないのが何よりつまらなかった。けれども笹の根のからんだ固い地を一心骨心《いっしんこっしん》[115]熊手鍬《くまでぐわ》で起こしては耕し、[116]溜《た》まりや便所の底土をあげて床《とこ》を拵《こしら》え、[117]遅がけながら南瓜《かぼちゃ》の種を蒔《ま》いたり茄子《なす》や胡瓜《きゅうり》の苗を植え付けた。土地に湿気が乏しいため茄子《なす》や胡瓜《きゅうり》はさほどよくできなかったが、南瓜《かぼちゃ》は大きなやつが相当実《な》った。

また彼は花が好きであったから季節季節の草花をも別な一坪ほどのところへ蒔《ま》いた。ある時ダリヤの球根が[118]甘薯《かんしょ》によく似ているのを見て薩摩芋《さつまいも》からあんな美しい花が咲くのかと思い、曽祖母が寺詣《てらまい》りの土産《みやげ》に町で買って来た芋を地へ埋めておいたら蔓《つる》の出たこともあった。その折はさすがの怒りっぽい祖母も笑いながら、

「阿呆《あほ》たれ、[119]天子牡丹《てんしぼたん》の根は薩摩芋と同じようでも違うわ。茗荷《みょうが》と生姜《しょうが》がよう似とるようでも、その根はまるっきり違うというたぐいだぁや。」と言った。（その土地では絶対に甘薯を作らなかったから、[120]薩摩芋の蔓を彼は見たことがなかった）

夕陽の射す窓へ、彼の作った朝顔が垣根のように蔽《おお》いかぶさって、暑さに喘《あえ》ぐ祖母の機織《はたお》りを助けた。

江治はまた庭作りが上手で、忙しいうちにもだんだんに石や株[121]てこなんかをどこからともなく集めて来、巧みに据え付けて苔《こけ》や大江山の[122]岩資母《がんしぼ》など配合した佳《よ》い庭を作った。大人のやるのを見覚え、漆喰《しっくい》まで施して魚の放せる池を掘って——。

祖母が、

「どうも、この頃お鼠《ちゅう》さんの暴れなることちゅうたら話にならん。困ってしまうでほんまに。」と呟いた。

彼女は、鼠を[123]大黒天《だいこくてん》の[124]使いしめだとて敬意を払い、捕えることをしなかった。それでいてぶつぶつこぼすのだった。江治は余所《よそ》の家に据《す》えてあった[125]鼠不入《ねずみいらず》のことを思い出し、

「おばあ、おっちが這不入《はいらず》こしらえたげようか？」と申し出てみた。

「ええ？　お前が這不入こしらえる？」

「うん、おっちに釘三銭がところ買《こ》うとうくれたら拵《こしら》えてみせるわ。」

江治は確信をもって答えた。祖母は孫が器用な子だとは思っているが、でも半信半疑で三銭出し、

「ほんなら銭《ぜに》三銭やるで、釘買うて来て拵えてみ。その代わり、ようせなんだら承知せえへんど、ええか？」

「きっと、拵えてみせる。」

江治は三銭の小銭を握って嬉しげに町の店へ走った。そしてやがて長いのや短いのやいろいろ取り混ぜた釘を買って帰り、竹や木片を集めて製作にかかった。鉈《なた》で割った竹を小刀《こがたな》と茶碗の破片《かけら》でもって一本一本磨《みが》きをかけ、錐《きり》で孔《あな》を穿《うが》ったり枠木《わくぎ》へ釘で打ちつけたりした。そうしてとうとう二日目には中型の冷蔵庫くらいな鼠不入《ねずみいらず》をまったく彼の手一つで仕上げてしまった。彼はそのあいだ碌《ろく》に飯《めし》も食べなかったのである。

「江、われはまあ何ちゅう小器用《こぎよう》な子だいや。」

祖母はこう言って褒《ほ》めながら舌を巻いた。

五

お繁の家では大事な牛が俄《にわ》かに病《やまい》を得た。父が朝早く野原へ出て草を[126]一貫《いっかん》刈って来る間に、お繁は糠《ぬか》と塩と残飯類を入れて煮た牛の水を作っておくのが日課であった。そして呑み頃に冷えると桶《おけ》へ入れて牛小屋へ持って行って大きな動物に与えるのであった。また父母が牛をつれずに野良へ出る時には家で留守番をし、草を[127]投げやっては彼を世話した。と、大きな動物も小さな者によく馴《な》れて、

「メエー、メエー、メエー……」と甘えたような啼《な》き方をして、彼女が小屋の前へ近寄ると閂《かんぬき》の間から首を出した。

お繁はその朝もいつものように牛の水を煮、冷えた頃あいを見はからって手《て》桶《おけ》に汲んで搬《はこ》んでやったが、牛は門の方へは出て来ずに奥で横になったままこっちを向いて喘《あえ》いでいるのだった。その大きな腹がひどく波打って動いているところはいかにも苦しそうであった。

彼女は(こりゃ大変だ!)と思ってすぐさま母にこの由《よし》を知らせた。すると母が飛んで

来て、いきなり門を外して小屋の中へ入ってみて驚いた。動物の体は火のように熱い。

「繁、お父《とっ》つぁん早《は》よ呼んで来てくれ！　牛が死にかけとる言うてな。」

母は獣物《けもの》の体へしがみつくようにして娘に言った。

「お父つぁん、どこへ行ったらいるいな？」

「もう、草刈りから戻るだろうで、右谷《みぎだに》の方へ行ってみ。愚図愚図しとらんと、早よ早よ。」

母はもはや半分泣き声であった。

この牛はもと小便溜《しょうべんだ》まりのついた漆喰《しっくい》の小屋に飼ってあったのだが、駒忠から立ち退きをくってここへ移ってからまだその設備がととのっていなかった。それも屋敷の狭い関係から牛小屋だけを母家《おもや》から離して、崖《がけ》の角を一つ回ったところに建てたのである。しかも崖が一面の羽目板《はめいた》の代わりをなしていた。それで、小屋はいつもじめじめしておった。

お繁が右谷へと小径《こみち》を急ぐと、父は牛にやったらさぞ喜ぶであろう旨《うま》そうな草を担《かつ》いで我が家の方へ帰って来た。

「お父つぁん、牛が病気だで早よ戻れって。」

「えッ！」

父は草の荷をそこの田の畔《あぜ》へ放り出して一散に駈け出した。そしてまるで火でも出したように慌《あわ》ただしく牛小屋へ飛び込んだが、どこが悪いのかしっかりした見当がつかぬので狼狽《ろうばい》した。

彼はしばらく心配そうに考えていたが、

「[128]こっちどは一走《ひとっぱし》りに[129]博労《ばくろう》のところへ行って来る。その間に南天《なんてん》の葉を揉《も》み出して呑ませてみい。」と言いおいて急いで出て行った。

牛はやっぱりその大きな腹を劇《はげ》しく波打たせながら喘いでいる。そして時々四本の脚を痙攣《けいれん》させては苦悶《くもん》するのであった。

程経つと父は博労を伴って帰った。そして獣医の代わりをつとめる彼に一応診察させたが、胃袋に痙攣を起こしたのだろうというくらいなことであまり要領を得なかった。

翌日は近所の有志に計って[130]丹波《たんば》の国の八《や》犢子《こうじ》さんという牛神へ代参《だいさん》をした。けれども代参の一行がまだ帰りつかぬ先に、大きな動物は「メェー」と一声ものあわれげに啼いて四つ脚を戦慄《おのの》かせながら、二分間ほど藻掻《もが》いて息絶えた。

――秋の取り入れが済んで駒忠へ年貢を納めると、お繁一家の者は一様にがっかりした。一年が間も、何をたのしみに働いたのやら訳がわからない。米はたった四[131]俵《ひょう》しか残らなかった。それだけでは一家の者が三月《みつき》の飯米《こめ》しかない。正月を越せばすぐにほかから米を買って食わねばならぬことが目に見えている。五十俵からの米を穫《と》っておきながら、それでほかから米を買わねばならんとはあまりに阿呆《あほ》らし過ぎてものが言えなかった。しかも決して凶作ではなかったのだ。

「ああ、牛は死んだし、家は追い立てられるし、こっちども[132]よくせき運が悪いわい。」

お繁の父はこう嘆息した。けれども結局は麦でもうんと蒔《ま》いて、副産物でうめ合わせをつけるよりほかに途《みち》がないので、例年の通り秋は小作地いっぱいに麦を蒔くことにした。それだけがまあどうにか純収益という訳である。けれども、[133]五反《たん》以上の広い田地を働く者たった夫婦二人きりでは、とても牛がなくては耕しきれない。といって麦を蒔かねば一家の者は餓死《がし》するか、さもなきゃ百姓をやめて縮緬屋の日雇稼《ひやといかせ》ぎでもするより致し方がない。が、それも駒忠の小作を放棄して奉公人に使って下さいと願ったところで、到底使ってもらえそうなはずはないし、さりとて余所《よそ》の機家《はたや》へ走ることも永い間御恩《ごおん》を蒙《こうむ》った関係上できない。よしまたこっちは敢然《かんぜん》と駒忠に背《うし》ろを向けて土地を返還してしまっても、駒忠の感情を度外視《どがいし》して彼を使いそうな機家は加悦谷《かやだに》に一軒もなかった。事実、駒忠の威光を無視[134]して企業する者に、成功した例《ためし》はなかった。それほど駒忠は、機業家としても幅を利《き》かせておった。

ある日、お繁は一頭の牛となって駒忠へ機先《はたさき》奉公におくられた。

「一金一百円也《なり》、但《ただ》し返済の儀は娘しげの給金六ヶ年分に相当《あいあ》て申候也《もうしそうろうなり》」

お繁の父は駒忠へ向けてこんな証文を一札《いっさつ》差し入れた。

* * *

山々の樹々が黄《き》ばんで、紅《あか》んで、落ちて、秋はゆき、冬が来て雪が降って、また春が訪れた。そして江治は七歳になった。そのことが鬼の首でも取ったほど嬉しい。

江治は隣の小父《おじ》さんから、祖母が自分を学校へ上げねばならんと言っていた話を聞いて、たぶん大丈夫とは思ったが、でもどんなことで祖母の考えが変わらないとも知れぬと、毎日気が気でなかった。お繁のように学校へも上げてもらえずに駒忠へ奉公して、字の読めぬ明《あ》き盲《めくら》になるくらいならいっそ右谷《みぎだに》[135]の堤《つつみ》へはまって死んでしまおうと思った。

彼は毎日のように口うるさく、

「なあおばあ、おっち学校へ行くようになっても朝間《あさま》早く起きてな、おばあが一日織るだけの管《くだ》まいといて行くさかい、頼むで学校へ上げてなあ……。」とねだった。

すると祖母は不機嫌ながらも、

「うん、われが女子《おなご》なら手習いになんぞやったれへんが、男子《おとこ》ださかい天保《てんぽう》の革巾着《かわぎんちゃく》と思ってやったる。その代わりな、どもならずやめてよう家の仕事したうえ、精出して字ぃ憶《おぼ》えておぞ者《もん》になりくさらなあけへんど。」

「うん、おっちきっと偉《えら》い者《もん》になって、ようけ銭儲《もう》ける。ほうして大人になったら、おばあやばあはん養うわ。」

「管まきや、緯使《ぬきつか》い怠《なま》けくさったら、もうそれきりやったれへんどよ。」

「おっち、学校へ行くようになったらおばあの手紙でも何でも書く。ほうしたらちった助かるだろう。」

「うん、いつも銭出したり、[136]百万陀羅《ひゃくまんだら》言うた揚句《あげく》の果て恩にきせきせ人に書いてもらわんでも、お前が書くようんなりゃ助かるわいや。」

「……。」

「われはおおかたええ手筋[137]だろう？　お母《かあ》が美しい字ぃ書いたでなあ。でも、あんな道楽者《どうらくもん》になってはお仕舞《しまい》だわい。うらが明き盲で一生があいだ不自由したで、せめて娘にはイロハなっと習わせたろう思って貧乏しながら教えたっただ。ところがわれ、そいつが徒《あだ》になって今の態《ざま》だわいや。芸者になったとか女郎《じょろう》になったとか、いや、[138]らっしもない世評《うわさ》ばっかり聞く。」

祖母はこう言って老眼鏡の下からほろりと雫《しずく》を落とした。けれども江治は、さほど母に対して懐慕《かいぼ》の情をそそられなかった。

六

　ある日一台《いちだい》の人力車が汚穢《きたな》らしい荒家《あばらや》江治の家へ着いた。そして花嫁の扮装《いでたち》ほど美しく着飾った婦人が中から降りた。と、彼女は柳行李《やなぎごうり》[139]と信玄袋《しんげんぶくろ》を搬《はこ》び終わった俥屋《くるまや》に、

「俥屋はん、これ[140]すけないけど取っといとうくれやす。」と言って手の切れるような紙幣を三枚やって帰した。

　江治はその折菜園をいじくっていたが、見馴れぬ人が来たものだからすぐ家へ入って祖母に告げた。

「おばあ、どこからか知らんが別嬪《べっぴん》さんが来たで。」

　すると祖母は、

「そうかいや。」と答えただけで手も休めずに機《はた》を織っていたが、その婦人は急ぎ足に内裡《うち》へ入って声をかけた。

「お母《かあ》!」

「……。」

「お母はん、お久《ひさ》しゅう。」

祖母は杼《ひ》を傍《かたわ》らの杼納箱《さとくおさめ》へ置いたまま機台《はただい》の上からや[141]おら彼女の方を見やった。そして、

「まあ、誰かと思ったら利枝かいや。」

「あい、うち親不孝ばっかりしとって面目《めんぼく》ないけど、面《つら》の皮あつうして帰って来たわ。」

彼女は言った。

「何ぼ何でも手足まといな乳呑児《ちのみご》まで置いといて、永《なげ》え間《あいだ》一文《いちもん》の[142]合力《こうりょく》もせなんだような人でなしめが、ようおめおめ立ち戻ってうせたなあ。今さら親不孝もないもんだわい。」

祖母はこう言って怒りながら機台から降りた。

「なあ、お母はん、うちが[143]心得違いしていましたのや。いま体が少し悪うて戻ったのやけれど、しばらく養生《ようじょう》して癒《なお》ったら、もう一生浮いた水商売はやめてしもて堅気《かたぎ》になるさかい、堪忍《かんにん》して家へ入れとうくんなはれ。」

「……。」祖母は瞬《まばた》きもせずにじっと彼女の顔を見入っていた。

「あてえも、お母はんと一緒になって一生懸命に[144]掛《か》け機《ばた》織って、江はどんなことがあっても大けにする。赦《ゆる》しておくれ、赦しておくれ。」

「……。」祖母は何故《なにゆえ》か容易に口をきらなかった。

「江治、こちへ来なはれ。うちがお前のお母はんやで……。」

「……。」

「まあ、大けになったこと、お祖母《ばあ》はんに苦労ばっかりかけたでひょう?」

母はぼろぼろ大粒な涙をこぼしながら初めて我が子を抱いた。

「お父《とっ》つぁんや、お母はんがおらんので淋しかったやろう?」

「……。」

江治はどう答えていいのやら判らぬので、母に抱かれながら途方に暮れて押し黙っていた。

「これからは、お母はんがどこへも行かんと家《うち》におるよ。それから、欲しい物なんでも買《こ》うたげるわ。」

しかし江治は、もの覚えてから初めて母に抱かれて、こんな言葉をかけられることが芝居などにあるほど、それほど嬉しくも懐かしくも思えなかった。このとき既にもう、江治少年は本質的に「親の愛」を享《う》け入れない孤独な人間に造られていたのだろう——。

母はさらに、

「なあ、お母、これまでのことはうち謝るさかい赦《ゆる》しておくれ。どうぞ今日から家へ入れておくれよ。な、な、あぁ。」と言って祖母に詫びた。

祖母は心のうちでいったん怒ってはみたものの、謝る娘を叩き出す訳にもゆきかねた。で、

「われがその気にさえなりゃ、うちゃあ昔のことはもう言えへん。」と折れた。

しかし彼女の病気が癒《なお》って機織《はたお》りのできる日などはやって来そうになかった。それを思えば祖母の気分は暗かった。

母は子供の江治が見てさえ(別嬪《べっぴん》だなあ)と思えるほどの器量よしだった。どちらかといえば丸べっちゃい方の顔だが、頬と生《は》え際《ぎわ》の辺りに怖ろしく魅惑的なところがあり、磁力線とでもいうような物で電気的に人の魂をスパークさせるのかと疑えた。短い頸《くび》にいつも[145]白綸子《しろりんず》の襟を好んでかけ、きちっと前をかき合わせて十八金か何か浮き草の襟止《えりど》めを差していた。病気といってもべったり床《とこ》に就《つ》いているのではなく、婦人病だといってただまん然とぶらぶらしているのだった。で、暖かい日には門《かど》へ筵《むしろ》を敷いて日向《ひなた》ぼっこしながら静かに講談本などを耽読《たんどく》し、気の向いた時には三味線を取り出して爪弾《つまび》きしつつ、低い声で唄を歌うこともあった。彼女は「こればかりはどんなことがあっても手離せない」と言って一挺《いっちょう》の三味線を大事に持っていた。

母は立派な衣裳《いしょう》を幾枚も持って帰った。しかし京へ行かぬ身にはもうこんな衣裳なん

か入《い》り用《よう》がないとて、おおかた古着屋に買わせてしまった。そして、その金で医者にかかったり養生食《ようじょうぐ》いをしたり、江治に新しい四[146]つ身を作ってやったりした。

江治は、母が家へ戻ってから毎日白飯《しろめし》が食べられ、三日に一度は祖母が魚気《さかなけ》を出汁《だし》に使ってお副食《かず》を煮るようになったのが何よりも嬉しかった。何だか急に家が分限者《ぶげんしゃ》になったように思われた。

＊　＊　＊

母は祖母にすすめられるまま町の医者を三度まで変えてみたり、鯉《こい》の蒸し焼きや鼈《すっぽん》の味噌汁や、[147]淡竹《はちく》の玉子焼、猿の味噌漬などさまざまな薬食《くすりぐ》いをして養生したが一向に験《げん》が見えなかった。そして毎日毎日快《よ》くも悪くもならぬ同じような容態が続き、家のうちは絶えず重苦しい憂鬱に鎖《とざ》されていた。だが、山躑躅《やまつつじ》が四囲の山裾を時に染めている晩春のある二、三日、彼女の気分は大変快《こころよ》さそうであった。と、今しも学校から退《ひ》けて帰った我が子に、母は言った。

「江、今日はなあ、お母はんの病気が大変楽なさかい灸《きゅう》据えたろうか？」

だが江治はあまり好ましいことではないから、

「えだあ、おっち。」と頭を振って否《いな》んだ。

「ええ子ださかいそんなに言わんとお母はんに据えさせておくれ。」

「えだあん……。」

「そんなに厭《いや》がるもんやあれへんわ。駄賃《だっちん》に銭《ぜに》一円あげるさかい据えさせて。」

「……。」江治は思案した。

「……今は見《み》ん事《ごと》こうして大けになってゆくが、このあてえの子ならきっと弱いにきまっているわ。体が悪いと、大人になってからなんにも思《おも》たことができん。丈夫になるようにお灸[148]をおろしときやす。さあ、賢いさかいにちゃんと承《き》くの。お母はんの手で小さいの据えたらちいとも熱いことあれへんわ。さ、さ、さあ。」

蒼ざめた頬に透き徹った涙が、あたかも芋[149]の葉の露の如くきらめいて、こう言う母の声はいつになく彼に懐かしまれた。

江治は抱かれたままじっと母の瞳孔《ひとみ》へ見入る。と、涙でうるんだ己《おのれ》の姿が、夢の中の小人《こびと》のように映っていた。

「お母、おっち灸据えるわ。」

やがて彼は承知して答えた。

「おお、言うこと承《き》いて据えさせてくれるの。賢い賢い。」

母は江治の顔へ熱い涙を落としつつ赤ん坊みたいに口づけした。

しばらくすると彼を膝から降ろして背中をまくり、母は艾草《もぐさ》を火に焙《あぶ》って米粒ほどの大きさに揉《も》んだ。そしてチリケ[150]から壺落《つぼお》[151]ちまで一まわり旧《もと》の跡を辿《たど》って据えたうえ、次に自分の病身に鑑《かんが》みて新たな箇所へ胃の灸だというのを一つ灸をおろした。

――その夜、母は「気分がいいから天神さんへお詣《まい》りして来る」と、言って出かけたきりいつまで経っても帰って来ないので、祖母たちは大騒ぎをやりだした。近所の小父《おじ》さんたちに心当たりを捜してもらったがとんと行方《ゆくえ》が知れない。ところが、そのうちに曽祖母が漬物桶へ載せた手頃な丸い石が二個紛失しているのを発見し、碌《ろく》でもない予感に胸を打たれた。ことに祖母は気がかりでしょうがない。

彼女はつい四、五日前のこと、

「ほんまのことに利枝、われが病はいつになったら癒るだいや？　どこまでもどこまでも年寄ったうらに心配かけて、いっそお前みたいな娘は死んでしまってくれた方がましだ。」と母に向かってあけすけ言ったのであった。すると母は、

「あい、あい、お母、そんなに厄介者《やっかいもん》にせえでもうちはもうどうせ長いこたあれへんつもりやわ。」と答えたのである。

夜っぴて[152]捜し回ったけれどやっぱり母の行方は判らなかった。で、翌日はもうすっかり織り前を片づけて機織りを仕舞ってしまい、さらに近所の人手を増して鉦太鼓《かねたいこ》[153]で大々的に捜索してもらうことにした。

江治も、鬼子母神さんの丘から裏山へ続く桑畑のなかなどを、

「お母……。お母……。」と呼ばわりつつたずね回った。しかし山彦《やまびこ》が応えるばかりで母の姿は現れなかった。

程経って家へ引き返すと、大混雑が始まっていた。ピカピカ光る長い剣を吊った巡査が二人と、駒忠の大将をはじめ祖母から近所の小父さんたちまで皆《みんな》集まっているのだった。

江治はまず驚いた。そして何が何やらさっぱり訳は判らなかったが、とにかく大人の間を分けて人垣の中へ入ってみてがくっとたじろいだ。昨日までどうもなかった美しい母の全身が血まみれになって、戸板の上に載っかっているのだった。髪は散婆羅《ざんばら》に乱れて、白蠟《はくろう》のようだった顔は紫色に変じ、手も脚も頚筋《くびすじ》も傷だらけになってどす黒い血潮《ちしお》がぬらついている。

祖母も曽祖母も傍《かたわ》らでしくしく泣いておった。

江治はこの態《さま》をひとめ見た刹那《せつな》に、(あッ! お母は誰かに殺されたな)と思ったが、のちほどそうでないことが知れた。母は裏山にある左谷《ひだりだに》の堤《つつみ》へ身を投げたのであった。そうして体が血まみれになっていたのは俗にガモヤーと称《よ》ぶ源五郎虫《げんごろうむし》に肉を食われた痕《あと》であった。母を仏に直して髪を梳《す》く時、まだ血を吸いたげな竜蝨《りゅうしつ》[154]が亀の子のようになっ

て長い髪の間へ隠れていた。それから家で紛失した漬物石は、ちゃんと袂《たもと》の中へ入れられてあった。

検視《けんし》が済むと藁《わら》を持って来て焚《た》き火《び》をし、おもむろに母の体を温めて呑んだ水を吐かせて座敷へあげた。それから近所総がかりで葬式の準備がなされるのであった。

法華経《ほけきょう》に則《のっと》って、俗人《ぞくじん》が死んで初めて仏門に入るための枕経《まくらぎょう》[155]をあげてもらうべく、所化僧《しょけそう》[156]を迎えに寺へ行く者、油や灯芯《とうしん》や線香、食糧品など買い物に走る人、棺桶《かんおけ》の注文に行ってくれる人、母の茶碗を取り出して、それに計りきり盛りきり[157]にする飯が煮える間《ま》に三途《さんず》の河《かわ》を渡るとかいう盛りきり飯を炊く小母《おば》さん、または急に碾臼《ひきうす》[158]を出して団子の粉を碾《ひ》く者、穴掘り[159]や駕籠《かご》担《かつ》ぎを引き受ける当番、それらの人々が入れ替わり立ち替わって江治の家を賑わした。お繁の家は炊事場《すいじば》と悔《くや》みに来る人の受付に当てられた。

村には葬式屋というような職業者はなく、駒忠のような金持ちを除いた貧乏人が相互扶助に働き合う。従って駕籠の如きも部落の持ちとなって墓場に備えてあった。

祖母は母の湯灌《ゆかん》[160]が始まるとき、

「江、一生の別れだでお母を洗ったれ。」と言った。

で、かれは大人と同じように縄襷《なわだすき》をかけ、声を限りにお題目[161]を唱えながら線香の煙に咽《むせ》んで閉口しつつ母の体を洗ってやった。

お通夜の晩は仄暗《ほのぐら》かった。[162]着物を逆様《さかさま》に打ちかけ、その上に抜《ぬ》き身《み》の短刀を載せた棺《かん》前《まえ》の[163]灯明《とうみょう》は、明滅するような淡い光を投げている。そのなかから年寄りたちの皺嗄《しわが》れた読経《どきょう》の声が、穏やかな南風のように流れ出るのであった。いつの間にか、江治は習うともなしに[164]方便品《ほうべんぼん》第二、如来寿量品《にょらいじゅりょうほん》第十六をほとんど諳誦《あんしょう》してしまった。

——明《あ》くる日、母の屍《しかばね》は裏山の墓場へ永《とこし》えに葬《ほうむ》られるのだ。

江治はその日駒忠から借りて来た勝太郎の白無垢《しろむく》を着、「四字戒名」という侮辱的な位牌《いはい》を持って[165]善の綱を曳《ひ》きながら、喪主となって母を埋めに行った。先《さき》だつ子供は親不孝ゆえ見送らないという慣例に基づいて、祖母は葬式に加わらなかった。そして棺《ひつぎ》や送りの者が出てしまうと、灯明の土器を木《こ》っ葉《ぱ》微塵《みじん》に粉砕《ふんさい》して、一掴《ひとつか》みの藁を赫《あか》らかと跡《あと》火《び》に燃やした。そして表戸を固く閉ざして祖母はきっと母の[166]棺の行く方を睨《ね》めつける。

だが、葬式も済んで家のなかがひっそりすると、さすがに気丈な彼女もしみじみ淋しさを感ぜずにはいられなかった。と、ひと七日《なのか》が間は何事もせずに淋しがって暮らした。

七

駒忠では一年ほどかかってようやく普請《ふしん》を終わった。かねての目論見《もくろみ》通り江治の家の跡には西洋館を建て、少し離してお繁の家の跡には二階造りの大きな工場を建てた。そして[167]石油発動機を据え付けて力織機《りきしょっき》を運転しようというのである。間もなく大阪から洋服を着た技師や職工が乗り込んで来て、それらの機械の据え付けにかかった。村はあたかも黒船の入ったような騒ぎである。いたるところその話で持ちきっていた。

「おい、駒忠さんには、今度発動機ちゅうもんが据わるそうだで。」

「そりゃ、一体なにするもんだろう？」

「なんでもな、石油食って[168]独《ひと》りがてに、クルクルクルクル回るもんだそうな、水車《すいしゃ》みたように――。」

「ほう……。途方もない重宝《ちょうほう》なもんだなあ。」

「それで、機《はた》を織るちゅう話だ。」

「ほんなもんが機を織るってぇ！　そりゃお前[169]付けごとだろう。ほんなお伽噺《とぎばなし》のようなこたあるもんか、らっしもない。石油焚《た》いて米搗《つ》くちゅうこたかねて聞き及んどるがなあ。」

「なに、こっちどはそれを見た訳だないけど、大阪から来た人の話しとんなったのを聞いただ。」

百姓たちはこう言って、自動的に機を織る機械などはとても想像しなかった。

しかしやがて据え付けが完了して駒忠機業所の開業式を観覧させられた時には、皆あいた口がふさがらぬほど驚嘆した。

その日駒忠では郡長、[170]視学《しがく》、医師、中学校長、僧侶などをわざわざ町から呼んで自慢の洋館へ請待《しょうたい》し、同じく町からつれて来た芸者を侍《はべ》らせて大饗宴《だいきょうえん》が開かれた。そして村の者は工場を観せてもらって握り飯と煮〆《にしめ》を貰い、駒忠さんの末繁昌《すえはんじょう》を謳《うた》ってその富を賛美した。

それからしばらく経つと駒忠の旦那が発起人になって[171]電灯会社が設立された。そして三年の後には火力発電所が出来あがって加悦谷《かやだに》を電化した。

その頃になると駒忠に刺戟《しげき》されてぼつぼつ手織機《ておりばた》から力織機に乗り移る機家《はたや》が現れ、遅がけながらこの山陰の僻土《へきど》へも産業革命の余波《よは》が打ち寄せてきた。

常にこうした新しい事業を試みて成功し、土地の人智を啓発して産業振興に尽くしたという駒忠の評判は非常にいい。そしてついに×××年の春、郡会の決議で彼の[172]紀念碑を建立したのである。

＊　　＊　　＊

江治は学校へ行くようになると[173]雑嚢《ざつのう》が欲しくてたまらなかったがなかなか買ってもらえなかった。駒忠の勝太郎がピカピカ光った金釦《きんぼたん》付きの羅紗《らしゃ》外套をぬくぬくと着込んで、革の編み上げ靴に雑嚢という姿で登校するのに対して、彼は腰巻みたいな[174]三尺の綿[175]フランネルを頭へ冠《かぶ》り、破れて墨のついた風呂敷包みを腰に結《ゆ》わえつけて、藁沓《わらぐつ》はいて行かねばならなかった。式の日、大抵な生徒は[176]真岡《もおか》の紋付《もんつ》きに袴《はかま》を穿《は》いて登校したが、江治はそれがなかったので[177]はばかった。そして『君が代』さえも大声に歌えない。

十二、三人教師のいるその小学では、校長の発議でもって「先生[178]誕辰《たんしん》祝賀会」というものが催されるのであった。当日は全校の授業を休んで校内に作り物を飾りつけ、教師のお噺《はなし》や生徒のお伽劇《とぎげき》みたいなことをやって一日を過ごすという趣向である。

江治は我が誕生日に一膳の赤飯《せきはん》を炊いてもらって祝うこともできないのに、先生の誕生と[179]×××を祝わねばならなかった。だがそれはともあれ、江治にとってはお伽噺の聴けることが楽しかった。

彼は三年生で受持ち先生の祝賀会の時、すすめられて鶴亀の作り物を拵《こしら》えた。すると分限者《ぶげんしゃ》の父兄などが観に来て、

「こりゃどうも滅法外《めっぽうがい》よく出来とる。とてもだないが、子供の作った物とは受け取れん。実に感心なもんだ。」と賞賛した。

江治は褒《ほ》められて内心得意であった。しかしながら残念でたまらぬことが一つあった。お伽劇《とぎげき》が演《や》りたくてたまらんので先生に頼んだのだったが、いい家《うち》の子ばかりに許して

彼には演らせなかった。そして彼が最も憧《あこが》れた『因幡《いなば》の兎《うさぎ》』の大国主命《おおくにぬしのみこと》を、わざわざ学年の違う勝太郎が演った。江治はその役を分限者の子に取られたうえ、見物するのさえ隅っこの席へ押し込められねばならなかった。

勝太郎と副級長の演り方はなっていなかった。ことに勝太郎の大国主命ときては鼻持ちがならない。彼は祭礼《さいれい》の時に芸屋《げいや》台《たい》[180]の上で、町からつれて来た舞妓《まいこ》と一緒になって『妹背山《いもせやま》』[181]を演り、その求女《もとめ》[182]に扮した関係上どうもこましゃくれた狂言風《きょうげんふう》が脱《ぬ》けず、地声とは違った声色《こわいろ》を使ったりなどして面白くなかった。しかし曲が終わると、先生たちをはじめ並《な》みいる父兄や生徒一同は、やたらに喝采《かっさい》を浴びせて褒めそやした。彼は唾《つば》でも吐きかけてやりたいような不満と反感を感じた。

先生のもとへは皆《みんな》親たちが、盆、暮れ、節句などにいろいろな贈り物をした。けれども江治の祖母は何も贈り届けてくれなかった。

あるとき、いつも女先生の尻を追い回している受持ちの先生が、鈴《りん》が鳴ってもちっとも来ないので生徒たちは「助平《すけべ》先生」と言って悪口こいていた。するとそれを告げる者があって江治は先生から打たれたうえ、一日授業の停止を食《くら》って教室の後部で立たされた。また同じ先生のために、四日続けて遅刻した廉《かど》で蹴られたり傷つけられたこともあり、脇見をしたといって教科書を外の堀へ投げ棄《す》てられたこともある。だが江治は（貧乏だで人からあなどられるんだからしょうがない)と諦めておった。

＊　　＊　　＊

江治は毎朝一番鶏《いちばんどり》がうたうと[183]きっと起き出し、祖母が織るだけの管《くだ》を巻いて労働した。けれども年と共に祖母の体が弱って仕事の量を減じてくるものだから、家計はますます苦しくなる一方だった。それに、生産費の廉《やす》い力織機は、今や賃機《ちんばた》織《お》りの手工業に向かって挑戦を始めている……。

江治が尋常五年のとき、とうとう祖母は閉口《へこ》たれた。

「なあ江、余所《よそ》の子は手習いを嫌って脱け遊びなんぞするのに、われは生まれつき字が好きで感心に習う。それで高等だけはどんな思いしてもやったるつもりだったが、もうどうしてもやり繰りがつかんで不憫《ふびん》ながらやめてくれ。ほうして、駒忠さんへ奉公に行ってくれえや。」

祖母は[184]学年末で春休みしている孫に、こう宣告せねばならなかった。江治はあらかじめ覚悟はしていたことながら、いよいよ言われてみると断崖からつき落とされたような絶望を感じた。彼はしばらくしてから、

「おばあ、おっち、ばあはんみたように晩景《ばんげ》も[185]屑糸《くずいと》繰りして、一生懸命働くさかいに……。」

祖母の心情を察すると、後はもう言えない。そして小さく口のなかだけで呟《つぶや》いた。

「もう一年だけ、せめて尋常科だけでも卒業したい。」

「……なあに、そう悲しがらいでもええわ。学校へはちょっとしか行かんでもな、独り学問して偉い人になり、ようけ金貯めた例《ためし》はずいぶんあるわいや。われもええ子だでそうしてくれ。」

「……。」江治はぐっと気張って涙を止めた。

「考えてみりゃ不憫《かわい》そうな子だわい。」

祖母は近頃とんと涙もろくなった。

江治の頭へは修身《しゅうしん》で習った[186]二宮金次郎《にのみやきんじろう》のことが、茫然《ぼうぜん》と泛《うか》ぶのであった。本の挿絵《さしえ》にある通り薪木《たきぎ》を伐《き》っているところ、それを背負って我が家へ帰りながら本を読むところ、そうした光景が茫然と眼の前へ[187]彷彿《ほうふつ》する。と、髷《まげ》を結ったはずの金次郎がいつしか自分に変わっていた。

しかし次の刹那《せつな》には、かつて曽祖母と一緒に山へ行った際、一本の生木《なまき》を盗んだというて駒忠の番頭からひどく叱られた記憶が回想された。そして(金次郎はそこらに生えた生木を平気で伐り取っているが、あれは自家《うち》の山であったのかしらん?)と疑問が湧いてくるのだった。それからまた、いくら気張っても字を知らなければ本は読めない。

その証拠には鬼子母神《きしぼじん》さんの御堂《おどう》に、誰でも見られるよう備《そな》えられているおみくじ判断の本が、草書[188]と変体仮名[189]で書かれているゆえちっとも読めはしなかった。こう推理してゆくと結局二宮金次郎になることは絶望で、修身の本は嘘を言っているような気がした。そしてすべての学問の基礎となる字を習うための学校をやめることはいかにも残念であった。

「なあ江、われが家におっても米が余計要るばかりでしょうがないでな、近くでええさかい駒忠さんへ奉公に行ってくれ。」

祖母はこう追求した。江治は、皺の寄ったうえ近頃げっそり瘦《や》せた祖母の顔を見ると、不服ながらも拒《こば》む勇気がなかった。時に彼は十三歳である。

「小さい折から縮緬《ちりめん》を習っといてな、大人になったら人に嗤《わら》われんほどの分限者《ぶげんしゃ》になってくれ。」

「縮緬？」

「うん、大工《だいく》にしたろか鍛治屋《かじや》にしたろか思ったけど、いろいろ考えてみたり人に訊《き》いてみたりすりゃ、やっぱり一番出世のできるのは機家《はたや》だわい。何を言うても縮緬屋に限る。それにわれ、駒忠さんといや加悦谷《かやだに》一の機家はんだでなあ――。」

祖母は、もうすっかり取りきめているのだった。

江治はどちらかといえば機家という職業をあまり好まなかった。大工か、さもなきや[190]糸店《いとみせ》の[191]丁稚《でっち》のような、読み書きのできることがやりたかった。

八

駒忠へ奉公にあがってから半年経たぬうちに祖母が病みついた。

彼女はまるで渋柿《しぶがき》のような蒼《あお》い顔に吊し柿ほどの皺《しわ》を寄せ、四六時中過激な労働をした後の如く苦しげな息づかいをして、は、は、は、と喘《あえ》ぎながら寝ているのだ。母がわずか持って帰った金は江治が学校へ行き出してから皆《みんな》遣い果たしてしまい、今は医者にかかることさえできなかった。(もっとも祖母自身は医者が大嫌いではあったが)

曽祖母は呆けたようなうちにも我が娘の病気を心配し、丘の鬼子母神へ日参して病気平癒《へいゆ》を祈った。しかし利益《りやく》はちっとも現れない。容態はだんだん悪くなって、祖母は日に日に氷柱《つらら》のように痩《や》せ細《ほそ》っていった。

江治は時どき人眼を盗んで駒忠の大池から鯉《こい》を釣りあげ、

「おばあ、おっち余所《よそ》で駄賃《だっちん》に貰った銭《ぜに》でな、薬食いにしなるよう町で鯉買《こ》うて来たで。」と嘘を言って見舞った。すると祖母は、

「ああもったいなや、もったいなや。」と言って喜んだ。そして、

「考えてみりゃお前は不憫《かわい》そうな子だった。顔も知らんうちからお父《とう》に別れて父《てて》なし子で育ち、それでもまんだお母《かあ》なっと家におりゃよかったものを、そのお母がまたあんな通りでなあ。」

「お父《とっ》つぁんは、なぜうちから[192]いんだんだいな、おばあ？」

「なぜというたって、そりゃ、われ、いろいろな事情があったんだよ。」

「どんな事情？」

「われには、まんだ話したってよう判れへん。お前がな、大人になって嫁もらうようになれば独《ひと》りがてに判るわいや。」

「お母は、なんで死んだんだろう？」

「ぐわいが悪うてだけどな、それもお前が大けんなりさいすりゃ合点《がてん》がいく。」

「……。」

「このおばあもなあ、ひょっとすると今度はあかんかもしれん。ずいぶん体を無理したでな、さっぱり弱っとるわい。」

こう言って祖母は涙に咽《むせ》んだ。

「もしやうらが亡《の》うなってもなあ、三好《みよし》の後はわれが立ててくれよ。」

近頃めっきり涙もろくなって心細いことを言う祖母の言葉を聴くと江治は悲しかった。そして何ぞといえば二度目には打ったりはたいたりした、彼女の元気な頃が懐かしくさえあった。

……丘の鬼子母神では[193]百匁掛《ひゃくもんめが》けの日本[194]蠟燭《ろうそく》があたかも鳥の羽ばたきの如く、バタバタと、その火先《ほさき》が動いて燃えていた。御堂《おどう》のうちは線香の煙で咽《むせ》び返るよう、そしてそのなかに読経《どきょう》の声が沸《にえ》るように起こっている。

中央に座を占めた導師が傍らの銅鉢を打ち鳴らしては合唱を導き、序品《じょほん》、方便品《ほうべんぼん》、提《だい》婆品《ばほん》、寿量品《じゅりょうほん》と唱え終わって、次に南無妙法蓮華経《なむみょうほうれんげきょう》を一千遍唱えるのである。それにつれた太鼓の音が賑やかであった。

二十人ほどの男女は、いま奇跡を信じて祖母の生命乞《いのちご》いをしているのであった。隣の小母《おば》さんが、祖母の情夫《じょうふ》の許《もと》へ走って少しばかり金の段取りをしてきてくれ、口《く》説《ど》いて口説いて町の医者に診察してもらうと医者は、「肺病で手遅れしているゆえ、もう駄目だ」と宣告を与えたのである。すると祖母はがっかりしたのか、急に容態《ようだい》が変じて初霜《はつしも》の降りる頃には食事も摂《と》れなくなってしまった。そうして毎日毎夜怖ろしい苦悶《くもん》を続けて、ぐわっと血を吐く。[195]お歯黒《はぐろ》の椀にすぐと痰《たん》がいっぱい溜まった。

江治が日に一度ずつ午休《ひるやす》みの時間を盗んで見舞うと、病人は十日も会わなかったように懐かしんだ。それで、彼はここ四、五日奉公先の暇を貰って付ききりに看護してやった。

鬼子母神の丘からは生命乞いの祈禱《きとう》をする太鼓の音が、ドロックドンドン、ドロックドンドン……と響き伝わった。

「おばあ、おばあの病気が楽になるよう、皆《みな》の衆《しゅう》が拝《おが》んどっとうくれるで、おっちもちょっとだけ詣《まい》って来るわ。」

江治は病人の枕許《まくらもと》を立ちかけた。だが祖母は、

「は、は、は……、おってくれ。」と吐息つきながら彼を引きとめた。

「われがおると、大変らくに用が弁[196]じられてええが、ばあはんにもの言うといっぺんに息が切れそうだわい。」

「……。」

「おおえらい、は、は、は、……。」

祖母の顔はもうまったく仏[197]づくっており、今にも死の悪魔と手を握りそうであった。辺りは暗く圧《おさ》えつけられたようで、そこらにある物がことごとく底《そこ》[198]いも知れぬ奈落へ堕《お》ち沈みそうである。

鬼子母神さんからは、二度目の此経難持《しきょうなんじ》[199]がその経のいわれそのものの如く、まさに沈

没せんとする難破船が風波に揺られて高下するよう、あるいは高くまた低く微《かす》かな太鼓の音につれてしきりに哀調を伝える……。

このとき祖母はひと息苦しんだ。そうして家のようにうねり狂う激浪《げきろう》の上へのしあげられ、浪頭《なみがしら》に呑まれて数丈[200]の下へ突き落とされた如き瞬間が過ぎると、次に彼女は軽《かろ》やかな気持ちでふと言った。

「もう病《やまい》は癒《なお》った。」

祖母の呼吸は安らかそうであった。萎《しな》びた胸で、心臓は厳粛《げんしゅく》な脈拍《みゃくはく》を刻んでいる。黄昏《たそがれ》が迫って辺りはいよいよ暗くなった。と、戸外へはチラ、チラ、チラと、あたかも花が散るように初雪が降り出した。山寺の晩鐘《ばんしょう》が長い余韻を響かせて、亡《ほろ》び逝《ゆ》く魂の伴奏をする——。

祖母は幽《かす》かに声もなく、

「水……。」と言って手を動かした。

曽祖母は案外敏感にこれを悟って、口移しに末期《まつご》の水を娘の喉《のど》へ注いだ。と、ごろごろっと幽かな音がして祖母は安らかに眼を瞑《つぶ》った。そして最後の呼吸《いき》が厳粛に唇を閉じた。

と、曽祖母は若返ったように泣いて、

「宇多《うた》、宇多、宇多……。」と娘の名を呼ばわりつつ屍《しかばね》にしがみついた。

だが、江治はどうしたものか一滴の涙も出てこなかった。

＊　＊　＊

取り乱した病床を片づけて着物を逆様に蔽《おお》い、刃物を載せたりなどして死人らしく取りつくろっていると代参の人々が皆《みんな》揃って見舞いに寄った。そして銘々祈願の叶《かな》わなかったことをさも不思議らしく言い合った。江治はこれを聴いて(神さんに頼んでも人間の寿命はあかん)と思った。

夜中ながら、近所の人はまた総がかりである。江治は大人と一緒に提灯《ちょうちん》をともして山へ[201]榊《さかき》の木を伐《き》りに行った。

少年の彼は二度目の葬式を出さねばならなかった。もちろん、近所の小父《おじ》さんや小母《おば》さんたちが寄ってくれるが、曾祖母が大聾《おおつんぼ》なため皆目《かいもく》他人《ひと》と話せないので、彼一人てんてこ舞いせねばならぬ。

湯灌《ゆかん》のとき皆は、

「死人が硬く[202]しゃじこばらんは、これまで絶えず唱えとった[203]自我経《じがきょう》の[204]功徳《くどく》だで。法華《ほっけ》は有難いもんだ。」と言って感心した。

自我経を唱えぬ他の宗旨《しゅうし》では死人が竹の如く硬張《こわば》ってしまい、その関節をぺきぺきへし折らねば納棺ができぬとか？

「今さらながら、こっちどらの宗旨《しゅうし》は有難《ありがた》ごわすな。南無妙法蓮華経、南無妙法蓮華経……。」

「なにしろ奇妙なもんでごわすわい。死んで硬《かと》なった小鳥でもな、ちょっと杖か何ぞの先で抑えとって自我経を一遍あげると、たちまちのうちに柔《やろ》こぐにゃぐにゃになってしまうでなあ。」

「南無……。」

「人間ならお経が判りもしょうがお前、小鳥にゃお経もたわごとも一緒こただ。その小鳥がしかも、自我経唱える者《もん》の杖の先に触れたちゅうだけで柔《やろ》こなるんだでなあ。」

「自我経の功徳は怖ろしいもんだ。」

「なにしろ、寝とって唱えると腸《はらわた》が腐るちゅうくらいなもったいないもんだ。」

大人は皆こんなに言って敬虔《けいけん》がった。江治はどうもそれが信じられなかったが、でも通夜《つや》の時に人がお経を読むといつしか自分も続けていた。そして習うともなしに提婆品《だいばほん》や寿量品《じゅりょうほん》(自我経)や此経難持《しきょうなんじ》をも憶《おぼ》えてしまった。

葬式の準備は、大体母の場合と同じようにしてなされた。

母の墓へは未だ石碑も建たず、白木《しらき》の膳と、位牌《いはい》と、塔婆《とうば》が墓標になっている。その真《ま》あ横へ持っていって、[205]一丈二尺の竪穴《たてあな》が掘り下げられた。母娘《おやこ》は永《とこし》えにこの土のなかで相擁《あいよう》しながら、安らかな眠りを続けるだろう……。

貧乏ゆえに母の場合と同じく略式で来てもらったのであるが、でも弔《とむら》いの所化僧《しょけそう》は仏に[206]お剃刀《そり》を授けると暫時《ざんじ》のあいだ経を読み、[207]櫂《かい》のような物をとって立ったりしゃがんだりしながら、

「――汝閻魔《なんじえんま》の前に行きしとき、日蓮が弟子じゃと言うて名をなのれ……。」こんな文句を言って[208]引導《いんどう》を渡した。そして小坊主の、打ち鳴らし回転させる[209]妙鉢《みょうはち》の音につれて、善の綱を曳いた見送りが静々《しずしず》と荒家《あばらや》を出た。

――江治の[210]埋《い》けぞめに次いで見送りの人たちがめいめい履いて来た草履を穴のなかへ脱ぎ捨ててしまうと、やがて[211]墓方の者たちによって祖母の棺は埋められた。そして五寸ほど高く土を盛りあげた上へ白木の膳を置いて位牌を立て、形ばかりの供え物などして灯籠《とうろう》をともした。それから、竹で拵《こしら》えた七本の弓を盛りあげた土の上へ突き差し、背後《うしろ》へ持って行って七本塔婆《しちほんとうば》を立てた。

祖母はこの「七本塔婆」をひどく嫌っていた。そして口ぐせのように、

「うらが死んでもなあ江や、七本塔婆だけは立てんようにしてくれよ、頼むさかいになあ。」と言ったのであった。けれどもついにその遺言を叶えてやることができなかっ

た。

　七本塔婆というのは、ひと七日ひと七日の[212]忌明《きあけ》に寺へ米と銭《ぜに》をあげて一本の塔婆を書いてもらい、抜き捨てる弓に代えて墓場へ立てて来るのを、普通の塔婆一本分の費用と手間で済ますために拵える立札みたいな塔婆である。

　祖母を裏山の墓地へ永《とこし》えに埋めてしまって家へ帰ると、いやに薄暗かった空模様がにわかに険悪になってごろごろと雪起こしが鳴り出し、厭《いと》わしい吹雪《ふぶき》を誘うのであった。

「宇多《うた》[213]いけて来たかや？　今年の冬は、あれも暖《ぬく》い土んなかで暮らすだろう……。」

　曽祖母が呆けたようにこう言った。そして彼女は誰にともなく呟《つぶや》く――。

「あぁあぁ、ほんまのことに長生きはしともないもんだ。孫に死なれ子に先立たれ、これから先まんだ何年生きるこった知らんが、[214]ほうろあた張り合いもない話だわい。うらあを迎えに来てくんなんす神さんは、一体なにしてござらっしゃるだかなあ？　ああ、今夜寝たぎり、もう夜が明けにゃええ。もったいないこと言うようだけど、百年近く拝んできた[215]日天《てんとう》様が恨《うら》めしい。」

第二篇

九

江治《こうじ》の家から四、五軒奥へ行ったところに賭博犯《とばくはん》二回、狩猟違反《しゅりょういはん》一回、前科三犯という男が住んでいた。けれども彼は決して無頼者《ならずもの》でもなければ悪徒《あくと》でもない。妻と二人で駒忠《こまちゅう》の田を小作しながら、冬になると猟《りょう》をやるのが常であった。そして猟はなかなかうまく、一人で熊をせしめたことさえあった。けれども彼は賭《か》け事《ごと》が非常に好きで、せっかく猟で儲《もう》けた金もすぐ打[1]って負けてしまった。勝つことがほとんどないくせに、それでいて好きなのである。

猟の巧みな彼は、その反面として、ほかの事柄に案外不器用で、どちらかといえば鈍感と評していい点さえあった。で、網《あみ》[2]のおりた時などは下手糞《へたくそ》な逃げ方をするものだから誰よりも先に捕まえられた。そして分署でいい加減に作った調書を、訳もなく承認してしまうといった風だった。

狩猟違反で挙げられた時なども、あくまで否定すればそれで済んだものを、馬鹿正直に白状したがためであった。彼は狸《たぬき》を獲《と》るのに、その穴へ[3]破裂弾《かみわり》を仕掛けておいて陥《おと》し入《い》れた。ただこれっきりのことなのである。

しかしながら彼の妻は、非常にしっかり者のきかぬ[4]気の女であった。良人《おっと》が三度目の入獄《にゅうごく》して留守《るす》の時、ちょうど彼女は妊娠しておおきな腹を抱えていたが、それでも秋の取り入れを済まして地主の駒忠へ年貢米を納めに行った。するとお主婦《かみ》さんが立ち合いに出て、

「お前独《ひと》りして[5]庭づきしただかえ?」と判りきったことを訊《き》いた。

「へえ、お主婦さんそうでございます。」

「どうりで、ずいぶん粗雑《がさ》い庭づきのしようだなあ。なんちゅう悪い米だこと。まるで半分も籾《もみ》が混ぜっとるようだわ。」

お主婦さんはこんな大袈裟《おおげさ》なことを言って貶《けな》しながら彼女の計る玄米を見ておったが、最後の十七俵《ひょう》を俵《たわら》に詰めたあとに一斗《とう》ほど残ったのを訝《いぶか》って、

「お前、計り違いでもせえへなんだ?」と訊いた。

「どうしましてお主婦さん、貴女《あんた》はんの眼の前で、ちゃんと四斗二升ずつ俵へ計っただありまへんか。」

彼女は少しむかっとして言った。

「ほれでもお前、そんなに残るところを見ると私が余所見《よそみ》しとる間に枡《ます》の目を盗んだんだろう。」

「なんですってぇお主婦《かみ》さん！　もう一遍聞かせとうくんなはれ！　あまれ人をなめた言いがかりです。これはお宅さんの眼の前でちゃんと一合の計《はか》り減《べ》りもいかんように俵へ詰めさせてもらおうと思って、自家《うち》から一升ずつ余計に四斗三升入れて来たこぼれだありまへんか。うらなあお主婦さん、貧乏はしとりますし宿六《やどろく》[6]が三度もお官所《やくしょ》へ曳《ひ》かれて行きましても、他人《ひと》さまのもな藁《わら》[7]すべ一本誤魔化《ごまか》した憶《おぼ》やありまへんだ。うらがいつそうして枡の目を盗みましただ？　いつ盗みましただ！　さあいついっ日《か》[8]に盗みましただ。しっかりしたことを聞かせとうくんなはれ、お主婦さん！」

「そうお前、むきんなって怒らいでもええがな。」

「怒りますとも貴女《あんた》はん。なんぼ身分が違いましても、まっすぐなものまで曲《ゆが》めて観《み》られるちゅう法はありまへん。さあ、あかし[9]を立てとうくれ、お主婦さん、お主婦さんちゅうたら貴女！」

　彼女はきっとなって駒忠の主婦を睨《にら》みつけた。そしてとうとう主人を引っ張り出して、お主婦さんに謝らせなければ承知しなかった。と、そのことは後で非常な村の評判になったのである。

ある日のことであった。七面堂《しちめんどう》の床下で賭奕《あそび》があるというので、良人《おっと》は野良仕事を日《ひ》半《なか》で切りあげて行ってしまった。彼女はしばらくのあいだ独りになって働いていたが、

「あぁあぁ、うちの人はまた遊びに行ってしまったなあ。」と言って鍬《くわ》をおいた。そして、

「ほんまのことに、別段人はんの物を盗むちゅうだないで悪い訳だないけど、いつもかっつも負けてばかりおるのなら、あんな遊びはもうええ加減でやめりゃええこといなあ。言うてもききくさらん性懲《しょうこ》りもない男。あれほど博奕ちゅうこた面白いかしらんだ？　合点《がてん》のいかん――。」

呟《つぶや》きながら、彼女は鍬を担いで畦道《あぜみち》へあがった。

「ほんまのことにうたてや、またきっと負かされて戻るだろうさかい、うらも留守[10]ごとに蒟蒻飯《こんにゃくめし》でも炊いて食ったろ。」

こんなことを独《ひと》り言《ご》ちつつ、彼女は小径《こみち》へ出て何気《なにげ》なく駒忠の屋敷下を通った。すると石崖《いしがけ》の基《もと》に朽ちはてた一本の杭《くい》が出ていて、その頭に見事な香茸《こうたけ》が一株生えているのだった。

「あれ、珍しや、こんなところに香茸が生《は》えとる。」

彼女は思わず声を立てて喜んだ。そしてそっとその茸《きのこ》を根からおこし、[11]三幅前掛《みはばまえかけ》の中

へ入れてさっさと家へ持ち帰った。

それから彼女は、(こりゃ思わぬご馳走が出来るわい)と内心ほくつきながら[12]、豆腐や蒟蒻を買って来てそれと一緒に混ぜ飯を炊いて食った。

——真夜中頃良人《おっと》が帰って来ると、彼女は腹痛を起こして四苦八苦《しくはっく》の苦しみをしているのだった。昼間どうもなくって鍬を使っていた妻は、今や歯を食いしばって陣痛《じんつう》のように悶《もだ》えている。

「おい、しっかりせえやあ。一体どうしたんだいや?」

彼は藻掻《もが》き苦しむ妻の腹に手をおいてこう訊《き》いた。

「……。」

「痛むか? 差し込むな。」[13]

お腹《なか》は劇《はげ》しい速度で波打っていた。

「何か、お前食ったな?」

彼は三度《みたび》妻に言葉をかけた。と、彼女は容易に答え得なかったが、切れぎれに香茸を食べた旨《むね》答えた。

「ええ! そりゃ大変だ、お前は毒茸《どくきのこ》に化《ば》かされたんだわい。」

良人は急《せ》き込んで言った。そして、

「その茸《きのこ》は家にもう残っとらんか。」

彼女は手真似《てまね》で「ない」と答えた。

原因が判ると、彼はすぐさま家を飛び出した。そして駒忠の屋敷下めがけて、雑草の生い繁ったなかを分けて行った。山《やま》の端《は》に懸《か》かった月が、薄ぼんやりと辺りを照らしている。

＊　＊　＊

淡い月明かりを頼って、怪し気な男が二人動いておった。そこはちょうど、昼間彼女が香茸を採った石崖の上に当たっている。

「シッ！　静かに、ここがちょうど三番蔵の裏あたりんなるぞ。」

「おお、たしかにここらしい。」

「大丈夫かな？」

「大丈夫だ。」

「では、そろそろ仕事にかかろうけえ？」

「合点《がってん》だ、静かにやれよ。」

その男は幽《かす》かな声でこんなことを囁《ささや》きながら、鑿《のみ》のような物を持って土蔵の壁を毀《こぼ》ち始めた。

「何だこの壁は、念入りに塗ったるとは聞き及んだが……。」

「[14]割合もない硬いのう。」

「手間が取れてもしょうがない。なるたけ静かに、ぼつぼつやろうよ。」

「おや！」

「しッ！」

「瓦の破片《かけら》が塗り込んであるぞ。」

「それどころだない、小石も詰め込まれとるわえ。」

「しかし、本当は壁土《かべつち》を落としていくよりも、瓦《かわら》や石塊《いしころ》をおこす方が仕事は早いのう。」

「おお。」

二つの黒い影は平然として土蔵を破っているのだったが、母家《おもや》とよほど距《へだ》たっているので物音は少しも聞こえなかった。

「やれやれ、おかげで壁下《かべした》が出たぞ。貫《ぬき》、柱、また壁だ。」

「鋸《のこ》の音は案外低いのう？」

「おお。」

「おやおや、おかげで羽目板《はめいた》だ。これでいよいよ仕事はしまいだ。でかしたわい。」

「細引《ほそびき》の用意はええかな?」

「大丈夫、ちゃんと石崖《いしがけ》の下へ垂《た》らしたる。」

「なかは闇《やみ》だ。さ、灯火《あかり》を点《つ》けてくんな。え……。」

生糸《きいと》と縮緬《ちりめん》のぎっしり詰まった蔵のなかで、蠟燭《ろうそく》の灯がちらちらと動いた。

＊　＊　＊

妻が喘《あえ》ぎながら「石崖、石崖……。」と言ったので、彼は石崖の下の方を月明かりに透かしつつ捜《さが》し回った。すると案の定、一本の朽ち果てた杭が見つかって怪し気な茸《きのこ》の採り跡にまだ二、三本生えていた。

「しょうのない[15]女郎《めろう》だなあ、こいつ食ったんだ。こんなもな香茸でも何でもあれへんわ。」

彼はこんなに独《ひと》り言《ご》ちながら、残された茸《きのこ》をありったけむしり取って懐《ふところ》へ入れた。これは、食物に中毒した場合最善の素人《しろうと》療法として、その中毒《あた》った物を黒焼にして再び服《の》ませるためであった。

茸を採ってしまうと、彼はすぐに帰ろうとしたがふと別な療法を思い出したので、それに使う白南天《しろなんてん》の葉を採りに駒忠の石崖を攀《よ》じ登った――。

やがて家へ戻った彼は白南天の葉を塩で揉み出した汁や、その茸の黒焼などを妻に服《の》ませるとやや苦悶がおさまったので、まず安堵《あんど》の胸を撫《な》でおろした。

ところが、その翌朝妻の看護にくたびれてまだうとうと眠っているところへ、二人の[16]探偵と巡査が踏み込んで訳も言わずに彼を拘引《こういん》してしまった。そして程経つと、昨夜駒忠へ盗人が入って生《き》糸《いと》や縮緬をたいそう持って逃げ、彼もその仲間であったという噂がぱっと村じゅうへ広まった。

彼女は良人《おっと》が、賭博の事で引っ張られてまた四、五日拘留《こうりゅう》して来るのだろうくらいに思っていたが、意外の風評に打ち驚いた。しかもどう考えても昨夜《ゆうべ》よっぴて自分を看護してくれていた良人が、駒忠の土蔵を破って糸を盗み出したなど信じられぬから、とるものもとりあえず分署へ行ってあかしを立てようと思った。そしてまだ完全に熱のぬけきらぬ体をかなり遠い分署まで運んで行ったが、受付の巡査に怒鳴り返されたきりで何の役にも立たなかった。

彼は身に憶《おぼ》えのあることなら決して隠し立てをするような人間でない。けれどもあまりに無根な罪をきせられては白状の仕様がないのであった。と、彼はすぐに町の本署へ護送されてとりあえず未決監へ投《ほう》り込まれた。

[17]駒忠では即時、彼一家から小作地を取り上げてしまった。

その筋の目から見ると彼が当夜駒忠の石崖を攀じ登って、土蔵裏の南天を採ったという事実はどうしても事件と切り離して考えられぬ事柄で、それだけの白状が既に立派な証拠となるのであった。しかも駒忠からは彼が草を分けて逃げて行く後姿をたしかに見届けたという証言が挙がっている。しかし[18]贓品《ぞうひん》の行方が不確定なのが、その筋にとってはひどく厄介《やっかい》である。そして被害者が郡会議員で、土地の名望家で、金持ちだということが一層署長殿の神経を苛立たせた。その焦躁《しょうそう》はやがて、理論を超えて、前科三犯という屑《くず》みたいな彼の肉体に衝《あた》って爆発する……。

彼は毎日のように拷問《ごうもん》にかけられねばならなかった。

彼女は一人の子を抱えて路頭に迷った。賃機《ちんばた》は織れないし、屑糸繰《くずいとく》りもさせてくれる機家《はたや》がないし、ほとんど食う手段がなかった。そこで、藁《わらし》仕事《ごと》などによって辛うじて口を糊《のり》し、良人の[19]赦放《しゃほう》をひたすら待っていた。

彼女は女手一人でも二反や三反の田地は子供を抱えながら作る。しかし今や村には小作地すらも貸す者がない。彼女は駒忠を怨《うら》まずにはいられなかった。

——冤罪《えんざい》の良人は、寒い雪国の冬を二つも未決監で暮らした。そしてあまり体の頑丈でなかった彼は拷問や冷え込みが元だろう、遂に獄中で病《やまい》を得、二年二ヶ月ほどで死んでしまった。人がおかしがるほど亭主を可愛がった彼女は、こんな悲劇がもとでほどなく気がふれてしまったのである。

と、江治は、狂女についてこれだけの話を聞いていた。

＊　＊　＊

秋のよく晴れた日であった。午休《ひるやす》みの時間に江治は鬼子母神《きしぼじん》さんの杜《もり》へあがった。すると例の女気違いがぼろぼろにやぶれた綿入《わたい》れを着、これまた薄汚《うすぎたな》い男の子を側《そば》に坐らせて遊んでいた。そのぐるりを大勢の学童が遠回りに取り囲んで盛んにからかっているのだった。

「やあい、気違い女！　お前どうしてそんな気違いになったんだあ？」

松の木の皮みたいに黒い顔した女の子が言った。

「こら、ど気違いめ！　貴様《きさま》の婿《むこ》は監獄で死にくさったなあ。」

一番大きい男の子が言った。

「こら、女気違いのど乞食《こじき》め！　駒忠さんの悪口ぬかしたら貴様も分署へ引っ張って行かれるど、阿呆《あほ》たれめが。」

けれども、彼女は一向そんなからかいには耳をかさず、泥まみれになった南京袋[20]の中から貰い集めた残飯を出して、一生懸命さも美味《おい》しそうに食っていた。

「気違い、笑ってみぃ。」

「怒ってみくされ。」

「唄うたって聞かせてみ。」

「泣いてみぃ。」

「お経読んでみいや、銭《ぜに》一文やるさかい。」

学童らは、こんなことを言ってかわるがわる彼女を相手にした。だが狂女は何と言われても馬[21]の耳に風でいるので、遂にしびれを切らした年上の子が、つかつかと彼女の前へ走り寄って食べかけた椀《わん》を叩き落とした。すると今までちっとも相手にならなかった彼女はさながら人に打たれた猿のように怒って、手当たり次第辺りの松毬《まつかさ》や砂を握って子供たちの方へ投げつけた。すると、彼らはこれを面白がって、

「やあい、気違いが怒った。気違い女が怒りくさったあ。」と言いながら四方へ散り逃げてしまった。そしてしばらくするとまたもや寄って来ては何とか彼《か》とか揶揄罵倒《やゆばとう》し、彼女を怒らせては面白がるのであった。

江治は御堂《おどう》の石段に腰かけてじっとこの態《さま》を観ておったが、三度目にいたずらっ子の学童らが寄って来るのを見て、狂女のこととは思えぬほど癪《しゃく》に触った。で、そこに有り合わせた太鼓撥《たいこばち》をとって、素早く彼女がからかわれている桜の元へ馳《は》せつけ、

「こら、どもならずめ！」と一喝《いっかつ》して二、三人の男の子をどやしつけていた。

すると学童らの群《むれ》は、

「何だい、この糞丁稚《くそでっち》め！　偉そうに威張《いば》りくさるない。[22]犬禿《いぬはげ》、[23]とんがり、糞丁稚。」

「やあい、女気違いの阿呆《あほ》たれ……。」

「親なしの江治、あかべえ……。」と口々に罵《ののし》りながら坂を降《くだ》って逃げ帰った。

江治は狂女の耳許《みみもと》へ口を当てて言った。

「小母《おば》はん、ええ天気だなあ。あいつらはどもならずでしょうがあれへん、ほんまに。」

「江はんかい、お前はこの頃駒忠さんへ奉公しとるだな？」

狂女は普通な、少しも狂わぬ声で言う。

「あんな家へ奉公したら江はん、仕舞《しまい》の果てにゃ殺されるでぇ。用心しないよ。自家《うち》の小父《おじ》はんはなあ、駒忠に殺されたんだ。」

江治はもちろん駒忠に好感を抱いてはおらなかったけれど、現在自分が奉公しているお主《しゅ》さんを目の前でずけずけ人殺し呼ばわりされることは、もしや人に聞かれて告げ口でもされたらと迷惑な思いがしたのでちょっと顔をそむけた。

「小母はん、ほんなことを大けな声で言うもんだないわ。もし旦那はんの耳へ入ったら、また巡査に引き渡されるで。おっちよりほかの奉公人にはなあ、金輪際《こんりんざい》そんなこと言いなるなよ。」

彼はこう言って狂女をたしなめた。

「ありゃ江はん、一体なにするもんだい？・」

狂女は、新工場に据わっている石油発動機の[24]エクゾースト・パイプを見て不審がった。

だが江治も適切な答を知らないので、

「あれはなあ、発動機いう物の煙突だわ、小母はん。」と言った。

だが彼女は突然、

「キャラキャラキャラキャラ、アハ、ハ、ハ、ハ……。」と気味悪い高笑いをしてそのまま丘の鬼子母神を降りて行った。男のようにほいと子供を[25]肩馬《かたうま》に乗せて――。

＋

機先《はたさき》のお繁《しげ》は今日もまた炊事当番にあたって、奉公人全体二十人以上の賄《まかな》いを一手に引き渡されたのである。この辺の機家《はたや》では余程人数の多い家でも専門にかかっている[26]賄《まかな》い方《かた》がなく、機先女が交代でやるのだ。

彼女は朝四時に起きると、織場《おりば》の方へは行かずにまず第一番に米を磨《と》ぐ。盥《たらい》のような大きな桶《おけ》へ五升ずつ入れて、それを二回も磨《と》がねばならなかった。

お繁は唐櫃《からびつ》[27]の蓋《ふた》を取って米を計りにかかると、あいにく支那米[28]が二升しかなかった。で、男衆《おとこしゅ》に頼んで出してもらえばよかったのだけれど、つい無精《ぶしょう》して日本米を使ってしまった。そして規定の混合量支那米六升、日本米一升、麦[29]三升というのを破って四升も余計に日本米を入れた。するとその日の飯が朋輩《ほうばい》[30]の間には非常に受けがよかった代わり、お主婦《かみ》さんからは大変なお目玉を頂戴せねばならなかった。

「お繁、お前はそんな若いうちからな、お主《しゅ》さんの目を盗むようではしょうのない工《こう》[31]になるわ。」

「……。」

「お前が、美味《おい》しいご飯食べたさに、こんな日本米ばっかりの飯を炊いたんだろう？」

「いいえ、お主婦さん、支那米の方がもう二升足らずしか唐櫃になかったんです。」

「口答えするもんでない、この無精者《ぶしょうもん》！　なかったら何でまた男衆さんにそう言うて出してもらえへんの。」

「うちが悪うございました、お主婦さん。これから心得ます。」

お繁はこう言いつつ鍋座《なべざ》[32]に手をついて謝罪した。だがお主婦さんはさも憎々しく彼女を睨《にら》んで、

「お前という工は、この間もそんなこと言うて麦を入れずに炊いただないか、この性《しょう》

根《ね》なし！」と言いつつ二本の指でぐっとお繁の額を押した。

駒忠へは毎年数知れぬ年貢米があがって、三棟《みむね》の米蔵にぎっしり俵が詰められる。しかるにその日本米は町の米問屋へ牛車《うしぐるま》に積んで出してしまい、それに代えて奉公人に食わせるだけの支那米と麦が買い込まれた。

お主婦さんは、彼女をさんざんぼろくそに言って叱りつけたあとで、

「今日はなあお繁、余所《よそ》からお客さんがあるはずだで三升白飯《しろめし》炊いといとうくれ。加減よう炊かなあかんで。」と言い付けた。

炊事番に当たった機先《はたさき》は、自分たち朋輩の賄いをしたうえ主人一家のために別鍋を一竈《ひとくど》[33]炊かねばならなかった。それは純日本米の白飯である。朝餉《あさめし》のお副食《かず》は大根菜の塩漬を刻んで片口《かたくち》[34]に入れ、お醤油《しょうゆ》もかけずに出しておけばいいので世話いらずでよかったが、午《ひる》はちょっとした煮物をつけるので骨が折れた。お繁はお主婦さんの献立通り乾《ほ》し芋苗《ずいき》[35]をじゃこの出汁《だし》で煮た。そして皆の椀へ盛って出した。すると織り手女の一人がまず難くせをつけ出した。

「お繁はん、今日のお菜《さい》はどうして煮たの？　かろうて食われへん。あたうまない。」

次には糸繰り男が言う。

「この芋苗《ずいき》には藁《わら》すべが混ざっとるど。お繁はんは、こっちどに藁を食わせる気か

い？　らっしもない機先《はたさき》だなあ。」

今度は管《くだ》巻きの婆《ばばあ》が言う。

「機先さん、うらが椀にはど[36]くしょうちょぼっとしか入っとらんなあ。」
[37]車回し男が言う。
「お繁はん、こりゃお前からいどころか水臭いだないか。こんな煮ようしたらさっぱりお副食《かず》んなれへん。」

「醤油が、よう回っとらんのだわ。」

年上の機先がいかにも知ったかぶりに言った。

お繁は(そんな一人一人異《ちが》う口へ、皆合うように出来るものか)と情けなかった。そして材料を余計使って旨《うま》くすれば主人の小言を食うし、不味《まず》ければ朋輩の機嫌が悪いし、中に板挟みされてほとほと弱ってしまった。機先の工《こう》たちは、いつもこの炊事当番には泣かされた。

夜になると[38]五《ご》右衛《え》門《もん》風呂へ水をはって湯を立てた。と、夕方旦那はんが入って、次に勝太《かった》郎《ろう》とお主婦《かみ》さんが入り、しばらくあけておいて九時半の終業時から奉公人が入るのであった。その間じゅう彼女はずっと側にいて煙に巻かれながら火の世話をさせられた。そして二十人からの者がすっかり浴びてしまったあとで、十二時も過ぎてからやっと自分の番が回ってくる。しかし流しの不完全なため皆桶《みんなおけ》のなかで垢《あか》を落とすゆえ、湯は白《しろ》水《みず》のように濁《にご》ってぷんと厭《いや》な臭いが鼻をつき、気味が悪くて入った心地はしない。

＊　＊　＊

奉公人の閨《ねや》[39]は新工場《しんこうば》の二階が女、母家に続いた旧織場《きゅうおりば》の二階が男というふうに当てられていた。で、お繁は新工場の二階に、大勢の織り手や機先などと一緒に寝るのであった。盗人《ぬすびと》の用心と逃亡を防ぐため窓には太い鉄格子《てつごうし》が嵌《は》められておった。そしてどんな厳寒の夜でも火の気を持たせない。汚《きたな》い煎餅蒲団《せんべいぶとん》二枚の中へ、織り手は二人ずつ、機先は三人ずつ抱かれ合って寝かされた。

お繁は一番おしまいにどろどろの湯を浴びたうえ、風呂場の掃除まで済ましてからやっと自分の体になって閨《ねや》へ戻った。そしてへとへとに疲れた体を早く休めようと思っていると、一等年増《としま》の織り手がまだ起きていた。

「織り手はん、まだ寝なはらんの？」

お繁は何心《なにごころ》なく訊いた。すると彼女は、ひと眠りうたた寝でもして起きたのか眼をましゃくしゃくさせながら、

「お繁はん、すまんけど肩少し叩いてえや。」と言った。

お繁はもう、今にも体全体がとろけるほど眠くてとても他人の按摩《あんま》どころではなかっ

た。けれども織り手の言うことをきかないと、仕事上のことで難癖《なんくせ》つけられるにきまっていたから、泣くほど厭な思いと千切《ちぎ》れそうな倦怠《けだる》さをこらえて相手の言うがままに背中を叩いてやった。けれどももう寝る時間だと思うと張りつめた気が自然に弛《ゆる》んで、だんだん手に力が入らなくなっていく……。

「何だいなお繁はん、眠っとるんか？　ちょっともこたえへん。」

彼女は相手の言葉ではっとして、二つ三つ力を入れるとまたしてもうとうと気が遠くなってくる。

「ほんまのことに、長い間たのめへんさかい、しっかりこたえるように打つもんだわ！」

織り手は癇癪《かんしゃく》を起こして怒鳴りつけた。と、お繁は驚いて再び手に力を入れた。そしてしばらく叩き続けていると、今度は相手がいい気になってそのまま熟睡《じゅくすい》に陥《おちい》った。

――お繁はとろとろっとして何か短い夢を見たと思うと、早《は》や起床の鈴《りん》が無酷《むご》たらしく鳴っていた。四時半である。

彼女は眠くて眠くてしょうがなかったけれど、皆と一緒に蒲団を畳《たた》んで階下《した》へ降りた。今日は炊事当番からのがれたことが少しは気を軽くした。

流《なが》し許《もと》へ行って顔を洗っていると、ポ、ポ、ポ、ポッポッポッポッ……とエクゾーストの音を立てて発動機が回《ま》[40]い出した。石油の臭いが頭の芯へ浸《し》み入《い》るようである。

お繁は髪を解《と》きつけながら機台《はただい》に向かったが、織り手の衆がやって来なかったから、気を利《き》かせたつもりで運転をかけた。そして着々織っていると遅がけに受持ちの織り手がやって来て、いきなり鋭い声で怒鳴りつけた。

「これ！　誰が織ってくれ言うてお前に頼んだ。」

お繁はびっくりして機械のハンドルを外した。しかしそれよりも早く彼女の手はお繁の横《よこ》っ面《つら》へ飛んでいた。

「おっかしげな織りようしたら難物《なんもの》[41]になってしまう。誰がお前に織り前をい[42]らってくれ言うて頼んだ。」

「ほれでも機《はた》が停《と》まっとったで……。」

「余計な世話だ、停まっとろうと動いとろうと。」

「……。」

「機先《はたさき》は機先らしく、ちゃんと後ろにおって経《くり》さえ見とりゃええわな。こんな難しい機がまんだお前に織れるもんか、阿呆《あほ》らしもない。」

こう罵《ののし》られるお繁は残念でたまらなかった。旧工場《きゅうこうば》の手織機《てばた》の方からこっちへまわされて、もう半年以上の月日が経つ。彼女は織り手並みに仕事をしているのに、織り手の嫂《ねえ》さんはいつも根性悪く織り前へ立たせないのである。

ひと仕事済ましてから朝飯を食うのだった。

お繁はやがて母家《おもや》の食堂へ皆と一緒に行った。そして食べにかかると今日当番の機先《はたさき》がやっぱり朋輩から小言を聞かされた。彼女の炊いた飯は別段食べられぬというほどひどいものではなかったが、でも織り手たちはなかなか黙って食わない。わけても車回しの男などは、

「こんなゴツのある飯が食えるかい、このあた不調法女郎《ぶちょうほうめろう》!」と言って、茶碗にいっぱいよそったやつを機先の膝許《ひざもと》へぶちあけてしまった。

皆がぶつくさ呟《つぶや》きながら食べ終わって仕事場へ去ると、彼女はしくしく泣き出した。

お繁は(ああ早く一人前の織り手になりたい)と思う。

午《ひる》は炊《た》き損《そこ》ないの飯を糠味噌《ぬかみそ》で雑炊粥《おじや》にしたものであった。

お繁はそれを食べてから、すこし残っている時間を昼寝しようと思っていると、二番織り手の嫂さんが洗濯物を言いつけた。すると、それを聞いていた三番織り手も同じように、

「お繁はん、ついでにうちのも頼むわ。あんまれ汚れとれへんでざっとでええ。」

こう言って、彼女は紅木綿《あかもめん》の[43]腰巻を二枚放り出した。お繁は困ったけれど否《いな》む訳には

ゆかなかった。それで厠《かわや》の脇にある洗濯場へ持って行って、二番織り手のと共に都合五枚の腰巻を洗い、絞っていると、かかれの鈴《りん》が鳴ってしまった。だがそのまま放っておく訳にもゆかないから急いで竿《さお》に乾《ほ》していると、番頭が見回って来た。

「番頭はん、今すぐにかかります。ちょっとこれを乾してしまう間だけ……。」

お繁は叱られぬ先に言い訳をした。だが彼は黙って行き過ぎるほどの同情をもたない。

「もうとうに鈴が鳴っただないかい。」

「へえ、今すぐかかります、番頭はん。」

「時間盗んだら、給金《きゅうきん》あげたれへんど。」

お繁の胸には「給金」という言葉が針のように鋭くこたえた。

「愚図愚図しとらんと、早《は》よ織場《おりば》へ入らんかい！」

番頭は鞭打つように促《うなが》してそこを去った。発動機の唸《うな》りが狂乱したように響く……。動力を使わぬ母家の方の織場からは、織り手の歌う淫猥《いんわい》な機織唄《はたおりうた》が手織機《てばた》の筬《おさ》の音にまじって洩《も》れ聞こえる。お繁は思わず、

「うちも、早よ織り手はんになりたいなあ。」と独り言《ご》って涙を落とした。

十一

駒忠では江治に種々様々な仕事をやらせた。名目は丁稚《でっち》であるが本来なら徒弟《とてい》というのが当たり前で、主に縮緬《ちりめん》製造の技術見習《みならい》である。[44]下管巻《したくだま》き、[45]静繰《しずく》り、[46]糊付《のりづ》けの手伝い、[47]整経《せいけい》の経守《くりも》り、[48]縮緬の節取《ふしと》り、そういうことを十八時間くらいもやらされた。それからまた時どき自家用の青物を作る菜園や、誰も借り手がないので詮方《せんかた》なく自家《うち》で管理している桑畑などへ出して、下男代わりにも使うのであった。そうかと思うと石崖を積みに来た石工《いしく》の手伝いを命じて、河原へ[49]割栗《わりぐり》を拾いに遣《つか》わすこともあり、または全身が埋まるほどの大荷物を背負わせて問屋へ製品の納入にやり、生《き》糸《いと》や金を受け取って来させられもした。こうして彼はほとんど大人並みに使役されねばならなかった。しかし江治にとっては大人並みに使われることが不愉快ではなかった。けれどもただ単に、縮緬を一束持って行くというほどの簡単きわまる用事にも、いちいち主人の手紙を持って行って渡さねばならぬのが、甚《はなは》だしく自尊心を傷つけた。

それから、彼はまた勝太郎の弁当を持って学校へやられた。何が厭《いや》といってもそんな厭なことはない。江治はある時そっと包みを解いて中味の白飯へ痰《たん》を吐きかけてやったら胸がすっとしたことがあった。

使いを仰《おお》せつかる時には主人の帳場へ行って三尺さがった位置に跪《ひざまず》き、頭を畳に摺《す》りつけるようにして用事を承《うけたまわ》るのだった。

「へえ、旦那はん、ご用事は?」

「これをな、落とさんように、その店へな、落とさんように。」

「へえ、畏《かしこ》まりました。」

「途中で、遊ばんようにな、早よ、早よ、早よ行って来《き》ないよ。愚図愚図せんように、その愚図愚図。」

「へえ。」

彼は頭の四、五遍も下げて横柄な主人から御用を承り、帰るとまたもや帳場へ行って型に嵌《は》まった儀式通りに[50]復命《ふくめい》せねばならなかった。彼は祖母からずいぶんやかましく言って躾《しつ》けられたので自家《うち》にいる頃余所《よそ》へ使いなどに行っては行儀《ぎょうぎ》のいい子だと褒《ほ》められてきたが、駒忠へ奉公にあがってからはそれでもまだ初めのころ手のつき具合がいけないとか、返事声が低いとか、何とか彼《か》とか難癖《なんくせ》つけて叱られた。

十月十日は[51]恵比須講《えびすこう》といって機家《はたや》のお祭りであった。その日は朝から仕事を休んで、奉公人一同へは滅多《めった》になくご馳走《ちそう》が振る舞われる。大人たちは午《ひる》の[52]膳部《ぜんぶ》を食べてから、それぞれ着物を着替えて遊びに出たが、江治とお繁は着替えする着物とて碌《ろく》な物はないので、いつものなりして鬼子母神さんへ詣《まい》った。

ぽかぽか暖かい[53]小《こ》春日和《はるびより》である。四囲《しい》の山々はすっかり色づいて何ともたとえようなく美しい。

「江はん、三本松へ登ろうか？」

お繁はふとこう言って江治を誘った。

「うん、登ろう。」

「……。」

「何ぞ、旨《うま》いもん買《こ》うていこうか？」

「うち、菓子が食べたいなあ。」

「ほんなら、茶屋のおばはん家《ね》へ行っておっち買うて来るわ。ちょっと待っとってえ。」

江治は石段を降りて、やがて何か袋にいっぱい買って帰った。

山路《やまみち》は相当険《けわ》しいけれど、よく馴《な》れた道なので二人は兎《うさぎ》のように早く雑木《ぞうき》を分けて登って行った。そして八分目《はちぶんめ》まで登ると、一枚の絵葉書のような[54]与謝《よざ》の海がぱっと二人の眼の前へ浮いた。江治は、

「ああ、海が見える！」と頓狂《とんきょう》な声を出して立ちどまった。

そこまで登れば海が望めることは判っていた。そして幾度となく彼はそれを眺めたのであるが、それでいていつ眺めても最初のひと目が驚嘆に値した。

「まあ！　美しい。」

お繁も思わずこう言ってたたずんだ。

松の[55]根方《ねかた》は[56]唐苧《からお》が生えてちょうど[57]毛氈《もうせん》を敷いたようになっている。そして太い根がにょっとベンチの如く顔を出し、[58]一間《いっけん》ほどおいた三方を躑躅《つつじ》と[59]かやの木が屏風《びょうぶ》みたいに取り囲っていた。二人はそこへ腰をおろした。

「お繁はん。」

「ふん。」

「これ、食おう。」

「ふん。」

二人はかわるがわる紙袋の中へ手を入れて[60]ボウロを食べた。瞰下《みお》ろせば微風《そよかぜ》が、谷間の紅葉《もみじ》を揉《こそ》ぐるように顫《ふる》わせている。少年と少女はしばらく無言で互いに投げ出した足の爪先《つまさき》を見合っていた。どちらも、たくさん言いたいことがあって言えぬような、変な想《おも》いに襲われているのだった。

余程時が経ってから江治は、

「これな、おっち[61]この先《せん》一円借《か》れたさかい半分やるわ。」と言ってお繁の掌面《てのひら》へ五十銭銀貨をおいた。

「うち、いつもかっつもあんたに銭《ぜに》貰ってすまんわ、すまんわ。」

お繁は嬉しそうに涙をこぼした。

「ほんなこと、ちっとも構《かま》えへん。おっちかって銭あれへんけど、ほれでも暮れには五円給金が貰えるでなあ。」

「うちきっと、[62]年《ねん》が明いて給金貰えるようんなったら、江はんに返すわ、倍も三倍もにして――。」

「[63]おっちになんど、返さいでもええよ。」

「江はん、すまんわ、すまんわ、うちあんたの親切は死んでも忘れへん……。」

お繁はこう言って江治の手頸《てくび》を握り締め、熱い涙をぼろぼろ落とした。と、江治は嬉しいような悲しいようなまた恥ずかしいような気持ちがした。

「早《は》よ大けんなって、人に虐《いた》められんようになろう。」

「ふん、もうすぐだわ。うちが織り手んなったら江はんは何になる？」

「おっちか？　おっちゃあ機械方《きかいかた》になってどんな複雑《むずか》しい機械でも使い、何ぞ発明がしたいな。ほうして分限者《ぶげんしゃ》んなって、成功して、他人《ひと》に見下げられともないわ。」

「うちかって……。」

「おっちなあ、銭があったら京か大阪へ行って、学問習いたい。機械のこと教える学校へ入りたいなあ。」

「ほんな学校が京にはあるんか？」

「あるとも。勝太郎はんはな、高等[64]ぬけたら京の中学校へ行って、それから高等工……何とか言う機械の学校へ入《はい》んなるちゅう話だで。」

「ふうん……。うち、ちょっとも知らなんだ。」

話がしばらく途切《とぎ》れた。と、二人は知らぬ間に体を寄せて、江治の足がお繁の甲へのっかっていた。そして彼はじっと毛氈《もうせん》のような唐苧《からお》を凝視《みつ》めていた。

お繁は何か考えに耽《ふけ》るよう、やや長い間あらぬ方《かた》を眺めておったが、

「江はん、京の学校へ行くん、ようけ銭が要《い》るだろうなあ？」と、[65]とつけもないことを訊《き》いた。

「さあ……。」しかし江治はなぜに彼女がそんな問いを発するのか見当がつかなかった。

「何ぼくらい要るかしらん？」

「何ぼくらい要るかなあ。百円も、もっと要るかしらん。五百円も要るか？」

「うち、駒忠さん脱け出して京か大阪の新地[66]へ行って、あんたにその金あげようかしらん？」

「新地へ……。」江治は軽い驚きを感じた。

「新地で三年つとめると、五百円くらい貸してくれるちゅうこったわ。」

お繁はこう言って遥かに霞む都の方を憧《あこが》れの眼《まなこ》で眺めた。江治は何と言って返事をしていいのか判らなかった。

＊　＊　＊

お繁は仕事中であったが織り手から言いつけられるまま先《せん》だって洗った腰巻を入れに来た。すると驚いたことには五枚竿《さお》に掛けておいたのが三枚しかないのである。風が吹くといっても厠《かわや》に続いてしつらえられた[67]下《しも》の物の乾し場ゆえ、外ではないから飛ぶはずがない。彼女は困ったことができたと思ったが捜《さが》してみるだけの余地もなし、詮《せん》方《かた》なく三枚だけ持って帰って二番織り手に二枚と三番織り手に一枚と渡してその訳を言った。ところが織り手たちは「どうもしないのにそんな物が紛失《ふんしつ》するはずはない」と言って彼女を疑い出した。そしてお繁のどのような弁解もきき入れず、遂にお主婦《かみ》さんへ告げてしまった。

お繁はやがてお主婦さんの部屋へ喚《よ》ばれて行った。

「お繁、お前は織り手はんから頼まれて洗い物をどうしたんだえ？」

お主婦さんは彼女を廊下の板の間へ坐らせておいて、自分は唐縮緬《とうちりめん》[68]の厚い座蒲団《ざぶとん》の上から彼女を尻目[69]にかけて言った。

「お主婦さん、うちちょっとも知りまへんのです。」

お繁は板場に両手をついたまま答えた。

「ほれでもお前、ほかなもんと違って腰巻なんか、そう滅多無性《めったむしょう》に誰でもとれへんわ。」

「うち、ほんまに知れへんのです。嘘だと思いなったらうちの持ち物みんな調べたっとうくんなはれ。」

「あんなもん取る者《もん》は機先《はたさき》にきまっとる。お前は給金の前貸《まえが》しがした[70]って小遣《こづかい》が不自由なさかい、きっとさぶしい[71]心を起こしたんに違いない。ほりゃ、朋輩の腰巻盗んだかって家《うち》の損にはなれへんでこらえたげるけどな、そういう手癖の悪い習慣つけると仕舞《しまい》には縮緬の一反《いったん》[72]もちょろまかして素知《そし》らん顔しとるようになるでなあ。」

「ほんならお主婦さん、どうしてもうちが盗んだいいなはるんですか？」

お繁は思わず顔をあげて主人の面《おもて》をやや睨《にら》んだ。

「ほかの機先も、一応は調べてみるけどな……。」

「だってお主婦《かみ》さん、汚《けが》らわしやほんな物《もん》を誰が盗んで仕舞っとる者《もん》がありまひょう。」

「もうだいぶん前のこったけど、私の腰巻も一枚とられたさかいな、きっと誰かが盗むに違いないわ。」

「……。」

「お前は、今どんなのを締めとる?」

「うち、此家《これ》へあがる時お母《かあ》に二枚買《こ》うてもらった、もうぼろぼろに破《き》れたんですわ。」

「ちょっと見せてみなはれ。」

お主婦さんはこんなに言ってさんざん彼女を辱《はずかし》めて肌を検査した。

「ほんなら、お前はこらえたるで中の機先を喚《よ》んどうくれ。」と言って放した。

それから女主人は三人の機先をかわるがわる喚び出しては取り調べたが、とうとう犯人が挙がらずじまいだった。だが織り手たちは、執拗《しつよう》にお繁を疑った。

* * *

ある日江治は絽縮緬《ろちりめん》を三束《みたば》持って問屋へ行き、七百十二円[73]正金《しょうきん》を受け取って帰ることを命じられた。ところが[74]判取帳《はんとりちょう》へ七百十二円の受取証を書いてしまってから、十二円だけお金が足りないから二、三時間後に来てくれと言って、店の番頭は七百円だけ手渡した。

彼は初めの程なかなかうまく札《さつ》[75]が数《かぞ》わらなかったが、今やだいぶ熟練して手際《てぎわ》がいい。江治はピッピッと音をさせながら十円紙幣《さつ》七十枚を数え終わり、「たしかに。」と言って文箱《ふばこ》へ納めて大風呂敷に包み駒忠へ帰った。そして店の番頭が言った通り端金《はしたがね》だけ二、三時間後に受け取って来る旨を答えて持ち帰った金を主人に渡した。そして時を見計らって再び店へ行ってみると、ほかの番頭がいてそんなことはないと言うのであった。

「そんなはずはあれしまへん。」

江治も言った。

「そんなはずはない。」

相手も言った。

「ほれでもあんた、さっきの番頭はんがいま金がないさかい、二、三時間あとで端金《はしたがね》だけ取りに来てくれ言いなったですよ。」

「ほんなら判取帳しらべてみよう。」

店の番頭はこう言って江治に全額の受取証を示した。そして何と弁解してもきき入れない。

彼は初めて(しまった)と思った。しかしもう取り返しがつかなかった。

「無茶だ、無茶だ、無茶だ。ほんな、ほんな、ほんな……。」

江治は泣きながら駒忠へ戻った。そうしてとりあえずそのことを番頭の耳へ入れて旦那はんに謝ってもらおうと思うと、いきなり彼は江治の頭を張った。

「何だてえ、このぬけそこめ！」

「痛い、番頭はん。」

「当たり前だ、ほんな使いが何の役に立ちくさる。」

彼はもう一遍江治の頭を殴った。そして引きずるように主人の帳場へつれて行った。

江治はただもう平あやまりに詫《わ》びるよりほかに道がなかった。で、ひたすら身の不調《ぶちょう》法《ほう》を謝罪した。けれども旦那は、

「江、江、何ぼお前が謝ってもな、銭《ぜに》は元へ戻れへんで、その、銭は……。」としちく[76]どく言い言いして三度《みたび》番頭と共に店へ交渉《かけあ》いに行かせた。そうしていよいよ駄目なことが決定すると、二分の一の弁償を強いた。

その金は年に五円という嘘ほど少額の給料から、否応なしに差し引かれるのであった。

江治はつくづくつまらなく思った。

十二

江治はお主婦《かみ》さんから面白い役目を仰《おお》せつかった。彼女は、うまく成功したらないしょで褒美《ほうび》に三円くれてやるというのであった。彼にとっては、とにかく[77]木に牡丹餅《ぼたもち》がなったほどうまいことだから喜んだ。しかし旦那はんの秘密はなかなかたやすくは判らない。二度ほど、お供して糸店《いとみせ》へ行って旦那が先へ帰れと言った時、あとをつけてみたけれど小料理屋で飯を食べるくらいで、お主婦さんの想像には符合《ふごう》しなかった。だが、主人は時々供をつれずに一人で出かけて行くことがある。

その日もちょうど午《ひる》からの二時頃、京から[78]錦紗縮緬《きんしゃちりめん》という新物《しんもの》の注文が入って、[79]組織の研究に問屋へ行かねばならんといって、主人は一人で出かけるのだった。

「……それからな、電灯会社の方の用事もあるし、郡のな、郡の、用事もあるさかいな、帰らずに[80]宮津《みやづ》へ行くかも判らんで、その郡のな、会社の用と……。」

旦那は白足袋《しろたび》をはきながら例の切れぎれな言葉調子で、お主婦さんにこう言っているのだった。そしてやがて鞄《かばん》を持って出かけて行った。

江治はすぐにお主婦さんの許《もと》へ行って、

「お主婦《かみ》さん、おっちこれからちょっと旦那はんの跡つけてみます。ひょっとしたら、途中で自転車借れんならんかもしれんで、銭《ぜに》貸しとうくんなはれ。」と言った。

「ほんなら、これ持って行っとうくれ。それから、ご飯時《はんどき》んなって腹が空《へ》ったらな、これで餅買《こ》うて食って、とことんまで探してみとうくれ。」

お主婦さんは、こう言って自転車賃に一円と、ほかに小遣《こづかい》を三十銭くれた。彼は仕事の相棒にそう言っておいて、すぐさま家《うち》を飛び出した。そして相手が振り返っても顔がよく判らないよう、田圃《たんぼ》道《みち》へ出て遠回りに迂回《うかい》しながら主人の跡を尾行する。旦那は、町へ出て俥屋《くるまや》のあるところまで歩くとそこから人力車に乗ってしまった。と、俥夫《しゃふ》が駈《か》けるので彼も走らねばならなかった。

やがて俥《くるま》は十五丁ほど走って問屋《とんや》の前まで行って一度停まったが、江治がしばらく様子を窺《うかが》っていると小《こ》三十分して主人が現れた。そして再び元の俥に打ち乗って俥夫を駈けさせる。新式の[81]護謨輪《ごむわ》俥が、[82]郡役所のある町へ続く府道をまっしぐらに走るのであった。

江治は自転車賃に貰ってきた金を、自転車に乗らずに済まして儲《もう》けようと思い、一生懸命に徒歩で駈けた。しかししばらく走るととても商売人にはかなわなかったから、自転車屋へ飛び込んで車を借りた。そして緩やかに[83]ペタルを踏みながら人力車の跡を追って行った。と、まるで遠乗りに出たような心地《ここち》で、面白くて面白くてたまらなかった。[84]五つほど村を通りぬけて長い橋を渡ると、もうそこからは海が見える。そして半里も行けば街道は入江の海辺に沿って、切り立てたような山《やま》の端《は》を通っているのであった。それからすぐに天《あま》の橋立《はしだて》があって、十五丁行けば宮津である。彼は小学三年の時ただの一遍きり遠足に来ただけなので、辺りの景色は実に珍しかった。それに、三十銭という小遣銭さえ懐中《ふところ》にあるので、用事に来たような気持ちはしない。

江治は自転車の上で[85]文珠《もんじゅ》の[86]智慧《ちえ》の餅のことを思い出した。祖母がいてまだ家《うち》におった頃、近所の人たちが文珠詣《まい》りの土産《みやげ》に少しくれたやつを、家内じゅうで分けてほんの口よごしほど食って舌の抜けるほど旨《うま》かったこと、遠足の折曽祖母から五銭きり小遣を貰い、土産にしようと思って一包み買って帰る途中で、とうとうたまらなくなって食べてしまったこと。それは何という美味《おい》しさだ。（ああ、せめてあの餅が一生に一遍きり食い飽くほど食べたい）彼は常にそう思っていた。で、文珠の茶屋が見えると路《みち》をかえて俥を追い越し、二十銭がところ智慧の餅を買い込んだ。天の橋立から成相山《なりあいさん》を望んで、入江の小波《さざなみ》が床下まで寄せて来る茶屋の縁側に腰をおろし、ゆっくり賞翫《しょうがん》したいけれどそうはしていられなかった。

——俥は町へ入ってからしばらく行ったところで停まった。その辺には同じような[87]冠《かぶ》木門《きもん》の家《うち》が何軒も並んでい、一軒一軒電気の外灯が番犬のように往来を覗《のぞ》いている。旦那は、その一軒へ姿を消した。江治はやれやれと思ってまずひと安心した。そして町外れの海辺へ引き返して砂の上に坐し、悠々と智慧の餅を頬張った。

[88]与謝《よざ》の海はさながら凝《こ》った舞台装置のように美しかった。真っ盛りの紅葉《もみじ》と、松の常盤《ときわ》を織り崩したような大自然の幕が背景をなして、穏《おだ》やかな海原《うなばら》は青磁《せいじ》色に光っている。[89]舞鶴《まいづる》通いの連絡船が、[90]大島小島《おおしまこしま》の間をぬけて滑るように町の港へ近づいて来る。

江治はしばらく恍惚《うっとり》として海の景色に見とれておった。と、いつしか西の山へ日が落ちて遥かの空を茜《あかね》に染めた。渚《みぎわ》からは夜漁《やりょう》の漁夫が小舟を押して沖へ出る……。

江治はこの美しい海の夕景に別れを惜《お》しみながら、浜を立って町へ引き返した。主人の行動をもう少し仔細《こまか》に見届ける必要があった。

彼は表にたたずんでしばらく内裡《なか》の様子を窺《うかが》ったけれどとんと判らないので、そっと裏の方へ回った。するとちょうど、植えてからまだ年月の浅そうな杉垣になっていて、中の様子があらまし看《み》られた。あまり広からぬ家《うち》ではあるが回《まわ》り縁《えん》のついた綺麗な座敷で、[91]本床《ほんどこ》の上に三味線《しゃみせん》の箱が二つも飾られていた。その座敷の真ん中へ大きな餉台《ちゃぶだい》を据えて、主人は女と二人で酒を飲んでいるのだった。心持ち面長《おもなが》な顔に真っ白く白粉《おしろい》を塗って、大きな[92]丸髷《まるまげ》に結《ゆ》った女であった。派手な縞柄《しまがら》の着物に掛けた[93]黒繻子《くろじゅす》の[94]衣紋《えもん》をぬいた襟《えり》から、石膏細工《せっこうざいく》のような頸《くび》が生え出ていた。ところがその女の目許《めもと》から口許《くちもと》までの間が、不思議にもお繁の顔によく似ていた。

旦那は精出して女に酌《しゃく》をさせては餉台の上から肴《さかな》をとって食べた。そして五杯に一杯ずつくらい、女と盃《さかずき》を交換してはにやにや笑いを洩《も》らして悦に入《い》っていた。

……座敷からは何ともいえぬ旨そうな匂いが伝わってきた。何か煮ながら食べているのであろう、餉台の中央から微《かす》かな白い湯気《ゆげ》がおもむろに立ち昇っていた。強烈な美食の香りが、彼の胃の腑へ浸《し》み徹《とお》るようにこたえた。

江治は、[95]花セイドの下で星のように輝く[96]タングステン電球が照らし出すその濃艶《のうえん》な光景を、垣根越しにしばらく恍惚《うっとり》と眺めておったがついに我を忘れてしまい、杉の木を潜《くぐ》って庭の植え込みへ紛《まぎ》れ込んだ。すると二人の話し声が手にとるように聞こえる。雇《やと》い女らしい小ざっぱりした年寄りがお銚子《ちょうし》を運んで来た。

「……あて、[97]長襦袢《ながじゅばん》一枚染めよう思いますさかい、今度おいでやす時に本縮緬《ほんちりめん》一反土産《みやげ》に持って来とうくれやす。」

女が旦那にねだった。

「よっしよっし、ええともな、ええとも。」

「[98]重たい本縮緬にしとうくれやすえ、あて、軽いの厭《いや》。」

「可愛《かわい》いお前のところへ、誰が、紡縮緬《ぼうちりめん》[99]なんぞ持って来るもんか、誰がな。」

「だって、お主婦《かみ》さんの方があてより可愛おすやろ？　近頃旦那はんはちっとも来とうくんなはらんのですもの……。」

女は差しかけた銚子を引いて、ちょっとこうすねて見せた。すると旦那は、

「そ、そんな無茶言うても、しょうがあれへん、しょうが。このごろ私《わし》は、なかなか忙しいでな、とてもだないが忙しくて。」

「ほんなお忙しい体をわざわざ搬《はこ》んで来ていただいて、ほんまにあてお主婦へすみまへんなあ。」

「これ、そんな性《しょう》の悪いこと言うもんだあれへん。ほんなにすねんと機嫌を直してな、その機嫌を直してな……。」

旦那はこう言いつつ盃を乾《ほ》して女に差した。江治はこんな情景を観《み》ることは生まれてから今日が初めてなので、だんだん好奇心に駆られて前へ前へと出て行った。そして戸《と》袋《ぶくろ》のすぐ脇に植わった柊木《ひいらぎ》の陰へ屈《かが》もうとした途端、つと立った女のためにとうとう見つけられてしまった。

「あれ！」女はびっくりして声をあげた。

「誰だ！」続いて旦那が声をかけて立ちあがった。

江治は初めて(しまった)と思って一散に逃げかけた。しかし杉垣を潜る刹那《せつな》にぐっと大人の手で引き戻された。

「お、お、お前は江治だないか!」

旦那は、まごついてしまって次の言葉をよう口へ出さない。

「旦那はん知ってやはるお方?」

女は落ち着いた態度で問うた。

「これ、これは、家《うち》のな、丁稚《でっち》だ。」

「お供の衆どすな。」

「江、江、お前こんなところへ何しに来たんだえ? そのどんな用事があってな。」

「……。」江治も狼狽《ろうばい》を禁じ得なかった。

「用事ならな、なぜ、表から入って来《こ》んのだえ、表からな、ちゃんと声をかけて。」

江治は主人の拳固《げんこ》が今にも自分の頭上に落ちかかって来るかと思って怖かったが、糞《くそ》度胸《どきょう》すえてじっと啞黙《おしだま》っていた。すると女は悄然《しょうぜん》としている彼を見やって男に言う。

「まあ丁稚さんどしたの。ほんなら旦那はん、上へあげたげとうくれやすいな。」

「こ奴《やつ》め、腰がぬけるほどびっくりさせたで。その胸がどきどきするわいな。」

「悪《わる》ございました。」

江治は一言あやまった。

「さあ、丁稚さん、上へあがんなはれ。その縁《えん》からでようおすさかい。」

女はためらっている彼を促《うなが》した。

「おおけに。」

「さあ、あてが旦那はんに謝ったげるさかい構《かま》えしまへん。上へおあがりやす言うに。」

彼は消え入りたいような、まの悪い思いが込みあげてくるのを覚えた。で、なお小さくなってそこにいた。すると旦那が、

「江、ちょいとな、ほんならあがらせてもらって、話を聞きないな、話を。」

「旦那はん、もうそんなに丁稚さん叱らんとおいとうくれやす。あてよう判っておすさかい。」

江治はきまりの悪い思いをしながらも、女の人があまり優しく言ってくれるので座敷へあがった。するとその女はいよいよ尻こそばゆいほど持てなすのであった。

「遠慮せんと、どっさりおあがりやす丁稚さん。」

こう言っては、見たこともない料理の盛った錦手《にしきで》[100]の鉢《はち》を少年の前へつきつける。そして、

「もう煮えとるさかいたんとお食べやす。皆《みんな》あんたが食べてしまはっても、構えしまへん。」と厨炉《こんろ》づきの餉台《ちゃぶだい》へ仕かけたすき鍋[101]をさした。

「へえ、おおけに。ほんなら遠慮なしによばれます。」

彼は恐る恐る箸《はし》をつけた。と、頬《ほ》っぺたも何も落ちるほど旨い。

「さ、丁稚さん、これおつくり。」

「へえ……。」

江治はすすめらるるまま彼女が取ってくれる小皿へつぎつぎに箸をつけた。酒は一滴も飲まなかったけれど、ご馳走のためにぼんやり酔ったようになってしまった。彼は牛肉や刺身が旨いものだという話だけは聞いていたが、口にしたのは今日が初めてなのであった。（世には怖ろしい旨い物もあるものだ）江治はこんなに思った。

程経つと女は江治を別な部屋へ呼び入れた。そして、どんなことがあってもお主婦《かみ》さんにはここの家《うち》を教えないでくれとて、口止料《くちどめりょう》に五円札を一枚渡す。江治は手に五円紙《し》幣《へい》を握ったたままこれは贋造紙幣《にせさつ》でないかしらと疑えるほど嬉しかった。が、しばらくして元の座敷へ戻り、主人の前へ手をついてお礼を言った。すると、

「家《うち》へいんでな、お主婦さんはもちろんのこと、誰にも彼にも、金輪際《こんりんざい》言うたらあかんで、どんなことがあっても――。」

主人はこう言ってくどくどと念を押した。

「さあ、ほんなら、判りまへなんだ言うて、家《うち》へいんなはれ、判らなんだ言うて。」

江治はその女をどう呼んで礼言っていいものやら判らなかった。が、彼の頭には長く「お妾《めかけ》はん」という代名詞が残った。

* * *

途中で一度[103]馬力車《ばりきしゃ》に衝突して、帰って来るともう十二時を過ぎていたが、まだ起きていたお主婦《かみ》さんは待ち兼ねて江治を我が部屋へ引き入れた。

彼は道すがら様々なことを考え、ハンドルにもペタルにも力が入らなかった。（おっちの家《うち》は駒忠のためにどんな無酷《むご》い目にあったか、否《いな》自分の家ばかりではないお繁の家も、さらに気違いの小母《おば》はんの家も、皆《みんな》駒忠のために言いようなく虐《しいた》げられた。曽祖母も祖母も駒忠からは虫けらのように扱われてきた。そして自分がまた犬猫にも増した侮《あなど》りを受けているのだ。その憎たらしい、鬼みたいな駒忠の旦那やお主婦さんに、喧嘩《けんか》でもやらせて一家に不和《ふわ》を巻き起こさせたら少しなりと気が晴れる）と彼は思った。江治は妾宅《しょうたく》の在所《ありか》をすっかりお主婦さんに報告してしまった。そうして、

「おっちなお主婦さん、なるたけくわしいこと見届けてこよう思ってそっと戸の節穴《ふしあな》から覗いとりました。ほうすると白粉《おしろい》いっぱいつけて真っ赤な[104]緋縮緬《ひぢりめん》の長襦袢《ながじゅばん》きた芸妓《げいこ》

はんのような別嬪《べっぴん》の女の人と、絹の蒲団の上で旦那はんは寝とんなりましたで。」といい加減な憶測《おくそく》を組み立ててさもまことしやかに付け加えた。するとお主婦さんは、「江治、江治、江治。おおけにありがとう。よう見届けて来とうくれた。」と嫉妬《しっと》に堪《た》えられぬよう身を震《ふる》わせて少年にしがみついた。

「江治、これからは私がお前にだけ目をかけたげるよ。ほかの奉公人よりか可愛がってあげる。」

「おおけに、お主婦さん。」

「さ、約束の駄賃《だっちん》あげる。」

手の切れるような一円札が三枚、主婦の手から江治に渡された。彼は夢ではないかとばかり喜ぶ――。

十三

お繁は午《ひる》の休憩時間に洗濯場へ出て自分の下《しも》の物を洗っていた。四、五日前からどうも下っ腹がつっぱるように痛いと思っていたら、初めて月のものがあったのである。何だか羞《はず》かしいような嬉しいような変な気持ちがした。

鯉《こい》の飼育してある大池から水を汲んで、彼女は布についた汚点の部分を隠し気味に盥《たらい》へ浸《ひた》していた。すると屋敷を見回りに来た旦那はんがふとそこを通って、薄気味の悪い笑いを洩《も》らして行き過ぎた。

それからしばらく経ったある日のことである。彼女が機台《はただい》に向かって仕事をしていると旦那はんのお召《め》しだといって番頭が喚《よ》び出しに来た。で、お繁は先《せん》だってようやく独りで織らせてもらった縮緬の、成績を聴かされるのだろうと思って主人の居間へ出頭した。そうして、

「お呼び立てでございましたか？　旦那はん。」と言って廊下のところへ跪《ひざまず》いた。

だが、つと見ると自分の織り上げた縮緬はそこら辺りに見当たらない。織り手が難物《なんもの》を織って喚びつけられる折には、[105]精練所から突き返された[106]青磁色の縮緬がきっと机の上へ広げられているのであった。そして主人はいちいちその[107]資母《しぼ》のあがり具合を指摘し、我が気分と[108]難箇所《なんかしょ》の大小に応じて罰金を取った。しかしそれらしい縮緬は一反《いったん》もない。お繁はてっきり叱られる覚悟で来たのに、どうやら叱られずに済みそうなのを内心喜んでいると、旦那は常になく優しい声をかけた。

「お繁か、ここへ入れ、ここへ。」

「へえ……。」

「入れちゅうに、ここへ。」

お繁は何だかきまりが悪かった。で、一遍返事したきり黙ってうつむいていると、主人はつかつかっと彼女の側《そば》へ近づいて来て板の間へついた手を持った。そして、

「なかへ入れえや、用があるでな、用が……。」と言う。

彼女はおずおずしながら座敷へ入って坐った。

「旦那はん。」

「お前が先だって織った縮緬[109]を練《ね》ってみたらな、大変ええ資母があがったで、美しい資母が。」

「難はありまへんでしたろうか?」

お繁はぼつぼつ一人前の織り手になれるのだと思うと嬉しくてたまらなかった。

「難どころかな、一等品に通ったで、一等品に。」

「まあ！　一等品。」お繁は思わず大声をあげて欣《よろこ》んだ。

「あの分ならな、もう結構だで、明日から織り手にして、その受負《うけおい》[110]にして、勘定《かんじょう》したるわ。そうすりゃ前貸しも早《は》よ済ませるわいや、借金もな、借金が。」

お繁は膝がやや崩れているのに気づいてそっと前をかき合わせた。彼女は昨今めっきり肉づきのよくなった女らしい体に、まだ本身《ほんみ》[111]の着物を着ていないから立っても坐って

も前がよく合わなかった。男の眼は血ばしっていた。そして鼠《ねずみ》を見つけた猫の眼の如く××××××××。しかしお繁は長いあいだ望んでやまなかった織り手になれると聞いて、喜びのあまりなんにも考えなかった。男は××××××××××××……。

旦那はしばらく蕩《とろ》けるようにお繁の体を見守っていたが、何の飾り気も身につけぬ素朴な彼女に、谷間の白百合《しらゆり》のような美しさをしみじみと感じた。彼は定まった妻のほかに一人の妾《めかけ》をかこっている。そしてその上、宮津と[112]峰山《みねやま》の芸者にして彼の言う事をきかぬほどの女はほとんどなく、また×××××××××も既に二度三度ではきかない。しかしそれらの女は皆《みんな》駒忠の金力の前に跪《ひざまず》くのであって恐らく禿茶瓶《はげちゃびん》の男前に惚《ほ》れているのではないことを、彼自身承知している。それだけに、[113]笑売人《しょうばいにん》の前では意地から金を播《ま》き散らして金力の威光《いこう》を示していた。けれども彼はそれに何となく物足りなさを覚えて、金力に依らぬ異性の征服を潜在的に欲求しておるのであった。

「お繁、お前すっかり大人になったなあ、その女子《おなご》に、女子になったで。お前はなかなか器量よしだで別嬪《べっぴん》だわ、美しい工《こう》だ、綺麗な娘だわいや……。」

駒忠は、こんなに言いながらつとお繁××××××。××××××××。×××、

「×××××××××××××××××××××××。」

「×××××××××××××××××××××××××××××××××××××

××××××に……。」

　×××××××××××××××××××××××××××××××××××。

「××……。」

　××××××××××××××××××××××××——。

「×××××。」

　×××××××××××××。

「××××××××××××××××××××××××××××××……。」

「××××××××××××××！」

　××。

「×××××××××××××××××××××××××××××××××……。」

「××××××××××××××××××××××××……。」

「×××××××××××××××××××××××××××××××××××××……。」

「××××××××××××××××××××××××××××××××××××××。」

「×××××××××××××××××××××ちょっとも心配あれへんで。お繁、お繁、美しいお繁……。」

「だ、だ、旦那はん……。」

「お、お、お、お繁……。」

「……。」

「……。」

×××××××××××××××——。

××××××××××××××××××××××××××××××××××××××

×××××、その女神のような気高さを××××してしまったことに限りない満足と喜ばしさを覚え、残忍な微笑《ほほえ》みをもうだいぶ小皺《こじわ》の寄った両頬に浮かべた。しかしお繁はまだ昂奮《こうふん》の冷めやらぬ真《ま》っ蒼《さお》な面《おもて》をうつぶせて、何が何やら取りとめて考えられぬうちにもただ悲しくなってしくしく泣いていた。

＊　＊　＊

江治は主人にもお主婦《かみ》さんにもいいようなことを言って、[114]両みちかけたことがすぐ暴《ばく》露《ろ》はせぬかと内心気が気でなかったが、いい塩梅《あんばい》にお主婦さんは外聞をはばかって、すぐに爆発するようなことをしなかった。その代わり、里帰りの度数がとみに増えてきた。

お繁はしばらく日をおいてからもう一遍主人の居間へ引っ張り込まれ、絽縮緬《ろちりめん》の半襟《はんえり》と難物《なんもの》を染めた緋縮緬を三尺貰ったが、[115]銘仙《めいせん》一枚もたぬ身に贅沢《ぜいたく》な絹の腰巻をしめるようなことはなかった。

十四

すっかり葉の落ちた柿の木の梢《こずえ》に、[116]木守《きまも》りの熟柿《じゅくし》がただ一つ淋《さび》し気《げ》に冬を待っていた。その晩秋のある日、江治は[117]国境《くにざかい》の峠を独りてくてく登るのであった。素足に草鞋《わらじ》、[118]小倉《こくら》の角帯《かくおび》に木綿《もめん》の黒裏《くろうら》を出して[119]袷衣《あわせ》の尻をからげ、文箱《ふばこ》一つを[120]屋号入りの大風呂敷に包んで首へ掛けた、いかにも機家《はたや》の丁稚《でっち》らしい[121]ませくれた旅姿である。彼は主人との間に何か込み入った事情ができて、[122]但馬《たじま》の親許《おやもと》へ帰っている小牧《こまき》お孝《こう》という織り手の家へ使いにやられるのだった。

江治は峠を二つ越えてちょうど正午頃《ひるごろ》先へ着いた。やっぱり小作らしい貧しげな農家である。

「こんちは、[123]丹後《たんご》の駒忠から来ましたですが……。」

彼はこう言って内《なか》へ入った。すると木の板で作った[124]自在鉤《じざいかぎ》を吊《つ》るした囲炉裏《いろり》の側《そば》に、病みあがりらしく蒼《あお》い顔した織り手のお孝と、その母親らしい[125]中年寄《ちゅうどしよ》りの女が何か蒸し物をしながら温まっていた。そうして、

「まあ、珍《めずら》しや丁稚《でっち》さんですか、遠いところをよう来《き》なった。」と言って織り手が迎えた。それから、

「お母《かあ》、これ駒忠さんの丁稚さんだわ。」と母親にひき合わせる。

「そうかな、そりゃようこそ。まあ汚《きたな》い家《うち》だけど上へあがっとうくれ、駒忠さん。」

「おおけに。」

時分なので、とにかく彼はあがらせてもらって弁当を解いた。すると明日がちょうど村祭りの[126]宵宮《よいみや》で、今お強飯《こわ》をふかせているのだと言って解いた弁当をしまわせた。で、彼はその間に用事を済ましてしまおうと思い、文箱《ふばこ》へ納めた[127]状袋《じょうぶくろ》を取り出した。そして、

「これ、先《せん》だって話のきまっただけ金が入っとるそうですすで受け取っとうくんなはれ。」と言って前へ出した。

「間違いのう、五十両[128]入っとりまひょうなあ？」

母親が封を切らずに念を押した。

「へえ、正金《しょうきん》五十円と書き付けが入れたるそうです。」

「おおけにどうも。ですが、これで一切縁が切れてしまやぁ、後もうどうでも……。」

母親は封筒を手にしてこう言いながら眉《まゆ》を曇《くも》らせた。と、側《そば》の娘は、

「お母、[129]いげちない旦那はんだなあ……。」と言った。

「うん、分限者《ぶげんしゃ》にも似合わん無酷《むご》いことをしなる。けど、あながち旦那はんばっかりが悪いこたない。お前にも落ち度があるさかい、何事も[130]因縁《いんねん》ずくと諦《あきら》めるよりほかに[131]みちゃないわい。」

「そりゃ、そうだけどなあ……。」

「とにかくまあ、この銭《ぜに》はうちの人が戻んなんすまで封切らんと預かっとこう。」

「お母、うちどう思っても駒忠さんの仕打ちが恨《うら》まれるわいな。」

「薄情なもんだあ。しかしお前、今となってはもう……。」

「ああ、口惜《くや》しい、旦那はんが恨めしい、赤が不憫《かわい》そうだ。」

「丁稚さんの前で、いっつまでも未練たらしいことこくない。」

母親は、昂奮して涙さえこぼしている娘を慰めるのであったが、遂に業《ごう》を煮やしたようにきめつけた。

「ひっつこいこと言うな。父《てて》なし子を誰が産みくさった！」

すると織り手は、

「お母までほんなにうちを叱って、あんまれだわ、あんまれだ、あんまれだ……。」といよいよ声を立てて泣き出してしまった。

くわしくは知らぬながらもほぼ事情の判っている江治は、何と言っていいのか慰めるべき言葉もない。やがて母は江治に向かって語り出した。

「ほんまになあ丁稚さん、何にもあんたに愚痴《ぐち》こぼす訳だないけど、旦那はんの仕草《しぐさ》はあんまれ義理人情を欠いとる。仕事が楽で食い物が良うて、[132]一廉《ひとかど》ええ給金出すようなこと言うて余所《よそ》の娘をつれて行っときながら、こりゃまあ何ちゅうこつですだい丁稚さん。それもなあんた、ほかの機家《はたや》はんや大阪の方の会社から火のつくように所望《しょもう》されて、駒忠さんへは使ってもらおうと思っとりまへなんだだ。そいつをまあ無理矢理につれて行っといて盆正月にも帰さんような酷《ひど》い目に遇《あ》わせ、揚句《あげく》の果てにゃれっきとしたお主婦《かみ》さんのある身がええほどおもちゃにしてぃな、おまけに子まで孕《はら》ませて帰すなんてまったく犬畜生みたようなお主《しゅ》さんだ。」

「ほんとですなあ、おばはん。」

「それも若い息子はんでもあってその間に間違いでも起こったちゅうなら、世間にゃようあることでまあしょうがないとしてもですなあ、ほうろええ齢《とし》からげて[133]四十二の祝いの済んだような者《もん》が、まだこんな小娘同様な女子《おなご》をさんざんもちゃあすぶなんて、いやもう畜生みたようなお主さんだ。娘はまるで旦那はんの強姦《てごめ》[134]に遇《お》うたも同然だ。なおお前、どんな遊びしようと金に不自由するお方ではなしいな、お主婦さん一人で不足なら女郎買いなっと芸妓買いなっと、それでも足らなけりゃお妾《めかけ》はん囲《かこ》おうとまだのに……。」

「お妾はんは、ちゃんと町に囲うたりますで、そのうえ……。」

江治は宮津で見てきた隠《かく》れ家《や》のことを話そうと思った。しかし相手は独りで続けて言う。

「それでもなぁあんた、出来《でけ》た赤子《あかご》を引き取って駒忠さんの籍につけてくれるとか、乳がないなら乳離《ちばな》れするまで里子《さとご》ちゅう名目にして預けといてくれてぃな、成人してから立派に引き取るとか言うならこりゃまあ人間らしい話だけど、五十円の手切れ金でこのまま後始末《あとしまつ》一切に[135]しりつけたあ、あまれ無酷《むご》い。」

「……。」

「いや、まんだ年端《としは》のいかん丁稚さんにとんだしちむずかしいこと言うてしまいましたわい。悪う思っとうくんなはるなよ。ですが、もう何事も因縁ずくと諦めとりますだ。先《せん》だって番頭はんが来《き》ないした折に、話はもう決めてしまったりますだで、今日は機嫌ようあんたはんというお使いさんから、貰う物だけ戴《いただ》きゃよろしござりますだ。何《なん》もと[136]やこう愚痴をこぼさいでも……。」

「ほんまに、お気の毒でなりまへんわ。」

「しかしまあ丁稚さん、娘が女子《おなご》の児《こ》産んでくれたのでちっとはうら親たちも助かりましたがな。幸い丈夫《じょうぶ》げな赤児《あかご》で、どうやら[137]まめに育ちそうです。」

「女子の児はんが産まれましたか！　ほれは何よりおめでたいこってした。織り手はんおめでとうございます。」

江治はこう言って祝わねばならなかった。

「おおけにありがとう、丁稚さん。」

彼女は祝詞《しゅくし》を受けて泣きながら言葉を返した。

母親はしばし鳴咽《なきむせび》して涙をぬぐった。娘の織り手も啜《すす》り泣いた。するとふと納戸《なんど》から赤ん坊の泣き声が聞こえたので、彼女はやおら身を起こして億劫《おっくう》そうに立ちあがり、よろめくようにそっちに去る。囲炉裏の強飯《こわめし》が出来あがったのか、母親は蒸籠《せいろ》をおろして流し場の方へ持って行った。

程経つとその家《うち》の主人らしい人が、客を一人つれて帰って来た。背広の洋服を着て赤革の鞄《かばん》を携えたその辺には見かけぬ紳士である。チョッキの胸へ山形に掛けた太い金《きん》鎖《ぐさり》と、金縁眼鏡《きんぶちめがね》がまず江治少年の第一印象に不思議な感銘を与えた。

客は一通り挨拶が済むとすぐに用談へ移っていく……。

「実は今、村長さんのところでこの家《うち》の娘さんが何かご奉公先で間違いが起こって、帰っておいでんなると承《うけたまわ》って早速お邪魔に来たような訳ですがな。」

場馴《ばな》れた、どちらかといえば人を嘗《な》めたような態度のある客の言葉に、主人は極めて謹直《きんちょく》な礼儀《れいぎ》をもって応じた。

「ああそうでござりましたか、それはまあ、ようこそ。しかし、娘は間違いと申しましても、別段罪んなるような悪いことは……。」

「お父《とっ》つぁん、そりゃあもうよく判っております、そんなことは……。」

「へえへえ。」

「村長さんから大体の模様は伺ってきましたが、くわしいことはまだ判らないのです。ええと娘さんの体は、産後よろしい方ですか？」

「いやもう娘のふしだら、誠にお恥ずかしい話ですが、でもお蔭さまでなあ、お産が軽うごわしてて産後の肥立《ひだ》ちはええ方ですだ。」

「そうですかい、そりゃまあ何より結構ですなあ。ところで、娘さんはすっかり体が元に癒《なお》ったらまた以前の家《うち》へ帰られる都合になっておるんですか？」

「滅相《めっそう》もないあんたはん。娘の恥さらしせにゃ判りまへんだけど、相手の男ちゅうのが実は先方の旦那はんでごわしてなあ、手切れ金少しばかり貰って、さっぱり別れてしまう約束んなっとりますだよ。」

「手切れ金は失礼ですが何《なん》ぼほど貰いなはった？」

「五十両貰う約束ですだ。」

「はあぁ、たったそれっぱかり……。」

「娘が男の子でも産みくさったのなら、そりゃとてもだないが五十両では泣き寝入りできまへんがな、幸いまあ女子《おなご》の児を産んでくれたので、こっちどもまあそれで折れ合いつけましたような訳でごわすわい。」

「おッ！　女の子はんでしたか、そりゃあ何よりめでたい。おめでとう！」

紳士は突拍子《とっぴょうし》な声を出して祝詞《しゅくし》を述べた。そして続ける。

「そんな塩梅《あんばい》なら、ねえお父《とっ》つぁん、ものも相談ですが私《わし》の会社へひとつ娘さんを貸してはもらえませんか？　大阪のこういう会社ですがな……。」

紳士はこう言いつつ、持って来た鞄を開いて一葉の名刺を出した。そうして所轄警察署の証明書と、村長の紹介状だというものを主人に示した。

「娘を駒忠さんへやる前にも大阪の会社から貸してくれ言うて見えたが、そことはまた違いますだな？　日東紡績とかおっしゃりました、と思うがな何でも。」

「日東紡績は、もう余所《よそ》が買収して今はありません。」

「こっちどはよく読めまへんけど、浪華《なにわ》紡績[138]ちいますだな？　そうしますと貴方《あんた》はんの会社は？」

「さよう、浪華紡績株式会社の本工場です。これが私の会社から発行しておる機関雑誌ですがな。これ、お手すきの折読んでもらうとよく判る通り、何《なに》ぶん日本一の大会社なのでこんな雑誌まで毎月会社の内部だけで発行しております。」

その紳士は再び鞄の中へ手を入れて、ちょっとした印刷物を取り出した。

「そうしますとお客さん、あんたはんはつまりこの会社の奉公人[139]聞きという訳ですな？」

「こっちの機家《はたや》でいわばまずそうですな。しかし私は会社直属の募集人で、この通り警察の許可証もあるし、また当村の村長さんとは知り合いの仲です。それに会社の株主の一人でもあり、[140]かたがた人委《ひとまか》せが嫌いなところからこうして自分手《じぶんて》に女工さんを聞いて歩いておる訳ですがな。」

「なるほど、村長さんの名刺の裏に何か字が書いたりますなあ。お手数ですがあんたはんひとつ読んでおくんなされや。」

「……。」客はいわゆる村長の添書《そえがき》[141]を読み聴かせた。そして、

「どうですお父《とっ》つぁん、ひとつ承諾《しょうだく》してもらえますまいか？　会社の勤めというものは機家なんかと大違いで、実にびっくりするくらい几帳面《きちょうめん》なものですからねぇ、だらしない間違いなんぞは絶対に心配なしです。それに勤めの時間は短いし、休みは月に四回、そのうえ年が年中不景気知らずでいて給金は毎月勘定で手渡しします。丹後の機家なんて、ありゃまったく豚の行くところですよ。三度が三度南京米の麦飯に菜っ葉ばかり食べさせて、十五時間も十六時間も働かせるなんて何という怖ろしいところです。まるで牢屋《ろうや》だ。」

何と思ったのか娘が出て来た。そして客の方へ向かって無言のまま軽く会釈《えしゃく》し、

「お父つぁん、それなに？」と口を出した。すると募集人は三度《みたび》鞄の中から刷《す》り物《もの》を引き出して、

「まあ、それよりかこちらの写真帳をご覧、これが会社の一部です。」

こう言って、彼はあらかじめ文章に作ったような説明を始める。江治もいつしかその方へ寄って写真帳やほかの印刷物を覗きながら熱心に客の話に聴き入った。

「そうれご覧、これが会社の庭園、お庭です。それからこれが運動場、休みの日や仕事の合間《あいま》合間に誰でもここへ来て遊べるのです。女工さんが大勢づれ毬投《まりな》げして遊んで

いましょう。それからと、こいつが食堂、どんなもんです。機家はんの鍋座《なべざ》とはまるで較《くら》べ物にならんでしょうがな？　これが倶楽部《クラブ》。ここでは月四回の休みたんびにいろいろな催し物がある、浪花節《なにわぶし》だとか芝居だとか[142]活動写真だとかいう面白いものがね。この上の方の丸い中に嵌《は》まっておるのが浄瑠璃《じょうるり》かたっておるところです。それからこれが風呂場。広い風呂場でしょう。湯槽《ゆぶね》の大きさが畳十畳敷きある大風呂ですよ。会社へさえ来てもらえば、こんな綺麗な湯がただで入れます。それからと、これが休憩室。つまり仕事休みに一服するところ。そんな部屋までちゃんと建っておるのです。行き届いたものでしょう？」

「へえ……。」

「……次は主《おも》だった仕事場です。第一織布工場、第二織布工場、第三織布工場、ワインダー、整経室《せいけいしつ》、糊場《のりば》、引通《ひきとお》し、仕上場《しあげば》。それからこちらは紡績になりますなあ。石炭や棉花《めんか》を船で陸揚げするところからありますよ。[143]混棉《こんめん》、[144]打棉《だめん》、[145]梳棉《そめん》、[146]練条《れんじょう》、[147]粗紡《そぼう》、[148]精紡《せいぼう》、[149]ダブラー、撚《よ》り糸、綛場《かせば》、丸場《まるば》、荷造り場。そうしてこれだけの工場を回すために、これが汽罐室《きかんしつ》、エンジン、発電所。」

「ほうら……。[150]おっとろしや、まあ大仕掛《おおじか》けな機械ばっかりですこと。」

父が呆《あき》れたように言う。募集人は得意顔に、

「何《なに》ぶん会社の仕事は一から十まで機械がやってしまうのですからなあ。なにしろ、糸を継《つな》ぐのまで[151]ユニバーサル・ノッターちゅう機械でするのですよ。で、仕事といったところで娘さん、傍《かたわ》らに本でも読んでいて時々機械の世話さえしてやりゃそれでいいのですよ。まるで遊んどるより楽なもんだ。」

「そちらに、まんだ美しい写真がありますなあ？」

娘が言った。

「よろしいとも、残らず観《み》せたうえ皆《みんな》あげていきますよ。さあ、こいつが姉さん、一番値打ちのあるところですよ。会社の女学校だ。私の会社には寄宿の内にちゃんと尋常一年生から高等女学校までの学校があって、会社の女工さんなら誰でもいつでも入学ができて、本も筆も絵の具も一切合切《いっさいがっさい》会社もちで勉強ができるのです。剛毅《ごうき》なもんでしょう？　そうれご覧、これが学校付属の大広間でね、裁縫や作法、生け花、茶の湯、琴といったようなものを稽古《けいこ》する部屋。百畳敷きといやずいぶん広いように聞こえるが、この大広間ときてはお父《とっ》つぁん、百畳はおろか一本も柱なしで二百八十畳敷けますよ。どうです？　上の丸い中に入っておるのがこの女学校の卒業式で、その横が免状です。」

「へえ……。」

あまり大きな話なので、江治も呆れてしまった。

「まるで嘘みたいな事実でしょう？」

募集人が言った。

「そうするとあんたはん、お針《はり》[152]もやっぱり会社でちゃんと仕込んで下はるのですかえ？」

主人が眼を丸くして問うた。

「もちろん、今も言うた通りお茶、生け花、行儀作法《ぎょうぎさほう》、裁縫から琴三味線にいたるまで、およそ女子《おなご》として識《し》らねばならん芸事一切はですな、ちゃんと会社に先生が雇《やと》ってあって毎晩毎晩六時から十時まで教えとるのです。先生の数だけでも、失礼ですがこの村の小学校よりゃようけおる。二十人からいますからなあ。」

「ほう……。何と大したもんでごわすなあ……。」

父はいよいよ感心したらしく、こう語尾を引いてつと腕を組んだ。

「どうでしょうお父つぁん、娘さんを三年ほど貸してくれませんか？」

それから娘に、

「姉ちゃん、ひとつ大阪の会社へ遊びに来てみませんか？　都《みやこ》はいいところですよ。芝居や活動も毎日あるし、ちょっとそこまで出るにも乗り物があるし、菓子でも鮨《すし》でも茶碗蒸《ちゃわんむし》でも、どんなご馳走《ちそう》でも食べられる。そうして衣裳《いしょう》はなんぼでも美しいのが買えるしねえ、見物かたがた三、四年来てみる気はありませんか?」と誘惑の矢を盛んに放った。

「……。」父、娘はだいぶ乗り気になる。

「どうですご主人、貴方《あんた》の考えひとつで娘御《むすめご》は承知らしいが? なに旅へ出てしまえば娘御の傷ついた体も、立派な生娘《きむすめ》で通るというもんだ。そのうちまたどんな良縁がないとも限らん。世間はお父《とっ》つぁん広ごわすで——。」

十五

この家《や》の女主人は、蒸し立ての強飯《おこわ》を二人分出して客にすすめた。しかし募集人はそれに箸さえつけずに語り続ける。

「ところがここにうまいことがあるんです。二《ふた》満期無事に勤めてから帰国せずに大阪で嫁に行きたい人は、会社の人事課で相当な媒介人《なこうど》をしてくれたうえ、満期慰労金《いろうきん》として莫大《ばくだい》な賞与を下げたほかに、新所帯なら道具万端《ばんたん》買い調《ととの》えるだけのお祝いが貰えるのです。おまけにその間には国許《くにもと》へ毎月送金しながら自分の貯金も五百円や六百円はできるし、二満期六年まあ辛抱してごらん、娘さんの手一つで途方もない立派な嫁入りごしらえができるというもんだ。その雑誌の口絵に美しい花嫁さんの写真が載っておりましょう？　それは十四の時に入社して二満期つがなく勤めあげ、工業学校を出た織布部の社員工務係とめでたく[153]華燭《かしょく》の典《てん》を挙げた四国讃岐《さぬき》の女工さんです。親許へもずいぶん手助けしながら、箪笥《たんす》二棹《ふたさお》にいっぱい衣裳が詰まっておった。」

「なるほどな、綺麗な花嫁はんだ。[154]なぁした結構な嫁御寮《よめごりょう》だこと。」

「お父つぁん、うち丹後へ奉公して日陰者《ひかげもん》で暮らすより……。」

娘は憧《あこが》れたように、心持ち仰向《あおむ》いて言った。

「ねえお父つぁん、ここはひとつ考えものですよ。」

募集人はすかさず主人の決断を促した。

「まんだ娘は若いだでなあ、願うことならいいつれあいが持たせたい。」

母が言った。そうして娘に、

「こりゃ、お前はその方がええと思わんかいや？　遠くへ行くのは淋《さび》しいようだけど、こっちにおっていつまでも後ろ指さされるより……。」

「お父つぁん、うちどうぞ会社へやっとうくれ。[155]広みへ出て何も彼《か》も忘れてしまって一生懸命に働き、仕送りしてきっと赤は育てるさかいなあ……。」

娘は言った。

「うん、こうやって村長さんの添え手紙も来とることだが……。」と父。

「縮緬屋奉公と違って、厳重なちゅうこったでその方がよかろう！」と母。

「そうだなあ……。」

「お父つぁん！」娘のお孝は、もうすっかり応募を決心してこう叫んだ。

父はしばらくの間うなじを下げて考えていたが、

「ほんなら、機嫌よう連れて行ってもらえ。それでは、娘を貴方《あんた》はんの会社へやることにしまひょう。」と遂に確答を与える。

募集人の面《おもて》には(しめた)といぅ喜びの色が動いた。

「そんならお前、この旦那はんによぅお頼みしてな、また駒忠さんでのようならっしもない間違いを起こさんように——。」

母が言った。

「ご両親とも、そのご心配はご無用です。こうして私が預かって行くからには、万一再び大事の娘さんの体に過ちでも起ころうものなら、面目《めんぼく》なくてこう言う犬山三五七《さごしち》は二度とこの村へ足踏みがなりませんから。それに、機家《はたや》のような制度とは雲泥《うんでい》の相違で、会社の寄宿へは一切男が入れんことになっとります。その点は安心なものですよ。」

するとの募集人がこう言って保証する。

「何分にも小さい時から機家へやったりましてなあ、行儀も何にも知りしまへんが、行き届かんところは[156]ご免なして、どしどし叱って使《つこ》うとうくれ。」と母が言った。

それから一座のうちにしばらく沈黙が続いた。と、ややあって募集人は、

「ものもついでですがねえご両人、娘さんの赤ん坊というのもひとつ、成人しられたら私の会社へ貸してもらえませんか？」と言った。すると、

「気の毒ですけど、あれはもう先口《せんくち》がありますだがな。」

こう言って主人が挨拶した。だが客は、

「約定先《やくじょうさき》はどこですね？」と訊き返す。

「やっぱり丹後の機家はんです。」

主人は再び答えた。

「約束金は？」

「とりあえず、五両だけ貰ったりますだ。」

すると彼は「五両！」とおうむ返しして、

「何とお父つぁん、物も相談ですが私の会社から十円出しますから、ひとつそっちを破約してこっちへ譲ってはもらえませんか？　まげてひとつ。」と赤ん坊を強要するのだった。

「十円あんたはんから貰って五円先方へ返すと？　め、滅相なお客さん……。」

主人はこう言いつつ手を振って[157]協商《きょうしょう》を拒《こば》んだ。

「そりゃ勘違いだ、お父《とっ》つぁん。先方の[158]手金《てきん》をこっちで弁償したうえ十円だ。」

募集人が訂正して言った。すると主人は、

「そんなら、あんたの会社へお世話になってもよろしい。どうせどこ様かへ使ってもらう孫ですさかい。」と考え直した。

「学校は会社で入れますからね、七歳《ななつ》になったら貸してもらいたいもんですなあ。」

「承知いたしました。」

＊　＊　＊

こうして父親が承諾してしまうと、やがて募集人は印刷に付した契約書用紙を取り出し、それぞれ必要な条《くだり》を書き入れてそれに調印を求めた。そうして二通の証文と引きかえに五十五円の金を置いた。そのうち四十円が娘の身代金《みのしろきん》で、十五円が赤児の手つけ金と、先約金の弁償に当てられるのであった。

こうしてひと仕事終わった彼、女工募集人の犬山は香りの高い葉巻を悠々とくゆらせた。

「お前、この旦那はんのおっしゃることは何でもようきくんだよ、更《あらた》めてようお頼みするがええ。」

母親は娘に言った。すると彼女は、

「何《なん》にも知りまへん者《もん》ですけど、どうぞよろしくお頼みします。」と募集人に向かって丁寧にお辞儀した。

「よろしい、万事は私が引き受けたから、親船に乗ったような気持ちで、安心して一緒にお出《い》で。」

募集人が言った。

江治は[159]初手《しょて》のほど家《うち》の者が皆《みんな》自分より後から来た紳士にばかり応接して、彼のいることなど忘れたかのような態度でおるのをひどく不満に思っていたが、いつしか相手の談話に、自分もまったくお孝の家内《かない》と一緒こたに引き入れられてしまっていた。そうして彼も尋ねてみたいことがあるので幾度か言い出しかけたが、相手の語勢に呑まれて機会を得なかった。それがようやくにして黙ったので儲けたような気持ちがした。で、江治はすぐに質問した。

「あのう、ちょっとお尋ね致しますが大阪のその会社では男は使ってもらえまへんですだろうか？」

すると募集人は、

「そうだなあ、男工《だんこう》も使わんことはないが、しかし男工は数が要らんので別段募集せずと済むから、旅費は会社から出ないねえ。」と答えた。

「へえ。」

「前貸しもできん。」

「ほんなら、おっちのような少年工《こども》が仮に入りたい思ってもあきまへんですだろうか?」

「私がつれて行ってやる訳にはいかないがな、しかし勝手に来るのなら来ても差し支えない。来さえすればどうにかなるだろう。」

募集人はいかにも愛想なげに言った。が、しかし何と思ったのか江治少年に名刺を一枚渡した。「浪華紡績株式会社西成工場女工募集人犬山三五七」と大型な厚い紙に刷ってある。そして家の者に向かい、

「それでは皆さん、この村から行く人は皆同じ日に発《た》つからそのつもりでおってもらいましょう。いずれ四、五日中に、日取りを定《き》めて報《しら》せます。」と言い残してそそくさ去って行った。

——鎮守《ちんじゅ》の森では、はや秋祭りの太鼓が鳴っておった。その村の名物の、太刀振《たちふ》りの稽古《けいこ》らしい。ドデー、ドデー、ドデェホーホー、ドデー、ドデー、ドデェホーホー……。

ピリヒュル、ピリヒュル、ピリヒュルヒュルヒュル……。ドデー、ドデー、ドデェホーホー、ピリヒュル、ピリヒュル、ピリヒュルヒュルヒュル……。

囃子《はやし》の音は劇《はげ》しい。江治は社《やしろ》の横を通って急ぎ足に帰った。日はもうだいぶ傾いている。

十六

江治は始めのほど機家の徒弟《とてい》という職業にあまり親しみをもたなかった。で、織場《おりば》で大人がする仕事の手伝いをやらされるよりも、外へ使いに出される方がよかったけれど、だんだん技術に趣味[160]が出てきてこの頃では使いに行くのが厭《いと》わしい。家にいて何か仕事をやっている方が、面白くて時間が短いように感じられた。またこましゃくれていてよく気が利くというので、朋輩の評判はなかなかよかった。

彼が一等好きな機械は石油発動機《オイル・エンジン》と紋織機械《ジャカード・マシン》[161]である。今や新工場専属の追い回し[162]としてその方にばかりおることのできる彼は、暇さえあれば機械の側へたたずんで生まれつき瞳孔《どうこう》の大きい眼をじっと瞠《みは》って穴のあくように見入った。

石油が燃えて、ひとりでに発動機の調速輪《ちょうそくりん》[163]が回転することと、針と紋紙《もんがみ》の作用で織物の表面へ浮き模様の表われることは、彼にとっていかにも不思議でたまらない。で、彼はよく大人にその訳をただした。けれども誰一人として了解のゆくように教えてくれる者はなかった。

（大人の人も、知らないのかなあ）江治は思った。そういえば子供の頃水車《すいしゃ》[164]で米の搗《つ》けるのが不思議で、祖母に尋ねたけれど「水車は水で回るんだ。米は杵《きね》で搗けるんだ」と言ったきりで、ちっとも得心《とくしん》のゆくところまで教えてくれなかった。また学校から遠足に行ったとき汽船を見て、その音もなく進むのが不思議で先生に訊いたが、これも石炭を焚《た》いて進むのだという漠然とした答で、なるほどとうなずけるような回答は与えられなかった。なお、彼がそれにも増して合点《がてん》のゆかぬことは、むかし人間も何も棲《す》んでいなかったというこの地球、誰の所有でもなかった山や田が、どうして駒忠の持ちになったものか不思議に堪《た》えない。「どうして余所《よそ》には山や田があるのに自家《うち》には何にもないのだろう？」と祖母に訊いても、「貧乏だでない」と言う以上貧乏だとなぜにないのか教えてはくれなかった。（山の木なんかは皆《みんな》誰も植えないのに、自然と生えて大きくなったものだ。それを伐《き》ってはいけない？　余所の山へ入ったら盗人《ぬすびと》だ？）

江治はこんな疑問を抱きながら成長したのであったが、どこまで行っても彼の智欲に満足を与える先生はいなかった。

駒忠の新工場も、電灯会社の発電所の機械も、皆大阪から技師や職人が来て据え付けたのであった。わけても駒忠の力織機《りきしょっき》と石油発動機は大阪の鉄工所で製作されたものである。（大阪へ行くとこんな複雑《むずか》しい物をこしらえるほど偉い人がおるんだ、京にはまた機械のこと専門に教える学校さえあるという、えらいもんだなあ——）彼はこう考えて感心した。

江治は近頃つまらないことばかりであった。あれほど織り手になりたいなりたいと口癖に言っていたお繁が、いよいよ織り手に昇って織機《はた》の織り前を持つようになったのに、さほど嬉し気な顔も見せてくれない。わずかな午休《ひるやす》みの時間を盗んではよく二人して鬼《き》子母神《しぼじん》の杜《もり》へ遊びに行ったのに、近頃は彼が誘っても彼女は一緒に行かない。それどころか彼女は江治と瞳孔《ひとみ》を合わせることを怖《おそ》れでもするよう、仕事中に行き合うことがあるとぷいと顔をそむけるのであった。そうしていつも浮かぬ顔ばかりして、黙々と独りで何か悲しむような[165]風《ふう》つきをしている。彼は思わぬことで八円も金を儲けたので、お繁にも少し分け前をやろうと思った。しかしこれまでは五十銭の金にも嬉し涙をこぼして喜んだ彼女が、気の毒なとて受け取らない。江治にとってはそれがかえってあきたらなかった。（機先《はたさき》の時分には、炊事番に当たればそっと自分の椀《わん》へだけ余計にお副食《かず》をよそうようにしてくれた彼女が、なぜこんなに薄情になったのかなあ？）江治はこう思うとやるせなかった。

主人夫婦は、お互いに秘密な使いをさせてから幾分江治に折れてきた。しかし車回しや番頭や静繰《しずく》り男など朋輩は、相も変わらず彼を虐待した。彼は実にこれら大人の気が知れなかった。洗濯をさせたり煙草《たばこ》買いにやったり、提灯《ちょうちん》持ち(恋の使い)などを言いつけさんざん我が用をさせておきながら、それでいて仕事上のことで打ったり叩いたり手荒な真似《まね》をほとんど毎日のよう続けるのであった。下管《したくだ》などでも彼は大人に決して劣らぬよう上手に巻いた。しかし朋輩らは彼になかなか仕事をやらせない。で、たまたまそれらの大人が仕事場を離れていない時に独りで練習しておると、戻って来て突き飛ばすように江治の練習を取りあげた。

(あぁあぁ、一年分の給金は先《せん》だって間違えた金の弁償に取られてしまうし、なんぼ働いてもお主さん肥《ご》やしだ、つまらんなあ――)かれはつくづく奉公が厭《いや》になった。そんな時に思い出すのは女工募集人の堂々たる紳士姿を通じてうまそうな大阪の工場の話である。

江治は彼から貰った名刺をこっそりと[166]支那鞄の底から取り出し、その文字を読んでは遠い浪華《なにわ》の都に憧《あこが》れた。

＊　＊　＊

お繁はふとみるものが見えなくなった。しかし体の異状でほんのその月ひと月だけだろうと思っていると、翌月も翌々月もなかった。そうして不味《まず》い物ではあるけれどよく働くためか相当旨く食べられた三度の食事が、さながら砂利を噛《か》むように不味くなった。また頭が重くて体が怠《だる》く、立ち仕事が億劫《おっくう》でしょうがない。胸がむかむかした。そして始終嘔吐《おうと》を催《もよお》して食べ物が少しも腹へ落ち着かない。それでいていろんな物が食べてみたかった。けれどもなに一つ買って食べることもままならぬゆえ、よく旧織場の脇にある柚子《ゆず》の木から青いやつをもぎ取っては囓《かじ》りついて汁を啜《すす》った。しかしそれとてもほかの食べ物と一緒にげっと吐いてしまう。とにかくこれまで経験した例《ためし》のない変な兆候を感じた。と、身に覚えのあることとゆえ気がかりでならない。だが人に尋ねてみる勇気はなし、母に訊くのも怖ろしかったから、旦那はんに逢う機会を待った。けれどもお主婦《かみ》さんの眼が光ってなかなか逢うことが難しかった。

で、彼女は一日ある策略を考え出してようやく旦那はんに面会した。縮緬に故意《わざ》と疵《きず》をこしらえて出したのである。そうしておずおずしながら妊娠してしまった旨を告げると、彼は嫌悪に満ちた表情でしばらくお繁を睨《にら》めつけたあげく、「土蔵の裏に[167]××が作ってあるから、その根を掘って煎じて服《の》め、そうしてまた××へもそれを差し込んでおけ」と言い、「もしそれでも[168]流経《りゅうけい》を見なかったら[169]薬種屋《やくしゅや》から××を買って来て服め。

駒忠の奉公人だと言って××屋へ行けばないしょで売ってくれる」と付け加えた。

しかし彼女は新しき小さな霊に対して既に愛を感じていた。初手《しょて》の程はただ薄《うす》ぼんやりとした夢のような愛であったが、男から無酷《むご》たらしいことを言われて初めて深い強い母性愛を自分に見出《みいだ》した。そしてまだ蠢《うごめ》きもせぬ小さな新しい生命が、自分の愛と苦悩によってだんだん成長してゆき、生まれ出る日の歓びを日に日に強く意識した。男がそんな無酷いことを言えば言うほど、彼女はますます愛着を感ぜずにはいられなかった。

お繁は旦那の薄情も打ち忘れ、可愛い者が声をあげて自分の腹から生まれ出る歓びを空想に描いたけれどもまったく夢のような空想はすぐに打ち壊される儚《はかな》い泡沫《あわ》であった。彼女に安楽な産褥《さんじょく》[170]を与えるところはどこを探しても尋ねあたらぬ。そう気づくと旦那が恨めしかった。

お繁は奉公にあがってまだ間のない頃、母家《おもや》の閨《ねや》で水銀を余計に嚥《の》み過ぎて死にかかった織り手を見た。で、そんなことを考えると怖ろしくて身慄《みぶる》いするのだった。

彼女はまた江治に対して何となく済まぬことをしたような気がして、瞳孔《ひとみ》を合わせるのが恐《おそ》れられた。年寄りに育てられたゆえひどくませくれた彼は、自分が主人の子を抱えていることなどとっくに看破《みやぶ》ってしまっているのだが、賢いから知らぬふうを装《よそお》っているように思えて苦痛だった。子供の時分お互いに父母や祖母の眼を盗んでは嫁婿《よめむこ》遊びをし、大きくなったら彼の嫁はんになるなどただ意味もなく言い合ったことが、今となってはそのままで済まぬような気がしてしょうがない。

お繁は憂鬱《ゆううつ》な日を送った。

大江山颪《おおえやまおろし》がまた雪を乗せて来る。機械は狂乱したような音を立てて永遠に回転する……。

錦紗縮緬《きんしゃちりめん》が大当たりで、織り賃が二割あがったと言うのでほかの織り手たちは嬉々として仕事に精出した。

「此家《これ》のお背戸《せど》に榎《えのき》がござる
榎実《みな》成らずに金が成る……。」
「織り手金柑機先蜜柑《きんかんはたさきみかん》
車回しは柚子《ゆず》の皮……。」
「うちの[171]殿御《とのご》は可愛い殿御
織ってやりたや[172]兵児帯《へこおび》を……。」
「[173]丹後但馬《たんごたじま》は女子《おなご》の夜這《よば》い
男後生楽《ごしょうらく》ねてござる……。」
「[174]二度と行こまい丹後の宮津

縞《しま》の財布が空になる……。」
「[175]福知山《ふくちやま》さん葵《あおい》の御紋《ごもん》
いかな大名《だいみょう》も叶《かな》やせぬ……。」
「(丹後)加悦《かや》と峰山縮緬《みねやまちりめん》どころ
織り手何きる襤褸《ぼろ》[176]でんち(チャンチャンコ)……。」
織り手たちは面白そうに、こんな機織唄《はたおりうた》を歌いながらせっせと機を運転《まわ》しておる。しかしお繁は捨て鉢のようにやけ唄を歌った。
「加悦の谷とは誰が言《い》ったよ言《ゆ》た。
地獄谷《じごくだに》かや日も射さぬ……。」
「啼《な》けよ[177]筍子鳥《かっこどり》駒忠の藪《やぶ》で
糸が暴落《さが》ると言うて啼け……。」
「ほんに憂世《うきよ》じゃ機家《はたや》の女子《おなご》
機家女子に誰がした……。」
(筍子鳥《かっこどり》というのは、その辺の機業地で不景気を象徴する言葉だ)
そして彼女は生まれ出る小さき者の生命を祝福するためにでき得る限り最善の努力を払っても、なお彼を殺さねばならぬようなことがあったら、自分も共々に死んでしまおうと覚悟を決めていた。

十七

滅多になく晩《おそ》くまで暖かい年で、一度降った雪が十二月に入ってからなか[178]消《ぎ》えをしてしまった。

江治は手《て》桶《おけ》代わりに[179]雨蛙土瓶《あまがえるどびん》の蓋《ふた》を取って渓《たに》の清水を掬《すく》い入れ、[180]樒《しきび》の葉を浮かばせて裏山の墓場へ詣《まい》った。まだ石碑も建たぬ祖母や母の墓は、落ち葉で埋まって見分けさえもつかなかった。すぐ傍《かたわ》らには大理石のように滑《なめら》かに磨き立てた駒忠の石碑が厳《いか》めしく誇らし顔に[181]峙《そばだ》っている。風もないのに松葉がぱらぱらと落ちて、丸味を帯びたその分限《ぶげん》者《しゃ》の石塔《せきとう》の頭からつるりと二人の墓へすべってくる。

やがて江治は枯れ枝を拾って落ち葉をかき寄せ、たおれていた二人の位牌《いはい》を立て直した。もうだいぶ朽《く》ちかけて木が黝《くろず》んでいるが、母のが四文字、祖母のが五文字の戒名が朧《おぼろ》に読める。駒忠の石碑には多く六文字から七文字くらい字数を使って、末尾には「居《こ》士《じ》」、「大姉《だいし》」が付けられておるのに引きかえ、貧しき彼の墓場はいずれも「信士《しんじ》」、「信《しん》女《にょ》」であった。こうして貧乏という烙印《らくいん》は死んでからまでも額《ひたい》を離れず、永遠に世の人の侮辱《ぶじょく》をもってついて回るのだ。こんなことを識《し》っている江治には駒忠の石碑の角を密《ひそ》かに欠いてやりたいような思いがした。

彼は二個の位牌へ樒《しきび》の葉っぱで露《つゆ》を振りかけ、さらに屍《しかばね》の頭と思《おぼ》しいところへ土瓶の口から水を注《そそ》ぎ流して手向《たむ》けた。そして落ち葉臭い地べたへ坐り込んで心静かに二人の眠れる霊に別れを告げるのであった。

ふと、いつとはなしに憶《おぼ》え込んだお経が、口を衝《つ》いて出た。と、彼ははっとしてそれを言い止《とど》まり、生ける人に語るが如く亡き人に言った。

「お祖母《ばあ》にお母《かあ》、僕は出世するために大阪へ行って来るでなあ、静かにこの山の中で寝とんなれ。」

「……。」

「駒忠さんに置いてもらっとってもちっとも成功する見込みがあれへんで、あっちへ行って僕偉い者《もん》になる。ほうして銭儲《ぜにもう》けして分限者になって、人に見下げられとうない。三好《みよし》の家《うち》はきっと興《おこ》してみせる――。」

「……。」

しかし墓は黙として応えなかった。と、彼は一度だけ戒名を唱えて伏し拝んだ。

「南無《なむ》[182]熟山院妙月信女《じゅくさんいんみょうげつしんにょ》、南無[183]冬岸妙悟信女《とうがんみょうごしんにょ》、先祖代々[184]過去帳一切《かこちょういっさい》(拍掌《はくしょう》)……。」

また、松葉がひらひらと一葉散った。江治はしみじみとした涙が両頬を濡《ぬ》らしているのを感じた。堪《た》え難《がた》い、忍《しの》び難《がた》い辛酸《しんさん》を嘗《な》めさせられたことなどの怨《うら》みよりも、彼は遥かに遥かに祖母が懐《なつ》かしかった。そしてこのまま自分が再び故郷《ふるさと》の地を踏まぬようなことがもしあれば、二人の墓も無縁仏になってしまって人の足蹴《あしげ》にかけられるのかと思うと、たまらなく侘《わび》しかった。

祖母は生前よく母の墓場のことを心配し、[185]一回忌、三回忌、七回忌と年月《としつき》が経っていっても、依然として石碑を建てることができないのをひどく情けながった。そうして、

「江、もしうらがお母の石塔をよう建てずに死んでしまうようなことがあったらなあ、[186]お母がんとおばあがんと一緒でええさかい、戒名二つ刻んで小さいの一本建ててくれ。われがうらにしてくれることはただそれだけでええさかいな。それでお祖母もお母も納得だわいや。」と言ったものだ。そのとき彼は石碑の一基くらい訳なくこしらえられるように思って、

「おばあ、おっちきっとええ石塔建てたげる。今から受け合っとくわ。」と安受負《やすうけお》いしたのであった。

だがそんなたわいもない約束はともあれ、石碑のないのはひどく情けなかった。

江治は、

「おばあ、僕なあ大阪へ行って勉強して成功したらきっと間違いのう戻って来て、何は放っといても真っ先に石塔だけは建てたげるさかい、それまで我慢しとうくれよ。」

「……。」

しかし依然として墓は黙している。

「ほんならお祖母《ばあ》にお母《かあ》、これでさいなら、行ってくるで……。」

彼は最後の挨拶を述べて、名残《なごり》を惜しみつつ墓場を去った。

近いうちに別れて行くのかと思えば、辺りの自然がものを言うように懐かしかった。山も田も畑も小川も皆《みんな》別れを惜しんで泣いているようだ。この地に住む人々はいつも彼を侮辱し、虐《しいた》げ尽くしたけれど、美しい自然は決して彼を虐げることも侮《あなど》ることもしなかった。そして従順な善良な友として、[187]幾星霜《いくせいそう》があいだ温かく交わってくれたのであった。

家へ帰るともうすっかり耄碌《もうろく》して呆けたようになった曽祖母が、見えぬ眼をしょぼつかせながら[188]タタリに屑糸《くずいと》を通して手繰《てぐ》りしていた。彼女はそうしてどうにか粥《かゆ》を啜《すす》っていたのである。

江治がその木《き》海月《くらげ》のように萎《しな》びた耳朶《みみたぶ》へ口をつけて旅の決心を打ちあけると、がっかりして曽祖母は言った。

「せめてわれだけでもみんごと死なずに残っとってくれると思や、やっぱり余所《よそ》へ行ってしまうだかや。うらあも[189]ほうらええ年して、こないに若い者《もん》と皆別れてしまわにゃならんとは、淋しいこった。」

「またなあ、戻って来るわいな、ばあはん。」

「われが、戻って来るまで生《い》けっとられるかどうか判れへんわい。もう眼が[190]かったに見えんようになってしまったでなあ。人間が死ぬる時にゃ眼が先に死ぬるちゅうで、もうこのうらも長《なご》はなかろう？」

潤《うるお》いも活力も尽きた、軽石《かるいし》のような曽祖母は涙もこぼさずに悲しむのだったが、母や祖母より親しみ深かってよく世話してもらった江治には、彼女の意中が察せられて不憫《ふびん》に堪《た》えなかった。

「あっちへ行ってなあ、おっち出世がしたいんだわ。」

「なんだえ？」

「僕、あっちへ行ってなあ、出世がしたいんだよう。」

「おぉおぉ、うたてやうたてや長生きはしともないもんだ。」

「僕なあ、あっちへ行って銭儲《ぜにもう》けがしたいんだよう。」

「お粥《かゆ》でもすすって行けいや。」

以前から、曽祖母は誰の声よりも江治の声をよく聴いたので、彼が大抵通訳をしたものだ。しかし時によると同じことを五度《ごたび》くらい繰り返して言わなければよう聴き取らぬことがあった。で、彼はさらに同じ言葉を繰り返した。すると曽祖母はやっとその意を汲《く》み取ったのか、

「出世するためなら、機嫌よう行ってこい。」と許して、

「お母《かあ》がように道楽せんとなあ、銭残して戻ってくれよ。」

「うん。」彼は大きく頷《うなず》いてみせた。

すると曽祖母はつと立って仏壇の下から五十銭銀貨を二枚取り出し、

「これ一文《いちもん》やろう、小遣銭《こづかいせん》にせえ。」と言って摑《つか》ませた。見えもせぬ眼で、苦心しながら繰った屑糸の繰り賃を、粥で我慢して貯めた金である。

江治は何と言っていいやら判らなかった。懐《ふところ》には八円銭《ぜに》を持っているゆえ、貰わなくとも十分旅費はある。しかし、曽祖母の情の籠《こ》もった金を貰って旅立つことは懐かしかった。で、彼は押し戴いてそれを貰って、その代わり自分の懐から一円出して置き忘れたような具合に見せかけ、仕事場にある糸屑籠へそっと放り込んでおいた。そうして、

「ほんならなあ、ばあはん、行って来るさかい、からだ大事にして丈夫でおっとうくれ。無理せんようにしてなあ……。」と別れの言葉をかけた。すると彼女は何か急に思

い出したように慌ただしく立ちあがって再び仏壇へ行き、

「遠いぃところへ旅立つとな、体が大事だでこのお護符《まもり》を持って行け。肌身離さず持っとれよ。」と言って鬼子母神さんや七面《しちめん》さんや、[191]檀那寺《だんなでら》のお守り札を包んでくれた。

彼は今や神仏に対して懐疑をもち、前ほど有難くは思っていない。けれども曽祖母のくれた守り札は感謝をもって受け取った。

「……。」もう胸がいっぱいで彼は何も言うことができない。ただ熱い涙だけが少年の苦悩を語った……。

十八

駒忠の菜園の傍《かたわ》らに、幅三尺ほどの小川が流れておった。川下《かわしも》が村の道路を横断してそこに[192]石橋が架《か》かってい、そのちょっと上《かみ》の方に百姓家の稲木小屋《いなきごや》があった。まるで乾し菜のようなぼろ着物を纏《まと》って、羊の毛ほど頭髪を縮らせた狂女が、その石橋の袂《たもと》で子供に行水《ぎょうずい》をさせているのだった。

彼女は家《うち》から大盥《おおだらい》を持ち出し、それに小川の水を汲《く》み入れて子供を浸《ひた》した。そして顔といわず頭といわず、無茶苦茶に水をぶっかぶせては[193]三番醤油《さんばんじょうゆ》で煮しめたような汚《きたな》い手《て》拭《ぬぐい》で、ごしごし力を入れて擦《こす》るのであった。子供は寒さに打ち顫《ふる》えながら裂けるような声をはりあげて泣き叫んでいる。しかし彼女は一向平気で、いつまでもいつまでも盥《たらい》から引き揚げてやらなかった。が、余程経ってからやっと子供を[194]傍《かたえ》の枯れ草の上へ出し、着物も着せずにそのまま放りっぱなして置いて、今度は悠々と自分のぼろを脱ぎすてた。

――駒忠の作男《さくおとこ》は、その日も野良へ出て大根の世話を焼いておった。機家《はたや》ではこうして自家用の青物だけは大概家《うち》で作った。

作男の彼は南瓜《かぼちゃ》のようなという形容詞が少しも誇張でないほどの醜男《ぶおとこ》で、顔の形状は縦より幅の方が事実上広かった。そのうえ余程のひどい低能で、職工が四十銭くらい儲けるのに、毎日一合の晩酌さえあてがってくれれば十八銭の日雇賃《ひやといちん》でいいと自分で言いふらし、その通りな待遇で[195]二年から駒忠に奉公している忠僕である。だが彼は非常に女が好きで、その十八銭の日給も月に二度くらい前借《まえが》りして菓子や饅頭を買って来、織り手や機先にやっては尻を追い回した。けれども女たちはてんで彼を馬鹿にしてしまって、饅頭だけは取るが無論相手になどしない。

もう短い冬の日が暮れかけている頃である。鍬《くわ》をおいてふと川下を見やった彼は時ならぬ冬なかに、しかも人家とてない田圃《たんぼ》なかの小川べりで行水《ぎょうずい》している女を発見したのである。何の羞恥《はにか》みもなく前へ手一つやらぬ素っ裸の女が、森と稲株の田圃を背景にすっくと立ちあがって背中をこすっていた。西の山へ傾いた夕陽が、がっしりとして大きい軀体《からだ》を、厳粛《げんしゅく》な美に照らし出しておった。

と、それを目撃した作男の魂《たましい》は、瞬間に強い力で引きつけられた。彼は胸を跳《おど》らせながらせっかく丹念に手入れした野菜の頭を踏《ふ》み拉《ひし》ぎ、慌てふためきつつ菜園の外へ出てまっしぐらに小川べりの小径《こみち》を川下へ向かって駈けて行った。そうして自分を食いに来た狼《おおかみ》のように獰猛《どうもう》な者を前に神々《こうごう》しいほど無心でいる狂女を、ものをも言わず抱き締めて傍らの稲木小屋へ担ぎ込んでしまった。子供は裸のままで、土手の枯れ草の上に取り残されて泣いていた。

＊　＊　＊

その夜《よ》江治は遂に村を脱け出した。そしてわざと遠い道中を択《えら》んで、四里歩けば済む宮津の方へは行かずに、峠を二つ越えて七里歩かねばならぬ[196]福知山街道へ路《みち》をとった。

村外れの石橋の上まで来ると、駒忠の工場が遮《さえぎ》られていた藪陰《やぶかげ》を離れてぱっと明るく[197]夜《よ》なびの灯に照らし出された。石油発動機と力織機の音が乱調子に響いて、永《とこし》えの怨嗟《うらみ》を彼方の山へ刻んでいく……。

それは彼にとって限りない呪詛《のろい》であった。

向こうの山の中腹には駒忠の旦那の紀念碑が建っていた。加悦谷に絽縮緬《ろちりめん》の製織《せいしょく》を開始し、いち速く力織機を使用して機業家にその範《はん》を垂《た》れ、電灯会社を創立して産業振興に尽くしたという紀念碑が——。そして化物のような[198]アーク灯の怪火《かいか》がまたたいて、その丘を蒼白く照らしている。

江治は(おお! 駒忠よ焼けてしまえ)と思った。そして丈夫な脚に委《まか》せてどしどし大《おお》股《また》に夜路《よみち》を歩いた。

* * *

明《あ》くる日は駒忠に事件が多かった。まず第一に江治とお繁の姿が見えないので、ひょっと家へ帰っているのではないかと思って番頭が見に行った。しかしお繁の家でも江治の家でも知らないと答えた。[199]二人ながら朋輩《ほうばい》から怒られた時に、一、二度どこかへ出て行って半日ほど戻らなかった例《ためし》があるので、また気に入らぬことでもあって遊び歩いているのだろうと皆は思っていた。けれども遂に夜に入っても帰らない。と、誰言うとなく、お繁と江治の二人は駈け落ちしたのだという噂が広まった。

第二の事件は朝べらぼうに早くから、狂女が気味の悪いことを言いつつ屋敷内をうろつくのであった。

「男衆《おとこしゅ》さん、男衆さん、赤を返して。お前は、何ちゅうまあ無酷《むご》い男だ。大事の大事の、赤まで匿《かく》さいでもよさそうなもんだになあ……。お前はわしに惚れとるだな? アハ、ハ、ハ、ハ、キャラキャラキャラキャラ……。うちの人が、墓場の暗い穴から覗いとるで怖い。ほんに、[200]嫉妬《りんき》せいでかなあうちの人、キャラキャラキャラキャラ、アハ、ハ、ハ、ハ……。赤返せ、赤を戻せ、早《はよ》つれてこんと睾丸《きんたま》に食いついたるど、こりゃ男衆め！　ああ怖《こわ》や、おぉおぉ怖やの恐ろしや、旦那はんの言い付けで赤かくしくさったな！　何ちゅう無酷い旦那はんだ、[201]大江山の鬼より怖い旦那はんだ——。自家《うち》の[202]身上《しんしょう》も駒忠さんのおかげでさっぱり茶々母《ちゃちゃも》茶《ちゃ》になってしまって、今じゃご覧の通り[203]焙烙《ほうろく》一枚と盥《たらい》が一つあるぎりですだ。おおけにありがとうございますよ。アハ、ハ、ハ、ハ、おぉおぉ怖やの恐ろしや、オィオィオィオィオィ、アハ、ハ、ハ、ハ、キャラキャラキャラキャラキャラ……。」

あまりうるさいので、車回しが下管《したくだ》の[204]糊汁《のりじる》をぶっかけて追っ払おうとした。だが彼女は[205]泰然《たいぜん》として、「車回しさんか、南無妙法蓮華経《なむみょうほうれんげきょう》。おおけにまあ、ご丁寧にようこそ水そなえとうくれた。男衆さんにちょっと伝言しとうくれんか、わしが門《かど》で待っとるちゅうてな——。駒忠さん、あんまれ人を泣かせるもんだありまへんで。そないに貧乏人ばっかり虐《いじ》めると、[206]天火《てんび》で家が焼けますど。火が、火が、火が、キャラキャラキャラキャラ、アハ、ハ、ハ、ハ……。」

第三には、もう正月のこしらえに芋を洗ったり糯米《もちごめ》を蒸《ふ》かしたりせねばならんのに、作男がこれまたいないことである。今朝ほどからの狂女のたわごとから察して、平素色情狂《いろきちがい》のような彼が女子《おなご》に飢えたあまりもしや彼女を強姦《ごうかん》したのではないかと、そういう想像は皆の頭にのぼるのであったが、低能な彼が後で隠れるのは訝《いぶか》しまれた。

＊　＊　＊

お午頃《ひるごろ》、気違い女の子が石橋の下の棒杭《ぼうぐい》に引っかかって、溺れ死んでいたという届けが警察分署へあった。

巡査はどうせ遅かれ早かれ死ぬるに決まっている気違いの子など、検視に行くことが面倒だとは思ったが届け出られた上は放ってもおけないので、とりあえず死んでいるというところまでやって来た。そうして百姓に命じて引き揚げさせていると、そこへ駒忠の番頭が狂女を引っ捕えてやって来た。

「こんちは旦那はん、この気違い女《あま》め、今朝[207]むっくり起きるとから屋敷の内《なか》をうろついて、火ぃつける火ぃつける言うてしょうがありまへんので引っ張って行こう思うところです。」

番頭は巡査に言った。

「ほう、また[208]癇《かん》が立ってきたのだろう。此奴《こいつ》の子が橋の下で死んどるそうな。たったいま届け出があって検視に来たところだ。」

巡査が応えた。

「へえ……、道理で読めました。何を勘違いしくさったのか知らんが、作男に赤返せ赤戻せ言うてしょうがないんです。ところが作男はどこへ行ったのかおりまへんがな。」

「馬鹿！」

巡査はこう言いさま、狂女の横《よこ》っ面《つら》を思いきり強く一つ打った。と、彼女は、

「巡査、巡査、巡査、人殺し、人殺し、人殺し、うちの人を殺した人はお前だろう！」

と[209]いがりながら、その巡査へ攫《つか》みかかって行ったが、番頭と二人にたちまち縛りあげられてしまった。そして巡査は、

「歩け！」と言いさま靴の先で彼女を蹴《け》って引っ立てた。

「赤、お前殺したなあ？　剣で斬《き》って、橋の下へ[210]ほかしたんだ。おかげであいつもうちの人のところへ行った。ぬくい土の下でこの冬を暮らす――。オィオィオィオィオィ……。駒忠が焼けるで、駒忠さんは全焼《まるやけ》んなってしまうわい。ペロペロ、ペロペロッと、赤い火が屋敷じゅう舐めてしまうだ。ほんにあた気味のええこった。」

狂女はこう言って例の「キャラキャラキャラキャラキャラ、アハ、ハ、ハ……。」と薄気味の悪い哄笑《こうしょう》をしながら曳《ひ》かれて行った。

＊　＊　＊

それから程経つと今度は昨日《きのう》駒忠の作男が、狂女を素っ裸にして田圃の稲木小屋へ担ぎ込んだのを見たという届け出があった。それで、分署では面倒ながらも一応取り調べだけはせねばならなかった。

作男は七面堂《しちめんどう》の床下になま大根を嚙《かじ》って隠れていた。そしてすぐに見つけられてしまって拘引《こういん》されると、ひとなみ勝《すぐ》れて大きな男が分署のなかでわいわい大声はりあげて泣いた。それから「これまで行なった悪事は皆白状したうえ、盗んだ品は本人へ返すから懲役にやらずにこらえてくれ」と頼んだ。

そんなたわいもないことで、警察は強姦以外のいわゆる悪事を挙げたのであった。

彼はほかの男たち奉公人が皆織り手や機先《はたさき》を色女《いろおんな》にもっているので、自分も欲しくてたまらなかった。けれどあまりに度外れな醜男《ぶおとこ》の上[211]かてて加えて低能なところからどうしても女ができない。ところが彼はこういう秘法を誰からか聴いたのである。女百人の腰巻を盗んで密かにそれを匿《かく》し持っていると、その中の一人が必ず向こうから惚《ほ》れてくると。それで彼は駒忠の女性のそれを片っ端から一枚ずつ盗み取り、なお足りない分を余所《よそ》の機家《はたや》へ遠征してはかっぱらった。だが[212]葛籠《つづら》の底へでも納めて密《ひそ》かに匿《かく》し持っているべきものを、官能的な[213]放恣《ほうし》な色に刺戟《しげき》されてさまざまな連想を呼び起こすと堪えられなかった。で、彼は百枚の腰巻を百人の若い女性だと思い、毎夜かわるがわるそれを抱いて寝ては変態性欲の快楽を貪《むさぼ》ったのであった。

一人の刑事が、彼に贓品《ぞうひん》の腰巻百枚を大風呂敷に包んで背負わせ、被害者の女に自分のやつを証明させるために各方面の機家を回った。そして手数料十二銭を持って分署まで受け取りに来いと言うのであったが、作男は「確かにこの家の乾し場で盗みました」と明言するにもかかわらず、「私が盗まれました」と申し出る者は一人もなかった。そして百枚の腰巻は、いつまでもいつまでも分署の刑事部屋に置かれねばならなかったのである。

十九

錦紗縮緬《きんしゃちりめん》は繊細へ繊細へと移りつつある都会の享楽階級の嗜好《しこう》に叶《かな》って、非常な売れ行きを示した。目方《めかた》で売ったこれまでの大資母《だいしぼ》な丹[214]後縮緬や浜[215]縮緬とは反対に、資母が細かくて触覚さえよければ良品という錦紗は、原糸を食わなくてそれでいて高価に捌《さば》けるので製造者も商人も非常によかった。ことに製造者は一反《いったん》によって工賃を差し引いて、ゆうに十円の利益を上げることができた。

年の暮れが迫ってから駒忠へは、翌年の一月いっぱい納めというので二百反の注文が入った。二百反は普通の月なればどうにか手いっぱいの生産額であったが、正月をひかえては到底それだけの能力がなかった。この辺の機家《はたや》では原則として[216]節季《せっき》に奉公人を親《おや》許《もと》へ帰してしまうのが習慣で、そうすると正月十五日くらいまではどうしても皆帰って来なかった。それで毎年一月には生産が半減することに決まっておった。だが[217]みすみす見えて二千円からの純益を取り逃がしてしまうことは、利巧な機家のするわざでない。そこで駒忠の主人は考えた。

やがて一番織り手が旦那はんの前へ喚《よ》ばれて行った。と、主人は好色らしい微笑《ほほえ》みを浮かべながらおもむろに語る。

「……あの、昨日店《たな》へ行って来たらな、自家《うち》の錦紗が一番受けがよかったで。京の精練所から一本だけ仕上げ見本が来とったが、そりゃなかなかええ資母《しぼ》があがっとったわいな、ええ資母が。織り手はんの手がええちゅうてな、大評判だった。余所《よそ》の機家が羨ましがってしょうがないで、余所の機家がな。ほかではとてもな、こんなええ縮緬が出来んちゅう、とてもだないが駒忠には叶《かな》わんちゅうで、その自家《うち》の[218]代物《しろもの》には。」

「……。」織り手は黙って聴いていた。

「ところでな、品《しな》がええので、その品が余所よりずっとええので、二、三百反ほど注文が入って忙しいんだがな。それで、今年の正月は、ひとつ、里へ[219]いなんとな、気張って働いてもらえんかえ?」

「ほれでも旦那はん、毎年きっといぬるさかい今年も待っとりますわ。」

織り手は言った。

「そりゃまあそうだろうけどな、そこをひとつ、まげて。その代わりな、正月には旨いもん食わせるわいな、牛《ぎゅう》を食わせるで、その牛をな、食わせるで。それからな、春先んなって仕事がちょっと暇になってから、文珠《もんじゅ》へも一遍つれて行くし、なおな、一反分余計に[220]経巻《くり》いたるでな、合間《あいま》合間にお前が織りさえすりゃ、その縮緬を一反やるわいな、その錦紗縮緬をな、ついでに練ってやってもええ。ただ染めさいすりゃな、美しい長襦袢《ながじゅばん》が一枚出来るで、緋《ひ》の長襦袢が、美しい眼の醒《さ》めるような。」

「……。」織り手の眼は輝いた。

「それが欲しけりゃな、正月三日だけの休みで我慢して、その自家《うち》へいなんとな。」

「あのう、ほんまに長襦袢貰えまひょうかしらん? 旦那はん。」

織り手は眼を細くして問い返した。

「こっちの頼みをな、きいてくれさいすりゃ、易《やす》いこったで、その易いこった、やるともな。」

「ほんなら、いなんと働かせてもらいます。」

彼女はとうとう承諾してしまった。と、今度は二番織り手が喚《よ》ばれて行った。すると旦那は、前と同じようなことを言って彼女の腕を褒《ほ》めてかかり、

「それでな、親許《おやもと》へいなんと、正月に働いてくれさいすりゃ、錦紗の羽織を一枚な、こしらえたるで錦紗の羽織をな、その一枚褒美《ほうび》にやるで。あれをな、染めると実に綺麗なで。」

「一番織り手はんや、三番織り手はんはどう言うとんなります知りまへんけど、うち一遍朋輩衆に相談してみましてからしっかりした返事させてもらいます。」

彼女はこう言った。すると主人は[221]鎌《かま》をかけて、

「いや、もう皆《みんな》な、承諾してしまったで。織り手はな、織り手はんだけな全部。」と言う。で、彼女も、

「そんなんでしたら、うちもやらせてもらいます。」と余儀なく承諾させられた。

こんな風にして、数人の織り手女は皆正月にも休まずに働くことを承知してしまった。

彼女たちは絹を織っているけれど、かつて我が身には絹をつけたことがない。むかしの織り工《こう》は百姓家《ひゃくしょうや》の母娘たちが廂《ひさし》の下に手機《てばた》を据え、父や兄や弟らに貢《みつ》ぐ愛の衣《ころも》を織ったのであるが、今や彼女たちはどこの誰人《だれ》が纏《まと》うとも知れぬ綺羅《きら》錦《にしき》を、破れ綻《ほころ》びたぼろ着て織らねばならなかった。ああ、彼女たちは日々己《おの》が織り為《な》しながら纏うこともできぬ

絹の羽織や、錦紗の長襦袢をどんなに憧憬《あこが》れたことぞ――。

織り手たちにさえ承諾させてしまえば、ほかの男工や機先《はたさき》などはもう訳なかった。そこで正月三ヶ日《さんがにち》だけ運転を停《と》めて、四日の朝から仕事を始めるよう、すべての段取りは調《ととの》えられた。そしてどうせ帰らないのなら勘定《かんじょう》も急がないだろうとて、わずかの小遣銭《こづかいせん》だけを内貸《うちがし》ししたきりで、半年分の給金は預けにしたまま各本人には手渡されなかったのである。

＊　＊　＊

大晦日《おおみそか》の日は朝から冷たいものが降った。この日織り手や機先たちは午後三時に運転が停止されてから綺麗に工場を掃除し、松飾りなどを済まして八時頃皆二階の閨《ねや》へあがってしまった。そして元旦に朝寝坊をすると縁起が悪いゆえ、いつもの時間並みに起きてくれと言われたので、髪を結い合ったりなどしてから九時頃に床《とこ》へ就《つ》いた。するといつもの通り、[222]梯子段《はしごだん》を昇り詰めたところに平面についている頑丈な扉が、すうっと締まってカチンと錠《じょう》がおろされた。[223]土蔵の観音開《かんのんびら》きの次にあるような、[224]素敵に重い大きな戸だ。いつも皆が寝《やす》んでしまうと、番頭が来てこいつを締め、スイッチを切って電灯を消してしまうのであった。

暗いなかからただ女たちの声のみが聞こえる。

「正月には毎年家へいぬるのに、今年ゃいないで定《さだ》めて親たちが待つだろうなあ……。」

「明日の元旦は、どうやらええ正月雪だど。しかし積もるだけ積もって、あとはからっと晴れてほしいもんだ……。」

「旦那はんは、正月のご馳走に牛食《ぎゅう》わせる言いなったなあ。牛って、どんな味のするもんだ知らんが、あの町の牛屋の店にぶら下げたるのを見ると気味が悪い。」

「今の世は、誰でも彼《か》でも牛くらい食うわいな。うち先《せん》だって西洋館の離れで、旦那はんとお客さんが煮て食っとんなった匂いを嗅《か》いだが、それだけでもう頬《ほっ》ぺたが落ちそうだった……。」

「ほれでも、あんな四《よ》つ脚《あし》の肉なんぞうたてえなあ。但馬《たじま》の家にゃ牛二頭も使っとるさかい、そんな家に飼《こ》うとるもんなんぞとても不憫《かわい》そうで口にしられへん。さんざんな目に遇《あ》わせてこき使っといて、仕舞《しまい》の果てにゃ[225]殺《そ》いで煮て食うなんて、[226]どくしょうもないいげちないことするな……。」

「そう言やそんなもんだけどなあ。ほれでも途方もない旨いちゅうこった……。」

「鯖《さば》くらい美味《おい》しいかしらん？」

「滅相《めっそう》もないあんた、鯖や鰤《ぶり》の何層倍の味だもんか……。」

「ほんな、人間のためんなる動物を屠《ほふ》って食うことを、[227]お天子様はお許しんなったのかなあ?……。」

「これ、皆の衆、明日は[228]褒引《ほうび》きでもして遊ぶかなあ……。」

「褒引き、ええなあ……。」

「褒引きの縄、あるかしらん?」

「なかったら、[229]早緒《はやお》でこしらえるわいな……。」

「皆《みんな》歌が読めると、百人一首すりゃ面白いけどなあ……。」

「皆、読めん者《もん》が多いであかんわ。骨牌《かるた》には蚯蚓《みみず》みたような字が書いたるさかいさっぱり読めへん。」

「[230]花合わせも皆知れへんなあ……。」

「[231]いろは骨牌なら誰《だあれ》もできるわ……。」

「ほんなら、いろは骨牌と褒引きとして遊ぼう……。」

「旦那はんとしたことが、勘定だけなっと渡しとうくれりゃええのになあ。[232]局《きょく》から親《おや》許《もと》へ送っとかれるさかい……。」

「うちもそう思うわ。親たちゃ、節季《せっき》には毎年うちが持っていぬる銭《ぜに》を当てとるでなあ……。」

「そうだとも……。」

「いっつまでもかっつまでも、こんな地獄谷で織り手奉公しとらんと、早《は》よどっこでもええさかい嫁に行きたい……。」

「一生があいだ遊ばせといてくれるような、甲斐性者《かいしょうもん》の亭主なら、少々ぐらい片輪者《かたわもん》でも構えへんなあ……。」

「男前がようて気前がようて、そのうえ銭のある人で、少々間男[233]したくらい、怒りゃしゃんせぬ夫ほしい……。」

誰かが低い声で歌った。

「旦那はんは、花の咲く頃になったら皆《みんな》揃って、文珠へつれて行く言いなはった。橋《はし》立《だて》見物なんて[234]まんがええなあ……。」

「錦紗縮緬の、羽織一反褒美にやる言いなった……。」

「緋縮緬の長襦袢、緋縮緬の長襦袢、うち一生に一遍だけ手ぇ通してみたい思っとった。それを、正月に働きさいすりゃ着ることができるんだ……。」

「錦紗の羽織、錦紗の羽織。うち早《はよ》う貰って仕立てて、[235]高島田《たかしまだ》に結うて着てみたいなあ……。」

「文珠へ行くまでには[236]おくれるだろうなあ？」

「それまでにゃ貰えるだろう……。」

「ほうしたら、ついでに着物も一枚天保《てんぽう》の革巾着《かわぎんちゃく》と思って[237]張り込んで、髪結うて白粉《おしろい》つけて女子《おなご》らしい風ができるといぅもんだ。ああ、ええなぁええなぁ……。」

「あの厭らしい番頭ちゅうたら、この頃錠おろしくさるさかいちっとも夜遊びができへんでつまらんわほんまに……。」

「前に、あまれ皆夜遊びし過ぎて朝間《あさま》の[238]かかりに遅れたりなんぞしたでだわ……。」

「こんなあた糞面白《くそおもしろ》もない勤めして夜遊びまで禁じられるくらいなら気張って働く甲《か》斐《い》があれへんわ、ほんまのことに……。」

「これ！　ほんなにこっちへ押して来たらあかんがな、[239]縁取莫蓙《おしべり》(そこには畳の代わりにこれが敷いてあった)の上へ出てしまうわ……。」

「ぐう、ぐう、ぐう……。」

「まあ、あの獣物《けもの》のような鼾声《いびき》……。」

「ほんなに[240]着蒲団《きぶとん》ひっ張ったら厭だで。寒《さぶ》てしょうがあれへんわいな。」

「キリキリ、ギリギリギリギリ……。」

「おぉおぉ、うたてや、うたてや、あの工《こう》の歯軋《はぎし》り聴くと頭の芯まで響きこたえる。髪の毛がよだつようだ……。」

「……。」

「ありゃ、百八《ひゃくやっ》つの鐘が鳴り出した……。」

「……。」

しばらく経つとやがて皆は熟睡《じゅくすい》に陥《おちい》ってしまった。

戸外は真《しん》の闇《やみ》、重たい雪が音もなく降りしきって、刻々と地上に積もった。前の藪からは孟宗竹《もうそうちく》が苦し気に撓《たわ》んで、今にも折れそうにその梢《こずえ》がまったく地についた。こうして山も田も河も森も、家も屋敷も畑も祠《ほこら》も、一面の雪に鎖《とざ》されてゆく……。と、やがて夜も更《ふ》けた頃、向かいの山寺から打ち鳴らす除夜《じょや》の鐘の音が、いと緩《ゆる》やかな調子に長く長く余韻を響かせて静寂《せいじゃく》を破った。ボゥオーン……。ボゥオーン……。ボゥオーン……。

――織り手の一人がはっとして眼を覚ますと、縁取莫蓙《おしべり》の隙《す》き間《ま》から煙が昇るのだった。そしていやに床《ゆか》が熱い。

「これ！　おかしいで。」

彼女は暗くてよくは見えないけれど、辺りの様子がただならぬので愕然《がくぜん》として合い寝の朋輩を起こした。そして一同に向かい、

「皆の衆！　起きなれ。起きなれ。」と叫ぶ。

石油の臭いがぷんと鼻をついて、渦巻く煙が咽《むせ》び返るのだった。

「階下《した》が火事だわッ！」

「火事だッ！」

「火事だあ……。」
二、三人の織り手はこう叫びつつ狼狽《うろた》えて梯子段《はしごだん》の方へ無我夢中に駈けて行った。そして戸をあけようとしたけれど暗くはあるし眼は痛し、扉はがっしりとして動かない。
怖ろしい煙が玉になって人を襲った。

「火事だあ……。」

「火事がいくぅ……。」

「あッ！　けぶたい……。」

「死ぬるぅ、死ぬるぅ、熱い……。」

機先《はたさき》の工《こう》は泣き声をあげつつ窓際《まどぎわ》へ行って雨戸を開き、そこから逃れようとしたけれど太い鉄格子《てつごうし》は頑《がん》として動かない。

「ああッ、煙《けぶ》たい、煙たい……。」

「火事がいくぅ……。」

「火事だわ……。」

織り手や機先の工達は懸命な声で裂けるように人を呼んだ。そして死にもの狂いになって渦巻く煙と闘いつつ格子《こうし》を揺さ振ったり、扉[241]の上で地団駄《じだんだ》ふんだけれどどうすることもできない。と、次の瞬間には煙、というよりもむしろ石油ガスに咽《むせ》び返って声が立たなくなった。石油の貯蔵場へ熱が回ったので多くの石油は瞬《また》くうちにその液体の容積を数百倍したガスに気化したのである。そしてガスは上へ上へと昇騰《しょうとう》して二階に充満しておった。階下はもう、既にいっぱい火が回っている。

そのうちにちょうど発動機場の真《ま》あ上の方の床が焼け落ちてぱっと火の手が階上へあがった。と、それと同時に物凄い爆発音が起こって数百リットルのガスはさっと一斉に点火される。

「ウワ！　助けて！　熱い……。」必死の叫び声が、ぐわっと火勢に呑まれてしまった。母家の方に寝ていた男たちがただならぬ爆発音に眼を覚まして雪を蹴《け》って馳《は》せつけてみると、新工場はもう一面の火の海で寄りつけなかった。だが車回しの一人が、

「二階の女子《おなご》らを助けんならん！」と言って、体を濡らすためにタンクの水を浴びようとした。しかしあいにく三日の休停《きゅうてい》でタンクは空になっていて、コックを捻《ひね》ったが水は出てこない。

「ええ！」

彼はそのまま猛火《もうか》の中へ飛び込んで行った。だがそのとき再び発生して階上階下に充満しておった石油ガスに火がついて怖ろしい音響と共に爆発し、窓格子の間から真《ま》っ紅《か》な火焔《かえん》を吹き出した。

緩やかなのんびりした百八《ひゃくやっ》つの鐘が、にわかに慌ただしい早鐘《はやがね》に変えて打たれた。と、焔《ほのお》は雪を照らしてまっすぐに空へ昇った。

一年《ひととせ》を長い峠越えになぞらえ、さまざまな艱苦《かんく》に打《う》ち克《か》ってようやくそれを越したのであるから、さだめしくたびれて腹も空いたであろうとて、焼き飯に味噌つけて食べる「峠越し」[242]をやって明朝を寿《ことぶ》いた家々のまどろみは、時ならぬ早鐘に寂寞《せきばく》を破られた。そして近郷近在の村々は一斉に覆《くつがえ》すような喧噪《けんそう》の渦へ巻き込まれた。男たちは一斉に雪を蹴って駈ける……。[243]定紋《じょうもん》入りの[244]弓張《ゆみは》り提灯《ちょうちん》が狐の嫁入りのように動いた。そして「ホイ、ホイ、ホイ、ホイ」という非常の掛け声が女たちの心を緊張させた。

雪で[245]喞筒《ポンプ》が動かない。それで神輿《みこし》のように大勢で担いで行くのだった。[246]馬簾《ばれん》をふって[247]纏《まとい》が行く、[248]高張《たかは》り提灯が動く……。

石油、機械油、生《き》糸《いと》といったような燃焼物が多いので、火はすさまじい勢いで燃えあがってたちまち屋根を貫いた。と、山崩れのような音がして真紅《しんく》の焔がまっすぐに天空へ立ち昇り、雪をかぶった辺りの樹木を美しく見せた。

と、狂女が鬼子母神の丘からこの火柱を輝かしい眼で眺めて、例の薄気味悪い哄笑《こうしょう》をしばらく続けていた。舐《ねぶ》るような炎がやがて雪のやんだ大空を赫らかに焼き爛《ただ》らせた。火事場からは器物の壊れるような音がごおっという火勢の音に混じって聞こえるばかりで、なかに閉じ込めて焼き殺される女たちの、苦悶《くもん》の叫喚《さけび》は聞こえない。

やがて百姓たちによって組織された消防隊が馳《は》せつけ、なかの者を救い出そうと思って[249]鳶《とび》で一方の壁を破壊《こわ》したけれど、逃れ出る者は既に一人もなかった。

「それ！　母家《おもや》へ火が移らんように。」

近村から馳せ集まった消防たちはこう言って二手《ふたて》に分かれ、その一隊は雪の屋根屋根へ這いあがって警護した。

この騒ぎの真っ最中、主人駒忠は強いて沈着らしい態度を装い、戸外へ出てみもせずに母家の上がり端《はな》へ大火鉢を出してがんがん火をおこし、火事見舞いに来る人の応接をすべく早手《はやて》回《まわ》しに待ち構えているのだった。

*　*　*

明くれば元旦《がんたん》である。しかし駒忠ではめでたい一月元旦から死人をいらうことは縁起が悪いというのでその筋の了解を得、一面の水銀の海原を剔《えぐ》ったように切り取って清らかな地上を滅茶苦茶に蹂躙《ふみにじ》った焼け跡の傍らへ集めたなり筵《むしろ》をきせて置かれた。そして二日の朝になってからようやくそれぞれの工《こう》の親許《おやもと》へ電報が打たれたのである。大部分但馬《たじま》の国から来ておった。

――灰掻《はいか》きと死体の始末が同時に始められた。

十四個の死体が、盗人が入ってからずっと使わずにあった廃庫《はいこ》の中へ荒筵《あらむしろ》を敷いて並《なら》べられた。まるで焼き魚のように焦げてしまって指や耳や毛などはちっともくっついていない。肉のすけないところは焼けてしまって擂粉木《すりこぎ》のような骨の端が黒く燻《いぶ》されて出ておった。そして胴体だけがなま焼けになって膨張し、なかには臓腑《ぞうふ》のはみ出たのさえある。男か女か年寄りか若い者か、とても見分けはつかなかった。ことに顔は、小さな頭蓋骨《ずがいこつ》が木の古株《ふるかぶ》かなんぞの如く、土のような黒い胴体から生えているきりで、十四個とも同じ鋳型《いがた》に嵌《は》めたようだ。

この惨《いた》ましい屍《しかばね》にただ一本の線香と灯明《とうみょう》が、ほんの申し訳だけの如く淡《うす》い煙を投げかけている。

親が来ても、旦那は会わなかった。番頭とお主婦《かみ》さんがさも途方に暮れたらしく罹災《りさい》者《しゃ》の親をその廃庫へ導いて行った。そして、

「いや、もう何とも彼《か》とも申し訳はありまへん。私《わし》らも、旦那はんへの申し訳のために火ん中へ飛び込もうとしたくらいです。暮れに急用ができて、旦那はんの京へのぼん

なった留守の間にこんな大けな不調法《ぶちょうほう》ができたのですすでなあ。」とまことしやかに言いふらすのであった。

「それはとんだこってござりますなあ。しかしまあ娘は……。」

「もう、娘はんのことを言われると我が身を切られるようです。何分《なにぶん》にもぐっすり寝込んだところへあっと言う間もなく一時《いちどき》に火が回ってしまったんですすでなあ。」

お主婦《かみ》さんは言った。

「何分にも石油ちゅう危ない物がありましたんでな、それがいっぺんに爆発してこんないげちない態《さま》になったですよ。」

番頭が説明した。しかし親は、

「ど、ど、どれがこっちどの子でござりますだ？　どの死骸《しがい》がこっちどの子ですだ？」

「……。」

「おぉおぉ、まあこりゃ何ちゅう無酷たらしい死にようだ。ど、どれが娘の死骸でごわすだい、番頭はん。オオィ、オオィ、オィオィオィ……。」

「南無妙法蓮華経。こないに焦げとって、顔や着物では見分けがつきまへん。しかし、あんたのところの工《こう》はんは一番背が高かったで、たしかこの仏はんだと思います。」

番頭が言う。

「あぁあぁあぁあぁあぁ、こ、これが家《うち》の娘でござりますだか。わりゃまあ、何の因果でこんな他国[250]へ来て、見るも無酷《むご》たらしい死にようをした？　アァ、アァ、アァ、オオィ、オオィ、オィオィオィ……。」

年寄った父親は誰の死体か判りもせぬ屍にしがみついて泣いた。番頭とお主婦さんは、「南無妙法蓮華経、南無妙法蓮華経……。」と下手な題目ばかり、ただ口先のみで唱えていた。

「われがこん正月には戻って来るだろう思って、お前の分も餅ついてお母《かあ》と待っとっただ。大晦日の晩景《ばんげ》まで待っただよう――。これ、これ、これ。ああ、もう冷《つん》めたい。何ちゅう見っともない死に態《ざま》だ、女子《おなご》だてらが股ひろげて大けに膨《ふく》れあがって。おお、娘、娘、娘、なんで[251]音沙汰《おとさた》あるもんか……。」

「……。」

「ああ、ほ[252]いないわいのう、ほいないわいのう、ほいないわいのう……。た、た、たったのひとことでええで、もの言え、もの言え。ああ、なんぼわめいてもさらに音沙汰ない、あかんなあ……。こんなわれ、どぎたない死骸をお母《かあ》や姉《ねえ》に見せられるか。こんな無酷たらしい者《もん》を家へ持っていにゃ、や[253]や孕《はら》んどる姉はいっぺんに眼《め》え暈《まわ》してしまう。ああ、まるで地獄で火焙《ひあぶ》りんなったようだ。ど[254]ぎゃあに熱かったことだろう……。」

年老いた父親はこう言って冷たい廃庫の中へよよと泣き崩れた。

「いや、小父《おい》さんの嘆《なげ》きはもっともです。しかしながら小父さん、何ぼそこで泣いたって死んだ娘はんは還《かえ》ってけえへんし、涙は仏のためにならんちゅうことがある。それに私方《わしかた》もご覧の通り取り込んどりますでな、どうぞ諦めて引き取っとうくんなはれ。あんたの方さえ承知ならこっちで[255]葬殮《そうれん》出したげてもええです。」

「滅相もない、番頭はん、不憫《ふびん》な娘を余所《よそ》の墓へなんぞいけてもらいますもんか。このまま家へもらっていにますわい。」

父親は奮然《ふんぜん》として言い放った。

「そりゃどっちでもええです。ほんならあんたの方で葬式しとうくれ。」

「へえへえ、します段[256]じゃごわへん。」

「私の方も大けな損害でしてなあ、まごまごすると破産してしまいますわ小父さん。」

主婦が言った。

「ところでお主婦《かみ》さん、この工《こう》の給金はどうなっとりまひょう？　葬殮《そうれん》出すにはまたしても物入りでござりますでなあ、ひとつ戴かせてもらいたいもんです。」

父親はやがて涙をぬぐって請求した。

「勘定は、みんな晦日の晩に渡してしまいましたよ。どの工もどの工も、給金はみな札《さつ》で握ったまま死んだんです小父さん、お気の毒なこってしたなあ……。」

「へえぇ……。」

父親は呆れた。しかしどうともしょうがない。

「ほんまにもったいないことしました。」

番頭が言った。

「いずれ私方《わしかた》からも、香典《こうでん》は多分に差し上げよう思っとりますがな、今日は最前《さいぜん》からも言う通り旦那はんがまんだ帰って来《き》ならんのでなあ、何ともしてあげようがありまへんわ。すぐに京へ電報打ったんですがな、いまだにお帰りがないところをみると後始末の金策でもしとんなるらしいです。」

お主婦さんが言った。すると父親は観念したものの如く、

「いや、お主婦さん、何事も因縁ずくでござりまひょうさかい、諦めるほかごわへんわい。諦めて娘は引き取らせてもらいます。」と涙を乾《かわ》かして言い放った。

「そうしとうくれりゃ結構です。いずれこちらから、二、三日中に使いを立てますです。」

父親は遂に筵《むしろ》巻きにした我が子の屍《しかばね》をかなり腰の曲がった背中に背負い、そのうえから赤毛布《あかケット》を蔽《おお》って雪の中を帰って行った。彼は娘をたとい一日でも病人という格にして

座敷へあげ、それから弔《とむら》ってやりたいのであった。

＊　＊　＊

こんなにして、十四個の死体は九つまでいい加減なことで引き取られた。そして誰の死骸か判ったものでないから、厭だといって引き取り手がなく、とり残されたやつだけ犬のような葬式が駒忠から出された。

警察分署では出火の原因を、狂女の放火だと言って直《ただ》ちに彼女を拘引《こういん》した。そして充分な取り調べもせずに、永久に帰ることのない町の監獄へ送り届けてしまった。

駒忠からは罹災者《りさいしゃ》の親許《おやもと》へ、十円の香典が[257]麗々《れいれい》しく使者によって届けられた。

それからしばらく経つと、保険会社は全額の保険金を駒忠へ向けて支払った。と、旦那の算盤《そろばん》が盛んに忙しげに動いたが、やがてにっこりとして[258]払われた。そして彼は「まず、これでどうやらひと安心だ、どうやら……。」と心のうちで呟《つぶや》いたのであった。

——三本松を越えてからなおいくつもの谷を渡った裏山の郡境《ぐんざかい》には、花崗岩《かこうがん》から成り立った[259]六角石の出る禿山《はげやま》が、ほとんど垂直の断崖をなして幾重にも追いかぶさっていた。峰《みね》は高く晴れた日にはその頂《いただき》から能登《のと》半島が遠望せられ、谷は深くして日光を受ける時がすくないので冬積もった雪が六月の半《なか》ば頃まで解《と》けない。そして木も生えていず、獣《けもの》もいないから、四季のうちただ夏だけを除いては誰も登る者がない。その千尋《せんじん》の幽谷《ゆうこく》で、まだ年若い一人の女が降り積もった雪の層に鎖《とざ》されて冷凍魚のようになって死んでいた。それはお繁そのものの屍《しかばね》であったが、山の神秘は雪解けの夏まで彼女の体を村の誰にも見せないであろう！

　怖ろしい人間悪と、その人間悪がつくり出した社会悪のため[260]寸断にせめさいなまれた貧しき者の小さな魂、彼女の霊魂はあまりに住み難《がた》い地上を離れて、いま美しい天空を安らかに翔《かけ》っている。

第三篇

二十

自転車に乗って四里の道を宮津《みやづ》まで行ったのが一番の大旅行だった江治《こうじ》は、眼に触れるもの接するもの、ことごとくが驚異であった。ことに福知山《ふくちやま》では未知な宿屋というものが彼を迎えて、きまりの悪い不安な一夜を明かさせた。それから翌日の一番列車であたかも長い怖ろしい悪夢を辿《たど》るかのように、箱馬車の馬が凸凹道《でこぼこみち》で狂い出した如く動揺する汽車に搬《はこ》ばれて、彼はいよいよ憧《あこが》れの大阪へ着いたのであった。

江治は大勢の乗客と一緒にどやどやっとホームに吐き出された。と、かねて予期した通り西も東も判らぬなかに、電車や人力車や自動車などが騒々しく縦横に疾走《しっそう》していて、とても目的のところまで独り行けそうになかった。で、もったいないと思いながらも清《きよ》水《みず》の舞台から飛んだ気になって人力車に乗り、程なく市外伝法《でんぼう》[1]の目的地へ辿り着いた。

そこにはコールターを塗った黒い門が威圧《いあつ》するように往来を向いて「浪華《なにわ》紡績株式会社西成《にしなり》工場」と筆太に書いた裁《た》ち盤《ばん》[2]のような表札が掲げられており、ずっと奥の方まで整然と敷きつめた石畳の廊下が続いていた。そしてそこを入って行くと「職工面会所」と書いた、硝子《ガラス》窓一つ取り付かぬ粗末なバラック小屋と、みずみずしくペンキを塗った洋館二階建の立派な事務所と、それに続いた受付所とがまずあった。そうして制服制帽の門衛《もんえい》が三、四人も詰めていた。

江治はあまり堂々たる辺りの構えに呑まれてしまい、しばらく気がどぎまぎしてすくむように石畳の上へたたずんだが、程経ってからやっと気を落ち着けて度胸をきめ込んだ。そして帽子を取って門衛所の前へ進み寄り、一葉の名刺を示しつつ慇懃《いんぎん》に礼をして口をきった。

「ちょっとお尋ね申します。この会社に、犬山さんというこの主《ぬし》のお方はおいでになりましょうか?」

すると彼の差し出した名刺を一人の門番が受けて、

「募集人やな、あいついまいるかしらん?」とほかの門番に問うた。

「いえへん、昨日阿波《あわ》[3]へ行きよったわ。」

一人の門番がこう答えた。そして江治に向かい、

「この人な、今、会社におれへんが何ぞ用事あるのんか?」と訊《き》く。

「へえ。」

江治は、不意に高いところから突き落とされたような気持ちがした。しかし、別段募集人と約束を交わしておいた訳ではなかったことを今さらのように憶《おも》い出せば、ただ名刺一枚を頼って遥々《はるばる》こんな都までやって来た自分の浅はかさが侘《わび》しかった。

で、彼が途方《とほう》に暮れていると、

「お前、ここへ入りたいのやあれへんか?」と、最前の門番が声をかけた。

「そうです。」

江治は救われた思いで返事をした。すると同じ門番が、

「会社へ入りたいのやったらな、沢田へ行き。あすこへ行って頼めばちゃんと按排《あんばい》よう取り計らってくれるわ。」

「どっちへ行ったら、その沢田はんいう家《うち》へ行けましょう。」

「会社の裏通りへ出てな、[4]恩貴島橋《おきじまばし》渡って右側や。沢田と瓦斯灯《ガスとう》があがったるよってすぐ判る。行ってごらん。」

その門衛はこう教えてくれた。江治は行き暮れた山路《やまみち》で一縷《いちる》の灯《とも》し火《び》を発見したような心強さを感じた。そしてその門番に篤《あつ》く礼を述べて早速その沢田とやらへ行きかけたが、ふとたしかに来ているはずのお孝《こう》のことを思い出したので今一度あと帰りして訊いた。

「誠に仕事中お邪魔申しますが、小牧《こまき》お孝《こう》にちょっと会わせていただけませんでしょうか？」

「何部やね？」

「へえ？」

「紡績《ぼうせき》か織布《おりふ》[5]か言うてんにゃ。」

「さあ？」

「昼業《ひるぎょう》か夜業《やぎょう》か？」

「……。」

門番の言葉が、江治にはちっとも判らなかった。で、つかぬ顔をしていると、

「それが判らんのやったら面会できんなあ。寄宿か通勤かそれも知れへんのか？」

「判りません。」

「ほんなやったら、さっぱり話にならんわ。あかんあかん……。」

こう言って門番の男は手を振った。

「それ、君のげん妻《さい》[6]か？」

「へえ？」

またしてもげん妻という意味が彼は判らなかった。するとほかの門衛が、

「何やねお前、皆目《かいもく》、要領の判らん坊《ぼん》[7]さんやなあ。おおかた、その工《こう》[8]が恋しゅうなって家を脱け出して来たんやろ、道理でませくれた身なりしたるわ。アハ、ハ、ハ、ハ……。」

「アハ、ハ、ハ……。」

三人の門衛はこう揶揄《からか》って、肩《かた》縫揚《あ》[9]げした袖の着物に角帯《かくおび》を締めた彼の姿を哄笑《こうしょう》した。

江治は、さっきの尊敬を一時に破られた。そしてせっかく親切そうに教えてくれた沢田とやらの存在が、怪しいものだと疑えてきて再び暗い不安に襲われた。

＊　　＊　　＊

だが何ともほかに方法がつかぬので、彼は半信半疑のまま教えられた方向へ足を運んだ。そしてしばらく行くとなるほど「浪華紡績株式会社西成工場指定御下宿《おんげしゅく》沢田」という長い名前の家があった。

「こんにちは。私、いま会社の門へ行きましたらお宅から入れてもらうように言われましたので早速あがりました。」

江治はこう言ってその家へ入って行った。すると厚司《あつし》[10]を着た番頭らしい中年の男が現れて、

「今、会社から電話がかかって来たよってちゃんと段取りしたる。こっちへあがり。」

と言って招《しょう》じるのであった。

あまり運びが迅《はや》いので江治は騙《だま》されてでもいるような気がした。しかし番頭はあくまで親切らしくつくろって彼にいろいろなことを訊いたうえ職工として入用《いりよう》な作業服万端《ばんたん》を調《ととの》えてくれた。

「お前、洋服着たことあるのんか?」

「ありしまへんです。」

「ほんなやったら、ここで一遍着てみぃ。明日の朝早いよってにな、愚図愚図しとると遅れてしまう。……さ、これがズボンや、それから[11]菜《な》っ葉《ば》服《ふく》、[12]帯革《おびかわ》。うん、それでええやろ。」

「ありがとうございました。」

「お前なんやね、[13]まんで江戸っ子の出来損ないみたようなもの言いしよるなあ。」

江治は[14]三丹《さんたん》言葉を使って田舎者だと嗤《わら》われるのは厭《いや》だし、といって大阪弁はまだ使えないから、なるべく本などに書いてあった標準語を使うように努めた。

「しゃぼんや、煙草《たばこ》が欲しかったら店へ来《き》。そのほか何でも、日用品は全部ひと通り取り揃えたるよって皆《みんな》店で間に合う。ほかで買う必要あれへんで、店の帳面《ちょうめん》につけてもらってどんどん使ったらええ。」

「はあ。」

「明日は足袋《たび》と[15]麻裏《あさうら》はいてな、手拭《てぬぐい》忘れんように持って、帽子冠《かぶ》って行くんやで。それから、お前の寝るんはこの寝床やけどな、相手の坊《ぼん》さんが今夜戻ったらそう言うとくよって、二人仲よう寝《やす》みや。」

番頭はこう言い残して去った。柱も壁も障子《しょうじ》も、まるで塗ったように煤《すす》けた薄暗い部屋である。しかも天井が張ってないのに、壁際《かべぎわ》へ行くと少年の彼でさえ十分背を伸ばすことができないというまるで物置《ものおき》のような二階である。おまけに畳《たたみ》は鼠《ねずみ》の巣ほど破れて、[16]表《おもて》の代わりにところどころ古新聞紙が敷かれている。その汚《きたな》らしい部屋に、真《ま》っ昼《ぴる》間《ま》寝床が敷かれていた。そして三人ほど仕事服のままで亀のように潜《もぐ》って、高鼾《たかいびき》で寝ている男がある。

江治はなぜ下宿屋で作業服を貸したり、日用品を通帳《かよい》で使えばいいなど言ってくれるのか判らなかった。そしてそんなに持てなされることが何だか尻こそばゆい思いであった。

やがて夜になると寝ていた三、四人の者がむくむくっと起きて蒲団《ふとん》の始末もせず、顔も洗わずに階下《した》の食堂で立ち食いしてそそくさ出て行った。と、入れ替わって十人余りの男工と四、五人の女工がどやどやと帰って来た。そして綿埃《わたぼこり》や油墨《あぶらずみ》に汚れた工場服を脱ぎも払いもせずに、例の食堂で立ったままずい飯をかっ込み、汚いことを喋《しゃべ》り散《ち》らしながら屋根裏の部屋へあがった。女工たちは亭主持ちと見えて裏の方の「別間《べつま》」へ姿を消した。

「三好《みよし》さんいうたらあんたですか。わてと一緒に寝まんにゃよってに頼みますわ。」

江治より三つ四つ年上かと思われる少年工が彼に声をかけた。

「私が三好江治です。ご厄介《やっかい》になりますからどうぞよろしく。」

江治も言った。

「明日の朝は、わてが志願《しがん》につれて行ったげますわ。織布《おりふ》の方へ入れりゃええがなあ。」

少年工は、それから江治を風呂屋へ案内した。江治にとっては銭湯は初めてである。入浴料は「大人金一銭五厘」と書いてあったから、先へ入って行った客に倣《なら》って彼は一銭五厘番台へ置こうとした。すると「それも下宿から入浴券を貸してくれるゆえ現金を出すに及ばない。今夜は自分が二枚出しておくから後で返してくれればいい」とのことであった。こうしていよいよ江治は田舎の垢《あか》を洗い落としてしまって、都会生活の洗礼を受けた。

＊　　＊　　＊

翌朝工場へ伴われて八時頃まで待つと、職工係が出て来て、江治を事務所の窓口へ喚《よ》んだ。そうして彼の風貌をじろじろ眺めたのち採用についての尋問を始めた。

「お前、今年何《なん》ぼやね？」

「十六歳になりました。」

「明治何年生まれや？」

「明治××年×月×日生まれです。」

「原籍は？」

「京都府与謝《よざ》郡《ぐん》加悦《かや》町《ちょう》字《あざ》加悦《かや》奥《おく》です。」

江治はつとめてはきはき答えた。すると職工係は、

「カヤってどんなカの字やね？」と返問する。

「あのう、加えるちゅう字を書きます。」

「ヨザ郡のヨは？」

「与えるという字です。」

「よっしゃ、与市兵衛《よいちべえ》のヨやな。」

「はあ。」

やがて職工係は「京都府与佐郡加谷町字加谷奥村」と書いて、

「これでええのんか？」と小窓からつき出して見せた。

「違います。与謝のザと、加悦のヤがまるで間違っています。」

「ややこしい村やなあ、もう一遍よう判るように言うてみぃ。」

「与謝のザは感謝のシャです。それから加悦のヤは悦《よろこ》ぶという字、恐悦《きょうえつ》のエツです。」

「カンシャのシャってどんな字やったなあ？」

「言偏《ごんべん》に身して寸です。」
[17]「戸主《こしゅ》は？」
「私が戸主です。」

「お前戸主か、そんなちっぽけな坊《ぼん》さんのなりして？」

「はあ。」

「名前は？」

「三好江治です。」

「コーは？」
[18]「近江《おうみ》の江《み》です。」
「ふうん、ジは明治の治やね。」

「はあ。」

「これまで、お前なにしとってん？」

「機業《きぎょう》の方の見習《みならい》をやっとりました。」

江治は答えた。すると職工係は、

「ふうん、木の方やな、薪《まき》を売っていたのんか？」と言った。

「いいえ、そんなキと違います。機《はた》です、機家《はたや》の見習工です。」

「それなら、初めからそう言いおったらよう判っとるんやがな。」

「はあ……。」

だが江治はおかしかった。そしてこんな大工場で毎日毎日人の出入りを司《つかさど》っている係でいながら、文字の構造まで問わねばならぬくらいならなぜ本人に書かせないのか？その方がずっと運びが迅速《じんそく》にいくではないかと彼は思った。

やがて職工係は二、三枚の用紙に何やら記入し、

「ほんならな、契約書一本入れんならんよってに、銭三銭と判貸し。」と求めた。そして肝心の本人江治には見せもしないで手前勝手《てまえがって》に証文を作り、そのまま綴《と》じ込んでしまって、

「お前は、今日から織布部の職工やで、機場《はたば》や。」と言いながら廊下の右を指差した。

「向こうへ行ったらよろしいですか？」

「そうや、あっちの工場へ入ると、部長[19]が仕事や何か按排《あんばい》きめてくれよる。」

職工係はこう言って硝子窓《ガラスまど》をぴしゃりと締めた。見上げれば赤煉瓦《あかれんが》の家が切り立てたような[20]鋸歯状《きょしじょう》の屋根を牙歯《きば》の如く尖《とが》らせて、グワオッ、グワオッと機械の音を響かせておる……。物凄《ものすご》い轟《とどろ》きであった。

江治は吸い込まれるように、二重扉を開いてその響きの中へ消え入った。

二十一

工場は聞いたよりも広大だった。精巧な力織機《りきしょっき》が加悦谷《かやだに》の手工業者を驚かせた駒忠の工場の何百層倍とも数知れぬほど据わって、遥かの彼方まで整然として一糸乱れぬ運動を打ち続けている態《さま》は人が体操でもやっている如く見受けられた。そして天井《てんじょう》にあるライン・シャフト[21]からは数千本の細い[22]調革《ベルト》が地を匍《は》うような[23]機間《はたま》へ引っ張られ、[24]篠《しの》つく大雨の如く流れおりて眼も眩《くら》みそうである。江治は威圧されてしまって茫然《ぼうぜん》とそこにたたずんでいた。数多《あまた》の女工が新参《しんざん》の彼をもの珍しげに盗み見る。

程経つと部長がやって来て彼に言った。

「おい坊《ぼん》さん、仕事場を教えるよってこっちへ来《き》い。」

「……。」しかし機械の音が瀑布《ばくふ》[25]のように響いて聴き取れなかった。

「仕事場を教えたるよってな、こっちへ来たまえ。」

「へえ?」何か耳の端《はし》で声がしたようではあったが、やっぱり言葉としては聴き取れないので、自分ながら辛気《しんき》臭い思いで彼は問い返した。すると部長は三度《みたび》大声に怒鳴りつけた。

「こっちへ来《き》い言うのんや!」

これでようやく相手の言葉が江治の耳へ入った。と、やがて部長はその広大な工場の真《ま》あ真ん中へ彼をつれて行き、一人の組長《くみちょう》に引き合わせて去った。三千台の力織機のうち百台を区切って組をつくったその一つである。十二部というのだった。

江治はまず第一の仕事として注油方《ちゅうゆかた》を命じられた。が、あまりな喧噪《けんそう》に早くも眩惑《げんわく》して酒にでも酔っぱらった如く頭がぼうっとし、体は他愛もなくふらつくのであった。それに大声はりあげて顔を赧《あか》くしながら組長が油差しの技術を教えてくれるのが、ちっとも聴き取れなくて歯がゆかった。

だが小幅織機《こはばしょっき》[26]と広幅《ひろはば》[27]織機との相違こそあれ、多少腕に覚えのある彼は、三台だけ組長が手本を示してくれたら四台目からエンジン・ラッパ[28]を受け取って自分で差した。一台の機械に八十ヶ所以上もある油孔《あぶらあな》へ、さほどまごつきもせずペコペコ[29]いって注油器の先が向かって行く。

「お前、なかなか悟《さと》りがええなあ。」

組長は褒《ほ》めた。

注油方の次の仕事は[30]経掛《くりか》けとて経糸《くりいと》の尽きた機台《はただい》へ経糸を仕掛けたり、その機道具《はたどうぐ》を取り外して仕拵室《しこしらえしつ》へ搬《はこ》び去ったりするのであったが、織機のことについては多少知識のある彼も物の名称が全然異なっておるのには閉口《へいこう》した。機業地では純然たる日本語を使うのに反し、そこではすべて片言の英語だった。

――十四時間という長い労働が終わって、午後八時に[31]運転が停《と》まった。だがもっと長い時間働いてきた江治にはむしろ短い方だと思われた。

運転が停まっても女工たちはなかなかすぐ帰らなかった。緯糸《ぬきいと》やなんかを整理して明日の段取りをしたり切れた経糸を継《つな》いだり、[32]木綿《もめん》の疵《きず》を戻したりなどして三十分も余計な時間を働き、それから機械の掃除を済まして残《のこ》り惜《お》し気《げ》に帰って行くのであった。その間、男工たちも機械手入れや女工の手伝いのために退場することができない。

江治は九時を打ってからようやくのことで工場から出ることを許された。そして門衛所で新調の勤怠表《きんたいひょう》を貰って黒門を出た。彼の体は塀に沿った静かなところを歩いているにもかかわらず、ごおっと耳鳴りがして依然工場のなかにいるようである。そしてすぐ側《そば》で話しかける同宿人の声が、余程離れているように感じられた。

こんな聴覚の乱れはかなり長らく続いて彼を苦しめた。初めて工場へ入るものは誰もそうなのだ。江治は耳がどうかなったのではないかと訝《いぶか》って、時どき孔《あな》へ釘の頭を入れてほぜくって[33]みたり、また掌面《てのひら》で耳朶《みみたぶ》を抑えつけて空気に圧力をもたせてみたりなど、始終耳をいじくる癖さえついた。そしておしまいには(きっとこれは仕事中うっかりして傷めたのだろうから、このままにしておいては曽祖母の如く大聾《おおつんぼ》になるかもしれぬ)と、ひどく心配になり出した。けれども医者に診《み》てもらうほどの余裕はなし、詮方《せんかた》なく気がかりのまま放置しておいたら、三日目にようやく癒ってしまった。紡績工場のうちでも、ことに織布部は音が激しかった。駒忠の新工場がずいぶんやかましくて閉口《へこ》たれたが、ここはまたとてもその比ではない。

江治は揚《あが》り機《ばた》[34]に向かって経掛《くりかけ》け工《こう》が作業しているのを一生懸命で見ておった。そして一度きりでその方法を大略《たいりゃく》呑み込んでしまい、二度目に自分独りでやってみようとした。けれども新米が仕掛けると、糸がたくさん切れて調子が悪いとて一般女工たちは嫌うのであった。で、彼は一番おとなしそうな工《こう》の台へ行って試みた。

「すみませんが、ちょっと一台仕掛けさせて下さいね。」こう言って――。

二十分間ほど経つと経《くり》は見事に仕掛かった。そうして元の如く、白い布がどしどし織

れていくのである。江治は思わず「巧《うま》い！」と心のなかで自賛した。そして得意顔でハンドルを把《と》っていると、

「あんた、やっと昨日入ったばかりで独り経掛けするなんて、経験者やろ？」とその台の織り工が訊《たず》ねた。彼女の言葉は、言い方が上手なせいかよく聴き取られた。

江治ははっと赧《あか》い顔をした。

「あんた、どこかの会社にいたんでしょ？」

織り工は、江治の肩を抱いて耳朶《みみたぶ》へまったく口を押しつけ再びこう言った。標準語と大阪弁をごっちゃにしたような言葉の乙女《おとめ》だ。

「僕、ここの会社が初めてです。」

「うそ。」

「ほんと。」

十四かよくいって十六くらいに見ゆるその少女工は、小柄な体にもどことなく気高い純な端麗《たんれい》さがひそんでいた。海老茶鼻緒《えびちゃはなお》[35]の雪駄《せった》に紺《こん》の工場履き足袋《たび》を穿《うが》ち、大絣《おおがすり》[36]の単衣《ひとえ》[37]にモスリン友禅の帯、白いエプロン、赤い襷《たすき》[38]、束髪《そくはつ》に小さな花簪《はなかんざし》という質素な娘姿が、堅実《けんじつ》な工場美を示している。しかしそれよりも地味な田舎の風俗を知っている江治には彼女の姿が織り手や機先《はたさき》たちのお祭り着ほど美しかった。そして初めからこんなに親し

そうにしてくれる彼女に、彼は心から感謝した。だがいちいち言葉を返すのが何だか恥ずかしいような気持ちだった。それは彼女がした如く耳許《みみもと》へ口をひっつけて、接吻《せっぷん》でもするような所作《しょさ》をせねば語れないのであったから――。

「どこにいたのォ?」

彼女は三度《みたび》抱擁《ほうよう》して訊いた。と、彼は辺りをはばかりでもするようにおずおずして応《こた》えた。

「私、どこにもおったことないの。田舎から来たばかりで、昨日がまだ初めて……。」

だが大きな声を出さねばならぬのと性に目覚める頃の羞恥《しゅうち》で、彼は顔のほてるのを自ら強く意識した。

「嘘ォ。初めからこんなに按排《あんばい》よう経《くり》が掛かるもんか。どこの会社にいて?」

「僕、嘘なんかつくものか。本当にどこの会社にもおったことはないの。」

「うち、嘘つき嫌い。嘘言うと、死んでから鬼がはたくわ……。」

彼女はさも無邪気にこう言って、緯糸《ぬきいと》が尽きて運転の停まったほかの機台《はただい》へ行った。

江治は、この親切な美しい少女の名前を知ろうと、そっと台の後部へ回って機札《はたふだ》を見た。そして「菊枝ちゃん、菊枝ちゃん、林菊枝《はやしきくえ》。」と心に繰り返して微笑《ほほえ》んだ。

組長をはじめ、先輩職工らはまだほんの子供あがりにも等しい江治が、ろくろく教えもせぬうちから立派に経を仕掛けるなんて、法外な器用さにいずれも舌を巻いて呆《あき》れた。

＊　＊　＊

　しばらく月日が経つと一人前の経掛け工としてそれ専門にやるようになった江治は、今やなかなか女工たちの受けがいい。

「三好さん、あんたに経掛けてもらうとよう織れるわ。」

「三好さん、うちの機《はた》早う仕掛けとうよォ。」

「江ちゃん、わてのもええ経掛けてんか。」

「わい、あんたが掛けてくれるまで待っとるわ。ほかの男工に仕掛けてもらうと糸が切れて閉口《へいこう》やし。」

　彼は皆から持《も》て囃《はや》されて引っ張り凧《だこ》なのである。悪い気持ちはしなかった。だが経掛けはまだ[39]中途半端な技術で、本当の一人前な織布工としては力織機《りきしょっき》の据え付け保全と運転修理ができねばならなかったので、彼は仕事の合間合間に一生懸命機械直しを勉強した。日本語訳の[40]デテールズ・オブ・カタローグを買って名称の研究をやり、一心不乱に機構を学んだ。下宿で借金して[41]スパンナーを買い、意地悪い古参《こさん》に厭《いや》な顔をされながら、せっせと故障台へ行って機械直しを研究した。

　けれども下宿の生活は苦しかった。三十八銭の日給で二十八銭飯代を取られるゆえ、

[42]毎日二時間二分《にぶ》ずつの残業をしても十七銭六厘《ろくりん》しか残らない。それで身の回り万端一切《ばんたんいっさい》の入費《にゅうひ》を支払って、小遣銭をつかわねばならなかった。で、どうしても借り越ししなければ月末がぬけられなかった。

指定下宿の沢田は、その親父《おやじ》が浪華紡績の鉄工部へ勤めていて、主婦《かみ》さんの内職仕事に番頭一人使って三十人近くの下宿人を置いているのだった。その中には共稼ぎの夫婦者でありながら一戸を持つことができぬという、無力な職工も五組ほどいた。

会社はこの指定下宿へ向けて[43]止宿《ししゅく》職工の勘定[44]を引き渡した。それでどんなことがあっても、下宿賃や貸金《かしきん》の取り損ないはなかった。

江治はしばらくするとすっかりそのカラクリが判って、入ったときばかに親切にしてくれたのがなるほどと肯定《こうてい》された。

親切顔《しんせつがお》に着せてもらった菜《な》っ葉《ば》服《ふく》も麻裏《あさうら》も、すべて市価より二割くらいは高い価格を差し引かれた。そして毎月、月一割の利子で、小遣を借りなければならなかった。しかも先利《さきり》子《し》という丁寧な取り立てで、一円欲しいと思っても九十銭しか借りられないのだった。

彼はお孝に一度会ってみたいと思って一週間も休憩休憩に出所《でどころ》を迷うほどせせこましくて広いほかの工場を捜し回ったが容易に彼女の居所《いどころ》は知れなかった。[45]ところが一月《ひとつき》以上も経ってから、ある日廊下でひょっこり行き会った。

二十二

十二部の組長はちょうど組の中央にある[46]肩入れの台を直しておった。彼は好きな女の機械《はた》がくるったときたら、ほかの仕事を放っておいても馳《は》せつけるのであった。そして女といちゃつきながら遊び半分に直すのが常であった。

「おい、今度の[47]交代日に[48]盆屋へ行こうか？」

女の耳へ口をつけて組長が言った。

「ほんなことしたら、嫂《ねえ》さんが怒るわ。」

「あんな奴、怒ったかてちっとも構《かめ》へんがな。」

「角《つの》はやされたらうち怖いし。」

「腹ぼてでな、[49]夜なびの役に立てへんよって困ってんにゃ。」

「めでたいやないか、あんた。」

「あんまれ、めでとうないわ。可哀そうなこと言うたりないな。それはそうとやね、交代にどっかへ行けへん？」

「行ってもよろしおまんな。」

「お前の尻、この頃大けんなって旨《うま》そうやな。宝塚[50]へ行って、家族湯へ入ろうか?」

組長は女工の背中から抱きついてけったいな真似《まね》をした。

「厭らしい主任さんやな、この人……。」

「××××××××××××××……。」

「……。」

「交代の朝、九時に[51]新淀川《しんよどがわ》のガードで待っとりや。」

こう言って、男はもう一遍獣物《けだもの》のような所作《しょさ》をして午後三時の休憩に出て行った。中年の女工たちは仕事中平気で、助平《すけべ》男工らに抱えつかせたりエプロンの下へ手を入れさせたりなどするのであった。

組長が出て行くとどうしたものかその機台《はただい》はすぐさま故障が起き、女工は[52]杼《おさ》を立てて信号した。で、これを見た江治は、ちょうど休憩時間中だったから練習にいい塩梅《あんばい》だと思ってその台へ赴《おもむ》いた。そうして螺子《ねじ》を締めたり弛《ゆる》めたりしていろいろ調節を試みたが巧《うま》く直らない。女工は厭な顔をしだした。彼は焦燥《しょうそう》に駆られて汗が流れた。だが、どんなに苦心しても運転がつけてみたかった。

大体力織機という機械はほかの機械と大いに異なり、くるくる回転する円運動はきわめて少なく[53]衝程《ストローク》運動や[54]弧動《こどう》が多かった。そしてそれぞれ異なった七つの運動《モーション》がただ一本の曲柄軸《クランクシャフト》から伝達されて、緯糸《よこいと》の尽きた場合と杼《ひ》の運動に故障があった場合は、自動的に機台自身の運動を停止してしまうというきわめて複雑なものである。一台の機械を組み立てるため一千個に近い付属品が要るのであった。だから故障の修理も容易なわざではないのだ。

江治はあらゆる部分をいじくってみたがさらに故障の原因を究めることができないのでほとほと閉口したが、最後に残されたただ一つの手段として曲柄軸《クランクシャフト》に取り付いた歯車がもしや弛んではいないか調べてみようと思った。そしてそのために歯車と歯車の間へ咬《か》ませ物をすべく台の後部へ回って手を出した。

と、その瞬間であった。休憩を済まして工場へ入って来た組長は彼が機間《はたま》へ屈《かが》んでいるのも見ずに、色女の台が停まっているものだから慌ただしくハンドルを把《にぎ》って[55]調革《ベルト》を寄せた。

江治ははっと脅《おび》えた。そして愕然《がくぜん》、

「ウヤァッ!」と叫び声をあげた。一秒間の出来事だ。歯車は彼の左手をしっかりと咥《くわ》えている。

さすがに骨は硬いとみえて半インチの調革《ベルト》は調車《プーリー》の上をキュウキュウ鳴ってすべり歩

いた。

　血！　キュウ……と官能的な音がする。

　驚いた組長は慌ただしく、故障機の調革《ベルト》を外して車軸《シャフト》を逆転し、駆けつけて来た機械直し工と二人で歯車から手を抜き取って江治の体を通路へ出した。と、部の女工たちが仕事をやめて黒山のように周囲を取り巻く……。

　手の態《ざま》はなかった。食われぬ先から真っ黒だったものが、さらに歯車の歯の間へ溜まっていた綿屑《わたくず》と、グリスの歯糞《はくそ》を塗られて、焼き鳥のようにぐじゃぐじゃ。小指と[56]紅差《べにさ》し指との間へ歯車が入って、掌面《てのひら》半分の肉は甲《こう》の皮一枚でぶらさがっていた。

　血！　ねとねとした黝《くろず》んだ血——。

　江治は無惨な我が手を眺めてふらふらっとした。そして経糸《くりいと》の[57]ビームの上へよろめいた。すると組長は鋭い声で、

「馬鹿やね、こいつ！　しっかりしてくされ！」

と怒鳴って江治の横《よこ》っ面《つら》をしたたか打ち殴った。

「ぼんやりさらすな、この糞坊主！」

　そして組長はもう一遍江治を殴る。菊枝が、

「まあ！」と言って泣き出しそうな顔をした。

＊　＊　＊

やがて江治は機械直し工の背中へ負ぶさって工場の特約医院へ伴われた。と、その時はあまり多く出なかった血が、だんだん多量に出るようになって往く道へぼたぼた滴《したた》った。だが不思議にちっとも痛みを感じない。

医者は、どろどろに汚れた負傷者をさも汚《けが》らわしく診察室の縁側《えんがわ》へ寝かせ、下女をつれて来て油にまみれた黒い手を洗わせた。そうして、それからちょっと消毒してガーゼを詰めたきり、[58]ヨードホルムをふって繃帯《ほうたい》してしまった。筋を切断された小指は桑実《ふなび》色《いろ》になって、小さく二分の一に縮《ちぢ》かんでいる。それに引き替え他の指と腕全体、肩のところまでは脚のように肥《ふと》く腫《は》れあがった。そうして小刻みに体が戦慄《おのの》いて止《や》まない。

彼は下宿へ帰って屋根裏の部屋で横たわった。と、夜中頃からずきずき痛み出してだんだんはげしく疼《うず》くようになった。体はますますはげしく打《う》ち慄《ふる》えてくる。ぞくぞく寒い。思わず呻《うめ》き声《ごえ》をあげないではいられなかった。

会社は「治療費を負担したうえ、三週間分の日給は出勤したものと見做《みな》して支給するから、明日より毎朝九時までに顔出しだけしろ」ともったいらしく言ってきた。で、江治は頸《くび》から吊りさげたまだ疼きの止まぬ手を引《ひ》っ提《さ》げて、勤怠表へ判一つもらうために毎日工場まで行かねばならなかった。

しかしながら江治は、工場へ行くことが所在もない一日の楽しみの一つであった。工場の隅にたたずんで機台越《はただいご》しに少女工菊枝の姿を眺めることが、[59]つれない生活の慰撫《いぶ》であり潤《うるお》いとなった。今や彼はどんなに佗《わび》しい折でも彼女のことを想い出すと、気が晴々して愉快になった。仕事上のことなどでどんなに腹の立つ時でも、彼女のために怒った心もやわらげられた。国にいた頃と違って自分ながらひどく癇癪《かんしゃく》になったと思う彼は、醜《みにく》い意地悪の女工が訳の判らぬ無理を言うと殴りつけてやりたい気がむらむらと起こった。ことに彼女らが、もう青年気取りでいる自分を捕まえて「坊《ぼん》さん」と呼ぶのは堪えられぬ侮辱に感じられ、即座に持っている物を投げつけてやりたいほど口惜《くや》しかった。けれども獣のような男工や組長から、どんな無理を言われても侮辱されても超然として取り合わず、芥溜《ごみため》の灰の中から咲いた一輪の白罌粟《しらげし》の如く、気高い菊枝の姿に打たれてじっと忍従した。

菊枝はほかの朋輩《ほうばい》たちが暇さえあれば娘らしくもない極端な猥談《わいだん》をあけすけ喋りながら男工の相手になったり、浪花節や軍歌などを歌っているのに反して、少女雑誌や裁縫の本などをわずかな休み時間にも読んでいた。で、江治は無意識にそれを真似て青年雑誌の古本や技術書などを読み出した。しかし機械のことを書いた本にはむつかしい漢語に仮名がついてないので時どきさっぱり読めぬ字が出てきて何より閉口だった。

江治が二重扉のところにたたずんで機台越しに菊枝の姿を眺めると、うつむいて織り前をいろっていた彼女も顔をあげて彼と視線を合わせる。そしてにっこり微笑《ほほえ》んで口の動きと眼許《めもと》の表情で、

「三好さん。」と呼んだ。と、彼もそうして、

「菊枝さん。」と呼んだ。

「い、た、い？」

「だ、い、ぶ、い、い、の……。」

江治は口を動かして答えた。機械の騒音のなかにいては、耳に口をひっつけぬ限り皆こういう風に口真似や手真似で会話するのだ。

「さ、よ、な、ら。」

「お、だ、い、じ、に……。」

こうして、彼は毎日菊枝の顔を見に工場へ入って行った。と、菊枝もまた小生意気な一般少年工よりはどこかしら違った上品な点のある、江治と交わることに心ひそかに誇りとよろこびを感じる。

＊　　＊　　＊

江治は今日もまた事務所の窓口から判を貰って、工場へ彼女の顔を見に立ち寄ろうと

した。すると原動部に故障でも起きたのか中途の時間に停転《ていてん》したので、女工たちは「運転が停まった、運転が停まったあ。晩までかからんとおいてくれりゃええなあ。」と口々に叫びながら場外《そと》へ出て来るのだった。で、ひょっと菊枝も一緒に出て来ないかと思ってしばらくそこにたたずんでいたが、彼女の姿は見えないので彼は場内へ入って行った。

菊枝は、停止した機台の間へ緯糸《ぬきいと》の箱を置いてその上へ腰かけ、いつものように独りつつましやかに本を読んでいた。

「菊枝さん、こんにちは。」

江治はこう言って彼女の側《そば》へ近づいた。

「三好さん。」

菊枝は、読んでいた本を傍《かたわ》らへ置いて彼を迎えた。そして、

「手、もうだいぶよくなって？」と訊く。

「ありがとう、もうちっとも痛くないようになって楽です。」

「うち、どんなに心配したか判らないわ。もしや、片腕切らなきゃ治らんようなことはないかと思って。」

「お蔭で、割合うまく癒《い》えそうです。しかし……。」

彼ははっと暗い予感に襲われて言い淀《よど》んだ。

「指は、五本とも元々通りに治らないでしょう?」

「小指がね、小さく縮かんでしまって、変な恰好《かっこう》になったの……。」

彼はこれまで漠然とした考えでいたのだが、菊枝から言われて片輪《かたわ》になったことを痛切に感じた。そして優しくしてくれる彼女も、繃帯をとった後《のち》の醜い創痕《きずあと》を見たらすげなくなりはせぬかと気遣われて、ふと瞼《まぶた》を潤《うるお》した。と、菊枝は何心なく訊いたことながら、江治が悄《しょげ》気込《こ》んだのを見て悪いことを言ったと気づいた。それで話頭《わとう》を転じ、

「あんた、早く治ってちょうだいよ。お医者はんは、いつになったらすっかり治る言うの?」

「すっかり治るのはね、まだふた月くらいかかるけれど、三週間経つと半日給しか貰えんから僕出勤しよう思っているの。」

「江治さん、うちあんたが不憫《かわい》そうやわ。」

菊枝は、ふとこう言って江治を見まもっていた眼をふせた。そして、

「うちが寄宿やなかったらあんた世話してあげるのになあ……。」と言った。

「……。」

「怒ったら厭《いや》よ。頸筋《くびすじ》が、垢《あか》でまっ黒やわ。」

江治は、

「風呂入っても、手に水がかかったらいかん思って洗われんからねえ。」と答えた。

「うち、通勤になりたいなあ……。」

「僕ね菊枝さん、[60]職工学校の夜学へ行くことにしたん。」

「まあ、ええことね。」

「勉強が、したくてたまらなかったから、国で奉公しておったのだけれど脱け出して来たのです。」

「まあ……。でも、あんたが勉強して偉い人になったらうち嬉しいわ。」

「なぜ?」

「なぜでも——。」

「菊枝さん、どんな偉い人が好き?」

「うちね、[61]工務(技師のこと)のような人が好き。うちのお父さん、ここの工務だったのやけど機械に巻かれて亡くなったの。」

彼女はこう言って美しい眉をやや曇らせた。そして回想を辿《たど》りつつ時々すすりなきを交えて物語る……。

——彼女の父は実地あがりの工務係として、浪華紡績の紡績部を担当して十年も忠勤を励んだ技術家だ。そして部下の男女工にはなかなか篤《あつ》い人であった。ところが[62]高等工業を出て見習工務の椅子に坐った男が、早く自分の地位昇進を望むのあまり、彼の地位を嫉《ねた》んで事ごとに難癖《なんくせ》をつけた。そして何か職責上重大な過失を発《あば》いて重役にこれを報告し、彼を紡績部担任工務の椅子から蹴落《けお》とそうと画策《かくさく》した。けれども温厚な彼は戦いを挑《いど》まれてもなるべくとぼけてこれを逃げるようにして、あえて争いごとの起こるのを避けて通った。しかしその男は執拗《しつよう》に彼を追って仇討《あだう》ちでもするような態度をとった。そうして彼を二言目《ふたことめ》には無学な輩《やから》だと口ぎたなく罵《ののし》っては侮辱した。

その日もちょうど[63]梳綿機《カーディング・エンジン》の[64]針布《ワイヤー・クロージング》を巻くことについてその高工出《こうこうで》は理屈をこね出し、彼が十年来の実地経験に基づいてやっていることに数学的学理で難癖をつけた。その男は「肉眼で睨《にら》んだり手加減などではとても正確な仕事はできない。」と言う。

それが喧嘩の始まりで、遂に「それでは私が[65]ゲージを使わずに取り付けたのと、君がゲージを使って取り付けたのと、双方どちらが早くて結果が良好か実験してみよう。」ということになった。

だが紙の上へ鉛筆で線を引いた理論と、十年の体験とはとても秤《はかり》にかからなかった。

「どうだ君、この通り私の方はもう立派に運転して[66]ケンスが獲《と》れていくが？　君の方は、まだ何日先で運転がつくのか判らないね。その分ではとても、君の手で針布《ワイヤー》巻きはまだおぼつかない。」

彼はとうとうこう言ってしまった。するとその高工出は焦躁《しょうそう》に駆られて助手の保全工をぼろくそに叱りつけ、汗みどろになっていたがいきなり、

「何をッ！」と怒鳴りつけて上役の彼に飛びかかった。

彼はできる限り腕力沙汰の喧嘩など避けようと思ったが、別段超人でも何でもないただの人間である以上、いかなる場合にも絶対に無抵抗でいるということはできなかった。

「貴様、技術に負けて手を出すな！　技術家の実地競技は武士の武術仕合《ぶじゅつじあい》と同じだ。負けて口惜《くや》しければ[67]団子理屈こねる間に腕を磨け！」

すると相手は、

「生意気な、老耄《おいぼれ》め！」と場所も忘れてつかみかかる。

「これでも職工から鍛《こ》えあげた腕だ。[68]昔とった搗杵《つきぎね》なら喧嘩もしようかい。売られた喧嘩なら望み通り買うてやろう。さあ来い青二才！」

彼も詮方《せんかた》なくこう怒鳴っていきり立った。[69]はたの職工たちは、位の違う工務の喧嘩ゆえ仲裁することもできない。

こんなにして二人の男はしばらく取り組んで攫《つか》み合っていたが、不意に工務の靴が機械油に滲《にじ》んだ床板の上へ乗り、つるつるっと彼は[70]回し根《ヘッド・ストック》の方へすべった。と、その一《いっ》刹那《せつな》、毬毛栗《いがぐり》のような[71]円筒《シリンダー》へ彼の体は食い込まれた。

白い血煙《ちけむり》がさっとあがった。そして三インチの調革《ベルト》がキュウ……と鳴って調車《プーリー》の上を滑った。

菊枝の父は、こうして遂に梳棉機《カーディング・エンジン》の針布《ワイヤー・クロージング》に引っ掻きむしられて息絶えたのであった。

だが調査の結果まったく本人の重大な過失だというので、遺族の扶助《ふじょ》はなされなかった。で、乳呑児《ちのみご》をつれて、郷里の大和《やまと》へ帰る母と別れ、彼女は父なき家の手助けに織布部の女工になったのである。

(読者は二人が罵りながら攫《つか》み合うのを矛盾に思われるだろうが、工場のうちでもこの梳棉《そめん》部は話し声が聴こえぬこともない)

二十三

江治は運転がついたので彼女と別れて場外へ出、例の如くその日の治療に赴いた。工場の特約医は下宿の方角とは反対の橋を渡って四丁ほど行ったところにある。

薬局兼待合所になっている座敷へ彼があがると、白い布が一枚きり吊るしてこっちと区切られたじき隣の診療室で先客が一人診てもらっていた。髪を蝶[72]々に結《ゆ》って地味な袷衣《あわせ》を着た後ろ姿がよく見える。どうも女工らしかった。その患者は言いにくそうに囁《ささや》いた。

「先生、あのぉ、職工係主任さんが、先生に……。」

「何やてぇ?」

医者が訊き返した。

「あのぅ、先生にないしょで、お薬を……。」

女は再び言いづらそうにこう言った。すると医者は、

「よっしゃ、判ったる。」と言って何やら呑み込んでしまった。そして、

「止まってから何月《なんつき》になるんやね?」

「まだ二つきです。」

女は小さな声で辺りをはばかるようにおずおずと答える。だが相手の医者は案外平気らしく大きな声だった。

「そんなやったら、大丈夫うまいこといくやろ。しかしもし効《き》かなんだらほかな方法とったるわ。」

「どうぞ、お頼み申します。」

「よっしゃ、とにかく、これ服《の》んでみ。」

「おおきに、ありがとうございました。あのう、診察料は先生何ぼですやろ?」

「五円や。今出しといても、後ほど会社から月賦《げっぷ》にして引いてもらってもどっちでもええわ。」

これで話は終わった。そして女の患者は赧《あか》い顔をして診察室から出て去った。

――江治は程経つと繃帯を交換して医院を出た。そして下宿[73]へは帰らずに市《まち》へ向かった。職工学校へ六月から入学する下準備に、そこの教科書のテクニカル・リーダーや紡績学の古本を捜しに行くのだった。

彼はさまざまな大小工場が軒をつらねて建ち並ぶ荒涼とした場末《ばすえ》の河岸《かし》を通りぬけ、安治川《あじがわ》の渡船場《とせんば》を越えて市《まち》の大通りへ出た。するといろんな品物を売る美しい店舗が、遥かの彼方まで打ち続いて博覧会のように飾り立っている。大勢の老若男女《ろうにゃくなんにょ》が、そのあまり広くもない街幅《まちはば》の間を動揺《うご》めきながらぞろぞろぞろぞろ右往左往する態《さま》は、まるでお祭りほど賑やかで派手だった。江治は雑沓《ざっとう》のなかを酔ったような気分で歩いていた。

種々雑多な物を商《あきな》う店があるけれど、その半分以上は呉服や雑貨類の店であった。彼は(これが皆われらの手によって造られたものだ)と思って、自《おのずか》ら敬虔《けいけん》な心持ちになった。

江治は通学するようになればぜひとも製図器械を一組求めねばならんので、文房具店や計量器屋のショーウインドを片っ端から見て歩いた。しかし手に合いそうな値段ではとてもなかった。それからまた二、三軒の古本屋へも立ち寄ったが、電気工学の本ばかり多くて求める紡績学の古本はとんと出ていなかった。で、どんな本でも新本なら取り揃えてある[74]勧工場《かんこうば》の方へ引きずられて来た。

と、そこは[75]西大阪の娯楽街であって大小数軒の劇場、活動小屋、寄席《よせ》、料理店などが重なり合って建ち並んでおり、おまけに[76]遊廓《ゆうかく》が区域広く取り巻いていた。

素敵な風采《ふうさい》をした男女ばかり、汚《きたな》らしい者や労働する者を嘲笑《ちょうしょう》するかのように、しゃなりしゃなりと逍遥《しょうよう》している。婚礼の時ほど艶《あで》やかに装った女が、鼻を引っ張って[77]行くような強烈な匂いを漂わせて行き過ぎる……。江治はかつて不審を抱いた絹織物のはけ場がなるほどと判った。そして(世の中は広い)と感心した。

江治は「実用紡績術」という本を一冊はり込んだ。それは職工学校の教科書なのである。そのほかにも欲しい本がたくさんあったが、前利子一割を差し引かれて委任した文字通り汗の結晶した[78]工銀から取られるのだと思うと、とても少し残った金も使う気になれなかった。で、ひやひやしつつ内容だけ立ち見して勧工場を出た。

すると、空《す》きっ腹《ぱら》へ向けて蒲焼《かばやき》の匂いがたまらなく流れ込んだ。美食に飢えた胃袋が、口の中へ跳《おど》り出そうに彼の官能は強烈な刺戟《しげき》にふるわされた。「[79]出雲《いずも》やうなぎまむし」という屋根看板のイルミネーションが、青白い夢のような光を投げかけて、彼を誘惑する。彼はとうとうなかへ入った。

江治は待たされている間に何遍か後悔したが、出る訳にもいかぬから遂に（ええ、焼け糞だ）と度胸をきめ込んでしまった。と、余程してから曲《ま》げ物《もの》[80]に入った鰻飯《うなぎめし》が運ばれた。江治は待ち兼ねて箸をつけ、貪《むさぼ》るように口へ移した。何《なん》とも彼《か》とも譬《たと》えられぬ旨《うま》い味、腹の虫はその脂肪を含んだ米粒の一つ一つに対して、ぐうっと返事をしながら確かに受け入れるように思われた。

——一口、二口、三口、四口……とこう重ねるうちに、江治はふと菊枝のことを思い出した。小さな愛くるしい紅い唇が、萎《しな》びた大根菜っ葉を咥《くわ》えている。彼ははっとして、彼女にも分けねばならんと曲げ物を下に置いた。だが辺りは雑然として客の喧噪《けんそう》に満ちているばかりで、彼女らしい女性の影さえも認めぬ。——それは恋する者への錯覚であったのだ。

＊　＊　＊

桜を植えた遊廓の仲通りへ夜店が出た。そして皮肉な対照にもそこへは多く古本屋が陳《なら》ぶと聞いたので、江治はもしやテクニカル・リーダーの古本がないか、来たついでに漁《あさ》ってみようと思った。そうして、その女郎屋《じょろうや》の通りへ入って行くと夜店と女郎を兼ねた冷やかし客が、大勢あたかも行列のようにぞろぞろとのろ足で歩いて、一軒残らず片っ端から妓楼《ぎろう》を訪問して行く……。巷《ちまた》は劇《はげ》しい雑沓に蒸し返すようであった。

彼は浅ましい女を見まいと思って、一心に夜店の方ばかりを見て歩くのだったが、さほど広くもない道ゆえ、ともすれば人波に押されて家の方へ出され、[81]張《は》り店《みせ》の女が眼についた。と、汚れ果てた軽蔑すべき女だと思いながらも、一度だけよく覗きたいような変な好奇心にそそられた。紅白粉《べにおしろい》でぬり立てた体、友禅のうちかけを羽織った花魁姿《おいらんすがた》はやっぱり美しい。眼の醒《さ》めるような薄物《うすもの》の洋装の女もいた。そうかと思うとまた白い朝鮮服をまとった妓生《キーセン》、水色の支那服《しなふく》を着た女、普通の和服姿で素人風につくっている妓《こ》などもあった。

江治は求める本も見あたらぬまま、もういい加減に切りあげて帰路につこうと思って横丁へ外《そ》れかけた。すると見覚えのある顔がぱっと彼の眼前《めのまえ》へ現れた。三人づれの紳士がステッキを携えた和服姿でやって来る。彼は無意識に人込みへ身を隠して窺《うかが》った。三人の男は小さな妓楼《みせ》には眼もくれずに、どしどし雑沓を分けて道を行き、廓《くるわ》第一番の大《おお》店《みせ》へ堂々と梯子段を踏んで登楼《とうろう》してしまった。

彼は呆《あき》れてしまわねばならなかった。それは工場長と、職工係主任と、織布部の工務係なのである。夜学校へ通いたいために二時間の残業を免除してくれと申し出たら、願書を提出させて、三人が協議のうえ返答しようと言って目下許否《きょひ》懸案《けんあん》になっているその三人である——。

工務係はことに堅実な技術家として尊敬を払っていた一人だのに、彼はすっかり裏切られたような失望を感じた。そして色街《いろまち》の地帯を出離れると、ほっとした気持ちになって息をついた。

＊　　＊　　＊

渡《と》船筋《せんすじ》[82]には耶蘇《やそ》[83]の説教所があった。そしてちょうどその日は日曜に当たって救霊会[84]だったので伝道師は二、三十人の聴き手を集めてしきりに神の道を説いていた。江治は何気なくその前を通りかかると、一人の若者が一生懸命往来に向かって人を呼んでいるのだった。

「皆さん、どうぞお入り下さい。ほんのちょっとでよろしいから、なかへ入って神様の救いを受けて下さい。」

商売のようであった。

「さあ皆さん、どうぞ遠慮なくなかへお入り下さい。決してお金は戴きませんから、どしどし奥へ入って下さい。奥に席が空いておりますからどうぞ……。」

彼が好奇心にそそられてちょっと説教所の前へ立ち止まると、若者はまるで儲《もう》け物《もの》でもしたように促した。そうして江治がなかの様子を覗こうとすると、若者は押すように、また中におった信者が引っ張るようにしてとうとうちへ入れてしまった。

「どうかずっと前へお進み下さいませ。神様は貴方《あなた》を待っていらっしゃいます。」

女の信者が言った。

「さあ、勇気を出してひと思いにお進みなさい。」

逡巡《しゅんじゅん》する彼を、信者たちは遂に真ん前へつれて行ってかけさせた。

やがて一人の牧師が説教をし終わるとお祈りをした。すると信者たちは居合わせたところに跪《ひざまず》いて共に水を打ったように静まってしばらく祈ったのち、

「アーメン……。」と言って祈禱を結んだ。

江治は判らぬながらも敬虔《けいけん》な雰囲気に包まれた。

オルガンに合わせて賛美歌が合唱される……。一人の信者が厚紙に貼りつけたのを渡したけれど、無論うたえるはずはないので彼は黙って聴くだけ聴いた。けれども何だか晴れやかな愉快な気持ちが湧いてきた。日頃つつまれておる工場や労働下宿の暗鬱《あんうつ》な雰囲気とは打って変わった明るい気分。

歌が一節終わると次の牧師が登壇《とうだん》しておもむろに神の道を説き始めた。

明快な、牧師の説教はよく条理が立っていて江治にもあらまし呑み込めた。そしてこれまでまったく知らなかった新しい事柄が、あたかも注射する如く的確に頭へ入ってい

くのを彼は感知した。また荘厳な祈禱が繰り返される……。彼も、

「アーメン……。」と言った。

しばらく経って集まりが果てた頃には、真実の神に触れたような、まったく感激した自分を江治は発見した。そして二、三冊の小冊子を貰い住所姓名職業を書き残して彼は教会を出たのである。

これがきっかけで、江治はキリスト教に共鳴してしまった。石地蔵《いしじぞう》や鬼子母神《きしぼじん》の偶像や、紙に刷ったお札《ふだ》を神だと教えられた彼に、イエス・キリストの教える神はあまりに合理的な活きたものであった。何が何やら皆目訳《かいもくわけ》の判らぬお経に較べて、賛美歌はどんなに親しみ深いものであったか？　イエス・キリストの教えるエホバは雲間《くもま》を突き破った真理として彼にまみえる。「神は造物主なるが故に人間の拵《こしら》えた狭苦しい宮《みや》に住まい給わず。」如何《いか》さまその通り、それでこそ万物の霊長たる者が尊崇《そんすう》するに足る真の神だ。いやしくも神たる者にして賽銭《さいせん》や供《そな》え物《もの》を欲するなんて馬鹿げた法はない。それを欲しないところに神たる所以《ゆえん》があると思った。そして(世界を創造した万能の彼こそ真の神であるから、人間の運命も左右できるものだ。従って真心から祈れば承《き》き届けてくれるにきまっている)と考え、ひたすらエホバを信じた。「求めよさらば与えん。」しかり！

彼は祈る……。

「おお！　父なる万能の神よ、なにとぞわが抱負を成就《じょうじゅ》せしめ給え。そうしてもう一つ、どうか愛する菊枝を周囲の汚濁《おだく》に染めさせずして、永く清らかにあらしめ給え。そして目的完成の後は、私と温かい基督者《クリスチャン》家庭を作らせ給うて、あなたの下僕《しもべ》として幸福な生涯を送らしめ給え。イエスを通じて願います。どうぞ。アーメン……。」

江治は、神というものの観念が今やまったく変わってしまった。(意思《こころ》の世界も広い)と思った。日曜の夜はどんなに疲れても、彼は教会堂へ行くことを忘れない。

二十四

沢田へ帰りついたのは十一時を回った頃であった。

江治が閾《しきい》を跨《また》ぐと背後から声をかけた者がある。

「三好か？　われどこへ行っとってん。」

裏の別間の方から、[85]打棉部《スカッチャー》の甲番へ出ている男工であった。

「[86]九条《くじょう》へ行っててん。」

江治は答えた。

「そうか。」

こう言って二人はなかへ入った。

「インジ(エンジンの片言)の罐《かん》[87]がいたんで、運転つかんよって戻って来てん。」

「ぼろおまんなあ。」[88]

「何《なん》にもぼろいこたあれへんわ。一人[89]くれおれへんにゃ。十一時半に向こうからいね言いくさって、たった七分やね。お前みたように、毎日遊んどって一人貰えたらええのやけどな。」

「何がよろしおまっかいな兄さん、痛い目えして片輪になって、こんなつまらんことあれしめへんわ。」

「少々ぐらい片輪んなったかて、遊んで銭《ぜに》もらえたらそれに越したことあれへん。」

便所は、別間のある長屋風な離れの前を通ってつきあたったところにあるので、彼はその男と一緒に裏へ出てその別間の入口で別れた。江治は大阪弁が嫌いだったけれど、相手によっては詮方《せんかた》なくこれをつかって応じるのであった。

彼が小便をしていると、別間の二階で突然けたたましい物音が起こって辺りの寂寞《せきばく》を破った。

「キャッ! 何すんにゃ。」と女の声。

「これは、一体なんの態《ざま》や!」と男の声。

「われ、嗅《か》ぎ出しよったな！」と別な男の声。

続いてピシャピシャッと二、三度はり合う音がして、今度はメリメリッと障子《しょうじ》か何かの壊れる音が起こる……。

「これ、これ、これ。何やね、何するんやね。何をするんやね……。」と気遣わしげな女の声。

「他人《ひと》の嬶《かかあ》、盗みくさったな。」男の声。

「われが、ぼんやりしとるよってや！」

二人の男が梯子段を転がり落ちるような怖ろしい物音がした。と、次には助けを呼ぶような男の悲鳴――。

「間男《まおとこ》やあ……。人殺し、人殺し、人殺しィ……。」

この騒ぎで寝ていた下宿人は皆《みんな》起き出した。そうして番頭は、

「何や、何やね？」と言って駈けつける。

「間男さらしたのどいっちゃ、どいっちゃね？」

表からも裏からも男たちは寄って来た。そして難なく曲者《くせもの》を捕えた。ところが曲者というのは表の二階に雑居している丸仕《まるし》[90]なのであった。そして女は打棉工《だめんこう》の細君の練条工《れんじょうこう》[91]である。良人《おっと》が夜業に出勤して留守の間に、間夫《まぶ》を引っ張り込んでいたという勘定。や

がて番頭はほかの下宿人一同に向かい「俺が話つけるよって皆寝え。明日の妨《さまた》げんなったらいかんよってに。」と言いつつ（またか、うるさいなあ）というような顔つきをしてその丸仕を店の方へ伴った。

明け暮れ恋女《こいおんな》の如く愛している、打棉機そのもののピアノ・モーション[92]に指を食いちぎられたという片輪の打棉工は、泣き声で妻の不貞を責める。

「われはまた、何で間男しおってんにゃね？　わいいうれっきとした亭主がありながら、ほかな男を引っ張り込むいうけったいな法があるもんか……。」

「わてかってな、毎晩おまはんが夜業に出てしもたら淋しゅうてたまれへんわ。」

「そやよってに、甲番へ回してもらうように工務さんへ向けて頼んだるんやがな。もうじき回したる言うてやはるよってに、何もそんなことせんでもええがな。」

「工務さんなんぞに頼んでおいたかて、いつのことやら訳わかれへんわ。」

「それともわいが、機械に噛まれてこんな片輪んなったよってに、わいを嫌うんやなわれ。」

「それがどうしてん？」

「なんかしてけつかる、やっぱりそうや。もう堪忍でけん。こらえられん。腹の虫が承知しよらん。」

「わてかてな、××××××××××××××——。」

「[93]なんかしてけつかる。このわいを嬲《なぶ》ってくさるなわれは。嘲弄《ちょうろう》したるんや、もう堪忍袋の緒が切れた。われの×××はそのままにゃ置かん！」

「何やね、おまはん意気地なしのくせしぃて、愚図愚図言うのんやったら嫁はんはちゃんと嫁はんらしゅう小遣《こづかい》くれて遊ばせといたらええ。そうしたらおとなしゅうしとるわいな。」

「薄情なことぬかすな。われが通勤になる時どう言うた？」

「おおけに言うたわ。たとい下宿屋の二畳の間ぁでもええよってに、牢屋《ろうや》の寄宿からさえ出してくれたら一生おまはんのところで稼《かせ》ぐ言うてなあ。しかしわいは、何もわれのような片輪者《かたわもん》のど甲斐性なしに惚《ほ》れとったのんやあれへん、×××××××××××××××××。」

彼女はその日々使っている練条機の、[94]フライヤーのような[95]いがり声を出してこう啀に亭主を罵倒した。

「わいが働いて、わいが下宿賃払って、わいが食うとる以上な、どこの男と寝ようとおおけにお世話や。わいの勝手やないかいな。丸仕と間男して腹立つのんやったら、おまはんもげん妻拵《こさ》えたらええわ。」

「どこまでもんわいを[96]ちょこ嬲《なぶ》るな、この不貞《ふて》くされめ！」

打棉工はとうとう彼女を一つ殴った。しかし次の瞬間にはおいおい声をあげて彼自身が泣き出した。と、やがて番頭が夫婦をつれに来た。

「何やねこいつ、嬶《かか》とられて泣くやつあるもんか、けったいな男やなあ。」

番頭は嗤《わら》った。

「こいつがあんまれわいを馬鹿にしよるよって、腹が立ちまんにゃ。こいつは寄宿が出たさにわいを騙《だま》しましてん。」

「ほんな阿呆なことあるもんか。こんな晩は気が立ったるよってそんなこと言うんや。明日の朝んなったらどうもあれへんわ。」

番頭は、でも打棉工をなだめながら店の間へつれて行った。そうして三人つき合わせて丸仕の男に向かい、

「何と言うても、お前は他人《ひと》の嫁はん取ったのは悪い。立派な[97]姦通罪《かんつうざい》やよってに謝りい。」と裁判《さば》いた。

すると丸仕は型の如く頭を下げる。

「この通りな、相手は悪かった言うて詫《わ》びてんにゃよって堪忍したり。俺が仲裁するよってに――。」

番頭は打棉工を促す。

「打棉工《スカッチ》、わいが悪かったよってこの通り謝るわ。一杯飲んで機嫌直そう?」

丸仕が彼に言った。すると番頭は、

「よ、男らしゅう済ましてんか、仲裁酒や。」と言いつつ、かねて止宿人へ売りつけるために備えてある壜詰《びんづめ》を出した。そして、

「丸場《まるば》[98]が謝り酒に一升張り込みおるよってに、わい、肴《さかな》買うわ。」と鯣烏賊《するめいか》を一束放り出した。

それから女に向かって、

「お前も、浮気したらあかんで――。」

「騒がせてすみまへんでした。堪忍しとう番頭はん。」

彼女が言った。

「皆《みんな》、会社へ行って今夜のこと喋ったらあかんで。沢田の大将の不名誉やよってな。」

最後に番頭が言った。そして程なく仲直りの手が三三[99]が九つ打たれたのであった。

二十五

正蓮寺川《しょうれんじがわ》と伝法川《でんぼうがわ》と、新淀川《しんよどがわ》と大阪湾によって樺太《からふと》形につくられた絶好な工場地にある浪華紡績西成工場。そこには五万錘《すい》の紡績機械と三千台の力織機《りきしょっき》が瀑布《ばくふ》のような音を立てて囂然《ごうぜん》と運転しておった。

軸と、調車《プーリー》と、歯車と、偏心輪[100]と、調速輪と、槓桿《こうかん》[101]と、発条《ばね》によって大部分の運動を起こしているほとんど完全な有機体に近いこれらさまざまな機械にも、細かく検《しら》べればその動き方に、音に、それぞれ異なった個性を発見することができるであろうが、ここではその数千台の機械がただ一つの響きとなって轟《とどろ》いている。機械を一台ずつ取り扱っている者にも、我が機械が一体どんな音を立てているのか知ることはできなかった。

おお、鼓膜が破れて聾《つんぼ》になりそうな凄まじい群響《ぐんきょう》は、あたかも人類を征服した勝鬨《かちどき》のようだ。そしてその呪《のろ》わしい音は、今日も、今夜も、明日も、明後日《あさって》も、そのまた翌日も、何事か素敵に大きな転変が起こらぬ限り、永遠に止むことなく打ち続くであろう……。

女工お孝はこの騒然としたなかでほかの女工たち大勢と共に「玉揚げ」という働きに余念もない。綿から糸をひく綿糸紡績工程の仕上げ、すっかり綺麗な糸が紡《つむ》げる「精紡《せいぼう》部《ぶ》」というところだ。横に長い五十フィートくらいな機台で、チン・ローラー[102]によって数百本の紡錘《スピンドル》[103]が一分間三千回転の高速度で回転している。その紡錘から木《き》管《くだ》に巻かれた糸を取り揚げる役である。三幅前掛《みはばまえかけ》の裾へ持っていって絹状の紐を縫いつけ、これを頸《くび》へ引っかけて前掛を腰の部分で袋にして、その中へ紡錘から抜き取った管糸《くだいと》を入れるのだ。

女工たちはみな綿にまみれて頭も胴も猫柳《ねこやなぎ》の穂のように白くなった。

お孝は初出《はつで》の日、この埃《ほこり》のために劇《はげ》しい吹雪《ふぶき》を食《くら》ったようで息苦しくてしょうがなかった。呼吸するたびごとに歯痒《はがゆ》いような綿繊維がここかしこへべたべたと盗人草《ぬすびとぐさ》[104]の如く付着して、肺の奥から咽《む》せ返ってきた。おまけに眼がやり切れない。粉雪のように立ちこむ綿繊維が瞳孔《ひとみ》の上へこびりつき、しばらく涙が出てやっと洗い流したかと思うとまたしても次のやつが入ってくる。それから睫毛《まつげ》は蠟《ろう》づけのように鎖《とざ》されて、こすってもこすっても向こうがじき霞《かす》んでしまった。しかし今や馴れてしまってそんなひどい塵埃《じんあい》の中も平気になった。

台長《トップ》の嫂《ねえ》さんが、ピリピリピリピリッと呼び子を鳴らして一号台の回し根《ヘッド・ストック》へ赤い小旗を掲げた。糸がいっぱい溜まったので、玉揚げ工を呼び集める合図なのである。すると大勢の女工が餌を見つけた小雀《こすずめ》のように集まって一斉に紡錘《スピンドル》から管糸を取り揚げる。そのわざは怖ろしいまでに敏捷《びんしょう》だった。紡錘から管《くだ》を抜いて新たな空管《からくだ》を差し込み、糸の口を付けるまでの動作は、十回以上も合わせた手の単運動から成っている仕事であるが、まるで雑把《ざっぱ》な体操でもやっている如く一線の動きにしか見えない。

一号台の玉揚げを終わって機械の運転がつけられると、またピリピリと笛が鳴って今度は五号台が満管になる。と、それを終えぬうちに今度は八号台へ赤旗が立つ。――二号台、四号台、十二号台、十三号台、六号、十四号……と、矢《や》つぎ早《ばや》に管糸が揚がって少しの隙もない。機械は気違いの舞踏を打ち続ける……。

お孝はこの眩惑《げんわく》そのもののような中でふとした拍子《ひょうし》に管糸を一本取り落とし、拾おうと思っている間にほかで笛が鳴ったから、ついそのまま忘れてしまっていた。

午後六時間際になって向こう番[105]の夜業者《やぎょうしゃ》と交代する時間が迫ったので、お孝は皆と一緒に仕事を仕舞って、真っ白に汚れた体を箒《ほうき》でもって払っていた。すると台長の女工が勤怠表を持って来て一同へ配りつつ、

「お孝、お前主任さんがちょっと用あるって。」と呼び止めた。

「どこにいやはります?」

彼女は悪い予感に打たれながら訊き返した。

「役付《やくづき》室にいやはるよって、早《はよ》う行き。」

厭《いや》なこったと思いつつも否《いな》む訳にはいかぬので、お孝は場外の役付室へ出向いて行った。そうして帰り仕度に上衣を着ている組長へ、丁寧に腰を折ってお辞儀した。しかし、

彼女の頭があがらぬ先に組長の叱責《しっせき》が始まっていた。

「もう、いぬる時間やのになに愚図愚図してんにゃ!」

「すみまへんでした。それでも主任さん、たったいま台長はんから伝言承《ことづけき》いたばかりですわ。」

「お前、今日糸のついた[106]管糸《コップ》地べたへ落としよったやろう?」

お孝ははっと思った。そして、

「主任さん、うちあんまれ忙しいのでつい拾うのを忘れてしまいましたけど、堪忍しとうくんなはれ。」と殊勝《しゅしょう》に謝った。

だが組長は、

「木管は、たとい一本落としたかってちゃんと拾わにゃならんいうこと、何遍も何遍も言うて聴かせたやろ。それを知っとりながら、放っとくいう法あるもんかね!」

「うちが悪ございました。堪忍しとう、主任さん。」

「口先だけで、何《なん》ぼ謝ったかてあけへん。われ、これで管糸《コップ》落としよるの三度目やで。ちゃんとわいの手帳についたるわ。」

組長は泥鰌髭《どじょうひげ》を動かしながら、ポケットから手帳を出してお孝の前へ突きつけた。そして平蜘蛛《ひらぐも》のように謝る彼女を捕《つか》まえて、工場の中へ引きずるようにつれて入った。彼は女工の躾《しつけ》が上手だとて常に上役の工務係からほめられている男である。

「ほかな工の見せしめや。これ持って九時まで立っていぃ。」

お孝の前へ二本の篠巻《しのまき》[107]がつき出された。

「さ、この円《まる》い輪よりひと足でも外へ出よったら承知せえへんで。」

泥鰌髭の主任はこう言いさま、チョークで直径一フィートくらいな円《まる》を床板《ゆかいた》の上へ画《か》いて去った。

篠巻はなかなか重い。綿を饂飩《うどん》ほどの太さまで糸にしたものを直径一インチ半、長さ一フィートくらいな大木管に、堆《うずたか》く溢《あふ》れるほど提灯《ちょうちん》形に巻いたもので、[108]五百目も重量がある。お孝は持たされたまま、両方の手にそれを一本ずつ差しのべているのであるが、どんなに気を張っても次第に力が弛緩《しかん》してじりじり手が垂れさがった。肩の辺はあたかも厳しい寒さにあった如く痛み出す……。

彼女はそれでもじっと苦痛を忍んでいると、凄《すさ》まじく回転する夜業の機械の音がだんだん自分から遠退《とおの》いていくような錯覚を感じ出した……。昼のように明るいところがぼんやり薄暗くなって、己《おのれ》が立っている工場の床がゆさゆさ揺れた。脇の煉瓦壁が蒟蒻《こんにゃく》の如く軟らかそうな物体になって、薄赤い半透明を呈してくる。手に持つ篠巻は舟よりも大きなノッペラボーに化けてずんずんずんずん膨張《ぼうちょう》する。そして機械に顔が出来、手足が生えてけったいな踊りをおっ始《ぱじ》めた。

向こう番の女工たちは、調子の悪い二重扉を開けて盛んに前を往来した。それが皆《みんな》、残酷な懲罰《ちょうばつ》にかけられている朋輩を、むしろ嘲笑《ちょうしょう》し、快《こころよ》さそうに顧みて行った。向こう番の組長から彼女の監視を引き継いで依頼された此方番《こっちばん》の組長は、時どきやって来てはお孝の姿勢を見届けるのだった。

すれっからした二、三人の少女工が、仕事の手を休めて彼女を揶揄《からか》ったので組長はどやしつけた。すると、少女たちは歌う。

「工場は地獄よ主任が鬼で
回る運転火の車……。」
「親御様にも手はかけられぬ
赤の他人にどつかれて……。」
「偉《えら》そにするな主任じゃとても
元は[109]枡目《ますめ》の糞男工……。」
「こんな工場へ来るのじゃないが
知らぬ募集人にだまされて……。」
「組長主任と威張っておれど

工務の前にゃ頭ない……。」

声を合わせて高らかに歌うのであるが、機械の雑音に遮《さえぎ》られて唄は切れぎれにしか聞こえない。槓桿《こうかん》とスプリングは気違いの舞踏を打ち続け、[110]ベヤリングは狂乱の音楽を吹奏する。

＊　＊　＊

「まだ、頼まれた時間よりかもちょっと早いけんど負けたるわ。不憫《かわい》そぅやよってに、もういにぃ。」

お孝はこう言われて自分の主任が定《き》めた九時より、十五分ほど早く懲罰から放免されて免囚者の如く独りとぼとぼと女工寄宿舎へ帰るのであった。

工場を囲繞《いにょう》する分厚い赤煉瓦の防火壁を出ると真《ま》あ下が往来はげしい人道になって、その上に[111]駅の橋と同じく三方を囲った陰惨な橋梁《ブリッジ》が架かっており、それが河を渡って正《しょう》蓮寺《れんじ》川《がわ》の真っ只中にある孤島に建てられた寄宿舎へ続くのであった。

工場の塀を行き過ぎたところに[112]正蓮寺というささやかな法華寺《ほっけでら》があって月に三回夜店と昼店が出た。境内《けいだい》からずっと工場の塀際《へいぎわ》へ二丁ほど出並ぶのである。

お孝は陸橋の上でその夜店の声を聞いた。ひしめき合うような雑沓に混じっていろいろな商人の呼び声が面白そうに板一枚下の道から聞こえてくる。程遠からぬ寺院の境内《けいだい》では『[113]不如帰《ほととぎす》』のカラクリ唄が鞭《むち》の音賑《にぎ》わしく歌われている。彼女はこの唄が機業地にいる頃から非常に好きだったので思わず引き入れられてたたずんだ。そして空腹も身の疲れも忘れて折しも聞こえてきた最後の一節を合わせる。

「……右手に香花《こうか》腰に剣、落ちる涙を呑み込んで、川島武男の墓詣り、貰い泣きする不如帰《ほととぎす》……。」

橋下ではいろいろな夜店商人たちが、

「さあ、皆《みんな》、買いなはれ！ [114]摂州《せっしゅう》[115]名代《なだい》は伊丹《いたみ》の名産[116]こぼれ梅、まけてまけて大まけて、一合わずかに、ただの三銭じゃあい！」

「冷《ひ》やこうて甘いのが一杯が一銭、冷やこうて甘いのが一杯が一銭……。」

「日本一の黍団子《きびだんご》、さあさあどなたも召しあがっていらっしゃい。搗《つ》きたてのほこほこ、黄粉《きなこ》は上等、砂糖は[117]太白《たいはく》[118]三盆白《さんぼんじろ》がたんと張り込んでおます……。」

「ええ、毎度お馴染みの一銭五厘屋でござい。何品にかかわらず一個が一銭五厘均一。ただより廉《やす》い均一屋でござい……。」

てなことを言って盛んに客を呼び立てていた。お孝はまったく面白そうなので、どこか外の覗《のぞ》けるところがないかとその辺を捜《さが》すと、幸い羽目板《はめいた》に節穴《ふしあな》が一つあいていて微《かす》かに往来を眺めることができた。青白い瓦斯《ガス》の灯が夏の夜の宵空《よいぞら》を銀河のように流れて、自由な男女が涼し気な浴衣《ゆかた》がけで団扇《うちわ》を手にしながら楽しそうにぞろぞろ逍遥《ぶらつ》いている。女の子、父親、男の子、母、若者、お婆さん、娘、お爺さん、いろんな人が行った。赤ん坊を背負った母らしい女が行くと、お孝はぐっと胸のつまるのを覚えた。そして狐よりもひどい[119]女衒《ぜげん》の口車に乗った、我が身親娘《おやこ》の愚かしさが今さらのように恨めしい。募集人犬山の言葉に燃ゆるような希望を抱いて、傷ついた体と悩める心を遥々《はるばる》この、山川幾重《いくえ》距《へだ》たった浪華《なにわ》の地まで運んで来てみれば、彼女を待つものは牢獄以上の何ものでもなかった。「貸し金があるからそれの返せぬうちは」といわれて、門一歩外へ出ることさえも許されない。募集人の言ったことは、十が十、百が百、千が千とも嘘偽《うそいつわり》ばかり——、底《そこ》いも知れぬ暗黒の幻滅であった。

お孝は(ほんに、俄《にわ》か雨《あめ》でも降って夜店も人も濡《ぬ》れてしまえばいい)と思って寄宿舎へ帰った。

二十六

厳《いか》めしく金釦《きんぼたん》を光らせた守衛が三人詰めている寄宿舎の中門でお孝はいつもの通り丁寧に頭を下げ、勤怠表を「竹の十二号」という我が部屋の箱へ納めていったん食堂へ赴《おもむ》いた。二千人一時《いちどき》に喫食《きっしょく》できる広い食堂、しかし一枚板で作った床几《しょうぎ》[120]みたいな粗末な食卓と、馬《うま》型台[121]のような一間《いっけん》の腰掛が飯粒と泥まみれになって並んでいるきりである。彼女はいそいそとしてそのなかへ入って行ったが、もう食堂の炊事場は閉められて辺りはしんと静まり返っていた。お孝は失望した。だがそのままでは諦めがつかぬので、

「炊事の兄さん、炊事の兄さん……。」と呼ばわってみた。しかし広いがらんどうの建物から我が声の反響が来るばかりで誰も応える者はない。

彼女はふと横手を見やった。すると汚《きたな》い食卓の上に蓋《ふた》さえもつかぬ薬缶《やかん》が五、六個載っかっていたので、何か大発見でもしたように「あッ！」と声をあげてそれに飛びつき、口を咥《くわ》えてがぶがぶと水を飲んだ。そして「ほ……。」と大きな吐息してそこを出、いくつかの廊下を通りぬけて部屋へ戻った。

「嫂《ねえ》さん、ただいま……。」

お孝はこう言って部屋長の工に挨拶した。すると、

「お孝、お前今まで何していてんね？」と年増《としま》の部屋長が裸で不作法に寝そべりながら訊く。

「……。」だが彼女は残されたことを言い渋った。

「何《なん》やね、こんな遅うまで？」

「別に、何にも、嫂さん……。」

「胡麻《ごま》[122]すっとったんやあれへんか？　それとも混綿《こんめん》の綿ん中へ行って、好きやんとえ[123]えことしていたのやろ。」

　すると部屋長の次に幅を利かせている工が、

「ほんなやったら、奢《おご》りいなお孝やん。」と言った。

「奢り奢り。婿《むこ》はん出来たら、皆《みんな》奢るんがこの部屋の規則や。」

　部屋長が合《あ》い槌《づち》を打った。

「そんな、浮いたことやあれしまへんわ、嫂さん。」

「隠さんかてええわいな。わてらでも若い時分には憶《おぼ》えのあることやよってな。」

「……。」彼女は可笑《おか》し恥ずかしかった。

「お孝やん、何《なん》ぼおまはん隠したかて顔に好きやんの名前が書いたるがな。綿ん中へ入っとったいう証拠に、混綿の綿がついたるがな。それでもおまはん嘘や言うのやったら、部屋長はんと二人して××××××——。」

　部屋の工たちがあまり滅法外《めっぽうがい》な誤解をしているので、お孝は腹立たしいようなうちにも遂に空腹を忘れて人知れず心のうちで吹き出す。しかし(仕事上の欠点で懲罰を受けたなんて思われるよりか、彼女たちの想像通り浮き名でも立てられた方がまだしも外聞《がいぶん》がいい）と思った。それでいわゆる「混綿の綿の中」を承認し、「そないに言やはるのなら、うち五十銭奢ります。」と言って、自分の戸棚を開けて銀貨一枚投げ出した。と、いつも大人の使いをするためにこの部屋へ入って来たかのように皆から[124]兼帯《けんたい》で使われている少女工が、またしても部屋長の嫂さんに言い付かって、手風呂敷一枚と一丈ほど長さのあるバンド紐を持って部屋を出た。

　少女工は中門の側までやって来ると守衛室の気配を窺《うかが》って地べたへ四つん這いになった。そうして硝子戸《ガラスど》の腰板に隠れて音もなく監視の眼を掠《かす》め、陸橋の隧道《トンネル》を潜《くぐ》って往来の上へ来た。それから、夜警の巡視でも来はせぬかしばらく辺りへ気を配って、一枚の羽目板へそっと彼女は手をかける。と、バンド紐の先へ結《ゆ》わえられた風呂敷が、すっと下へ降りて行った。その[125]固《かた》めいいと厳重な陸橋へ誰があけたのか、船の沈没を図るために船底へ穿《うが》たれた秘密の孔のような、けったいな仕掛けが施してあるのだった。

　やがて魚が餌を啣《くわ》えた時のように、下からバンド紐を引く者があったので、少女工はするすると引き揚げた。風呂敷の中にはちゃんといろいろ取り合わせた駄菓子が入っている。彼女はそれを持って部屋へ急いだ。

　ところが門衛所まで来て監視を逃れるために再び地べたへ四つん這いになる途端、風呂敷の中へ入ったお乾《かき》餅がガサガサッと鳴ってとうとう守衛に見つけられたのである。

門番はその少女工を、

「小娘の分際で大人の眼をごまかすって何やね、この工！」と散々叱りつけて打った。[126]あまつさえ買って来た菓子を没収してしまった。

「部屋長の嫂さんに頼まれましたのやよって、どうぞ堪忍しとう守衛さん。堪忍しとう、堪忍しとう。もう何ぼ頼まれても門出ぇしまへんよって見逃しとう。」

彼女はこう詫び入ったが遂に守衛はこらえなかった。そして早速ながら竹の十二号へ赴いて向こう三週間の門止めを宣告して去った。すると部屋長はまた彼女に怒る。

「何やねこのけったいな工は。われのおかげで借金のない者《もん》まで部屋出られへん。ぼんやりしたるよってやがな。門番につかまったら菓子放《ほう》っといて、どこか判らんところへ逃げてもたらええんや。」

「すみまへん、部屋長はん。」

「おおけにすまんわ。われのおかげでまんで[127]虻蜂《あぶはち》取らずになってもたわ、この[128]どずべため！」

年増の部屋長は男のような声を出して少女工をわめき倒し、側《そば》へ引き寄せてぎゅっと彼女の尻をつねった。二十年以上もこの寄宿舎にいて、四十近くにもなって未だに結婚もせず女工生活を続けているオールドミスの彼《か》の部屋長は、まったく中性的な不具者になりきっているのだった。

＊　＊　＊

翌日は交代日で向こう番の乙が帰って来たので、部屋は人員が倍になって賑やかだった。二十畳の室に三十八人、まるでごっちゃ返すよう——。女工たちは九時頃までに汚れ物の洗濯を済ましてしまい、後は一日寝転びながら馬鹿話でもして所在なく暮らさねばならなかった。

彼女たちは別段、自分らを苦しめる組織に反抗するというほどの理智があってではないが、出られぬ辛さに漫然と歌うのである。

「籠の鳥より監獄よりも
寄宿住まいはなお辛い……。」

「寄宿流れて工場《こうば》が焼けて
門番コレラで死ねばよい……。」

哀調を帯びた、しかしガチャンと瀬戸物でも投げつけるようなショックをもつ反抗的な節回《ふしまわ》しが、鉄格子《てつごうし》の間から窓下の河の面《おも》へ伝わっていく……。

寄宿舎の窓からは町から市へ架かった長い長い恩貴島橋《おきじまばし》が、遥かに海を越えた六甲《ろっこう》[129]の連山を背景にして浮絵《うきえ》[130]のように美しく見え、自由な人たちが軽やかな裳裾《もすそ》[131]を吹き上げる潮風に翻《ひるがえ》しながら快《こころよ》げに渡っている。お孝は、今日もまた国に残した子供のことなど思い出して朝から打ち沈んでいた。工場の煙突からは飯を炊くためと鉄工部の予備エンジンを回すために、休日でも一基だけ焚《た》いている汽罐《ボイラー》[132]の煙が、淡《うす》く細く糸のように棚引いて故里《ふるさと》の方角へ空を流れた。

若い船頭が薪《まき》を積んだ小舟を操《あやつ》りながら棹《さお》さして正蓮寺川を市《まち》のほうへさかのぼった。そして女工たちの唄を聞いてその節《ふし》を真似、

「あまり××××女工さんと××糸の巻くりついた児《こ》が出来た……。」とどら声で歌った。すると利かぬ気の女工連が船頭に食ってかかった。

「なんかしてけつかる、このど船頭め！」

すると船頭も負けずに、

「こら、紡績女工の豚め！」

「豚でも馬でもおおけにお世話や。」

「何じゃい籠の鳥め、××にかつえ[133]てくさって――。」

「なんかしてけつかる、このど船頭め！　われが面《つら》みてぬかしやがれ、こん畜生！　牡《ぼ》丹《た》餅《もち》ぶっ潰して砂まぶしたような面や。」

「女子《おなご》だてらがあんまれど喋ると頬桁《ほおげた》が裂けるど。それからあんまれ精出して×××××れよったら、ついでに××××けるわぁ。」

「なんかしてくさる、けったいなど船頭め！　わてらが豚ならわれはまたごかいか蚯蚓《みみず》や。ようこらばばたれ猫め。」134

若い船頭はもう顔まけしてしまって、それ以上よう揶揄《からか》い得なかった。そして長い棹を差して舳先《へさき》を対岸へ向けた。と、女工はまたひとしきり声を揃えて歌う。

「わしが鳥ならあの家《や》の屋根で、
焦《こ》がれ啼《な》く声聞かせたい……。」

「ここを脱け出す翼がほしや
せめて向こうの丘までも……。」

「威張りくさるな世話婦じゃとても
同じ会社の金もらう……。」

こう歌っているところへ竹の寮の世話婦が入って来たので女工たちは縮みあがって皆《みんな》口を噤《つぐ》んだ。しかし袴《はかま》を穿《は》いてぞろりとした世話婦は、ヒステリックな眼つきで邪険《じゃけん》そうに彼女たちを睨み、

「何です皆さんは？　お行儀の悪い当て唄なんか歌って。」135と叱りつけた。そうして、

「さ、国許《くにもと》へ手紙を出す人は書きなさい。」と言った。

女工たちはこうして一週間に一度だけ、世話婦監視のもとにそれぞれの故郷へ通信することができるのだが、書いたものはいちいち彼女の検閲《けんえつ》を受けねば出せなかった。お孝はこんな手紙を但馬《たじま》の父母へ宛て書いた。

「ご両親さまには、暑いのにせいが出ますか。私はどうにかびょうきもせずにくらしてはおりますが、それでもつらいときがあります。赤は大けになりますか。気のどくでもときどき見にいって下さい。私ははじめのほど乳がはりましたが、今ではもうはらんようになりました。銭《ぜに》をおくらんならんのですが、聞いたよりもうけがすくないでしばらくはおくれません。会社のつごうとかで、機《はた》を織る方へはいれなかったから、何ぼももうかりませんのでこまります。うちには会社いうところ、おそろしいような気がします。」

しかし世話婦は「こんな書き方をしてはいけません。」と言って二、三ヶ所も赤鉛筆で消し、新たな巻紙へ書き直させた。

こうした女工たちの手紙は、[136]小使《こつかい》の手によって一纏《ひとまと》めに局《きょく》へ持って行かれるのだった。そんな具合であるから国許から来たものも事務所で開封して、安全と認めたものでなければ本人の手へは渡されない。会社はこれを左のように弁解した。

「もし不良少年のところから来た[137]艶文《つやぶみ》であったり、他会社からの[138]誘惑状めいたものであったら後日間違いの起こる元で、預かってきた父兄に対して申し訳がない」と。

＊　＊　＊

二人の青年職工が漕《こ》ぐボートに乗って、江治が正蓮寺川をさかのぼった。そうして「真白き富士の嶺」を歌いながら「奴隷の島」を一周する。お孝はその姿を見つけて窓の中から呼ばわった。

「江治さん！」

「おおい……。」と江治が応えた。

「すまんけんど、銭おろすよって向こうの店でええもん買《こ》うとう。」

「よっしゃ、買うてあげよう。」

バンド紐に括《くく》った[139]運転袋が鉄格子の間からするするとおろされた。彼はボートを市の方の岸へ着けてもらって蘆簾《よしず》張《ば》りの[140]関東煮《かんとだき》屋から巻寿司と大福とお乾餅《かき》を買って運転袋へ入れ、待っているバンド紐の先へ再び結《ゆ》わえつけてやった。と、二階の窓で、

「おおきに、ありがとう。」と声がしてすうっと食べ物は引きあげられる。

友の二人も、それぞれ知り合いの女工からこんな使いを頼まれた。江治は、寄宿の裏へ漕いで行ったらひょっと菊枝の姿が見られないかと期待し、手が痛くて漕げもしない

のにボート賃の割り前を出して誘わるるまま同乗したのだったが、彼女の姿は見られなかった。今や彼は一日彼女の顔を見なくても淋しく、どこかへ行ってしまったのではないかと思われたりして、不安で不安でたまらない。それほど菊枝が恋しかった。

二十七

お孝は玉揚《たまあ》げ工《こう》から台持工《だいもちこう》へ昇進した。これを「雀《すずめ》から蟹《かに》になった」と言うのであった。元来精紡部《せいぼうぶ》の一人前の女工は台持工であって、玉揚げ工は台持工になるまでの見習期間なのだ。そして幼年なら三年でも五年でも成年になるまでこの玉揚げ工をやらされるところだが、成年の素人女工は半年くらいな見習期間で台持工へ昇って行くのである。「嫂《ねえ》さんは、今日から蟹になったんやな？」お孝はこう言って仲間の少女工たちから羨《うらや》まれた。

それは玉揚げ工の時代、大勢で騒々しく囀《さえず》るように喋《しゃべ》くったり歌ったりしつつ、雪にも似た綿塵《めんじん》の中で餌を見つけた群れ雀の如く、赤旗の立った台へ飛び集まるので「輪具《リング》の雀」と言われ、台持工になると絶えず細長い機台《はただい》の間を横走りに歩きながら糸を継《つな》いで回るので、いつしか脚の恰好《かっこう》が蟹のような癖に習慣づけられるところからきた渾名《あだな》で

ある。(輪具《リング》とは精紡機の名称で、走錘精紡機《ミュール・スピニング・マシン》に対する輪具精紡機《リング・スピニング・マシン》)

鉄工部や機関部の男工たちはこの輪具《リング》の少女工を見つけるときまって彼女を弄《もてあそ》ぶように揶揄《からか》った。

「輪具《リング》の雀よ、お前に惚れたる男前があるで。××××××××らんか?」

こう言って極端なことを、まだ[141]おぼこい少女に言うのである。すると彼女は、

「ふうん、あんまり×××、はばかりながら、わてらに××××××××もたんわ。」とこれまた平気で相手になり、右手を動かして我が鼻の前を二本の指で斜《なな》めに掠《かす》め、へんてこな芸当をやるのであった。

「そないに嫌うもんやあれへんわ雀。ええ男前が肩入れしたるが、げん妻になったりんかいな?」

「言うとうくんなはるな。今じゃ女工しとっても、男工なんぞに目のくれるわたいと訳が違いまんのや。」

少女はこう言いつつ後の方へ足をあげ、

「あんまり、[142]しゅっと!」と鼻をひっかける真似してばさっと麻裏で地べたを蹴る。馬のように——。

ある夜業の晩、お孝は工務係から呼ばれて事務所へ行った。事務所には工務課、職工

課、計算課、庶務課、曰《いわ》く何、曰く何々とたくさんな課があって大勢の事務員が立ち働いているが、夜はその番に当たった紡績部の担任工務ただ一人きり宿直してほかには誰もいない。

お孝は何か仕事上のことでお目玉を頂戴するのに違いないと覚悟して、恐る恐る工務の前へ進み寄った。そうして上役に出会うとき無意識にそうするよう習慣づけられた潜在意識で腰を二重《ふたえ》に折り、慇懃《いんぎん》に礼してからおもむろに顔をあげて相手を見た。すると工場を見回る時には笑顔すれば損のゆきそうな[143]しかつめらしい顔をした工務が、いやに頬笑《ほほえ》んでにやけているのだった。お孝はやや訝《いぶか》しく思ったが(ご機嫌のいい日だなあ)と考え直した。

工務は古びた曲がり木の椅子に凭《もた》れかかって熱のこもった瞳孔《ひとみ》でしばらく彼女を見まもっていたが、やがてつと立って傍《かたわ》らの火鉢へ熨斗餅《のしもち》のような[144]蚊燻《かいぶ》しを一個投げ入れて、それから側《そば》にあった一脚の椅子を自分のと差し向かいな位置へ据え付けた。そうして、

「まあ、掛けたらええ。」と言う。

だがお孝は掛けることを躊躇《ためら》った。

「お掛け言うのんに、小牧。」

工務は再び手を伸べて椅子をすすめた。けれどもお孝はなお黙してたたずんでいた。

すると彼は三度手を差し伸べて言う。

「腰おろし言うのんに、私の前かって何《なん》も遠慮する必要あれへん。」

「はい……。」彼女は低く答えた。

「お掛け。」

お孝は落ち着かぬ気持ちでやっと半分ほど椅子に尻が当たるように腰をおろした。工務は卓上の煙草盆を引き寄せて巻煙草を薫《くゆ》らしながら、彼女が想像もしなかったことをぼつりぼつりと言うのだった。

「どうやね、台持工になって嬉しいやろ?」

「はい……。」

「もうしばらく経つとな、今度は台長《トップ》に引き上げたるわ。」

工務はじっと羞渋《はにか》んだようにうつむいている彼女の襟足《えりあし》へ、繁々《しげしげ》鋭い視線を落としつつこう言った。お孝は叱られる覚悟で来たのに、あべこべにこんな思いもよらぬ言葉をもらうのが不思議だった。そして何だか拍子ぬけがしたような気がした。工務はさらに言う……。

「貴女《あんた》の仕事振りはなかなかええわ。組長も部長も褒《ほ》めとった。」

「……。」彼女はじっと黙してうつむいていた。

「ここ半年もしたら、きっと台長《トップ》にしたるよってな……。」工務は意味ありげに言ってお孝の顔を覗き込んだ。

だがお孝は、何の功でもって自分がそう早く女工長である台長にしてもらえるのか判らない。だがとにかく叱られるような気持ちはしなかった。赤い肩章《けんしょう》をかけて呼び子の笛を持った、台長の監督姿がぼうっと彼女の眼前へ彷彿《ほうふつ》する……。

工務はお孝の風貌を貪《むさぼ》るように眺めている。二十歳までにはまだたしか二、三年あいだがあると思われる彼女は、荒《すさ》んだうちにもどことなく美しい点が潜んでいた。面長《おもなが》な顔に鼻筋だけ通った寂《さび》しみのある美しさ、素顔でいるのに白粉《おしろい》をつけたほど色が白くて、丈長《たけなが》な漆黒の髪が無造作に巻きつけられている頭のみずみずしさ、それは支那の棉産地にでも咲く「棉の花」という感じがあった。そうしてことに指の恰好《かっこう》が何とも言えぬ繊細さである。その工場へは多く九州大分県、佐賀県、四国の阿波《あわ》あたりから農村の娘が来ていたが、皆《みんな》極めて醜《ぶ》恰好《かっこう》な145蝮指《まむしゆび》で、蟇蛙《ひきがえる》のような手つきをしていた。ところが彼女は先天的に女工として指の仕事をすべく生まれて来たかのように、ほっそり美しく伸びたアスパラガスのような指であった。

工務はどろんとした眼つきで、女の息を吸うように貪り見ていた。そして、

（俺は今、この谷間の白百合《しらゆり》のように何者にも汚されておらぬ無垢《むく》な乙女の血肉を、

自由にここでしゃぶることができるのだ。重い責任と均衡のとれぬ廉月給《やすげっきゅう》で、常に工場長や重役の前には上げる頭もなく酷《こ》き使われ、踏みつけられている。しかしこれだけは俺に与えられた唯一無二の特権だ。こんな楽しみくらいなかったら、誰があんなぼんくら工場長や[146]でも重役に頭を抑えられて辛抱するものか。[147]幾人の男が培《つちか》ったであろう、そうして今や蕾《つぼみ》を開くこの幽艶《ゆうえん》な「棉の花」、これを手折《たお》る者は俺なのだ）と思う。

お孝は（台長になったらうちも人の頭《かしら》に立つことができる。これで見習工のうち、精出して辛《いじ》められた帳消しというものだ）と思って無意識ににっとほくそえんだ。

やや永い沈黙が時を占める――。榧《かや》か楠《くすのき》か何か香り高い樹のオガ屑《くず》で造った蚊[148]くすべの燻《くすぶ》る匂いが、淡《あわ》い緩やかな煙と共に夢のように室内を流れた。

工務は履いていたスリッパをぬいで、彼女の方へじりじり脚を寄せる。（ああ、まったく女工には珍しく美しい生娘《きむすめ》だ。しっくりとした彼女の××××××、到底金銭にかかわらぬ歓《よろこ》びだわい）やがて彼は椅子から垂れさがった××××××××××××××××××。

「お孝ちゃんは今年なんぼ？　あんた、なかなか別嬪《べっぴん》やねえ……。」

お孝ははっと険悪な空気を悟《さと》る。と、彼女の頭へは二年前の出来事がチラチラッと幻灯のように甦《よみがえ》って閃《ひらめ》いた。

――それは夏、といってもまだ初夏のある朝だったが、彼女は「織り上げた縮緬《ちりめん》に緯《ぬき》糸《いと》[149]を左撚《ひだりよ》りと右撚《みぎよ》りとを間違えて織り込んだ織り違いの難《なん》が出て、京の精練所から突き返されたから来て見ろ」と主人駒忠に言われて、織り手の彼女はまた多額の弁償を強いられねばならんと情けなく思いながら彼の居間へ赴いて行った。するとまだ起きやらずに床の中で臥《ふ》せっていた駒忠はその難物《なんもの》の縮緬を彼女に一通り手繰《たぐ》って見せて五円罰金を取ると言った。

「廉《やす》い給金で働かせてもらっとるところへ、五円も弁金《べんきん》取られては織り手の立つ瀬がありまへんわ旦那はん。しかし難物こしらえたのはうちの不調法《ぶちょうほう》ですさかいしょうありまへん。どうぞ盆の勘定から差し引いたっとうくんなはれ。」

彼女は悪びれもせず承諾した。ところが主人は、

「大変な損害だけどな、お前は常々手がええで、その、手がええでな、まあ今度だけほかの奉公人にないしょで、こらえたるわいな、ほかの織り手にないしょで、罰金とらんと済ましたるわいな、お孝。」と赦《ゆる》す。

「ありがとうございます、旦那はん。」と彼女は彼の枕許《まくらもと》へ手をついて礼を言った。×
×××××××××××××××××××××××××××。

「旦那はん！」

「これお孝、罰金とらん代わりにな、私《わし》の言うこと一遍承《き》けいや、ただの一遍だけでええで。お孝、お孝、お孝ちゅうに、お前がわしの言うことさえ承きゃあな、どうせ損ついでに、あの難物の縮緬はお前にやってしもうてもわしゃ惜しない。お前は別嬪だ。そのなかなか器量よしだ、ええ工《こう》だわいな……。」

「××……。」

しかし遂に、彼女はあくまで拒み得なかったのである。そして恐ろしい瞬間が過ぎると、彼女は何も彼《か》も打ち忘れてしまって×××××××××××××××××……。

それからしばらくのあいだ、お主婦《かみ》さんの眼を掠《かす》めては彼の寵《ちょう》愛《あい》を受けているうち、徒《いたずら》な交わりが遂に彼女を身《み》重《おも》にしてしまい、親許《おやもと》へ帰ってとうとう駒忠の子を分娩してから祭り前後までの出来事――。

*　　　*　　　*

さんざん褒めたり持ちあげたりしておいて相手の心をなびかせようとするやり口、彼女は女を口《く》説《ど》く男に、そうした共通点を見《み》出《いだ》した。そして（ははあ、第二の駒忠の旦那はんやな）と思う。

工務はつと椅子を離れ、左の片手で彼女の手を握り締めた。そして今一方の手をおもむろに動かして女の前掛の下を模索しながら相手の気を惹《ひ》く……。

「いやらしい工務さん！」

彼女は別段にひどく怖れもせぬのに、思わずこういう言葉が本能的に口をついて出た。

「××。」

××。

「×××××××××××××××××。」

彼女は（相手はかりそめにも階級のちがった工務係さんだ。社員[150]？ そうしてうちは一介の女工なのだ）こう思ってむしろ積極的な態度でいたのに、××××××××××××××××××××××××××。

「××××××××××××××××××××××××。」

「××××××××××××××××××××。」

「×××××××××××××××。」

×××××××××××××××××××××。

「××××××××××××××」××××××××。

「×××××××。」

「××××××××××××。」

××。

××を賭けたのであった。

ところが間もなく職員の大異動が行われて、その工務係は支那に新設される浪華紡績上海《シャンハイ》工場へ転勤してしまい、彼女はまたもや創痕《きずあと》だけを残して棄てられたのである。

二十八

奴隷の島を囲繞《いにょう》する正蓮寺川の河水《かすい》が沸《たぎ》って、幾年か繰り返された残虐の血垢《ちあか》を、底の底から攪拌《かき》くり返すような夏だ。市《まち》に[151]猖獗《しょうけつ》をきわめたコレラが場末の工場町へも伝播《でんぱ》して、囲《かこ》みいと厳重な略奪の城へも侵入して来た。

町では一軒の家に一人患者が発生すると直《ただ》ちに[152]鼠島《ねずみじま》の避病院《ひびょういん》へ隔離されて、二分の一丁四方の住民は交通を遮断されてしまった。そうして[153]釣り台が動き、防疫吏《ぼうえきり》が走り、巡査のサーベルが鳴って辺り一帯はごっちゃ返すような混乱に陥った。工場の門へは濡《ぬ》れ筵《むしろ》を敷いて[154]石炭酸水が撒《ま》かれ、赤い[155]昇汞水《しょうこうすい》の甕《かめ》が備えられた。

工場へは分署から係官が出張して寄宿舎の患者を一応取り調べた。しかしほとんど隔離の方法がつかぬので彼はまったく途方に暮れざるを得なかった。一棟《ひとむね》の家《うち》に千人も住んでいて患者の数といえば百人を超える。それがさながら蜂の巣の中みたいなところなのでどこまでを一防疫区域としていいか判らなかった。それに避病院の収容能力も郡の患者だけで既にいっぱいになっている。

「取りあえず、この一寮ずつを一防疫区域として、一棟の交通を停止してもらいましょうか。」

係官は、達者な者はみんな仕事に行って誰一人看《み》る者もなく、二十畳の各部屋に瀕死《ひんし》の重患が[156]上《かみ》しもの汚物にぬかるみながら苦悶している酸鼻《さんび》な寄宿舎の建物を出離れ、ほっとしたようになって案内役の[157]舎監に命じた。

「はあ……。」舎監は殊勝《しゅしょう》らしくかしこまった。

「実にどうも、人口が密集しているので困りますねえ。」

「はあ。」

係官はこう呟《つぶや》きながら表の事務所へ引きあげた。そうして工場長と職工係主任とその舎監とを加えた四人が会議室に対坐《たいざ》した。するとかねて用意してあった強烈な洋酒が、美しい女給によって運ばれる。

「お職掌柄《しょくしょうがら》とは言いながら、どうもとんだご迷惑をかけて恐れ入ります。どうぞ、殺菌剤をひと口……。」

工場長が言った。と、女給はいかにもこんな応対に場馴れたものの如く、如才《じょさい》ない愛《あい》嬌《きょう》を振りまわして酒を注《つ》いだ。

「こんなことをされては、職務上……。」

制服巡査が型の如く強いて迷惑らしく装って辞そうとすると、皆まで言わせずに舎監が引き取った。

「は、それは我々もご同様で、ま表向きのこと。まあ、上衣をお脱ぎになって——。」

職工係主任が、

「あんな、伝染病なんぞの側へ寄りついた時には、アルコールに限ります。」

「……。」

「まあひとつ、もうこれさえやっておりゃ、赤痢《せきり》もコレラも跣足《はだし》[158]だ。」

「恐れ入りますねえ。」

「どうぞご遠慮なく。給仕……。」

工場長が言った。やがて洋食の皿が運ばれる。酒も幾色《いくいろ》か別なものが、かわるがわる注がれる。こうして饗応《きょうおう》は尽くされるのであった。

それから程経って料理の皿がもう出尽くした頃、別な少年給仕が何か封筒に入れた物を持って来て、職工係主任の前へうやうやしく捧げた。すると彼は給仕からそれを受け取り、

「あのう、失礼ですがこの中に会社の月報がありますから、お宅へお帰りんなってからお手隙《てすき》の折、開けてご覧願います。」

こう言って警官の上衣へこっそり封筒を入れた。

「とにかく、それでは防疫の方、一切会社へお委《まか》せしましょう。いろいろなかの様子をうかがってみると外部とは趣きが違うようですから、とてもこりゃ通行遮断は不可能ですな。」

防疫官たる巡査が言った。

「何分、外と事情を異《こと》にしておりますので、一棟通行止めして千人の者が部屋に立て籠もっていた日にゃ、工場は半分運転が停まってしまいますからね。」

「ごもっとも。」

「そうなると、会社は莫大な損害を蒙《こうむ》ります。」

「ごもっともです。」

「一日運転を停めると、ざっと一万円の損害ですなあ……。」

「はあ……。」

「分署や郡の会計よりちっと太いです。」

工場長はこう言って雑談と用談を結んだ。

＊　　＊　　＊

その夜、夜通《よどお》しかかって島の蘆原《あしはら》にバラックの仮病院が出来あがった。そして翌朝百人からの、部屋に吐き下しして転がっていた患者が入れられた。特約医が詰めかけて、臨時に雇い入れた看護婦と共に防疫につとめる。

しかしながら猛烈なコレラ菌はさながら水面へ落とした一滴の油の如く、怖ろしい速やかな伝播力《でんぱりょく》をもっていた。そうして一時間一時間患者の数が増えていって、一週間を出ぬうちに申し訳的な隔離所は鮨詰《すしづ》めの満員になり、瀕死の重病人は重なるように荒筵《あらむしろ》の上へ横たえられた。それでもまだ、工場からは仕事ができなくて転ぶように帰って来る者が絶えない。

いろんな、怪しげなご祈禱《きとう》やお呪禁《まじない》が流行《はや》った。女工たちは皆《みんな》顔を真《ま》っ蒼《さお》にして怖れをなし、「高野山《こうやさん》の本堂に年中消ゆることなく点《とも》っているお灯明《とうみょう》があるから、その火を巻線香につけて消さずに持ち帰り、それで灸《きゅう》を据えたら怖ろしい病に罹《かか》らない」など言った。そうして「それにつけても高野山へ参詣《さんけい》する自由さえもない」と悲しがる。一人の患者を出してからというもの門は絶対的に閉鎖されていたから。

真性コレラに罹った患者は、七日をまたずして病馬の如くころりころりと死んでいった。昨夜寝る時に何ともなかった者が突然夜中に烈《はげ》しい便通を催し、腸内がゴロゴロ鳴っておびただしく多量な下痢をする。そして臓腑《ぞうふ》が出てしまうかと思われるような嘔吐と共に幾回も幾回もこれを反復《くりかえ》したあげく、遂に吐《と》瀉物《しゃぶつ》は白水《しろみず》のような色からだんだん透明になった。搔《か》きむしるような苦悶《くもん》にぐんぐん肉を削り取られて文字通り骨と皮とに衰弱する、その中《うち》に脈拍のみ高い。

顔色は土より汚れて胸部や唇は鉛白色《えんぱくしょく》に鈍《にぶ》り、眼が落ち窪んで頰骨や鼻が仏相《ほとけそう》に突起した。そんならちにも彼女たちは呂律《ろれつ》の回らぬ口をしきりに打《う》ち顫《ふる》わせて、人懐《ひとなつ》かし気に肉親の名を呼ばわった。臨時雇いの看護婦も二人まで職務に斃《たお》れた。隔離所へは伝染を恐れて係の社員もほとんど行かない。そして予防だと言って医者も事務員も強い酒ばかり呷《あお》っていた。

死んだ女工たちはすべて人夫の手で取り片づけられるのであった。患者は毎日毎日加速度に増えてちっともさがらない。で、遂には紡績も織布も機械の一部分を停めねばならぬ破目《はめ》に陥った。

職工課は繁忙《はんぼう》をきわめた。募集人の許《もと》へ毎日のように電報を打つ、安治川《あじかわ》の波止場へ到着女工の迎えに走る、[159]梅田へも行かねばならん、死んだ女工を火葬に付する手続き、それが済めば小包郵便で骨の発送、眼の暈《まわ》るほど忙しかった。

——こうした中にあって、工場長は特約医と何事かを打ち合わせた。

「……。」

「どうせ助かる見込みのない者ならねえ……。」

「……。」医者は黙って頷いた。

*　*　*

毎年八月の末日をもって執行される正蓮寺《しょうれんじ》の[160]川施餓鬼《かわせがき》は、市《まち》のコレラがちょっと下火になったので今年もまた盛大に行われた。水の都、浪華の夏の名物行事として天神祭《てんじんまつり》と肩を並べる昔からの大祭りである。

奴隷の島を繞囲《じょうい》して、正蓮寺川の中に精霊《しょうりょう》を迎える[161]麻殻《おがら》の棚が二列に並んで結ばれ、七彩《しちさい》の短冊や蓮の葉っぱや夏の青物などに飾られて経木《きょうぎ》の塔婆《とうば》が数知れぬほど立つ。また、その精霊棚《しょうりょうだな》[162]から程距《ほどへだ》たった河の中に櫓《やぐら》をしつらえて橘《たちばな》の幕を張り、近郷近在の法華《ほっけ》寺《でら》から馳《は》せ集まった所化僧《しょけそう》たちが詰めかけて一昼夜《いっちゅうや》経を読むのである。それからまた、境内《けいだい》の庭へもそのような読経台《どきょうだい》が三ヶ所も設けられたうえ、数万本の塔婆を入れた輿《こし》を出して、最後に船へ乗せて精霊棚の間を一周するのだ。このほか稚児《ちご》が出て笙《しょう》、篳篥《ひちりき》の音楽を吹奏し、非常にクラシックなお祭りである。

浪華紡績では、この日町の習慣に従って毎年臨時休業をやるのだったが、思わぬ厄災《やくさい》で女工が足らなくなって二十パーセントの休台《きゅうだい》を見ている矢先、一日の休転は到底企業者として堪えられぬところだった。それで日給者は五分増し、受負工《うけおいこう》は平等に三十銭増しということにして平日の通り工場は運転がついた。

……近代の苦悩を表象したような紡錘《つむ》の音が、分厚い煉瓦壁を洩れて呻《うめ》くように響いた。そして小刻みに大地を揺《ゆす》っている。

島の病舎では海山幾重距《いくえへだ》たって遠き異郷の灰となる呪《のろ》われた者の断末魔《だんまつま》の声が、トタン塀に囲まれて河底へ沈んでいった。八月の太陽はあき盲《めくら》のように照る。

正蓮寺の鐘楼《しょうろう》からは施餓鬼の鐘の音が、一切の悪劫《あくごう》を消滅させるよう、幽遠《ゆうえん》な余韻を送ってくる……。

河の面《おも》は参詣船でいっぱいだった。大きな和船を屋形船《やかたぶね》に造った柱などに紅白の布を巻きつけ、金糸銀糸で燦然《さんぜん》と眼の醒めるような旗や幟《のぼり》を打ち立てている。四角い枠に橘を描いた法華の紋と、南無妙法蓮華経《なむみょうほうれんげきょう》[163]のはね題目《だいもく》が、空高い陽と青磁《せいじ》の小波《さざなみ》に照り映《は》えた。灘《なだ》、尼ヶ崎《あまがさき》、西宮、遠くは神戸、兵庫あたりから漕《こ》いで来るというその参詣船は、お午頃《ひるごろ》にまったく河の面を埋《う》めた。そして一応陸《おか》へあがって本堂へ参詣する人たちが、お互いに船から船へ歩《と》び板を掛け合っては渡った。紋《もん》つき袴《はかま》の主人らしい人、白髪の祖父《おじい》はん、[164]切り髪のお祖母《ばあ》さん、[165]裾模様《すそもよう》の御寮人《ごりょん》さん、絽縮緬《ろちりめん》の振《ふ》り袖《そで》に[166]コッポリを履いた舞妓《まいこ》のように美しいお[167]娘《いと》はん、衣裳競《くら》べみたいな老若男女がぞろぞろぞろぞろ引きもきらず参詣して沿道を埋めた。そうしてさまざまな昼店《ひるみせ》が、小屋も何も押し潰されそうな中にずらりと出陳《なら》んで土産《みやげ》を売っている。ことに枝豆の茹《ゆ》でたのはそこの名物であったから、大きな釜を狭い道に据え付けて茹でながら売っている商人がその半ばを占めた。

*　　*　　*

――患者たちは大地の呻《うめ》くような断末魔の苦悶を越え、穴のように深く落ち窪んだ両眼の奥からどろんとした視線ではたと虚空《こくう》を睨《にら》めつけては怨《うら》めし気に息絶えた。

　すると数人の人夫が熊手に死体を引っかけて、さながら材木か何ぞを取り扱う如く雑《ぞう》作《さ》もなく外へ曳《ひ》きずり出す。と、そこにはちゃんと永久に彼女が入るべき柩《ひつぎ》の用意がなされておった。英国オールダムのプラット・ブラザーズ会社から機械を詰めてきた箱である。削りもせぬ荒木の板箱で、外部から打った長い釘がさも痛々しく突き出ている。そして錆止《さびど》めのグリスとバファーの鉋屑《かんなくず》がまだなかに付着しておった。常の日はそれへ詰められた死体が、すぐに浜（大阪では河岸のことを浜という）から船に載せられて火葬場へ行くのであるが、今日は参詣船だけしか正蓮寺川を渡れないゆえ、そのまま蘆《あし》の中へ積みあげられた。

[168] [169] [170] [171]

「厭や、厭や、厭や、厭や、厭、厭、厭、厭、厭々々。」

女工の拒《こば》む声は、最後の一息まで死を厭がって生に執着する力強い叫びだった。

「これ、服《の》みんかいな。」悪魔のような医者の声。

「厭や、厭や、誰が服むもんか。」

「なんかしてけつかる！」

「それ服んだが最後、癒《なお》る者まで殺されてまうんや。厭や、助けて、助けておくれえ……。」

「……。」悪魔の手が患者の口許《くちもと》を掠《かす》めた。

「わいは服まん、どんなことがあっても服めへん。わいは、赤痢でもコレラでも何でもあれへんよって早《はよ》うここ出してんか、出してえ……。」

「阿呆いうな、外へ出たらほかのええ者《もん》に伝染《うつ》ってしまいよる。」

「わいは、たとい死んでもこんなところで死ねへん、畳の上で死ぬるわ。部屋へ帰してんか、部屋へ戻してんかあ……。」

「贅沢や！」

女工の声は瀕死の重患とも思えぬほど明瞭《はっき》り呂律《ろれつ》が回った。そして臓腑を剔《えぐ》るように悲壮《ひそう》だった。しかし、遂に彼女も空き箱の中へ詰められねばならなかった。ときに、箱の中から呻き声さえ幽《かす》かに洩れる……。

トタン塀一重《ひとえ》の外では、ちょうどお祭りがたけなわで典雅な儀式が行われておった。緋《ひ》の衣をつけたお上人《しょうにん》に続いて楽手《がくしゅ》の僧が幽妙《ゆうみょう》な笙《しょう》、篳篥《ひちりき》を吹奏し、美しい稚児《ちご》がおもむろに町を練って行く。その後からは金色の輿《こし》[172]が瓔珞《ようらく》を揺《ゆ》すぶってしとやかに進んだ。そうして寄宿の橋の下を通って町をひと巡り練り歩いてから浜へおり、行列は輿もろとも幾艘《いくそう》もの船へ分乗して今度は精霊棚の間へ入った。それから静かに静かに棹《さお》さして鏡のように穏《おだ》やかな河の面をすべる。祇園《ぎおん》のホコのような参詣船が、幾十艘となく尾を曳くようにそのお供に加わった。そして怖ろしい島を一周するのであった。

海を距《へだ》てた遥かな山へ太陽が傾きそめて、西の空を紅《くれない》に染めた。笙、篳篥の音はなおも劇《はげ》しい……。

江治たち職工は、防火壁の上へ登ってこの川施《かわせ》餓鬼《がき》のお祭りを見物した。

二十九

お孝は体が健康だったせいか、またしても受胎の憂《う》き目《め》を見なければならなかった。賭《か》けた幸福が儚《はかな》い虹《にじ》か泡沫《あわ》のように消えていった彼女の身にとって、それは徒《いたずら》な邪魔ものであるが、さりとて堕胎《だたい》する気にもなれなかった。絹糸《きぬいと》の屑《くず》と綿塵《めんじん》の臭いも、まだ彼女の魂[173]に宿る母性愛へまでは浸潤《しんじゅん》していない。お孝は三百フィートの煙突の空に懸かる秋の片割れ月を仰ぎ眺めては、国に残して余所《よそ》へ里子に預けてある小さき者と、胎内で成長しつつある新しい魂との行く末を想い悩んだ。

——恩貴島橋《おきじまばし》と反対の方角の島の突端《とったん》にある、浪華紡績西成工場の守護神正一位《しょういちい》豊川《とよかわ》稲荷大明神《いなりだいみょうじん》の太鼓が、ドンドコドンドコ鳴り響いた。さしも猖獗《しょうけつ》をきわめた伝染病もようやく猛威を失ってどこかへその影をひそめてしまい、補欠《ほけつ》女工の募集もまず一段落ついたので、奴隷の島で従業員の慰労会というものが開かれたのである。もっとも毎秋年に一度ずつは稲荷祭があるのだが、寄宿舎だけでごく質素になされた。しかし今年は「一同人手の足らぬところを我慢してよく勤めてくれた」というので、特に厄払《やくばら》いかたがた通勤者もお祭りの恩典に浴する訳である。で、当日は男禁制の寄宿舎の門が一般男工にも開放された。こんなことは浪華紡績設立以来かつてなかった例で、時の工場長たる者の一大英断であった。

少年工たちは朝早くから島へ詰めかけ、盛んに太鼓を打ってはしゃいだ。午《ひる》はお強飯《こわ》[174]一折《ひとおり》の弁当が出て、それから余興が始まるのであった。

朋輩の工たちはいい年増女《としまおんな》でいながらまるで子供のようにお祭りを喜び、朝も早くから気ぜわしげにそわそわしていた。だがお孝は格子《こうし》の間からわずかに恵まれる旭日《あさひ》を受けて、いい気持ちで昼前まで部屋に寝ていた。そして賄《まかな》いでお弁当をくれ出したと聞いてから悠然と床を出て[175]手水《ちょうず》をつかい、髪ゆって久しぶりのお化粧に取りかかった。ようやく身代金が返せて、月に一回くらい部屋に故障のない限りどうにか外出が許されるようになったので、先《せん》だって買って来た白粉《おしろい》である。窓の閾《しきい》へ鉄格子《てつごうし》に凭《もた》せて鏡を置き、生まれつき色白の顔へアスパラガスのような指で白粉をのばした。と、自分ながら女工としては「十人なみ」ではない綺麗さに見とれるほどの誇りを感じ、(工務が処女と思ったも無理はない)と思った。子供を育てぬせいでか、母たる者の面影はどこにも潜んでいない。着物とて碌《ろく》な物はなかったが、でも[176]瓦斯縞《ガスじま》の袷衣《あわせ》に国から持って来た[177]本場《ほんば》出《で》来《き》の襟《えり》がよく映《うつ》って美しかった。

お孝と反対の乙番にいつも織布部の江治と伴《つ》れ立っている青年工があった。工場は試験室というところで、職名を秤量方《ひょうりょうかた》といった。ちっとも職工らしい下品なところのない温厚で親切らしい青年、秤量方という仕事の性質上、ほかの職工ほど体が汚れぬのでいつも小ざっぱりと身綺麗にし算盤《そろばん》やペンを使っている。彼は近頃江治と一緒に職工学校へ通い出した。

五千人の男女工は中門の脇へ臨時にしつらえられた分配所で折詰のお強飯《こわ》と饅頭を貰い、いずれも嬉々として刻々と余興場へ集まった。そしてしばらくすると、蘆簾《よしずば》張りの舞台小屋で呼び物の浪花節《なにわぶし》が始まる。

彼は今日もまた同宿の友江治と打ちつれだって、常には男禁制の奴隷の島へやって来た。しかし二人は皆と一緒に余興場の方へは行かずに、弁当を貰うと祠《ほこら》の裏手の植え込みへと姿を消した。

できるだけ綺麗に身づくろいをしたお孝は食堂の前にたたずんで心ひそかに物思いしながら二人の来るのを待っていたが、やがてその姿を発見したので胸を跳《おど》らせつつこれまた二人のあとを追って植え込みの方へ赴《おもむ》いた。数多《あまた》の職工たちはみな余興を聴きに行ってしまって、稲荷の祠付近には誰一人いない。

お孝はやがて二人に追いついた。そしてまず江治をだしにして、思わくのある秤量方の宮堂《みやどう》へ向けて話の糸口《いとぐち》をつける。

「江治さん、あんた浪花節きけへんの？」

「お孝はんは？」

江治は問い返した。

「うち、浪花節よりかこっちの方がええよって聴きに行けへんの。」

お孝はこう言いながら色っぽい視線を宮堂の方へ投げかけた。二人の視線はぱったり合う。彼はその瞬間えぐるように胸を打たれた。そしてただじっとたじろいだ自分をてれかくすように言う。

「浪花節はあまり面白くないね。ましてやこんなところへ来るようなやつはなおさら駄目だ。」

「本当に、あんなもの雇うくらいなら、いっそ皆《みんな》に芝居でも稽古《けいこ》させて演《や》った方が面白いわ。」

お孝は、こう言って再び婀娜《あだ》っぽい眼差しを青年工の方へ向けた。

「貴女《あんた》、芝居好き？」

彼は言った。

「うち、芝居大好きやわ。」

彼女は精いっぱいの技巧をもって彼に応えた。

「主に、どんなのが好き？」

「新派《しんぱ》[178]が、うち好きだわ。」

「活動は？」

「活動写真もええわ、観たいわ一遍。」

「行きましょうか？」

「……。」

お孝は側の江治に何か哀願するような眼差《まなざ》しを向けた。そうして、

「今度の交代日に、三人づれで行きまひょうか？」と言って、

「なあ江治さん……。」と意味あり気に語尾を曳いた。

すると江治はそれを呑み込んだらしく、

「僕、ちょっと便所へ行って来るよ。」と友に言い残してそこを離れた。

と、彼はずっと彼女の側へ寄ってさらになれなれしく語る。

「貴女、活劇[179]は好きですか？」

「うち、何でもええの。恋し合っている若い男と女が、人目忍んで逢うようなところが大好きやわ。」

「では、今度の交代日に九条《くじょう》へ行きましょう。芦辺倶楽部《あしべくらぶ》[180]へ行くと連鎖劇《れんさげき》[181]で、芝居も活動も観られるからね。昨日芸題替わりで五味国太郎[182]の『宮島心中』[183]ですよ、まだ今度の交代なら観られるわ。」

「うち、寄宿におると門が出られんよってつまらんわ。」

「まったく不自由でしょうね。」彼は常識的に言った。

「あそこの、蘆原《あしはら》の上へ行きまひょうか？」

お孝はふとこう言って彼を促した。すると宮堂は、

「はあ、行こう。」と応じる。

それから二人は祠の裏手にある芝生へ出た。蘆の穂が秋風にそよいでいる。お孝はさながら遠い道でも行く時のように、袷衣《あわせ》の裾をはしょって放恣《ほうし》な態《さま》をして見せた。そうしてわざと男に後《おく》れて、

「あんたの足ずいぶん速いわ。待っておくれよ。」

と甘えるよう、魅惑的に声をかけてあたふたと小走る。彼は彼女の姿に蝶《ちょう》のような美しさを感じた。

やがて二人はほどよい草叢《くさむら》へ腰をおろした。

「あんた、江治さんと二人で毎晩学校へ行くの、偉いわ……。」

「……。」女に褒められて彼は悪い気持ちはしない。

「皆《みんな》、ほかの男工なんぞ女工の相手にばっかりなって怠けているのに、本当に偉いわ。うち、勉強する人が大好きやわ。きっとあんたみたような勉強家は出世する人。」

お孝は語りながら、少しずつ男の方へ膝を進めた。と、彼は彼女の美しさに痛いような官能の刺戟を感じた。そして遂に堪えられなくなった如く、

「貴女《あんた》、貴女、美しいねえ……。」

こう言って女の手頸《てくび》を引き寄せた。

「恥ずかしいわ。」

彼女は男に片手を委《ゆだ》ねつつ羞《はに》かんでみせた。××。

「××××××××××××××××。」

×××

××××××××模索する……。

お孝は自ら求めて作り出したエロチックな場面に引き入れられてぐらぐらっと欲望を感じた。そして危うく彼にその場で従おうとしたが、はっとわれにかえって目的を思い出した。と、彼女は強いて意思を鞏固《きょうこ》に持とうと努力しながら、乱れかかった着物の褄《つま》[184]をしっかりかき合わせて、

「許してあげるわ、許してあげるわ。だけど今日こんなところでは嫌い。」と婀娜《あだ》っぽいうちにも険《けん》を含めてきっぱり撥《は》ねつけた。

糸で宙に吊るされていた一片の肉に飛びついて、その端の方をちょんぼり啣《くわ》えたかたちの彼は、糸を切り落として食おうとした刹那《せつな》に、さっと肉を引かれてしまって断崖《だんがい》の上で片足ふみかぶったような失楽を覚えた。しかし辛うじて理性を取りとめて、到底そんな大胆な振る舞いの行える場所柄でないことに気づく。

しばらくして二人はやっと元の姿勢に別れた。

「今度の交代日に貴女出門《しゅつもん》しておくれる？　二人でゆっくり遊ぼう……。」

「きっと、うち今のうちから出門頼んでおいて出るわ。」

お孝は男の口説《ことば》にはっきりとした答えを送った。そうして二人は次の休日を約束して草叢《くさむら》を立つ。お孝には、実にこの所作《しょさ》が懸命な仕事であった。

＊　　＊　　＊

次の交代日は恵まれた小春日和《こはるびより》だった。そして市《まち》の横丁には恋する者のためにしばし塒《ねぐら》を貸す花弁《かべん》のような家があって、二人のために恵まれた部屋が待っていた――。

その翌日から、お孝は秤量方宮堂との噂が工場じゅう広まってくれればいいと希《こいねが》う。だがどうしたものか口さがない朋輩たちのあいだにもぐらともすうとも噂が立たなかった。

――しばらく経ったある日のこと、お孝は宮堂を煙突の基《もと》へつれ出して当惑《とうわく》らしく囁《ささや》いて告げた。

「あのぅ、うちね、とうとうあんたの愛の塊《かたまり》を受けてしまったの……。」

この言い回しは、彼女にとってかなり苦心した芸術的表現であった。すると彼は彼女の言葉を聞いてやや驚いたようにしばらく黙っていたが、やがて決心の色を面《おもて》に浮かべて、明瞭に答えた。

「それは、僕もあの時から覚悟しておった。」

そしてぐっと彼女の手を把《と》って、

「めでたい。二人の愛が、これでしっかり落ち着いたんだ。」

「嬉しいわ……。」

彼女は輝かしい眼差しで空を仰いだ。

「近いうちに、僕沢田の大将に相談して通勤願を出すから、体を大事にしておくれ。」

「はい。」

「しかし、貴女《あんた》の国許《くにもと》へはどう言ってやるかなあ？　大丈夫かしらん。お父さんやお母さんの承諾は？」

「うち、寄宿では思うように手紙が書けんさかいに、あんたからお孝が嫁に貰いたい言うて手紙出しとう。」

「そんなことで、いいかね？」

「それでええわ。」

「ああ！　僕は嬉しい、恵まれた。いよいよ恋しい貴女と結婚して、一緒に住まえる日が近づいてくるんだ。お孝さん！　二人は仕合わせだねえ……。」

若者は、にっこりと空を仰いで一口大きな呼吸をした。と、彼女も、

「二人は、本当に仕合わせだわねえ……。」と相手の言葉を真似《まね》るよう劇的に調子を合わせた。

彼は自分をも込めた無力な職工が早婚によってさまざまな失敗を繰り返しながらますます奴隷化して生存の意義もなく墳墓へ近づいて行く態《さま》を周囲にいくつとなく見ておる。

そしてそれをつまらなく思い、年下の江治に発奮させられて夜学校へ入学したのだったが、たとえ楽な仕事にもしろ十二時間も働いてからの通学はなかなか並大抵ではなかった。それに工務係という支配階級の社員になろうと志《こころざ》してみたところで、補習教育の三年や五年受けたのでは資本家と特別の縁故関係でもない以上はとても昇進の見込みのないことを考えれば、その間の努力が徒労《とろう》のような気がした。

仲間の職工たちはよく結婚するのであった。「誰それと誰やんが肩入れしたげな」という噂が工場へ広まると、一ヶ月の後にはもうその男工と女工は結婚してしまう。二十五にもなった男子で、妻をもたぬほどの者はまず皆無《ない》といっていいくらい。仲間の結婚はよく破綻《はたん》した。しかしながら新婚当時若夫婦の共稼ぎは、とにかく独身者《ひとりもの》から見れば幸福らしいのだった。彼は幾組もの若夫婦を朝な夕な見て、結婚欲に唆《そそ》られないではいられない。彼が指定下宿から勘定してもらう給料では、どんなに巧みにやり繰りをつけても[185]紅灯《こうとう》の巷《ちまた》へ出入りする余裕は与えられなかった。で、彼は多くの仲間たちと共に禁じ難い性欲の[186]放泄《ほうせつ》を結婚に求めるよりほかに道がなく、遂に本能の前に理性を失う。女工には珍しいお孝の美しさに、魅惑されて盲目になった彼は彼女の言葉に疑いを抱かなかった。やがて来《きた》るべき暗惨《あんさん》な貧乏世帯の苦労を、刹那《せつな》の愛欲が恍惚《こうこつ》としてぬり消す……。

寄宿舎では小牧お孝の通勤願が、まだ一満期勤め上げぬ工だというのでかなり問題になったけれど、鉄工部長であってかつまた下宿をもっている沢田の口添《くちぞ》えもあることゆえ、「特別の御詮議《ごせんぎ》」をもって許可されることになった。それで、二人はかたがた正月までに結婚式を挙げるべく手筈《てはず》を定めた。

三十

「輪具《リング》の小牧お孝を、ゲ[187]レン場(宮堂のこと)に媒介《せわ》したろ思いまんのやがな、私の顔に免じて寄宿出したっとうくんなはれ。」

下宿の親父は、(なあに、職工係主任だとか舎監だとか言ったところで、たかが盆暮《ぼんく》れに持って行く三盆白《さんぼんじろ》五斤で左右する人間だ)と相手に高《たか》を括《くく》りながらも、うわべだけはさも殊勝らしく腰を折って揉み手しながら寄宿の事務所へ赴いてこう頼み込んだ。

「また、媒介人《せわにん》やな沢田。」

「へえ、出雲《いずも》の神さんなかなかよう流行《はや》りますァ。」

「小牧孝は、借金はもう抜けよったけど入社してから何ぼにもならんよって具[188]合ちょが悪いなあ……。」

舎監はわざとらしく渋ってみせた。

「しかし、ゲレン場はなかなか末の見込みがおますで。」

「機場《はたば》の三好と二人で、この頃学校なんかへ行きよるのん、あれ[189]伊達《だて》やあれへんか？」

「ほんなこたあれしまへん。」

「君が見て見込みがある思うよって、世話しおるのやろうけど、近頃君の眼鏡も時どき歪《くる》いおるよってにな。この先の[190]綛場《かせば》の工みたいに、通勤んなったが[191]最後《さいご》之《の》助《すけ》、おやじと食いついて寝てばっかしいよって、皆目《かいもく》工場へ出てけえへんようなこっては困るでなあぁ。」

「今度は大丈夫です。そんなにたびたび[192]掴《つか》ませもん食っては、こっちがたまりまへんわ。」

「そうか。」

「あいつ、工務係になるのやとかぬかして、休憩時間も休まずに一生懸命機械の研究やっとりますよってにな、工場長も見込みがありそうや言ってやはりました。」

「そんなやったら嬶《かかあ》一人張り込んでやろうかなぁ。」

舎監は通勤願の願書を前に置いて吐き出すように言う。

「どうぞ頼みます。」と下宿の親父《おやじ》が頭を下げた。

「――ところで沢田、ええ男工があったらどしどし嬶《かか》押しつけたってくれ。そうすると、どうしても少々くらい給料が廉《やす》うても辛抱するようになるさかい、それが最善の足止め策やなぁ。」

「承知しました。もっとも、借金もある程度までは足止め策になりますよってな、私《わし》んところはばばかけんような奴やったら百円まで貸しておまんにゃ。」[193]

「そんな方面の込み入った働きは、やっぱり君たち役付工の手がやってもらわんと、まさかわれわれ社員の地位ではちょっと具合ちょが悪い。まあひとつ、これからも会社のために頼むわ。」

「畏《かしこ》まりました。工場長からも、常々そう言われとりますよって、できるだけのことはせえぜえやらせてもらいます。」

「それから、尻《けつ》の軽いような浮き浮きした工があったら、やってしもたかって少々くらいは大目に見るよってな。親許《おやもと》から尻《けつ》の来《こ》ん程度やったら構《かま》えへん。」

「よろしおまぁ。」

寄宿女工の出し入れについて絶対的の権利を賦与《ふよ》されている舎監《しゃかん》は、こうして沢田の口添えによってお孝の通勤願に調印した。二人は互いに別々な思いで、滞《とどこお》りなく進行する幸福の曲が涙ぐましいまでに嬉しい。とりわけお孝はたびたび虐《しいた》げられた組長の世話婦にまで、今は顔見れば感謝の言葉が述べたいような気持ちになった。

* * *

お孝はささやかな手土産を提《さ》げて新任の工務係の家を訪れた。宮堂と彼女とは甲乙反対番であるから、どっちかが向こう番へ回してもらって同じ番にならないと、永久に昼夜行き違いになって夫婦は別々な生活をしなければならない。それで同じ番へ移してもらうよう頼みに行くのだ。

お孝が工務係の社宅へ行ったのは夜の九時であった。それから彼女は上がり框《かまち》へ遣《つか》い物を出して用件を頼み、そのまま寄宿舎へ帰るのだからわずかな時間しかいらない訳である。だのに、彼女がその家の門を出たのはかなり遅かった。

更《ふ》けた夜路《よみち》に、墓石《はかいし》のような工場の塀が続いておった。塀は工場の敷地の具合で二ヶ所にカーヴがあって、およそ五間ごとくらいな間隔を置いて点《つ》けた[194]五燭光《ごしょっこう》の電灯がそこへは淡《うす》い光さえも投げていない。彼女は慌ただしい走馬灯《そうまとう》のような性的生活を恥じらいつつ、その死のように黙した塀の際《きわ》をべそべそと腑《ふ》ぬけた如く歩んだ。と、不意に門の締まる時刻が頭へ浮かんだからこれは愚図ついていられないと思って、程近い正門の方へ小走った。そうして二つ目のカーヴを曲がろうとすると、[195]やにわに暗がりから跳《おど》り出て彼女を捕えた者があった。頬冠《ほおかむ》りして顔を隠した三人の男である。彼女は愕然《がくぜん》と脅《おび》えた。

「あれッ！」

そしてどきっとその場に立ちすくんでしまった。気は焦っていながら、それでいて逃げることができない。

「声出しよったらいっぺんやど！」

曲者《くせもの》はこんな場合に用いる合言葉のようなきまり文句を言って戦慄《せんりつ》する彼女の眼先へギラッと光る[196]匕首《あいくち》を突きつけて威嚇《いかく》した。が、彼女は言われるまでもなく恐怖のために重い岩かなんぞの下敷きになったような圧迫を全身に感じて声が立たなかった。

「黙って、俺《わい》らの言う通りんなりさえすりゃ、別にどうもしやへん。俺らは、[197]伝勇《でんゆう》の乾分《こぶん》やど！」

一人の奴がやや低声《こごえ》に言って凶器を鞘《さや》へ納めた。彼女は寒さと恐怖とで胴震いしてきて、まったく歯の根が合わない。曲者は三人かわるがわるお孝に迫った。

「おい、小遣出せ。」

「何ぼでもええよってに、懐《ふところ》に持ったるだけみんなここへ出してしまい。」

「出さなかったら後がうるさいで。ないしょにしてもらいたかったら早《はよ》う出さんか。お前が工務の家で今していたこと、俺らはちゃんと見届けたるんや。」

お孝は鋭く先の尖った物をぐさっと胸へ突き刺されたような衝撃を覚えた。そして容易に言葉が口へ出なかったが、

「持っていたら皆《みんな》あげますけど、うちただいまは一銭もあれしめへん。」としばらく間をおいてから恐る恐る言うことができた。

「嘘ぬかしくされ、この豚めが……。」

「三人で強姦してかませたろか？」

「お前が、前の工務と関係しとったこともちゃんとこっちへは知れたる。」

彼女は三度昏倒《みたびこんとう》しそうな驚きを感じた。しかしじっとそれをこらえて口に否定し、ひたすら相手の寛恕《ゆるし》を乞う。

「ほんまに、うち何にも知れしまへん。どうぞ堪忍しとうくんなはれ。」

お孝は背中から煉瓦塀が崩れかかって、相手の男もろともその場へ生き埋めにして欲しいと思った。そして石のように固くなっていると、匕首《あいくち》を抜いた奴が重苦しい低声で駄目を押した。

「本当に、ないのんか？」

「決して嘘なんぞ言いしめへん。嘘やと思うのやったらどこなっと捜《さが》してみとう。」

彼女は袂《たもと》を振って見せた。するとその曲者はようやく納得したらしく、

「よっしゃ。そんなら今夜は要《い》らんよってな、明日の晩十時から十一時半までの間に、稲荷さんの裏手へ舟を漕いで行くさかい、間違わんように十円持って来い。」ときっとなって命令した。

「お前の顔はよう見憶《みおぼ》えたるよって、無駄足ふませよったら生命《いのち》がないど。俺らは伝勇の若い者《もん》やええか？　しっかり聴いときや！」

そしてこう捨台詞《すてぜりふ》を残して三人とも暗闇のなかへ消え去った。

夜は次第に更ける。お孝はなおも戦慄しながら悪夢で空を翔《かけ》るよう、足早にそこを立ち去った。いろんな暗い重苦しい連想が、渦巻のように彼女の頭を襲って嘖《さいな》み苦しめた。

門へ辿《たど》り着いてみると十二時に近い。お孝は予期したことながらしまったと思った。寄宿舎の出門は十一時が限度であるから、所詮《しょせん》ただでは済まされなかった。直ちに中門の守衛が竹の十二号へ赴いて、規則により向こう三週間の門止《もんど》めを宣告して去った。そうなると部屋の工《こう》一同は懲罰が解禁されるまで誰一人外出ができない。お孝は自分の不調法から罪もない朋輩にまで迷惑をかけるのが、たまらなく心苦しかった。けれどもいかんともしょうがない。だが部屋の工たちは彼女の胸のうちも汲《く》み取らずにぷんぷん言って怒り散らした。

「ほんまに、お孝いうたら人阿呆《あほ》にしたるしィ。あいつ、何ちゅう憎たらしい工やね。」

「あの工、わがのさえよかったら他人《ひと》はどうなってもかめへんにゃ。あの工一人のために罪咎《つみとが》もない二十人の者《もん》が門出られへん。まんでわいらの敵《かたき》やがな。」

「われさえ通勤になりくさったら、もう後の者は一生寄宿の豚小屋におれ思《おも》てけつかるんやし。何ちゅう憎たらしい糞餓鬼《くそがき》やろ！」

「わては、もうあんな工が通勤になったかて祝い物なんぞやれへんわ。ほんまのことに、どけった糞の悪い。」

「わいかてや、誰があんなわがのよがりに祝ってなんぞやるもんか。部屋長の嫂《ねえ》さんが勧めてきたら猫の死んだのでもやるわ。」

「わいはまた、そこらで拾って来て犬の糞《くそ》でもやるかいな。」

朋輩たちは口々に彼女を罵った。しかしどんなに罵られても、彼女は返す言葉をもたなかった。

たった一個の行李《こうり》ではあるが、明日にもそれを持ち出して自由な鳥になれるのを夢見ておったお孝は、この偶然な出来事のためにしばらく通勤になる日が遅れた。それは難船に遭って孤島の断崖で救け船を待つ時、足許《あしもと》まで寄り付いた救助船が怒濤《どとう》に浚《さら》われて遥かの彼方まで遠退《とおの》いたような酷《むご》たらしい幻滅だ。

三十一

お孝は言われた通り十円の金を工面して、島の端にある社《やしろ》の裏手へ持って行った。「伝勇の若い者《もん》だ」と言った怖ろしい威嚇《いかく》が、未だに彼女の耳を去らなかった。

伝勇というのは市でも腕利きの顔役で、土木請負業という表看板を掲げて界隈《かいわい》をごろついているテロリストの集団だった。大勢乾分《こぶん》がいて絶えず工場付近をうろつき回り、和姦、強姦、強請《ゆす》りなどで、善良なそして無力な職工たちを弱らせた。ある時などやはり恋の経緯《いきさつ》からして伝勇の一の乾分と男工との間に喧嘩が持ちあがり、遂に一人の男工は女を奪われたうえ大勢の乾分に斬り殺された。こうして何をやっても伝勇一味の者は[199]治外法権であった。

彼女は刻限《とき》を見計《みはか》らって待った。いい月夜である。塀の裾が五寸ほど隙《す》いてい、そこから覗くと河の面《おも》には美しく工場の灯が映って小波《さざなみ》が揺《ゆ》らいでいる。そして冬の月が物《もの》凄《すご》い光を投げていた。

植え込みに身を隠して彼女が外ばかり窺っていると、背後《うしろ》から忍び足に近づいて来る者があった。その足音を聴いて彼女は誰かに発見されたのではないかと怯《おび》えたが、靴の音でないことによってすぐどこかの部屋の工《こう》だと知った。で、おおかた何か秘密を行うために人目を忍んで脱け出したのだと察し、自分のいることを相手に知らせまいとした。けれども相手は素早くお孝の姿を見つけて祠《ほこら》の側《わき》で立ちどまった。そして彼女が守衛に報告でもすると考えたのか、いきなり地べたへ跪《ひざまず》いて両手を合わせた。

「嫂《ねえ》さん、どうぞ見逃しておくんなさい。」

まだ十五くらいな少女工は、こう言って彼女に哀願した。見れば彼女はすっかり逃げ仕度して裁縫室に備えてある座蒲団を三枚小脇に抱えているのだった。お孝は思わず、

「あんた、そんな物なにしやはるの?」と訊いてしまった。

「嫂さん、嫂さん、どうぞ見逃しておくんなさい。後生《ごしょう》です。助けておくんなさい。」

少女工は咎《とが》められたと思ったのか、さらに兎のような両手を合わせてお孝に哀願《あいがん》した。

「うち、あんたのすること咎めもどうもしやへんわ。そやけどあんた、今頃にこんなところからどこへ行くつもりなの? 外は……。」

「あたい、ここ逃げるわ。そうして……。」

「あんた一人で、逃げてどこへ行くの?」

「梅田から汽車に乗って、家へ帰るのです、嫂さん。」

少女工はこう言いつつさっさと稲荷の真《ま》あ裏へ歩み寄って、塀際《へいぎわ》に積み重ねてあった

機械の空箱の上へ攀《よ》じ登り、グリスを塗った鉄条網の忍び返し[200]の上を巧みに座蒲団で蔽《おお》った。見ていたお孝は自分の用事も打ち忘れてはらはらする。

「あんた、外は河やで。知ったるか?」

彼女は呆れてまた声をかけた。しかしもう少女の声は塀の外から、

「嫂さんおおきにありがとう。見逃してもらったご恩は一生忘れません。」と欣《よろこ》びに満ちた者の如く跳《おど》って聞こえた。

お孝がこの活動写真みたいな出来事に気を取られて茫然としていると、河の面《おも》から低い艪《ろ》の音が起こった。そしてだんだん島の方へ近づいて来る。彼女はふと、恋人があのように船を操《あやつ》って迎えに来てくれりゃいいと思った。と、部屋の窓から行李《こうり》を持ち出して塀から船の中へ投げこみ、今の少女工の真似してそこを乗り越えて恋人の肩に支えられながら、船へ降りて行く我が身の姿が眼の前へ浮かんだ。

船の男はコツコツ、コツコツ……と塀の裾を叩いて合図した。そうしてわずかな隙間《すきま》から寒月の光に照らし出されている彼女の足許《あしもと》を見届け、低いしかし底力《そこぢから》のこもった声で言う。

「昨夜《きのう》の約束だ。」

お孝は再び呼び覚《さ》まされた恐怖のために心臓がどきどき鳴った。そして次の瞬間には

ぞっと体じゅう寒気《さむけ》を覚え、思わず尻込みしたが重ねて呼ばれる相手の声にようやくと度胸をきめて塀裾の隙間から無言のままで紙幣《さつ》を差し出した。すると外の男は差し伸べた彼女の手頸《てくび》を素早くぎゅっとふん摑《づか》まえた。そうして取る物を抜き取ってからぐんぐん引っ張って遂に着物の裾へ手を触れた。

「何を悪さしなはる！」

彼女は怒って振り離そうとしたが、その隙《すき》を食らい、かえって塀際へぴったり引きつけられてしまった。

「離しておくれ。後生《ごしょう》やよって離しとう。」

お孝は低声《こごえ》に叫んで懸命に身を振るった。

「アハ、ハ、ハ、ハ……。」しかし、船の中の男は口を揃えて笑う。

それから一本の手によって女の腰巻を引き破るように分捕《ぶんど》った。そうしてかねて用意して来た竹棹《たけざお》の先へ結《ゆ》わえつけて汀《みぎわ》の土手へそれを突きさし、へんてこな赤旗を掲げて無頼漢は悠々と対岸へ引き揚げて行った。

＊　　＊　　＊

お孝が散々な侮辱にあって、でも十円で幸福《しあわせ》を取り戻したようなやや軽い気分で部屋へ帰った頃には、事務所で守衛と督促《とくそく》(守衛の助手のような役で一種のごろつき)の総動員が行われていた。

「それ！　松の三十八号から逃亡者があった。船の用意、船の用意……。」

守衛長は威丈高《いたけだか》に叫んで艪《ろ》に覚えのある督促《とくそく》に命令した。すると数人の督促はてんでに会社の紋章の入った提灯《ちょうちん》を点《とも》し、入れ墨した腕をまくし上げて浜から捜索船を出す。

「おい！　部屋長は何ぼんやりしているんやね？　世話婦を叩き起こしんか。」

「あんな小さい工が一人で逃走しよるなんて、あんまれ大人をちょこなぶっとる。」

「あの工は、まだ五十円から貸金のある工やよって逃がしたらあかへんど。」

男たちは口々に喚叫《かんきょう》しながら二艘の船を矢のように漕《こ》いで河の上下から奴隷の島をひと巡りした。それから遅ればせに馳《は》せつけた非番の者共は、駅や市へ通じる道路の要所要所へ見張りに赴《おもむ》くなど、大変な騒動が持ちあがった。

少女工は昼間、陸橋の羽目板の節穴から覗いて、島の端に薪を積んだ船が繋《つな》がっているのを見届けたのであった。そして薪炭《しんたん》を積んだ船は大概大阪の河岸へ着くから、それに隠れてさえおれば梅田駅へ行けると思い、虐待の苦痛と親恋しさに矢も楯もたまらなくなって逃亡を企てたのである。織布部の糸繰《いとく》り工《こう》で、[201]飛騨《ひだ》から来ている工だった。

彼女は訳もなく捕えられてしまわねばならなかった。督促の男は、

「こいつ、まだ小便《しょんべん》たれのくせに大人の眼を掠《かす》めよったな。図太い女郎《めろう》や、出くされ

え！」

こう言って薪の中へうずくまっていた少女の体を引き摑み、いきなり五つ六つしばき倒した。そうして、それから会社の船へ移して中門へ拘引《こういん》し、寄ってたかって打つ、蹴る、抓《つね》る、捩《ね》じる、締めあげにして責めさいなんだ。ことに彼女が部屋の工の金を盗み持っていたというので裸にして縛りあげたうえ、明日になって工場長と舎監と職工係主任の判決が下がるまで、未決囚として牢屋へ投《ほう》り込んでおくことにした。

恩貴島橋《おきじまばし》の方に面した炊事場の裏手に、漬物《つけもの》小屋と死体小屋と牢屋とが三棟ならんでいる。浜風の吹き通す壁なしの小屋で、腐敗した漬物の臭いがむっと鼻をついた。逃亡を企てた者はみなその牢屋へ投り込まれる掟《おきて》になっているのだ。

明け方、遂に少女は凍死した如くなって意識を失った。

＊　　＊　　＊

部屋長や古参の工たちはお孝の美貌《びぼう》と幸福を嫉《ねた》んで日毎《ひごと》に痛烈な揶揄《からかい》を浴びせた。そして寄宿へ帰って落ち着くと、奢《おご》れ奢れと請願《せが》んだ。しかし彼女がいざ行く時には竹の十二号の工一同が連名で、反物《たんもの》一反とお金三円をお孝に祝い贈った。また各寮の部屋部屋に散らばっている同郷の工たちからも彼女は水屋を買ってくれと、金一封五円を出し合わせて贈られた。

指定下宿では別間に宿泊する夫婦者も原則としては下宿の賄いを喫食《きっしょく》せねばならなかったが、でも一切の日用品を下宿屋の帳場から取りさえすれば、自炊もあえて咎《とが》めはしなかった。それで宮堂はせめて真似事の家庭なりとも作りたいと思って、ちょうど空いていた離れの階下の二畳を借りて新世帯の準備を調《ととの》えた。

江治は友の宮堂が訊きもしないまま、またお孝の方から身の上を打ち明けたうえで二人の婚約が成り立ったのだろうと思って、何にも言わなかった。そして互いに知り合った二人の新生活を祝福するために、借金して夫婦膳[202]を一組買って贈る。

十二月に入ってから第二の昼夜交代日を択《えら》んで、お孝はいよいよ牢獄から脱け出して自由な通勤になるのだった。彼女はその日朝早くから外出して買い物をしたり髪を結ったりして晩の用意に忙しかった。髪はもの覚えてから片手を折るほどしか結ったことのない島田《しまだ》髷《まげ》[203]に、市《まち》の髪結《かみゆい》を煩《わずら》わしてあげたのである。

お孝は時どき思い出した如く間歇《かんけつ》的に襲ってくる不安と良心の呵責《かしゃく》に、美しい眉をややしばし曇らせた。（こんなにして善良な彼を半ば欺《あざむ》いていくものの、もし良人《おっと》が自分の素性《すじょう》を知る時が来たら？）ともすればこんな考えがむらむらと頭へ浮かんだ。誘惑した我が身の末が恐ろしい。しかし彼女ははっとして、そんな弱い心を打ち拉《ひし》ぐよう、自らの意思を力づけて心のうちに叫んだ。

「なに大丈夫や！　あの人はそれくらいなことでうちをよう棄てるものか。」そして「そうか、お前はそんなことを気にやんで今まで僕に隠していたのは水臭い。そんな子供があるんだったらいってこっちへ引き取って、お腹の児《こ》と一緒に育ててやろう」と彼に言い出させるまで惚《ほ》れさせせてみせると自信した。髪を結って寄宿舎へ帰ると、部屋長が彼女に手紙を渡した。例の通り既に開封された状袋である。

　お孝はそれを読んだ。と、悲しい報《しら》せであった。それはたった今まで追憶《おもい》に耽《ふけ》って思い悩んでいた、小さき者の死を報じたものである。片仮名ばかりで書かれた[204]金釘流《かなくぎりゅう》の父の文字が、黝《くろず》んだ半紙の上に行《ぎょう》も歪《ゆが》みちゃくって走っている。どんな病気だったのか幾日ほどわるかったのか、容態も何もちっとも詳しく認《したた》めてないが、でも読んでいるうちに彼女はすすりなきを禁じ得なかった。

　——夕暮れに、彼女は隣室の工や同国の工や、世話婦や門番たちに挨拶して女工寄宿舎を出た。荷物とて行李ただ一個きりないゆえ、江治が担《かつ》ぎに来てくれるままこれを頼んで、部屋長の嫂《ねえ》さんといま一人の工と、国の工一人に見送られながら花嫁のお孝は沢田へ入り込んだ。

　このとき新郎《はなむこ》の宮堂は薄暗い二畳の間の廊下にカンテキ[205]を据えて、せっせと饗宴《きょうえん》のご馳走の煮炊きに余念もなかった。

「何やね、新郎《はなむこ》はんが祝言《しゅうげん》のご馳走の料理人か？　花嫁はんつれて来たで、よう顔見いや。」

部屋長はこう言って、その内心はともあれうわべだけは親切らしく装って、二人の結婚式を祝福する。それは、秤量方《ひょうりょうかた》という彼が工場における役目を恐れていたからであった。

「うちも手伝います。」

お孝は、こう言いつつ早速一張羅《いっちょうら》の晴れ着の上へ襷《たすき》をかけて、膳部《ぜんぶ》の拵《こしら》えを手伝った。

すると部屋長も今二人の工も、

「嫁はんや婿《むこ》はんはな、そないにじたばたせんとじっと落ち着いたるもんや。わてら三人して料理人の真似するわいな。」と言ってこれも手伝った。

そのうちに江治が荷物を担ぎ込んで来た。それから沢田の大将を[206]名代《みょうだい》して番頭もやって来る。そうしていよいよ二畳の間に七人の者が着座して盃《さかずき》が始まった。

「婿はんから飲むんだったか、嫁はんから飲むんだったかしらん？」

新郎は一個二銭で買って来た[207]唐津《からつ》の盃を取り上げてこう訊いた。

「ほんな儀式なんぞどうでもええがな。がぶっと一口に飲んでまいなはれ。」

部屋長が答えた。だが、

「嫁はんからや。」

と番頭が言ったので、お孝は同じく二銭の盃を取りあげる。すると江治がそれへ酌《しゃく》をした。

「誰か、高砂《たかさご》うたいんかいな？」

一人の工が言った。と、番頭が、

「よっしゃ、下手《へた》やけどわいが謡《うた》って聴かせたろ。」

こう応じてかれはどら声で高砂の松を唸《うな》る。

「高砂や、この浦舟に帆をあげて、帆をあげて、月もろともに出《い》で潮《しお》の、波の淡路《あわじ》の島影《しまかげ》や、遠く鳴尾《なるお》の沖すぎて、はや住之江《すみのえ》に着きにけり、着きにけり……。」

ほんのままごとのような祝言であったが、でも下手ながら番頭の唇を洩れて出る謡《うたい》の文句に一座の者はしばし厳粛な気分になった。お孝は江治に注《つ》がれた冷酒の盃をぐうっと一口に乾《ほ》す。そして宮堂の方へそれを差した。

謡曲《うたい》が終わって夫婦固《みょうとがた》めの盃が交わされると、祝言の席はたちまち無礼講《ぶれいこう》に早変わりした。二升釜に一杯炊いた五目飯と、豆腐と蒟蒻《こんにゃく》と里芋《さといも》と竹輪《ちくわ》のごっちゃ煮を、鍋なり前へ出して皆《みんな》勝手によそって食い、酒の喇叭《らっぱ》飲みなどやって明日の交代日を幸いに底ぬけ騒ぎを演じるのだった。手《て》塩皿《しおざら》[208]にちょこんと載せられた三寸ほどの小鯛が、焼物《やきもの》代わりに申し訳の如く向付《むこうづけ》[209]にされているきり、魚気《さかなけ》というほどの物はほかにない。

お孝はこうして寄宿住まいから一生足を洗ったつもりで通勤になったのであるが、彼女の前途には何が待っていることか？

三十二

江治の生活は実にめまぐるしいほど多忙だった。朝は下宿で五時少し前に起きる……そしてろくろく沸かない白湯《さゆ》でもって、ぱらぱらな味醂粕《みりんかす》みたいな南京米飯を掻っ込む……それから五時半には工場へ出て作業にかかる……と、幾千万角とも知れぬ無限に等しい多角形な機械が、一秒間にさえ何千フィートとなく動く……九時に汽笛が鳴る……汽笛の声は工場の中へ伝わらないが、頃合いを見計らって油と鉄錆《てつさび》に汚れた手を洗い、場外の休憩室へ出る……そして十分間だけ夜学校の復習をやる……するとかかれのブウが鳴る……で、工場へ帰ってまた真っ黒に手を汚して働く……十一時三十分になるとまたもや手を洗って食堂へ出、下宿の番頭が持って来た囚人の官給弁当みたいな午飯《ひるめし》を済ます……本を展《の》べる……間もなく十二時のブウが鳴ってしまう……入場する……一分間につき二百回もの速度で左右へ打ち投げられる杼《ひ》の、色と音とを見わけ聴きわけて機械の調子を検定する……一台につき数千本の糸のお守役《もりやく》だ……部長や工務が巡視すると、いちいち仕事の手を休めて最敬礼せねばならん……午後三時……またもや手を洗って休憩室へ出る……そしてちょっと工学書のおさらいをしようと思うと追い立てるようにかかれの汽笛が鳴る……で、本を読みながら、アスファルトの廊下を歩いて入場する……機械……作業機械……人間の欲望が創り出した機械……材料は金属と木と革、有抵抗性の物体……構造は胴と軸と車と槓桿《こうかん》と発条《ばね》……こいつには脳味噌がないんだ……こいつには性欲がないんだ……だが、月と日が惚れ合って互いに近づいて遂に性交したとき、流れ出た汚物の凝固したもの……石炭……石炭は思い出から燃えあがる…天然勢力……機械は動く……ベルト……プーリー……シャフト……ギヤー……エクセントリック……レバー……スプリング……回転……衝程《しょうてい》[210]……弧動……昇降……機械はまわる……晩から朝まで……朝から晩まで……ようやくのことで六時になる……そこで残業もせずに仕舞って、彼女に体の埃《ほこり》を払ってもらい、上衣をひっかけるが早いか包みを抱えて飛ぶように夜学校へ行く……三十分修身……三十分英語……一時間紡織術……三十分原動機……三十分製図……彼女……成功……下宿へ帰ると炊事場にはもう猫の子もいない……で、詮《せん》方《かた》なく独り冷たいご飯を食べて寝る……日曜日には教会へ行かねばならぬ……学校の本のほかに聖書も読まねばならず、雑誌も見たい……お祈りもしなければならん……賛美歌も稽古する……牧師は洗礼を受けよと言い出した。

また、彼の意思の生活もようやく多端《たたん》になり出した。キリスト教から無批判に受け入れた人道主義的な考えと「労働の神聖」と、自分をも込めた職工兄妹らの心にも物質にも貧しい生活との関係が、しきりに頭へ上《のぼ》ってくる。そしてそれは一つの悩みであった。

彼の生活はさながら眩惑《げんわく》そのもののようだ。しかしながら元々いい素質の頭をもっていた彼は、わずかなうちにいろいろな物事に対して今まで見えなかった眼をしっかりと開かれた。誰に尋ねても得心のゆくよう教えてくれなかった石油発動機は、蒸気機関や[211]ガス機関と共に自然力の熱で回るものだ。そして熱が膨張《ぼうちょう》して[212]喞子《しょくし》を持ち上げる力を、[213]曲柄《きょくへい》装置によって機械的に変換したものが、熱機関すなわち俗にいう発動機だ。船舶の進むのは飛行機や木ネジや[214]ボートー錐《きり》と同じく螺子《ねじ》の原理だ。電気は磁石の両極から放射する磁力線内において導体を動かせば起こる。こうした現代工業の骨子となる科学知識がしばらくの間に判ったので彼は小跳《こおど》りして喜んだ。

彼は菊枝の織機《しょっき》がどうか重大な故障もなく調子よく運転してくれて、彼女が安らかに働いてくれることを希《こいねが》った。そして不公平な仕打ちだとは思いながらも、つい彼女の台へはよく織れそうな経《くり》のビームを搬《はこ》んで仕掛けた。そうしてほかの工よりは注意を払って経をたくさん切らぬよう丁寧に仕掛けたが、でもどうしても五本や六本は切れた。で、仕掛け終わってからその機《はた》の織り前へうつむいて切れた糸を彼は入れる。すると菊枝は機の後部《うしろ》へ回って切れた糸口を捜し出し、継ぎ糸を結び足しては、彼が差し出して待っている[215]経通鉤《くりとおしかぎ》の先へ引っかけた。その折二人は完全な差し向かいになって、ごく自然に顔と顔をつき合わせることができる。二人はそれが工場での娯《たの》しみの一つだった。

菊枝はにっこり微笑《ほほえ》んで細かい山の砂地に印せられたベベクロの穴のような笑窪《えくぼ》を湛《たた》えつつ、反語《はんご》を使って甘ったるく言った。

「江ちゃん、あんたいつもうちの機へ悪い経ばっかり持って来るわ……。」

いつしか彼女は江治を「江ちゃん」と呼ぶようになった。で、彼も「菊ちゃん」と言い返すまでに二人は馴れ合ってきた。

「なぜ、こんな悪い経持って来るの？」

「ちっとも織れないでしょう？」

「ええ。」

江治は嬉しかった。そして彼もまた逆《さか》さまを言う。

「堪忍しておくれ、ね？」

「厭やわ、糸が切れてちっとも織れないんだもの。」

「僕、憎たらしいでしょう？」

「憎……いいえ、可愛いわ。」

ここで、菊枝は反語をやめた。江治は「僕の可愛い菊ちゃん！」と叫んでいきなり彼女に抱きつきたかった。しかし傍《かたわ》らからは[216]口さがない朋輩と獣物《けだもの》のような上役の眼が光る。

「男工なんか、皆《みんな》[217]松島へ行ったりお酒飲んだり、女工の相手んなったりして怠けているのに、あんた学校へ通って偉いわ。」

彼女は糸を通すために[218]杼《ひ》を吸《すす》りながらこう言って褒《ほ》めた。江治は自分の心を看破《みやぶ》られたように耳がほてった。

「脇見せずに、気張って勉強しとう。うち江ちゃんが卒業する日、祈っているわ。」

彼女はこんなに囁《ささや》いてから、

「卒業して、工務係に出世してちょうだい。」と付け加えた。

江治にとって菊枝の激励は何よりも力があった。どんな苦痛な折でも彼女の慰撫《いぶ》は名《めい》薬《やく》のような効き目があり、厭《いと》わしい事柄の前に臨んでも彼女を想うと、荷をおろしたような軽い気分になって快く忍従しようという殊勝な心地に立ち返った。そうして彼女の顔をひと目見るために、彼は朝の出勤時間が待ち遠しい。

こうした憧憬《あこがれ》のうちに地軸は三回転した。そして江治の技術はめきめき上達を遂《と》げ、今や機械直し専門工として女工の受けがいい。これでようやく彼は一人前の織機工となったのである。また夜学の方もだいぶ進んで、専門の知識が初等ながらも頭に整ってきた。

菊枝は本身《ほんみ》の着物に更衣《かえぎ》して幅の広い帯を締め、頭の恰好も変えて急に女らしくなった。そして薄《うっす》らつけてくる彼女の隠し化粧が、耳へ口つけて話すたびに痛いほど江治の官能を刺戟するのであった。

これまで機械を、例えば神の如く万能化して見ておった江治も、学問と実地の道を着々踏んでいくにつれてようやく不満が台頭《たいとう》してきた。そして「何ゆえにこの機械は不完全なりや？」という問いに対して、実地上からも学問上からも答えるだけの素養ができた。

五十種からのおのおの異なった職業別を総括していうところの紡織工のうちでも、織布部の主脳工たる機械直し工はなかなか複雑な仕事であった。それはみな力織機という機械が本質的に不完全な機械であるからだ。

「くそ、何てまあ不完全な機械だ！」

江治は時どき独りでこう怒鳴った。

その機械はどんな調子のいい台でも二週間打ち続けて満足に運転することは少なく、少し調子の悪い台になれば一日に七度でも八度でも故障を生じた。ことに[220]杼《ひ》打ちという故障で経糸《くりいと》を切断した場合などは、女工が切れた糸を一本一本継《つな》いで[221]綾竹《あやたけ》と[222]綜絖《そうこう》と筬《おさ》へ通し、元々に修復する手間といったら並大抵ではない。あまりに困難な仕事なので男工も女工も共に、仕事中常に電車が電気ブレーキを掛けて急停車したような衝撃を感じて恐怖し、そのために寿命の幾パーセントかが縮まるのだ。そうしてこんな神経的な労働に従事している紡織工は、百人のうち幾人かがそのために精神を消耗し尽くしてしまって痴呆症になる。

ある日、彼は恋人の機械に故障を生じた信号を見たので、せせこましい機間《はたま》を夢のように潜《くぐ》り脱《ぬ》けて菊枝の台へ行った。そうすると例の杼打ちである。彼女は四時間あまりもかかって七インチ幅ほど滅多切れになった経糸《くりいと》をやっと継ぎ入れた。泣きたいような思いで継いだのである。工場の規則として四台持ち工たる者は一台の機にどんな故障があっても二台だけは是が非でも運転を停《と》められぬことになってい、もし四台ともすっかり停転《ていてん》して杼打ちした台の修復にかかっておろうものなら連帯能率がさがるとてたちまち組長がやって来てどやしつけるか、さもなきゃ見回り工が来て叱り飛ばす。で、彼女は苦心して二台運転つけながらその暇々《ひまひま》を見てその糸切れ七インチ幅ほどの間を一心骨《いっしんこっ》心《しん》継いだ。ところが余分の仕事に耽《ふけ》っておるゆえ、織る方は自然おろそかになって木綿に疵《きず》が出来ることを免《まぬが》れなかった。遂に経糸切れの織り疵が十インチあまり彼女の織物に出来てしまう。すると彼女は仕上場の検査方から喚《よ》びつけられて散々っぱらお目玉を頂戴した上、織り賃一割の罰金を取られてなお皆の衆の前へ掲示されねばならなかった。

「十二部林菊枝、[223]三等品[224]おろし、織賃一割没収」こんな掲示が織布室の中央にほかの工たちの名前と共に曝《さら》された。しかしそうなると組長や見回りは台を停[225]めなと言った口を棚にあげ、

「何やね、おまはんは疵物《きずもの》なんぞ拵《こしら》えて？　三等品や[226]かしおろしたら組の成績が悪うなって、部全体の者の迷惑やがな。」と織り工の彼女を叱る。

「お前のために、組の成績が七等まで落ちてしもた。女工なんか受負《うけおい》やよってよう儲かってえが、男工は廉《やす》い日給もろて働いたるんやよって[227]製額賞与でも余計獲《と》って補《おぎな》わにゃとてもやり切れへん。」

「すみまへんわ、主任はん。」

「まったくすまん。下男工《しただんこう》かって不憫《かわい》そうや。明日から、一交代だけ三台織り。三等品おろしくさった罰《ばち》や。」

菊枝は工場制度そのものから来た必然的な過失のために、とうとうこう言って減台処[228]分に付せられた。

組長や見回りなど役付工は、織り工たちにそんな処分を課すことを不憫そうに思わぬでもなかったが、上役から強《し》いられるので止むを得ないのだった。

江治は一分間に二百回ほど経糸《くりいと》の中を通過して左右へ杼道《ひどう》を往復する杼《ひ》の音と色とを仔細《しさい》に検《しら》べ、[229]リイド・キャップを片手に握りつつここぞと思う部分を七ヶ所ほど調整したが、依然として全体の調子が悪く、杼の運動に震《ふる》いがあって円滑《えんかつ》を欠くのでいっそ新しい杼と取り換えようと考えた。そして、要品請求伝票にL・H・シャットル、2と記入して部長の判を貰いに行くと彼は文句を言った。

「君の部は、どうもシャットル余計使いよるなあ。」

「はあ……。」

「はあやあれへんで。ちょっと消耗品節約せえにゃあけへん。」

部長がこう言ったので江治はぐっと癪《しゃく》に触った。

「何もシャットルは食べ物や飲み物と違いますからね。会社の仕事をするために会社が使うんではありませんか？　しかも消耗品を使えば使っただけ、組の成績に加算されることを承知で請求しているのですから、何も貴方《あなた》から文句を受けるはずはないです。」

彼は初めて上役に口答えをした。だが菊枝のしおらしい姿を想うと、口論などにひまを潰しているのがすまなかった。それで、

「私が言い過ぎました。どうぞお願いしますから調印ください、部長さん。」と彼は詫びを言って請求伝票へ捺印《なついん》してもらう。

部長は職工らが別段消耗品を余計使おうと使うまいと直接自分の腹が痛む訳ではなかった。しかし常に上役の工務係や[230]用度からやかましく責められるのと、そうしてまた各要品をなるべく少しで済まして職工たちの工賃を廉《やす》く使い、生産費の経済を図ることによって上下半期のボーナスを一円でも多く貰いたいとの所存だった。

江治は一分間も早く菊枝の機《はた》を運転させたいと焦りつつ、伝票と引き換えに杼を出してもらうため舗道《ほどう》を歩いて要品庫へ来た。するとまたしても用度係の事務員の奴が部長の言葉を真似た如く言う。

「君、君の部はこの頃ずいぶん消耗品よう使いおるやないか？　少し節約し給えよ。」

いやに僭越《せんえつ》な倉庫係の言葉が、彼は再びぐっと癪に触った。そして、

「君は一体、この伝票が見えんのか？　君《きみ》ゃあただ伝票通り物の出し入れをやっておりゃ、それでいい人間なんだ。僕の組が、たくさん使おうと少なく使おうと大きに勝手だ。君にそんなことを干渉する権利があるか、生意気な倉庫番！」こう喉許《のどもと》まで出たが、

彼女は乱暴を嫌うだろうと思い直して彼はぐっと唾液《つば》を呑み込んで怒りを下げた。

新しい杼《ひ》を入れて運転をかけてみたがやっぱり具合が悪い。二、三インチ布を織ると経糸《くりいと》の間へ杼が挟《はさ》まり、ばさばさっと音がしてまたもや彼女の機は五インチ幅ほど気味悪く糸が切断されて、切れ跡は百舌《もず》の巣のように乱れた。江治は穴の中へでも入ってしまいたいような情けなさを感じた。(愛しい菊枝はこれを継《つな》ぐためにまたしても二、三時間費やさねばならぬ)彼はこのうえどこをいろっていいのかさっぱり見当がつかぬので、途方に暮れて茫然とたたずんだ。こんな時ほかの女工だったらきまって、

「胸くそが悪い……。」と吐き出すよう機械直し工への面当《つらあ》てを言い、男工を軽蔑するところの例の女工特有の鼻かむような真似をする。しかし彼女は厭らしい風をおくびにも見せず、淑《しと》やかに台の後部《うしろ》へ回って再び切れた糸を継ぐべく用意した。

そのとき彼の頭をすうっと流星《りゅうせい》のようなものが掠《かす》め、ある発明の暗示を与えた。力織機《りきしょっき》における杼を左右へ動かしている運動はテクニカル・タームで言うとおおむね消極的杼《ひ》投《とう》運動と称《とな》えるものであって、一方の杼箱から他方の杼箱へ向けて打ち出された杼はあたかも奔馬《ほんば》か投げられたボールの如くどこへ外《そ》れるか判らない実に物騒な不完全な運動である。しかしその不完全な運動が布を織るという生産事業には必要欠くべからざるものであって、かつまた最善の方式だとせられ、幾千年の古《いにしえ》に手織機《てばた》を創造した

者が発明したそのままの型式で、今日まで何人《なんびと》もこれを改革する発明家がない。だが力織機の故障と人体に及ぼす危険の八十パーセントはその消極的杼投運動に起因している。そしてまた、その機械を動かすための動力の八十パーセントがその杼投運動によって消費されるのだ。ゆえにその運動さえ根本的に改良すれば力織機全体の改良を意味することになる。

（そうだ、こんなに自分や愛する菊枝をはじめ、数多《あまた》の男女工に困難を与えるのは機械が悪いからだ。力織機の不完全そのものである。そしてその第一原因は杼投運動の方式が悪い。すべてはこれなのだ。だからこの運動さえ根本的に改良すればわれら紡織工が技術上の苦悩は取り除かれる）江治は思った。

電磁気と空気のことが頭へ浮かんでくる……。彼は茫然とたたずんで、力織機の杼投運動と電磁気と空気力を結びつけてしばらく考えに耽《ふけ》った。そうして程経ってから、

「そうだ、この機械的杼投運動を電気的または空気的に変革してやろう。」と心のうちに強く叫んだ。

江治はそれからなお時の過ぎるのを気づかぬもののよう、かなり長いあいだ恋人の機台に向かって茫然と考え込んだ。と、その発明はどうやら確実に可能性があるらしい。わずかな電流でもって強大な磁石を作り、その吸引力によって杼を運動させる――。そ

れは簡単な物理学で説明のできる極めて合理的な理論であった。

と、眼前に折り重なって据わる三千台の力織機が幻灯《げんとう》のように変わっていって、ライン・シャフトから引いた往復の調革《ベルト》の代わりに三本の電線が地べたを匐《は》い、種々な貝の形をした偏心輪《へんしんりん》が電気の巻線《コイル》やさまざまなメーターに変わった。

こうして奇天烈《きてれつ》な機械のイリュージョンを、彼は脳裡に組み立てて描いたのであった。三千台の力織機は、寸時《すんじ》も止むことなく瀑布《ばくふ》のような響きを立てている……。それはあたかも人類を征服した勝鬨《かちどき》のようだ。数多《あまた》の女奴隷はこの怖ろしい暴君と組んでせっせとダンスを踊っている……。

第四篇

三十三

煤煙《ばいえん》の市《まち》をよそに郊外へは麗《うら》らかな春が訪れ、草も木も獣物《けもの》も小鳥も虫けらも、あらゆるものが在《あ》りし冬の日を忘れたかのようにみな嬉々《きき》として笑いさざめいた。

ある日、市のぐるりを囲繞《いにょう》して這うようにつけられた西成《にしなり》[1]線のささやかな駅で、畷《なわて》[2]の如く長く連結した貸切列車がまだ明けやらぬ頃から客を待っていた。浪華《なにわ》紡績株式会社西成《にしなり》工場の職工慰安春季[3]大運動会という布令《ふれ》出し。

まだ霜の降る時分からさながら子供が正月でも待つかのように指折り数えてその日を待ちあぐんだ五千人の奴隷は、一人一人小さな胸もはち切れそうな悦《よろこ》びを湛《たた》え、貧しいながらも一張羅《いっちょうら》を着飾って自由なひと日《ひ》を遊び囀《さえず》るのだった。年中檻《おり》のなかに閉じ込められている籠の鳥の彼女たちに、今日のような解放的なよろこびは一年にただの一度あるきりだ。夜が明け離れると、汽笛を合図に長蛇の行列が工場旗を先頭にぞろぞろ続いて工場の門を繰り出す。そして市外の工場から市《まち》の駅へ行くあいだ七丁ほどの道を七分通り職工の行列で埋める。

すると町家《ちょうか》の家々からはうちの者ありったけが軒へ走り出てこの行列の通過を眺めた。それらの人々の眼は一様に侮蔑《ぶべつ》と憎悪《ぞうお》と残忍と薄情とに燃え、唇は「何《なん》や？　紡績女工の運動会か。籠の鳥の、豚の……」と[4]無韻《むいん》の合言葉で囁《ささや》いている。

やがて一行が駅へ辿《たど》り着いて貸切車へ乗り込んでしまうと、厳重な点呼がなされてから汽車は脅《おび》えるような笛を吹いてエクゾーストを吐き、ガクッと衝動して軋《きし》り出した。と、大勢の有頂天《うちょうてん》になった声で行進曲が唱和《しょうわ》される……。

列車の中央から楽隊の音が乱調子に響いた。歌は職工係の「社報」を編集する文学愛好家とかいう青年事務員が作ったものである。皆ははち切れるような声を張りあげて歌った。列車の床を叩いて底の抜けるほど歌った。選棉部《せんめんぶ》の六十を越えた老女工から掃除《そうじ》方《かた》のお爺《じい》さんまで、皺嗄《しわが》れた声を張りあげて呂律《ろれつ》のまわらぬほど歌った。

列車は大阪の市を迂回《うかい》して西成線から[5]関西線へ出《い》で、奈良へ向かってまっすぐに走った。一マイル一マイル市《まち》を遠ざかるにつれて車窓の両側へ美しい景色が展開し、まったく煤煙のたなびきから離れた頃になると桜桃《さくらんぼ》、李桃《すもも》、躑躅《つつじ》などの花が色とりどりに若葉の中へ咲き混じって大自然の刺繍《ししゅう》のように綺麗だ。蝶や花などちっとも珍しくない田園の[6]山家《やまが》で育った娘たちも、都会の牢獄へ幽閉されてからというもの草花一つ見ることができなかったので、窓外《そうがい》を流れる景色にそれぞれ彼女たちは故里《ふるさと》の姿を偲《しの》んで喜んだ。

「あれ！　菜種《なたね》の花に蝶々が……。」

「あ、あ、あ、桃が咲いとるわ。何ちゅう美しい色やろ……。」

「まあ！　白い李桃《すもも》が……。」

「あの綺麗な八重桜《やえざくら》！　一枝《ひとえだ》ほしいなあ……。」

こう言って指さす間に、汽車は早《は》や行き過ぎてしまう。

網棚へあげてあった、工場から支給された弁当をおろしてその中のおかずを一切れ摘《つま》み、自分で買って携えて来た酒を飲みながら中年の職工たちは今日の催しを感服して語り合うのだった。

「なあ撚糸工《ねんしこう》、今日の物入りは大したもんやろ？」

「まったくや。これが会社ならこそできるもんやが、あまり大所帯すぎて見当がつかんなあ。」

「こっちどら、幸いここに使ってもらっとらなかった日にゃ、奈良はおろか海岸までさえなかなか行けんのに、有難いこった。」

「汽車を買[7]い切りにするなんて、どだいもう大けなこと過ぎて生涯の一つ話やなあ。」

「いかにもそうや。」

「四千人の五千人のちゅう大勢に皆こげいな大振る舞いするなんて、ようできたこった。」

「それにしても、今度の工場長はんは肚《はら》が太《ふと》おますな。」

「まったくさようだぁ。」

「何千両の入費《にゅうひ》だすやろ？」

「何千両で利《き》きまへんやろ。」

「そうだすやろかなあ……。」

「何しろ今日一日《いちんち》機械の運転止めて仕事休むだけでもちょろこいことやおまへん。そのうえ汽車賃までしてくれての保養やさかいなあ。」

「何万両の損ですやろ？」

「営利会社としては尋常《あたりまえ》なら、ならん待遇だんなぁ。」

「まったくさようだぁ。これというのんもひとえに工場長はんがちゃんと物わかっておますよってや。」

はたで黙って聴いていた江治《こうじ》は不愉快になった。あんまりおめでたいことを言い過ぎる同胞の奴隷根性が彼は情けない。

工場では従来こんな運動会は、寄宿女工だけこっそり伴われて行って男工や通勤工は継子《ままこ》扱いにされておった。それが、コレラの流行した年、稲荷祭《いなりまつり》を通勤工たちにもあやからせたら非常に工場長の受けがよかったので、それが前例になって男女の待遇差別を撤廃したのである。すると工場長の受けがますますよくなった。しかし実際において秋の稲荷祭と春の運動会の費用は職工一同の糞尿《ふんにょう》[8]を売った代金と屑鉄《くずてつ》の代金だけでまだ余るのだった。

わいわい騒ぎ立てていると工場長が通りかかったので飲んでいた連中は驚いて盃《さかずき》を下に置いた。そして、

「今日は工場長様、まことに結構なお振る舞いにあずかりましてありがとうございます。」

「おおきにありがとうおます、工場長はん。」

こう言って、彼が奢《おご》り主《ぬし》ででもあるかの如く数人の奴隷たちは工場長に篤《あつ》い礼を述べた。すると工場長は、

「やあ、皆《みんな》愉快にやってくれ。遊ぶ時には盛んに遊んで、工場では気張って働いてくれ。」こう鷹揚《おうよう》[9]に応えた。

そして彼はずっと一通り車中を見回る。

＊　＊　＊

やがて汽車は奈良へ着いて一行を吐《は》き出した。働き蟻の伊勢参宮《いせさんぐう》に似た行列が、ぞろぞろぞろぞろ奈良の街を春日野《かすがの》へ行く……。奈良の市民はそうした団体の遊覧客を当て込んでいるだけあって、さすがにあまり侮蔑の眼《まなこ》を向けなかった。

若草山《わかくさやま》[10]の麓《ふもと》でしばらく自由行動が許される。それから運動会が始まるのであった。江治は向上心のない奴隷みたいな朋輩《ほうばい》たちと一緒になって奈良へ来ることはあまり好ましくなかったけれど、菊枝《きくえ》の晴れ姿が見たさに一行へ加わった。だが飲んだり喋ったりしてむっとするような汽車から降ろされて、美しい古都に群《む》れ鹿《じか》の遊ぶ態《さま》を見てだんだん愉快になる。そして今日やって来たのを幸福に思った。

彼は若草山の麓へ筵《むしろ》を展《の》べて工場から貰った弁当をつかう朋輩たちには一緒にならず、葺《ふ》きたての草屋根を登るような山腹を登って、頂《いただき》へやって来た。そしてなお三笠山《みかさやま》[11]の方へ登ろうとすると紫のパラソルをさして袴《はかま》をはき、女学生のように装った菊枝がただ一人、遥かに絵のように見える山麓の景色を遠望しつつたたずんでいた。彼は欣《よろこ》びに浮かされたようにおのずとその方へ踵《きびす》が進む……。

江治は彼女の側へ寄って、

「菊枝さん。」と声をかけた。だが返事がないのでもう一遍呼んだ。

「菊枝さん！」

「まあ、びっくりしたわ。」菊枝はふり返った。

「どこ見ているの？」

「あっちの方。」

「いいねえ？」

「ええ。」彼女の瞳孔《ひとみ》は欣びに燃えていた。

彼はじっとそれへ見入る。そしてしばらく無言の時が二人の間に過ぎた。

「もっと上へ登ろうか？」

ややあって、彼は菊枝に言った。そうしてくるりと踵《きびす》を転じて三笠山の方を指す。

「登ってもいいわ。」彼女は答えた。

「貴女《あんた》、脚が痛くない？」

江治は、春の陽に照らされてぽっと上気している美しい菊枝の顔を眺めて再び訊《き》いた。

すると彼女は、

「うち、脚なんかちっとも痛くないわ。この山へは二、三度登ったもの――。」と訳もなさそうに答えて早《は》や爪先《つまさき》を動かす。

二人は再び草屋根のような柔らかい若草山を攀《よ》[12]じて三笠山の真《ま》あ頂《いただき》まで登りつめた。

三重《みえ》におおい重なった一番下の若草山まではちょいちょい登る者があったが、そこまでは誰もやって来る者がなく、麓の野辺《のべ》で楽隊の音がドロンドロンと響くばかりであった。

「うちの家、あすこいらあたり。」

兎《うさぎ》の毛のような草叢《くさむら》に坐ってやや沈黙の時が経ってから、ふと彼女は懐《なつ》かし気《げ》に来た方を指差してこう言った。

「では、菊ちゃんのお母さん、この近所に住《す》まっているの？」

「ええ、郡山《こおりやま》[13]なの。今《いま》し方来《がたき》しなに、奈良の一駅手前にあったでしょ？」

「それでは、郡山は貴女の故里《ふるさと》？」

「うちは、お父《とっ》つぁんが大阪の会社へ入ってからあっちで生まれたのやけど、家は先祖から郡山にあったの。そうしてね、お祖父《じい》さんの代《だい》までは金魚たくさん飼っていたのよ。」

山麓《さんろく》の村は春の陽を受けてかげろうのように霞んで見える。常に虐げられている若人《わこうど》らは今日魂が体にそぐわないくらいうきうきした。彼は今日の運動会がまったく自分たちに恵まれた恋の日だと思って感謝の念を禁じ得なかった。

江治はお祈りをするような敬虔《けいけん》な心持ちで、しばらくのあいだ高遠な発明の理想を彼女に語るのであった。

「……そうなったら今の僕たち機械直し工は半分も脳《あたま》を病まなくて済むようになるし、

織り工だって経糸《くりいと》が切れて泣かされるようなことはなくなる。それに生産の速度がずっと高くなるからずいぶん一人でたくさんな仕事ができるようになって、お仕舞《しまい》には女工が十二時間も働かなくともいいようになるだろう？」

「そうなったら、ええなあ……。だけど、[14]大丈夫そんな機械が出来るやろうか？ うち心配やわ。」

菊枝も燃ゆるような憧憬《あこがれ》をもって応えた。

「きっと、僕その織機《しょっき》を完成させてみせます。考えてみると、一会社で工務係や工場長くらいになったのではさほど大きな成功でないからつまらん。それよりも最高の目的として僕たち工業青年は大発明をやることです。菊ちゃんは、僕の考えに反対しないでしょう？」

「そりゃ、うち反対どころか大賛成やわ。」

「もう僕の頭では八分通りまでその機械が出来あがっとるが、完成の暁《あかつき》は[15]ワットや[16]エジソンに負けぬ世界的の大発明だ。今の力織機は原始時代に発明された杼《ひ》を応用して、二百年も前に[17]エドマンド・カートライトとか[18]ジョン・ケイとかいうような発明家が作ったものをそのままの型式《かたしき》で今日まで使っているんです。しかし僕の考案になるものは二千年の伝統を破壊して杼を用いないのです。いや、たとえ杼は使っても、杼を動かす方式が根本的にそんな物とは違って電気的に作用するのだから、これまでのいわゆる杼ではないのです。無杼《むひ》自動織機《じどうしょっき》とか、[19]ハイスピード・エレクトリック・パワー・ルームとか[20]エヤー・ルームとかいうものになる。ああ、そうなったらそうなったら、特許権だけでも何十万円に売れるか判らない。僕が、日本の製造会社へなんか特許権を売らずに、英国のプラット・ブラザーズ会社か、米国の[21]ノースロップ・オートマチック・ルーム・コンパニー、もしくはスイスの[22]ルチー力織機会社《りきしょっきがいしゃ》あたりへ売る。そうなったら僕は製造監督のために外国へ行ってしまうかもしれない。僕は世界的の大発明家だ。ああ、嬉しい、嬉しい。なんて大きな成功なんだろう。しかし愛する菊ちゃんがもし……。」

彼は昂奮のあまりつい調子に乗り過ぎて、日頃彼女に言おう言おうと思っていてなかなか口へ上《のぼ》らなかったことまで付け加えてはっと我に還《かえ》ったよう驚いた。

「うちが？」

菊枝はさっと顔を赧《あか》らめてうつむいた。

「……。」

と、江治は喉もとで言いたいことが詰まったようで息苦しい思いに襲われた。しかし、しばらく沈黙したのち彼は勇気をふるって続けた。

「僕、貴女《あんた》にいつか折があったら言ってしまおうと思っていたのです。」

「……。」菊枝はむせぶようにおし黙って若草の匂いを嗅《か》いでいた。

「だが、もしや言ってしまって……。」

「……。」菊枝は、彼の言葉を聴かなくも自分の心だけでもう充分わかっていた。しかし彼に言う適切な言葉が口へ出ない。

「僕は、今日までどんなに気張っても言えなかったんだけれど、あのう、貴女に恋していいます。貴女を真心から愛しています。」

江治はまるで恐ろしいことでも言うように固くなってほとんど無我夢中で、しかし、明瞭にこう言って相手の返事を待った。だが、彼女は依然うつむいたままで黙《もく》している。その瞬間は恐ろしい不安なものだった。

「こんなことを言って怒ったの？　しかし僕は貴女から怒られても叱られても構いません。貴女を愛さずにはいられないんだ。僕はこれまで貴女の言葉に力づけられ慰められて、どんな辛いこと、苦しいことも通り抜けてきた。これからもそうです。僕はうんと勉強していつぞや貴女が言った工務係よりもっともっと成功してみせるから、貴女は僕を愛しておくれることはできませんか？」

こう言う江治の脇の下からは、冷たい汗が流れるように滲《にじ》み出た。彼は闇か光か永久の運命が寸刻《すんこく》の間に決められる厳粛な分岐点に立って、一瞬間自らの心臓が高鳴る音を

聴いた。と、菊枝は余程たってから常になく低い声で、しかしはっきりと答え、

「わたしも、貴方《あんた》のことを想っていたわ。」

しかし彼女は彼に対してまったくこれまで感じたことのない一種の軽いおどろきを覚えた。

「本当、本当？　菊枝さん！」

江治は思わず彼女の手を握って落ち着きのない顫《ふる》え声で、疑うように念を押して訊き返した。

「でも、江ちゃんのところへうちがいつお嫁に行くの？」彼女は[23]はにかましく言った。

「といったところで、明日や来月のことではないのです。僕がもっともっと勉強して発明でも完成し、あっぱれ出世して一家を持つ能力が出来てからのことだから、ずっとずっと先かねえ……。」

「うち、その時はきっと貴方のお嫁になるよって、ほかの人みたいにそれまで一緒になること厭やわ。」菊枝はこう言ってさっと耳もとまで赧《あか》らめた。

「言うまでもない菊枝さん、僕だってそれまで貴女の体が欲しいとは夢にも思わん。」

「お母はんにないしょで、こんな約束してしまってええかしらん？」

「そりゃお母さんにないしょで約束するのはよくないけれどな、恋愛だけは別だと僕

は思う。それも他人《ひと》のように汚《けが》れたことをし合うのが目的なら許されない恥ずかしいことだけれど、互いに心で想い合っている精神的な恋は、神様の前にだって悦《よろこ》ばれる美しいことなのだ。」

「うち嬉しいわ。」彼女の心臓が聞こえるように高鳴った。

「僕が発明を成し遂げるまでは、お母さんにも誰にも黙っていてね。」

「ええ。」

若草の匂いが萌ゆるように流れて、静かに寂《しず》かに人の魂を歓喜の裡《うち》に包んでいった。と、二人は抱擁して初恋の幸福にしばし恍惚《こうこつ》として酔う。

程経ってから彼ははち切れそうな感謝の念に堪えられなくなって、すべてを委《まか》せたようにぐったりうなだれた彼女の手を把《と》り、いちど額《ひたい》に押し当てて口づけした。と、まだ若いあでやかな肉づきの手が劇《はげ》しい労働のためにずいぶん荒らされているのを発見した。爪の間へは機械掃除のために油墨《あぶらずみ》や歯《は》糞《くそ》が入って黒くなり、指の節々《ふしぶし》は高く、梅干しのように薄黒味を帯びた皺《しわ》が渦巻いている。そしてまた掌面《てのひら》には糸の食い入った傷がつき、油を落とすのに使うソーダの勝った洗濯石鹼で肌理《きめ》が見えるように荒らされておった。それから日に幾百遍とも数知れぬほどたびたび握るリイド・キャップで指の根本に硬いこわばりが出来ている。江治は彼女の手へじっと見入って泣きたいようなセンチメントに襲われた。

「菊枝さん、今も言った通りね、僕の発明が完成さえしたら女工はどんなに仕事が楽になるか判らないよ。完全に独りで働く真の自動機械が出来るんだから、人間はほとんどもう手を出す必要がなくなる。今の機械は、織機に限らず何の機械でも、実にまだ幼稚な不完全きわまるものなんだ。未完成品だ。しかし僕の考案は怖ろしいまでに立派な完成品だ。そうなったら菊枝さん、こんな美しい掌面《てのひら》[24]に筬框《おさわく》の跡なんぞ出来やしない。」

江治は彼女の掌面に固まったリイド・キャップの跡に熱い接吻《せっぷん》をして感激の涙をほろりとひと滴《しずく》その上へ落とした。

「江治さん、あんたの手にも[25]スッパナや金鎚《かなづち》で豆が出来ているのね？　そうしていつもうちら女工の機械直ししてくれるよって、油墨が肌理《きめ》へ入っとるわ。」

菊枝は、こう言いつつ彼の手頸《てくび》を握って袴《はかま》の上で撫《な》でるようにいじくった。

「僕は、僕なんか男だから、手なんぞ荒れるのは当たり前だ。」

江治ははっと怯《おび》えて慌《あわ》ただしく彼女の膝から左の手を引っ込める。片輪になった小指を見られまいとする無意識な頭の働きだった。

三十四

それから両人《ふたり》はめいめい持って来た食べ物を分け合って食べ、なお睦《むつ》まじく恋を語らいながらしばし若草の上を逍遥《しょうよう》して山をくだった。

——一方小さき女奴隷たちは解放の今日をよろこんで皆《みんな》一様に小鳥の如く囀《さえず》り回った。そうしてわずかな小遣銭《こづかいせん》のうちから[26]糠煎餅《ぬかせんべい》を買っては[27]神鹿《しんろく》に与え、そのおとなしく食う態《さま》を見て無上《むじょう》に面白がった。

早調子な楽隊が鳴ってまず第一番に男工三百人の登山競走が始まった。ドドドドド、ドン！という大太鼓の合図でスタートを切った一同は、ひと息に若草山の山腹をめがけてまっしぐらに駈け出す……。誰も彼も一騎打ちの如く、第一歩から最高の速力を出した。

しかし江治は最前《さいぜん》登ってちょっとこつを知ったから他人《ひと》が一散《いっさん》に駈けるにもかかわらず平気な足なみでとぼとぼと歩み、一丁くらいも遅れて行った。そして眼前《めのまえ》へ手を立てたような山の腹をくの字なりに縫って登り、六合目あたりから最初のほどがむしゃらに駈け出した連中に追いつき、八合目というところでぐっと先を抜いてしまった。そして山頂の決勝点では二着と七間《けん》違い、最も後の者とは二丁からの違いで見事に第一着の優勝を占めて工場長の手から鹿の角細工の箸を三膳褒美《ほうび》に貰った。

彼は嬉しかった。もとより近頃あまり信用を措《お》かぬ工場長から貰った箸の三膳などはどうでもいいが、健康をいためるという工場におって三百人に勝《すぐ》れた健脚《けんきゃく》をもっているという誇りはやすくない価値があった。(紡績工場にいると肺病に罹《かか》りやすいというけれど、あんなに走ってもさほど胸の苦痛を感じない。僕の肺は丈夫そのものだ)彼はこう思ってやがて彼女に捧《ささ》ぐべき肉体を愛した。

プログラムによって、第二の競技は少女工の糸継《いとつな》ぎ競走であった。かねて用意してきた糊付け糸を百本あて参加女工に渡しておいて、楽隊を合図に歩きながら残らずそれを結び継《つな》いでしまうという趣向だ。少女工たちが糸を継ぐ間、楽隊の太鼓はさながらその尻を叩くようにドンチャンバラバラ、ドンチャンバラバラと鳴って追いまくる……。百人ほどの参加女工中、三人だけにほうらく湯の景品にも足りないような褒美が出た。

第三番目には紡績部練条工《れんじょうこう》の篠巻搬《しのまきはこ》び競走というものであった。これは複雑な置き場から篠巻を二十七本取りあげ、左手を肩と水平に延ばした上へ載せて走るのだ。

それから第四番目には木管《きくだ》の数読み競走で、第六番が織布部男工のビーム搬び競走。第七番が紡績織布合併で、男工の[28]革綴じ競走、第八番が[29]綛捩《かせよ》じ競走。第九番が木綿《もめん》かさね競走、第十番が原動部車軸回り工の梯子《はしご》担《かつ》ぎ競走。これらはいずれもみな男女工が毎日毎日工場で行なっている仕事であって、そんな競技をやるのなら何も工場のなかで充分だ。それを年にただ二回の慰安会へまで持ち出し、しかも奈良の真ん中で演《や》らねばならなかった。

これは技術訓練上大いに役立つので、知らず知らずの間に職工の競争心をそそって手を敏捷《びんしょう》にし工場能率を増進せしめようという方策で、時の工場長たる者の発案にかかる。重役らは彼を指して「名工場長」だと言ってその霊智《れいち》をたたえた。

しかしながら余技《よぎ》を学ぶほどのんきな余裕ある生活を送っていない職工たちは、智慧《ちえ》者《しゃ》のそういう政策に出《い》でたものとも気づかず、なにも競技のできるほどの運動を識《し》らないまま、単なる走りっこを面白くするために職業上の技術を差し加えたものと思い込んでかえって興味をもった。

最後には余興として老若男女工合併の芋食い競走が行われた。走って行く途中で一袋の焼き芋を受け取り、これを決勝点までに食べてしまうという段取《だんど》り。

「さあ、おばんもひとつ、若返って走ってみようかなあ。」老女工はこう言ってくるりと袷衣《あわせ》の裾をはしょり、黒っぽい綿フランネルの腰巻を出して焼き芋を喉につめながら、眼を白黒させてよちよちよちよち盲目《めくら》のような足どりで走った。

「ほかなことやったらひょっとすると他人《ひと》に敗《ま》けるけんど、でこまわすん(芋を食べる)やったらうちゃ負けへんでぇ。ええ！　これまがる(邪魔になること)けに、おまはん出えへんのやったらすまんけんど預かっといてつかあさい。世話婦さん、ちょっとごめんなして前とおしてつかあさいよ。」国で甘藷《かんしょ》を常食としていたため芋食うことについては自信のある阿波《あわ》の成年女工も、部屋に病気で残っている工に土産《みやげ》に買った大仏煎餅を競走に加わらぬ工に預けておいて、これまた裾をはしょりつつ受け持ちの世話婦の前を通って出発点へ馳《は》せ行く。

「うちかって、脚が蟹《かに》みたいになってしもてよう走れんけど、ほんでも芋食うの早いよって敗けへんわ。」輪具《リング》の少女工も、こう言ってまた大人なみに裾をはしょって赤い布をちらつかせながら駈ける。

「粗紡《そぼう》のおばんが出るのんやったら、こっちどもこりゃすっ込んどられんわい。」腰のまがった[30]バンド編み工のお爺さんも加わった。

「俺かって構えへん、走ってかませたるがな。」血気《けっき》ざかりの成年男工も出た。

「わたいも出まっさ。」[31]注油方の少年工もシャツと[32]猿股《さるまた》一枚になってむにゃむにゃ焼き芋を囓《かじ》りながら走る……。

　肥《ふと》っちょの婆さんが芋を投げ出してごろごろっと転がる。それに躓《つまず》いて男工がひっくりかえる。その上へ若い女工が折り重なって倒れかかる。社員たちがワイシャツの上へ腕章つけて赤い旗を振りながらそれ食えやれ食えと応援する。観ていた者もどっと吹き出してしばし笑いのどよめきが春日野の原を波打った。楽隊は鳴るよ、あたかも職工軍の総攻撃によって三笠山を占領したかのよう。あるいはまた永久に搾取者《さくしゅしゃ》の味方をして、こうした兄弟同士の醜い争いの利用によって、能率をあげようとたくらむ怖るべき底無し沼のような陥穽《おとしあな》へ、善良な正しき者を追い込むかの如く……。

菊枝はこのあいだ集団から脱け出してせっせと土産物を買い込んでいた。江治も辛辣《しんらつ》な競技を見物するに忍びず、やはり仲間から遠ざかって見えがくれに彼女の後を追っては自由に遊んでおった。

餅を売る店で二人は一緒になった。と、菊枝があまりたくさん鹿《か》の子餅《こもち》を買うので彼はどうするのかと不審に思って訊ねた。

「菊ちゃん、貴女《あんた》ずいぶんたくさんお餅買うね？　まさか貴女がみな食べるのではなかろうに？」

するとと彼女は、

「ええ、これ今日病気で来られないでお部屋に寝《やす》んでいる工《こ》に買うて帰ってあげるの。」と答えた。

「病気で?」

「はあ、寄宿の門に錠おろしてしまって賄《まかな》い方《かた》も守衛も世話婦も皆《みんな》こっちへ来てしまっているので、お友達の工は一日《いちんち》なんにも食べずに待っとるのよ。それでうち、不憫《かわい》そうやよってたんとお土産持って行ってやるの。」

彼は彼女の心がけを美しく思った。

——競技が終わると再び厳重な人員点呼が行われて、一同は大仏殿の方から帰路についた。長蛇のような行列の先頭には「NS浪華紡績株式会社西成工場」と紫紺地《しこんじ》に白文字を染め抜いた縮緬の工場旗が物々しく督促長《とくそくちょう》の旗持ちに担《かつ》がれて行く……。

また行進歌が始まった。

大仏は巨大な図体《ずうたい》をして永久にその脱け殻の殿堂に眠っている。奴隷の行列はその前を練るように過ぎて行った……。

汽車が郡山《こおりやま》の駅を素通りする時、江治は菊枝の母君《ははぎみ》よ安らかなれと祈った。

市《まち》へ帰り着くと、朝行く時に見物した市民たちが「それ紡績女工はんのお帰りや。」と言ってまたまた行列の両側へ人垣を作り、

「皆退《の》いた退いた、女工はんのお通りや。触ったら綿臭《わたくそ》うなるで……。」

「偉いもんや偉いもんや、偉いもんや偉いもんや……。」など節《ふし》までつけて言って眼の

敵《かたき》に眺めた。

そうした嘲笑《ちょうしょう》を浴びながらも、一行の者はいい気になって散々はしゃぎながら「奴隷の歌」をせっせと唱和していよいよ工場の門へ辿り着いた。すると工場長の発声《はっせい》で工場の万歳《ばんざい》が高らかにとなえられる。

「浪華紡績西成工場万歳……。」

「万歳……。」

「万歳……。」

「万歳……。」

五千人の喊声《かんせい》は煉瓦《れんが》の防火壁に響いてこだま返しを打った。と、誰かが突然感激に満ちた声を張りあげて工場長の万歳をも併《あわ》せて絶叫した。すると再び数千人の懸命な喊声が起こってぐわっと防火壁に反響する――。

「工場長万歳。」

「万歳。」

「万歳。」

「万歳。」

＊　＊　＊

江治は故郷を棄《す》てるべく余儀《よぎ》なくされた。老いた曽祖母が死んで、近所の者が埋葬したから安心して働け、という報《しら》せをお繁の父から受け取ったのであった。菊枝を得るためにも発明完成のためにも、所詮故里《しょせんふるさと》は棄てなければならない。で、発《た》つときにぼんやり考えていた「成功して帰って虐《しいた》げた故里への復讐」などは高遠な理想の前に潔《いさぎよ》く打ち棄ててしまい、今や折があったら菊枝夫人同伴で先祖の墓参《ぼさん》が一度してみたいくらいな執着しかもたなくなる。

お繁や故里のことは、こうしていつしか彼の頭からまったくその姿を消してしまった。

＊　＊　＊

菊枝は貧しい江治の通学姿を見て不憫《ふびん》に思った。で、一ヶ年の皆勤賞与に貰った五円を彼にやって外套《がいとう》を買わせようと考えた。

貧乏で買うことのできぬ彼は冬の最中《さなか》の寒い夜、外套も着ずに夜学校へ通った。毛織物の服は冬でも工場が暑いから着られないし、よしや着られたところが彼にとっては贅沢品であった。夏でも冬でも同じ木綿の菜っ葉服で、寒くなれば一枚のシャツも余計下に着るくらいが関のやま。それで製図の時間などには手が凍えてしまって鉛筆や定規《じょうぎ》が思わしく自由に使えない。

「江ちゃん、うちな、これ皆勤賞与に貰ったお金貯めといたのやよって、貴方《あんた》の外套買《こ》うて。」

冬のある日、彼女は煉瓦のかげへ江治を呼んで、そっとエプロンの[33]隠《かく》しから五円札を出し、聖母のように優しく言った。

「……。」

江治は感謝のあまりすぐに言葉が出なかった。

「どうか、うちの志《こころざし》を受けてちょうだい。」

彼女は受け取ることを躊躇《ちゅうちょ》している彼に促《うなが》した。

「なに菊ちゃん、僕は男子《おとこ》だから少々くらい寒くても我慢する。それよりも貴女《あんた》のコートをお買いよ。」

江治は彼女の心だけを受けて、お金は辞退しようと決心した。

「うち、外出なんか滅多にしないよってコートなんか要らないわ。それよりも江ちゃんは毎晩学校へ通う道中《どうちゅう》が、空風《からかぜ》で寒かろ思っているの。」

「そんなら、菊ちゃんのあたたかい愛に甘えてしばらく借《か》れておこう。」

熱い涙が、ボール・ベヤリングの玉のようにぱらぱらっと江治の頰へこぼれた。

「借れとかんでもええの、うち貴方《あんた》が怒らずに使ってくれたら嬉しいわ。どうぞ早う学校卒業して発明も考えておくれ……。」

「……。」彼は感激してすすりないた。

「うち、どんなに寄宿が辛《つろ》うても厭《いや》でも、人からどんなに言われても貴方のこと思ってじっと籠の中で待つわ。いつまでもいつまでも……。」

彼女もこう言ってすすりないた。

三十五

江治の経済は非常に苦しかった。二時間の残業をせぬところへ持ってきてどういう訳だか彼一人てんで昇給がないので、実に毎勘定[34]が少ない。通学の費用は要らぬようでもなかなか要る。それで毎月の勘定日にたとい一円でも現金が残って、下宿の帳場から受け取れる例《ためし》が入社以来かつて一度もなかった。そしていつも帳場へ行っては頭を掻き掻き施《ほどこ》しでも貰うように頼み、月一割の前利子で翌月の小遣《こづかい》を彼は借りねばならなかった。

沢田へはそこの宿泊人のほか、大勢の通勤者が皆《みんな》金を借りに来た。

「兄さん、まことにたびたび申し兼ねますが、五円ほど、どうぞまた貸したっとくんなはれ。」

お銭《あし》を借りる工銀委任者[35]《こうぎんいにんしゃ》は、こう言って上がり框《かまち》へ額《ひたい》を摺《す》りつけるようにして番頭へ

申し込むのだった。すると番頭は、

「お前《ま》んとこ、ずいぶんよう遣《つか》いよるやないか。大将はもう貸すな言わはった。」

「まったくどうも、毎度毎度先借《さきが》ればっかりしてすみまへん。」

「逃走でもしよるのんやあれへんか?」

「逃亡どころか兄さん、ぼてりん[36]の嫁はんがまたはじけましてどうもなれしめへんのや。それにお母《かん》がずっと床《とこ》あげんと寝ておまっしゃろ。まったく困ってまいますわ。同情して貸したっとうくんなはれ、頼みまっさぁ。」

「通帳見せてみィ?」

下宿の番頭はこう言うのである。そうして相手の差し出す勤怠表を受け取り、なかの判を調べて帳〆《ちょうじめ》[37]以後に働いた預けの額を超過せぬだけの貸金《かしきん》に応ずる。だがしかし、逃亡しないと見込んだ者でそれまでの止宿期間が相当長く、既にそれだけの利益を上げてしまっている下宿人なら足止策《あしどめさく》に百円くらいまでの借金を背負わせた。

「お前、帳〆から五人[38]働いたるな?」

「へえ、さようだぁ。」

「よっしゃ、そんなやったら、五十銭余り貸し越しになるが、不憫《かわい》そや思って五円貸してかませたろ。」

こう言って四円四十七銭の現金が委任者の手へ渡される。うち五十銭が一ヶ月分の利子、三銭が工銀委任状へ貼付《ちょうふ》する証券印紙代に差し引かれたのだ。

「大将、それから誠にすみまへんが米五升ほど貸したっとうくんなはれ。」[39]

貧しい職工は折から帳場へ現れた下宿の親父《おやじ》に恐縮して頼んだ。

「五円も番頭が貸しよったら、もうわれの預けはいっぱいやがな。」

親父はでっぷり肥《ふと》った図体《ずうたい》をそり身にしてそこへ坐り、傲慢な態度で相手の客を叱るように言った。

「大将、そう言わんと助ける思って、どうぞ貸したっとうくんなはれ。嬶《かか》の奴め、子を産みよって困っておまんにゃよって。」

「番頭が五円も貸しよったのに、阿呆のつけあがりしよったらあけへんわ。」

「どうぞ、助けとうくんなはれ。」

「うるさい奴やなあ、ほんなら三升持って行き。」

つっけんどんに言い放った親父は相手の申し込みより二升へつって、[40]遂にただでやる物の如く三升だけ番頭に命じて大きな唐櫃《からびつ》から計らせた。こんな風で、下宿の帳場は火の車の回《ま》うような職工たちの貧乏所帯の楽屋であった。江治はつくづく職工生活のみじめさを見せつけられて嘆息《たんそく》した。

しかし彼とても同じことで一枚のこざっぱりした着物とて持たなかった。そして万一彼女と二人でどこかへ遊びにでも行くような機会が向いてきたら、一体自分は何を着て行くのだと菊枝に対して恥じられた。

(ああ、金が欲しい)彼は恋を知ってから痛切にこう思った。で、大発明の前にまず小さな発明によって経済的余裕を得、それからその大抱負を実現すべく努力しようと考えた。そうしていずれも機械からヒントを受けて樽《たる》の呑み口と湯沸かし器を考案したが、それとて文無《もんな》しの彼には製作することができなかった。

呑み口は従来の物が、その栓を抜くと不規則に液体が手前の方へ流れ出るため過《あやま》ってこぼしたりなどする欠点を除去し、規則正しく真あ下へ落ちるように改良を加えたのであって、これを[41]コックから考え出した。それから湯沸かし器は軽便《けいべん》湯沸かし器ともいうべき代物《しろもの》で、汽車の汽罐《ボイラー》や[42]水管式汽罐のチューブを応用し、古新聞紙二、三枚をくるめて燃やすことによって二升の湯が沸く、まるで馬鹿みたいな単純な理論である。彼は製作ができなければ、せめて新案特許だけなりと受けておいて権利を売却しようと思ったが、その手続きに要る印紙代さえも容易でなかった。

江治は織布部専属の[43]杼《ひ》直し大工に[44]敷島を三個くれてやって、その呑み口を一個作らせてみた。するとなかなか成績が好い。どうかして新案特許を出願したいと思った。ところが誰かが「三好は近頃醤油樽の呑み口にばかり夢中になってろくろく機械も何も直さない」と仰山《ぎょうさん》[45]なことを言って工務係へ告げ口し、彼はこっぴどいお目玉を頂戴せねばならなかった。そうこうしているうちにその呑み口と軽便湯沸かし器は誰かが先手を打ってしまい、間もなく実用新案として市場へ現れた。

＊　＊　＊

いつしか夏が来て過ぎて、季節は早《は》や菊の頃になった。ある日菊枝が「一日外出してどこかへ遊びに行こう」と誘ったので、彼は血の出るような算段して少しばかり小遣《こづかい》を借り、友の宮堂《みやどう》から着物を借り着して大浜《おおはま》[46]へ行った。途中（これだけの金で今日一日彼女と面白く遊べるかしらん？）と彼は懐《ふところ》をさぐっては心を痛めた。

江治は郊外電車の乗り場で切符を買おうとした。すると菊枝がそれを遮《さえぎ》った。

「いいの、うちが出すわ。」

「冗談いっちゃ……。」

彼も男気《おとこぎ》を出して遮った。

「いいの、貴方は学校へ行っているんやよってうちが出すわ、うちに出させて……。」

菊枝は出札口へ殺到する人込みの中でこう囁《ささや》きながら、とうとう二人分の往復切符を買ってしまった。と彼はほっとして助かったような気分になったが、でも女に金を出させるなんて不甲斐《ふがい》ないことだと情けなかった。しかしこれほど貧乏な自分の境遇を察していて、なお愛想づかしもせずに清らかな愛を抱いておる彼女の聖なる心根《こころね》は、ひたすら踵《きびす》へ跪《ひざまず》いて熱い涙を注《そそ》ぎたいような感謝をもって受けられた。

二人は速力の早い郊外電車で三十分ほど走って堺大浜公園へ降ろされ、すぐに菊花園《きっかえん》へ入った。故郷を出てからというもの、花らしい花を見なかった江治には、赤、白、黄、大輪、小輪、荒いの、細かいのなど、とりどりに咲き誇る香り高い菊花が涙ぐましいまでに懐かしかった。

芝居の場面を作った模擬舞台《もぎぶたい》には、可愛らしい人形の役者たちが銭菊《ぜにぎく》[47]の衣裳を着けて品《しな》よく芸を演《や》っている。十二段返し[48]も美しかった。

やがて菊花園を観終わった二人は、そこを出て今度は浜辺に建った大潮湯《おおしおゆ》[49]へ赴《おもむ》く。江治はあまり彼女にばかりお銭《あし》を出させてはすまないと考え、そそくさ入浴券の売り場へ馳《は》せ行って出札口の前へたたずんだ。と、彼の頭へは（共同湯の券を買おうか、それとも家族湯の券にしようか？）という迷いが、悪事を考えた時のような胸騒ぎと共にさっと去来《きょらい》する……。

しばらく迷ったが遂に彼は家族湯の入浴券をよう求め得なかった。そして出札口の小窓から共同湯の入浴券が二枚差し出されると、出札係の女が聞き違えでもしたかのように(しまった)と絶望的な後悔が湧くのであった。

ぐるぐると泳ぎ回れるようなだだっ広い大理石の浴槽には、適度な定温を保つ清らかな海水湯が溢《あふ》れるように盛りあがっていた。そして緩《ゆる》やかな湯気が陽炎《かげろう》のように立ちこんで、窓にはめた七彩《しちさい》の色硝子《いろガラス》で漉《こ》された柔らかな秋の光線が辺りを撫《な》でている。

[50]江治は貧乏も何も忘れてしまい、御殿のような風呂だなどと思いながら、惜しげもなくかかり湯を使って体を潔《きよ》め、静かにおもむろになかへ浸《ひた》っていった。と、あたかも[51]真《ま》綿《わた》にうずくまるような快味《かいみ》が全身をくすぐって魂を恍惚の世界へ誘っていく……。

彼は貪《むさぼ》る快《こころよ》さに全身を投げやってじっと眼を閉じ、段に腰かけて湯槽《ゆぶね》の縁《ふち》へもたれかかっていた。するとどこからともなく白い彫刻《ほりもの》のような裸体《はだか》女の姿が朦朧《もうろう》と現れ、にっこり微笑《ほほえ》んでふくよかな腕《かいな》をひろげつつ彼を招いた。その顔が菊枝なのである。そして丈長《たけなが》な下げ髪が金色に光っていた。

江治はその湯気の精のような菊枝に無言で抱きついていった――。

ばしゃばしゃっとほかの浴客《よっきゃく》がかかり湯の音をさせたので、彼ははっと気づいて幻影《まぼろし》を払いのけた。そして(ああ、今からこんなことを想ってはいけない。ちゃんと神様の前で式を挙げないうちは)と自分の心に宿る醜い獣《けもの》を縛《しば》る。

程経つと、二人はそれぞれお湯をあがって二階の休憩室で落ち合った。そこには大勢の浴客が余興《よきょう》の幕開きを待っているのだった。

しばらくしてから拍子木《ひょうしぎ》が鳴って余興場の幕が開くと、浴客たちは皆《みんな》その方へ行ってしまって休憩室を空けたので、菊枝と江治はとある卓子《テーブル》を囲んで腰をおろした。眼下に大浜の桟橋《さんばし》が浮揚して遥かの彼方まで俗に[52]茅渟《ちぬ》の海という南海の青海原《あおうなばら》が続き、大阪から神戸、淡路島あたりが遠望せられた。

江治は両人《ふたり》の中に挟んだささやかな卓子を隔てて菊枝の上半身をじっと眺めた。が、年中塵埃《じんあい》のなかに埋もれて機《はた》を織っている貧しい女工だとはどうしても思えなかった。と、彼女もまた彼が、厩《うまや》のような汚《きた》らしい労働下宿の屋根裏に転がっている宿無しにも等しい労働者だとはとうてい思えない。

菊枝は良い物とて纏《まと》っていないが、でも身嗜《みだしな》みのいい彼女はたとえ粗末な物にもしろなかなか柄の選択が凝《こ》っていた。派手な瓦斯縞《ガスじま》の下に美しい長襦袢《ながじゅばん》らしい下着を重ねて、羽織は花模様の銘仙《めいせん》を纏っている。そうして束髪の形が女工たちには似もつかぬ新式の[53]七分三分《しちぶさんぶ》であって、漆黒《しっこく》の生え際と華やかな襟模様がつけたての白粉《おしろい》にみずみずしく映《は》えていた。

彼が菊枝の姿に見とれてしまって言うこともなく茫然としていると、

「キャラメルがまだあるの。」

彼女はこう言って卓子の上に置いてあった可愛らしい手提《てさ》げバッグからミルクキャラメルを出そうとした。すると一緒に入れてあった小さな化粧水の壜《びん》がひょっくり転げ出した。

「江ちゃん、これ少しつけてごらん。顔が荒れないの。」

菊枝は化粧水の栓を抜いて彼にすすめた。

「白くならない？」

「ならないの。水と同じやよって。」

「そう。」

「これ、白粉やないわ。」

江治は掌面《てのひら》で受けた。そして彼女が滴《た》らしてくれた水晶の露みたいな一滴を我が顔へ
54 なしくると微妙な感触が面《かお》を撫でて肉感的な快い臭覚が恍惚《こうこつ》とした陶酔の世界へ引き入れる……。

程経ってから彼女は、

「江ちゃん、発明はいつになったら出来るの？」と突然なことを訊いた。

「いつって……。」

江治はちょっと返事にまごついて言い淀《よど》んだ。

「本当に出来るって、決まっているの?」

すると彼女は重ねて問うた。

「あらかた決まってはいるんだがねえ、なかなか大事業だから今日や明後日《あさって》には……。」

「早くしたいわぁ……。」

彼女はこう言って窓外に続く茅渟《ちぬ》の海を憧れるように見やった。

「海の景色は、広くていいね?」

江治は言った。

「いいわぁ……。」

彼女も言った。

栈橋《さんばし》の向こうを小舟が行く……。

彼女は再び卓上《テーブル》へ眼を落として[55]サックからキャラメルを取り出し、その包装紙を剝《は》いで鳥が咥《くわ》えるように二本の指で撮《つま》んだ。そうしてちょっと辺りを振り返ってから軽く微笑んで無言のまま彼の口へ持っていった。そのとき江治は、自分の手や指が油墨と鉄錆で黒くなり、掌面《てのひら》の指の根にスパンナーの跡が出来ているよう、美しい彼女の指も年齢《とし》に似合わず節くれ立って、数多《あまた》の[56]糸筋がついているのをまたしても惨《いた》ましく見ねばならなかった。

「僕はね菊枝さん、三十までにきっと発明を完成してみせる。」

彼は何物かに力を得た如く、不意に卓子を一つ叩いて言い出した。

「まあ、うちびっくりしたわ。」

「僕の発明が出来あがったらね、二人は本当に幸福になれるんですよ。特許権を他人《ひと》に譲ったところで五万円や十万円には飛んで売れる。」

「まあ……。」

「そうなったら僕たち機械直し工の頭を痛め、菊ちゃんたち織り工にいつも苦心させる杼《ひ》打《う》ちもなくなるだろうし糸切れも減り、女工一人で二十台くらいは機織《はたお》りが受け持てるようになる。」

「そんなことになるの？」

「まだ、そんなことどころではないんだよ、菊ちゃん。」

「どうなるの？」

三十六

「僕は常々独《ひと》りで思っていることだが、一[57]体わが紡織工の仕事は偉大なる愛の生産だ。

本で読んだり学校で教わったりした織物の歴史によると、人類は昔の野蛮な時代には織物をもたなかった。従って完全な衣服というものがなく木の葉や木の皮、または獣類《じゅうるい》の皮などを寒くなれば身につけてまず半裸体でいたものらしい。今日《こんにち》でもアフリカ辺りの未開地へ行くと、まだまだ衣服のない半裸体どころか丸裸の人間が棲《す》んでいるそうだ。いわゆる土人《どじん》[58]と呼ぶ人種は大概われわれ文明人のような着物を持っていない。その着物のない人間が世界全人口の半分以上もいる。それで我らはたくさんな着物を織って、それらの人々に残らず衣服を纏わせねばならん。

われらは人類の母だ！

裸体《はだか》でいた人間が着物を纏って家に棲んで、煮炊《にた》きして食べて、文字をもつようになった。文明だ。

われらが人類文明に尽くしてきた力は偉大なものだ。

そして我らの天職は今後も倦《う》まず弛《たゆ》まず働いて数多《あまた》の衣服を生産し、全地球上を衣服文明の恩沢《おんたく》に浴せしめることにある。

僕は昔から言われている人類生活の三大要素である衣食住にもう一つ生殖を加えて、これをあまねく父と母の労働によるものだと考えている。食べたり住んだりすることは父の労働によって得られ、子を産んで育てることと着ることは母性の労働によって与えられる。

われらの労働は愛の営みだ！

今日まで人類を温かき衣《ころも》に育《はぐく》み、明日もまた育む者は誰だ？　われらの職業は貴《とうと》い！

職業に貴賤《きせん》なしなんていう諺《ことわざ》があるが、とんでもない間違いだと僕は思う。例えば人殺しを目的とする軍器を作ったり、××××××××巡査や裁判官が貴いとは、思えと強いられても思えない。大臣が何だ！　59肥料汲《こやしく》みの方がずっと人間生活に必要なことだ！

われらの如く、黙々として糸を紡《つむ》いで織って、人類に貢《みつ》ぐ者は本当に偉いんだ！

われらの営みは愛だ！

人類奉仕に燃え立っている！

僕はこの偉大なる生産に携わっている貴い我らが自らを卑《いや》しんで、道を歩くにも小さくなり人と話するにも低い声でいるのが残念でしょうがない。自分でそんな風に卑下《ひげ》するから世間の者は感謝に代えて侮蔑《ぶべつ》をもってする。

ああ！　何という不甲斐《ふがい》ない、情けない、ばかばかしいこった！

おお！　全世界の紡織工よ、明日から糸を紡ぐな。布を織るな！

この貴い愛の営みをなしている恵みの母の我らが、日光も射さぬ牢獄に押し込められて圧迫と過酷と××××××××甘受して獣類以下の生存を強いられるとは何事ぞ！しかし神は「敵を愛せよ」と僕に教えた。敵味方、怠惰者《なまけもの》働き者の区別なくあまねく平等に神はすべてを与えている。広大無辺な神の愛、それが真《まこと》か？　どんなに侮蔑されても、われらは働こう。愛と奉仕に燃ゆる、母性の営みを永遠に打ち続けねばならん――。思わず話が横道へ外《そ》れたが、僕の発明事業はもちろん僕たち愛する者二人の幸福のためでもあるけれど、それよりも人類全体の幸福の上に樹立された神の意思だ。

僕たち二人は富を得て幸福な生活を送ることができるようになる。男工たちは機械を直すことで痴呆症になるような悩みをしなくとも済むようになる。女工たちはまた糸切れや杼《ひ》打ちに苦心しなくとも側《そば》で本でも読みながら二十台の織機が受け持てるようになる。そうなってくると今の五倍も六倍も生産が高くなるから自然と労働賃金もよくなるし、労働時間もまた短くなる。われらはただ食うためにのみ、朝から晩まで、晩から朝まで十二時間も十四時間も働いてあくせくしなくても、一日に五時間か六時間さえ働けば生活するだけのお金が得られて、後の時間は自由に自分の時間として遊べる。余裕な時間さえあれば本も読めるし学校へも通えるし運動もできるから、自然と修養《しゅうよう》が積んで職工の人格は向上してくる。そうすれば世間のやつらもだんだん軽蔑しなくなって遂に偉大なる生産者、人類の母として尊敬を払うようになってくる。

我らはますます働いて織物が山のように堆積《たいせき》される。そして我々が着ても着ても着つくされなくってたくさん余っていく。と、それを野蛮《やばん》の未開地へ持って行って、未だ衣《ころも》をもたぬ土人たちの体へも一様に着物を着せてやり、彼らにもまた文明のうるおいを享《う》けさせる。そうして幾十年かの後には全地球上へ平等に衣服が分配され、人類全体が手を把《と》り合って共に輝かしい文化へ進んでいくのだ。僕の発明はそういう大抱負を担《にな》っているのだ。

ああ、そうなったら、そうなったら、裸体でいる野蛮人も皆柔和《みんなにゅうわ》なお地蔵さんのような心になって、戦争もなくなるだろうし人殺しも尽きる。荒廃した古戦場には羊を飼ったり綿や麻の木を植えるだろう。そうして銃や剣や大砲は機械の付属品に鋳更《いか》えられ、古城は工場に変わるだろう——。

おお、愉快だ。何て栄《は》えある、人道的な、偉大なことなんだろう……。」

＊　　＊　　＊

彼が詩でも朗読するように滔々《とうとう》と高遠な理想を物語る間、彼女はじっとうつむいて祈るように言葉なく聴いた。そうして江治が言葉を結ぶと、

「偉いわぁ……。」と感嘆した。

仰げば淡水色《うすみずいろ》に澄んだ秋の空が彼の前途を祝福するように微笑し、瞰下《みお》ろせば紺碧《こんぺき》に

光る茅渟の海の砂浜を、囁《ささや》くような[60]女男浪《みょうとなみ》が撫で打っては洗っている……。

三十七

お孝《こう》は寄宿舎さえ脱け出せば、舎外《そと》にはちゃんと安息所が待ち構えているように思ったのであったが、それは虐《しいた》げられる者の空想にほかならなかった。縋《すが》ろうとする綱はちょっとしたことでぷっつり切れそうな頼りない藁縄《わらなわ》である。彼ならと見込んで誘惑した良人《おっと》は案外つまらなかった。

彼女は寄宿舎にいる頃よりも、炊事と小使[61]と自分の物以外の洗濯が増えたくらいなことで、夢見た自由はどこをさぐってもありはしない。下宿の借金はだんだん嵩《かさ》む一方でちっとも脱けず、帳場でばかり日用品から呉服物まで一切合切《いっさいがっさい》とらねばならぬゆえ、町の店屋《みせや》が何の役にも立たなかった。二十五銭と正札《しょうふだ》のついた工場履きの麻裏草履《あさうらぞうり》に至るまで、みすみす見えて高い下宿の帳場で立て替えてもらい、三十銭の物を使わねばならん始末。

それに、彼女には良人の宮堂《みやどう》がすっかり目算《もくさん》の外《はず》れたぐうたら者のように思えた。

彼は非実力主義な工場の制度に見きりをつけて、江治と一緒に通っていた夜学校へはしばらく経つと中途で止《よ》してしまって行かなかった。そうして荒涼たる中から微《かす》かにきざした向上心の芽生えは、環境に圧迫されてたちまちいじけてしまい遂に成長を見ない。宮堂は多くの職工たちが男女ともどもつまらぬつまらぬと思いながら何ともなし得ずして堕落していくように、環境に引かれてだんだん刹那《せつな》的に享楽的になっていった。なんぼ働いても皆《みんな》指定下宿の肥料《こやし》になってしまうのだと思うと、彼は精出す気になれない。工場を休む、酒を飲む、げん妻を拵《こしら》える、そうして果ては博奕《ばくち》まで覚えた。

(ああ、とんだあて外れな男)お孝は自分の眼鏡のくるいを情けなく考えた。しかしながら、思えば彼女はそんな不満を述べられた義理ではないから、いかなる貧乏にも良人のふしだらにも甘んじてただ腹の中の者の始末が、むごいことをせずに済むだけに満足して忠実な世話女房となり、ひたすら彼女は出産の日を待った。

しばらくするとかなりひどい悪阻《つわり》が来た。しかし悪阻だから、腹が肥《ふと》ったから、といっていちいち工場を休んでいた日にゃとてもやり切れないから、[62]セメント樽のような肥《ふと》っ腹《ばら》になっても彼女はえっえっと喘《あえ》ぎながら仕事に出た。

臨月《うみづき》に入ってからのある日であった。彼女は小さき者がだいぶ下の方へずって小便にも近くなり、近いうちに飛び出しそうになったのでもう工場へ出るのは危険だと考え、良人に欠勤届を託して二畳の別間《べつま》に寝《やす》んでいた。すると番頭が起こしに来て、

「お孝やん、お前今んうちから休みよったらあかんで。」と言った。

「そやけど番頭はん、もう産まれそうにおます。」

「何がまんだそんなこってはじけよるもんか。あまれ早《はよ》うから休んだら困る。」

「うちが仕事休んだかって、あんたがまたなんで困りまんにゃ、番頭はん？」

お孝は番頭の言い草が癪《しゃく》に触ったから思わず険《けん》[63]を含めて反問した。

「此家《ここ》の成績にかかわるがな、早う起きて出え出え。」

「起きられまへんわ。」

「何が起きられんのや。われが通勤になるとき沢田の大将に骨折ってもらったの、忘れくさったのんか？　何やね、そんな小さな腹さらしとってもう出られまへんとは。」

番頭はこう言うなりお孝の蒲団を引っぱがした。

「何や、気にくわん人！」

彼女は飛び起きた。そして腹立ち紛れに仕度《したく》して下宿を出たのである。

ところが、彼女はその日おおかた一日勤めあげて向こう番と交代間際になってから、機械の間でにわかに陣痛を起こした。そうして場外へ逃れ出る隙《すき》もなく劇《はげ》しい腰の痛みに苦悶してその場へ倒れてしまう。すると、

「それお産だ！」というので督促《とくそく》が産婆へ走った。医者もやって来た。それから男工

たちによって混綿から落ち綿が搬《はこ》ばれて石畳の機間《はたま》へにわかに産褥《さんじょく》が作られた。詮方《せんかた》なく彼女を挟んでいた二台の精紡機は暫時《ざんじ》のあいだ停転《ていてん》される。

——しかし遂に嬰児《えいじ》は助からない死産に終わった。そして彼女の体は担架《たんか》に乗せて下宿へつれ帰られた。

工場では時々こんなことがあった。一度などは逞《たく》しい女の児が産まれて工場長を喜ばせ、彼に輪具《リング》で産まれたのだからとて「お輪《りん》」という名をつけてもらった。そして紡績工場の機械の中で女の児が産まれたということはまことに縁起が良く、工場の繁栄を兆《きざ》すものだと、母親の女工に五円褒美が下がり、従業員一同は饅頭一包みを貰って会社の前途を寿《ことほ》いだのであった。

だがお孝の場合は男の児が死んで産まれたというのでひどく上役の機嫌を損じた。ことに彼女が倒れた一台の機台《はただい》は英国から来たてのやつを据え換えたところで、まだ試運転中にあったから保全の責任者は口泡《くちあわ》飛ばして怒った。

「何やげん糞の悪い。わいらが据え付けた台に不浄《ふじょう》の血ぃ流すって胸糞《むなくそ》の悪いぼてりんやなあ。われわれ技術者にけちをつけよる奴や。しょうもない、ほんまに——。」

「寄宿の炊事から貰って来て、塩ふれ塩ふれ!」

こうぼやきながら保全工たちはフレームに付着した黝《くろず》んだ血を石油ボロで拭《ぬぐ》い取った。

そして口々に罵《ののし》った。

「一体やな、あんなセメン樽みたようなぼてりんを、いつまでも工場へ出しよるのは亭主が悪い。」

「そうやそうや。」

「ひとつゲレン場(宮堂)を攻撃してかませたろか？」

「攻撃やあらへん。あいつ皆《みんな》で[64]どやしてかませたろかいな。わいらの据え付けた台、汚《けが》されて癪に触ってしょうあれへん！」

体がよくなるとお孝は生命《いのち》のなかった小さき者を不憫《ふびん》に思って少なからぬ[65]愛惜《あいじゃく》を感じたが、「月足らずで産まれたからよう育たなかったのだろう」と良人《おっと》が言うまま、それを肯定して秘密を闇に葬らねばならなかった。

幸福な者には短く、悩める者には長い月日はこうして過ぎ行くのであった。[66]そしてお孝はいくつかの正月を下宿で迎えた。

*　　*　　*

江治と菊枝の噂がぱっとひろがった。そしてとうとう舎監の耳へ入ってしまう。と、彼は驚いて工場長へ報告に及んだ。

「工場長、大変な噂を耳にしました。」

「何？」

「林菊枝に、とうとう悪い虫がついてしまったそうです。」

「林菊枝というと？」

「あの、職工と喧嘩して惨死《ざんし》を遂げた、第[67]一代工務の娘です。」

「あぁ、あぁあぁあぁあぁあれか、あの織布にいよる髪の少し縮《ちぢ》れた可愛い工《こう》やな。」

「さようだぁ。いつぞやの、年末賞与授与式の時お眼にとまった……。」

「それはいかん。そうして、相手の虫ちゅうのは一体ど奴やね？」

「あの、職工学校を卒業しよった生意気な青二才だぁ。」

「三好《みよし》か？」

「さよう、織布部の三好江治だぁ。」

「そうして、もう両人《ふたり》は関係結んどるような風かな？」

「まだ、そこまでは……。」

「大丈夫かしらん？」

「女工らが、大浜の菊人形へ一緒に行きおったと言って噂していますけれど、盆屋《ぼんや》行きの話はしまへんな。」

「むう……。」

「何しろ、三好江治は耶蘇《やそ》を信じたりなんぞして、滅法外《めっぽうがい》な変わり者《もん》ですよってに……。」

「はてな?」

工場長は好色《すき》らしい眉をぴりぴりっと動かして両腕を組み、しばらく考えてからぐるりと回転椅子を回した。そして卓上電話に向かって慌ただしく受話器を取り上げた。

「ああもしもし、北の四百二十番から二十八番まで……。」

「……。」

「もしもし、本社ですか?」

「……。」

「こちらは西成《にしなり》工場ですがね、営業部の××君。」

「……。」

「××君ですか?」

「……。」

「女事務員を一人回したいのですが都合はどうです?」

「……。」

「よろしいか。それでは明日にも添書《そえがき》をつけて送りますからよろしく。」

「……。」

「はあ？」

「……。」

「あぁあぁ、名前ですか。林菊枝、どうぞよろしく。さようなら。」

これで電話は切られた。そして回転椅子が元の如く[68]スチーム・ストーヴの方を向く。

「工場長、あの工を本社へお回しになりまんのか？」

舎監が問うた。

「むう、しばらく隠しておいて、その間に虫の片《かた》をつけてかましたろ。」

「なかなか如才《じょさい》おまへんなあ、工場長。」

「給仕に、その工をひとつ喚《よ》ばせてんか、林を。」

「よろしおまぁ。」

舎監は委細を呑み込んで工場長室を去った。

三十八

嵩《かさ》む借金に追いまくられていつまで経っても到底下宿から出て一戸を持てる見込みの

ない宮堂は、おのずと自暴自棄に陥って飲む[69]打つことに狂奔《きょうほん》した。そして理性では蔑《さげす》んでいながらもうるおいのない機械的生活にだんだんと感覚を麻痺《まひ》されていって崇高な霊性を消耗し、最後にただ一つ残された肉的刺戟をのみ求めて、堕《お》ち沈んでいく人間の危機にとらわれている女工と共に不義の道へ走った。組長の妻君と一緒になっている噂がぱっと全工場じゅうにひろまる。そこでにっちもさっちも身動きのとれなくなった彼は、お孝をおいてどこへか逃走するのほかとる道がなくなったのである。と、遂に彼は妻にすまぬと思いながらも伝法《でんぼう》の工場町《こうばまち》から姿を消した。

お孝は途方に暮れた。しかも眼の前に正月を控えた節季《せっき》の第三交代日である。表の二階に雑居している独り者の男工たちは、こもごも後釜《あとがま》に据わりたいと申し込むのであった。ことに混綿工などは一番猛烈に彼の出たあとを狙い込み、彼女が独りで寝ている別間へ夜這いに潜り込んだりなどした。そして一度女の体を得ればもうその魂までも捕えてしまった如く自惚《うぬぼ》れて、破れ風呂敷と煤《すす》けた竹行李《たけごうり》の荷物をば早《は》や婿入りのつもりで彼女の部屋へ搬《はこ》び入れたりした。

お孝はそんな荷物を黙って持ち込ませておいて、男のいない間に残らず露路《ろじ》へ放り出してやった。

番頭も親父《おやじ》の沢田も、誰かと再婚して下宿にいることを精出して彼女に勧めた。しかしお孝は、甲斐性なしの男工にほとほと愛想《あいそ》をつかしていたから誰の勧めも承《き》き入れずに、再び女工寄宿舎へ帰って少しなりともお金を残そうと決心して、ある日再び奴隷の島の籠の鳥に還って行った。

下宿の飯代は女でも二十三銭取られ、自炊をすればなおそれよりも高くかかるから女独りの生活には所詮《しょせん》寄宿舎の比でなかった。寄宿舎では寝泊りして食べて入浴して、一日九銭ぽっきりなのであったから——。

彼女はもう後一年足らずで二度目の満期になるのだった。それでよしんば一銭も残らないとしても、満期さえ来れば毎月強制的に積ませられて常には絶対におろせない貯金がさがるゆえ、それをもって国へ帰ろうと考えた。そしてどんな桎梏《しっこく》[70]も、運命と諦めて黙って忍ぼうと決心だけは固めたのである。

さりながらあまりに人を人とも思わぬ世話婦の横暴には、時々むかっ腹《ばら》が立ってしがみついてやりたいような憤怒《ふんぬ》を彼女は覚えないでいられなかった。組長に直立《ちょくりつ》を命じられておとなしくその不法な懲罰を甘受《かんじゅ》したような従順さは、彼女の心から今は既に飛び離れていた。もうそれほど馬鹿正直な弱いお孝ではなかった。腫物《はれもの》[71]の処置に一人の男を騙《だま》したことに洗礼を受けて、彼女はようやく自分の意思で動くようになった。朧気《おぼろげ》ながらも抑えつけられて、小さく縮かんでいた個性が頭を擡《もた》げて、芽生えはじめる時期に入った。

＊　＊　＊

まだ薄ら寒い三月の初旬であった。お孝はふと風邪を引いて何となく体が重かったから一晩夜業を休もうと思って、今度入った梅の五号室で起床汽笛を聞きながら起きずに寝《やす》んでいた。すると五時半頃に梅の寮受け持ちの鬼木《おにき》さんという怖ろしい名前の世話婦が巡視に来て、

「おや、お前さん起きないんだね？」と持ち前の邪慳《じゃけん》[72]な声で廊下から叱りつけた。

「うち、今晩は熱が出て起きられまへんよって一晩休ませてもらいます。」

お孝は言った。すると世話婦は、

「またお前さんは休むの。本当に何て怠け者だね。」

こう言いつつ廊下履きの麻裏草履のままで部屋へあがるのだった。

「どんなに悪いんだね？」

「何です、まあ世話婦さん。ここはこれでもうちたちの座敷ですよって、草履脱いどうくんなはれ。」

「大きにすまんね。お前さん、はばかりながらこれは上草履《うわぞうり》だよ。」

世話婦は寝ているお孝の鼻先へ、汚《きたな》らしい麻裏を突きつけた。お孝はあまりのことに

腹が立って、

「何しやはるあんたは。あた汚い！」と怒鳴りざま彼女の履物を素早く取って向こうへ投げつけた。

「お前さん、生意気な真似するね。このあたしを何だと思っているの？」

「……。」お孝は、ぐっと腹の下から玉のような塊《かたまり》が込みあげてくる如き憤怒に駆られた。

「あたしはね、こう見えてもほかの世話婦さんとは少しばかり訳が違うんだよ。はばかりながら江戸育ちで[73]深川《ふかがわ》と[74]小山《おやま》の工場で七年も鍛えあげた腕だ。上方《かみがた》仕込みの甘ったるい世話婦と同様に見てもらいますまい。お前さんなんぞになめられてたまるものか。さあ、愚図愚図せずに起きてお行き！」

彼女はまるで芝居の[75]毒婦《どくふ》がかりの表情をしてこうたんかを切った。

「うち、どんなに責められても今晩は休みます。起きられまへん。」

お孝は込みあげて来る憤懣《ふんまん》の情に意地からでも起きてやるまいと思って、こうきっぱり言い切ると、不意に爆発したような咳嗽《せき》が四、五回続けざまに出た。

「エヘッ、エヘッ、エヘッ……。こんなに咳嗽が出て苦しいんですもの。」

「何だね、その仰山《ぎょうさん》な咳嗽っぷりは。おおかた空《から》っ咳嗽だろう！」

世話婦はいきなりお孝の掛け蒲団を引きまくった。

「あれッ！」

お孝はびっくりして上半身だけ飛び起きたが、そのはずみに頭がふらふらっとして力なく敷蒲団の上へうつぶせってしまった。

「起きなさいってば！」

世話婦は眉の間を微《かす》かに痙攣《けいれん》させながら邪慳《じゃけん》に言い放って、黒繻子《くろじゅす》の事務服の間に差していた鉛筆を把《と》ってぐいとお孝のこめかみを突いた。

「何さらしくさる、このど世話婦の鬼め！」

と、こらえ抑えていた彼女の心は一時に爆発した。すると相手も真剣に怒った。

「へん、あたしが鬼だって？　こりゃあ面白い言い草だね。」

「おぉ、鬼や、われの名前の通り鬼や！　われのような女子《おなご》は人間やあれへん。われがほかの世話婦と違うんなら、わいもほかの寄宿女工とは少々違う。この孝ちゃんがな、いったん起きんちゅうたら梃子《てこ》でも起きんよってそう思いッ！」

お孝は掻きむしってやりたいような憎悪《ぞうお》に駆られて、男同士の如く相手を罵《ののし》った。しかし大声を出すたびに咽喉《のど》から胸へかけてひしひしと痛さが迫り、何か飛び出すような劇《はげ》しい咳嗽《せき》に襲われた。

「お前さんったら、あくまで強情はって起きないね?」

世話婦は、遂に怒りのために全身を戦慄《わなな》かせながら言った。

「ええ、しちくどい奴《やっ》ちゃ、起きんちゅうたら起きんのや!」

お孝も吐き出すように怒鳴りつけた。と、世話婦は、

「あたしゃ、どうあってもお前さんを起こしてみせる。後で泣きべそかかないがいいよ。」と決然と言い放って慌ただしく廊下へ飛び出した。

その刹那《せつな》、お孝の頭には一面に変な臭いのするただならぬ冷水《れいすい》が、しかも圧力をもってさっと飛びかかった。世話婦は、廊下へ出るといきなりそこの壁際へ備えられていた消火器筒を床の上へ引き摺り落として、筒先《つつさき》をお孝の方へ向けたのである。ちゅうと音を立てながら、水の中へ覆《くつがえ》された硫酸《りゅうさん》が沸騰して白い煙のような圧水が筒先から噴出する……。

その劇薬の水が、不用意に開いておったお孝の眼へ入ったからとてもたまらない。彼女は「キャッ!」と叫んで起き出した。そして無我夢中に、部屋のなかを地団駄《じだんだ》踏んで駈け回る。その世話婦は、残忍な顔でしばらく心地よげにこの態《さま》を眺めておった。

お孝は程なくぐだぐだに疲労してのめるようにその場へ打ち倒れた。そうして赤く血走った両方の眼を寝巻の袖で拭いつつ、声をあげて泣き崩れた。

「それごらん、起きられんというのは嘘じゃないの。その通り起きて飛び回れるものを、お前さんは怠け者で仮病つかっていたんだよ。」

「……。」[76]あまりの無念さに、お孝はもう何《なん》にも言うことができなかった。

「まだ三番までに七分間あるから、ちゃっちゃっと工場着に着替えて仕事に出なさい。」

世話婦は銀側《ぎんがわ》の時計を出して見てこう言い残し、勝ち誇って梅の五号を出て行った。

お孝はもう何も言わなかった。そして(今に見ておれ、きっと仕返しをしてやるから――)と心に誓いを立てて怨恨《うらみ》に燃えた眼差《まなざ》しで黒い事務服に包まれた鬼の後姿を睨みつけた。と、熱い咳嗽《せき》が続けて肺の奥から飛び出した。そうして冷たい涙が止めどもなく黝《くろず》んだ畳の[77]琉球表《りゅうきゅうおもて》へ滲《にじ》むように落ちしきるのだった。

「ああ、口惜《くや》しい、口惜しい、口惜しい。鬼めが、鬼めが、鬼めが! あぁッ……。」

お孝は憤怒のために武者振《むしゃぶ》るって地団駄ふんだ。

綿フランネルの寝巻は希硫酸《きりゅうさん》がかかったのでぼろぼろに破れてしまった。

* * *

お孝はそれから二晩だけ夜業に出たが、また熱が出て寝込んでしまった。ますます咳嗽が劇《はげ》しくなる。しかし強く咳《せ》くと肺へ響いてひどく痛かった。そうして遂に痰《たん》に混じって血が出るようにさえなった。

寝ついて一週間目の朝、彼女はぐわっと喀血《かっけつ》した。生々しい綺麗な血であった。それからしばらくすると二度目の喀血を見たが、その時は五勺《しゃく》[78]ほどの血に混じって一塊《ひとかたまり》の綿繊維が肝《きも》のようにころりと口から飛び出した。工場の特約医は桃の脂臭《あぶらくさ》い水薬《みずぐすり》と、黄色を帯びた甘酸っぱいような散薬《さんやく》[79]を盛ったが一向に効き目がない。

(いよいようちは肺病に罹《かか》ったのかしらん?)お孝はこう思って、独り侘《わび》しい病床《いたずき》の枕を濡らした。

三十九

お孝は痩せ衰えた体をよろめきつつ我が戸棚の前へ運んで行き、支那鞄《しなかばん》の底を手さぐって工場から持って帰っておいた鑢紙《やすりがみ》[80]とヒッカケを取り出し、鑢紙を窓の閾《しきい》の上へ当てておもむろにその刃先を磨いた。ヒッカケというのは太さ二分[81]丸くらい、長さ八インチくらいな鋼鉄で作られた紡錘《ぼうすい》の古物《ふるもの》を材料に使い、これを鎌形に火造《ひづく》[82]ったもので、機械のローラーに巻くりついた糸屑を切り取るため、女工も男工も必ず一挺《いっちょう》ずつは携えている道具である。しかし到底刃物という名称を付すほど大袈裟な代物《しろもの》ではない。鑢紙《やすりがみ》は髪の道具の先などを尖《とが》らすのに便利だから、よく、[83]機械磨きに請求したやつを少しばかり失敬して持ち帰ったのだった。

彼女はそのヒッカケでもってどんな風に相手をやっつけようとか、または必ずやらねばならぬとかいう確実な考えをもつのではなかった。出刃包丁《でばぼうちょう》がなかったからその玩具《おもちゃ》のようなヒッカケが彼女の手に握られたのではない。ピストルでも鋏《はさみ》でもいい、ほんのそこらにあった物を気まぐれに把《と》った偶然に過ぎなかったのだ。しかし彼女はそれでずいぶん有効な凶器を持ったつもりになって、鬼のように憎らしい世話婦がばったり倒れる瞬間だけを想像にのぼらせた。そうして相手を斃《たお》したのち自分の行くべきところも考えなかった。(どうせ肺病で死ぬる身だもの、怨《うら》めしい那奴《あやつ》を殺して……)復讐の快感に燃ゆる彼女を、いたずらな自暴自棄が熾《さか》り立てるのであった。

それから幾日か過ぎた日の出来事である。

「小牧、お前さんの病気は重いそうだからね、お部屋を出て今日から病室へお入《はい》んなさい。」

世話婦の鬼木は寄宿舎の定《き》めがそういう風になっているまま、別に何心《なにごころ》なくこう言ってお孝の部屋へ入った。しかし病める者にとって、それは絶望的な宣告であった。

特約医がこの患者は難しいと診立《みた》てると病気の女工は部屋を取りあげられて、先年コレラの流行《はや》った時に建てられた隔離小屋へ送られることになっている。そこが爾来《じらい》「病室」と呼ばれておった。

「うちゃ、どんなことがあっても病室なんぞへ行きまへん。」

お孝はがくんと脳天を打たれたような衝撃を心に感じた。そして彼女の命令を肯《がえ》んじない。

「あんな、屠牛場《とぎゅうば》みたようなところへ、誰が入るもんですか……。」

「さあ、あたしが手を引いてあげるから起きなさい。」

世話婦は二度目の口を切ってお孝の掛蒲団を手伝ってまくってやろうとした。と、その瞬間、お孝の頭の中でクルクルッと車軸のようなものが回転して彼女の眼先へパチッと火花が散る。

「畜生！」とお孝は叫んだ。

そうして彼女の声を聞くとすぐに蒲団の下でこっそり手に摑《つか》んだヒッカケにぐいと力を入れ、むくむくっと撥《は》ね起きるが早いかやにわに世話婦の眼球《めだま》へ目がけてひと思いに打ち込んだ。それから無我夢中でぐじぐじっと辺りを引っ掻きむしり、はっと脅《おび》えて手を引いた。と、もう一遍はげしく彼女の眼先へ鋭いスパークがあって、同時に意識は昏《こん》倒《とう》に陥ってしまう。

世話婦は、

「キャッ！　人殺しィ……。」と声を立てて、その場へぶっ倒れた。

お孝はぐわっと喀血して世話婦の上へ重なり合って倒れ、そのまま真《ま》っ蒼《さお》になって人《じん》事《じ》不《ふ》省《せい》に陥ってしまった。

＊　　＊　　＊

しかし不幸にも彼女は手当てを受けて意識を恢復《かいふく》し、おまけにほとんど絶望に陥っていた肺病まで一時快《よ》くなって、分署《ぶんしょ》の[84]未決監《みけっかん》へしばらくつながれたうえ、遂に法廷へ引き出されて三ヶ月の懲役を宣告されねばならなかったのである。

調書に、その玩具《おもちゃ》みたいなヒッカケが、「仕事上に使用する鋭利な刃物」となった。

[85]造幣局《ぞうへいきょく》の桜が咲いて市民の足が北大阪へ北大阪へと向かい、沸き立つように賑わう頃、[86]深編笠《ふかあみがさ》に面《おも》やつれた顔を埋《うず》めて、女囚お孝は[87]堀川の監獄へ護送された。

世話婦は片眼が潰《つぶ》れたきりでほかには何の異状もなく、社費で大阪第一の眼病院へ入院させてもらって二ヶ月を出《い》でぬうちに傷は癒えた。そして職務に忠実であったゆえんで[88]雇員待遇から社員に昇格され、「婦人がその最も大切な顔面に創痕《そうこん》を残した」廉《かど》によって一時金二百円の慰藉料《いしゃりょう》を下付《かふ》された。

梅の寮五号室は「会社と国家の罪人」を出した廉《かど》によって三十人の者が向こう一ヶ年間絶対の門止《もんど》めにされた。それから、お孝の賃金と積立金は「不都合な行為」云々《うんぬん》という職工規定によって全部没収されてしまった。

彼女の巻き添えを食った部屋の工たちは言うに及ばず、五千人の男女工はいよいよお孝が獄にくだった報を聞いて、一様に当然の酬《むく》いだと嘲笑《ちょうしょう》する。

「あいつ、いよいよ堀川へ行きよったってなあ？」

「そうや、女子《おなご》のくせしてあんなことさらすよってにええ罰《ばち》や。どうも、あの工は初手から囚人面《しゅうじんづら》しとったわいな。」

「今頃は、[89]赤いべべ着て縄でも[90]ならたるやろ？」

「とうとう、[91]本当の監獄へ行きよったのやなあ——。」

＊　＊　＊

いつも大根役者やへぼ芸人が入って浪花節《なにわぶし》や万歳《まんざい》など低級な出し物で客を呼んでいる町の永楽座《えいらくざ》で、[92]大日本労働総同盟友愛会主催の労働問題演説会が、同会大阪伝法支部発会式を兼ねて挙げられたので、江治は四、五人の朋輩をさそい合わせてそれを聴きに行った。すると工場長、職工係主任、舎監、以下各部の工務係たちの顔がずらりと二階に列《なら》んで見えて絶えず職工たちの方へ眼が光った。江治は階下に席を占めて演壇の真《ま》あ下《した》で熱心に聴いた。

初め伝法支部の発会式で[93]住友鋳鋼所の旋盤工《せんばんこう》だという菜っ葉服の逞《たくま》しい男が綱領《こうりょう》のような文を朗読し、会長の捧《ささ》げる支部旗を受けて彼と握手を交わした。それから二、三人の弁士が壇上に現れたがこもごも労働生活の苦境を訴えるばかりでさほど感服する話ではなかった。ところが最後に東京からやって来た会長の[94]S氏が登壇して「労働組合論」を滔々《とうとう》二時間にわたってすこぶる雄弁に説き立てた。そして最後に「右の主旨に賛成して生活の向上を計りたい労働者諸君は、帰りに木戸《きど》で入会を受け付けるから我が友愛会へ加盟すべきである」と付け加えて降壇《こうだん》した。

江治はいっぺんに感激してしまったのである。そうして即刻会費を出して入会の手続きをし、機関雑誌やリーフレットを貰って下宿へ帰った。それから雑誌やリーフレットはその夜よっぴて眠らずにすっかり読み明かしてしまい、なおそれに出ていた広告によって知った労働組合や社会主義の手ほどき本を取り寄せて二、三冊読破《どくは》したのであった。

もとより彼の研究は浅薄《せんぱく》だ。しかし何不自由のない[95]ブルジョアの家庭に温かく育まれて順調に学校へでも入り、単に理論として実生活と切り離した研究をやるのとは大いにその趣《おもむき》が違った。さほど偉くもない者が資本主義のおかげで勉強のできるような[96]手合《てあい》にとってはマルクスの原本を読破して、いわゆる読書千巻もしてみたところで制度の悪いことが理屈として判る以上の何物でもないであろう？　けれども彼の如く幼少の頃より貧《ひん》に苦しめられて資本主義的××××××××××抱きつつ人となった者には一つの理論を識《し》ると十《とお》の感情が湧いてきた。

　彼は世の中の仕組みが、悪いと思った以上に悪いのに驚かざるを得ない。（そうだ！　どうしてもこれは、社会を改造しなきゃ駄目だ。そしてその社会を改造する方法はまずもってＳ氏の勧める労働組合によることが最も穏健着実で、かつ有効な手段だ）と江治は一途《いちず》に信じた。

　こうして社会主義の概念と労働組合運動を学んだ彼はまた多くの大発見をした。それは電気の起こる理屈やエンジンの回転する訳を識り得た時よりも一層強い感銘を受け、胸の跳《おど》るよろこびに打たれたのであった。初めて人間らしい思想の世界へ引き入れられた彼は、にわかに大人になったような気持ちがした。だがそれと同時に信仰に歪《くる》いがきた。真理だと思っていたキリスト教の神に微《かす》かな疑いが起こり始める。だが彼は時々[97]むら雲の如く襲ってくる懐疑《かいぎ》を、もったいない冒瀆《ぼうとく》だと思い直しては悪魔に取り憑かれたように恐れて払いのけるのだった。

四十

菊枝が、突然工場から姿を消した。

江治は気が気でないのでもしや彼女は病気で部屋に寝ているのではないかと思って寄宿の工に訊《き》いてみた。しかし皆は、「なんにも言わずに、ただ国へいぬるって出て行ったわ」と答えるきりで、それ以上の様子がとんと判明しない。彼はもう仕事も何も手につかなかった。それで工場を休んで飯もろくすっぽ食わずに下宿の二階で蒲団をかぶって寝ていると、彼女がいなくなってからちょうど四日目に職工係から喚《よ》び出しがついた。機械直し工などが欠勤すると工場の部長からはよく喚び出しがつくけれど、職工係から喚び出されるようなことは滅多にないから彼は何事かと思いながら取りあえず事務所まで出頭した。

すると意外な用事に驚かされた。

「三好、お前今日限り会社を解雇にするよってにな、これからスッパナ持って帰ってんか。」

職工係主任は窓のうちで彼のカードを手繰《たぐ》りながら、苦もなくこう言い放った。

江治はがんと頭をどやされたような驚愕《きょうがく》を禁じ得なかった。しかしながら寝耳に水のこの宣告は、何を意味するものやら訳が判らないので、彼は返す言葉もなくしばし無言で相手の手先を凝視《みつ》めていた。すると、

「お前は、学生の分際で女子《おなご》ひっかけたりなんかして済む思てんのか？」

江治の方へは一瞥《いちべつ》もくれずに、職工係はやっぱり忙し気にカードを繰りながら再び出しぬけにこう言った。

彼はぎくっと胸にこたえた。が、しかし(菊枝と一日遊んだからとて解雇される理由がどこにある)と思った。

「どういう訳で、私が解雇になるんです？」

江治は初めて口を切ってただした。だが相手はその問いに答えずして自分ばかり先に喋り続ける。

「君はやなあ、居残り免除[98]の特典を受けて夜学卒業しおったんやろ。その学生が、はたの男工と同様にげん妻拵《こしら》えたりなんかして、会社へ済む[99]思ったるのんか？　先《せん》だって林菊枝を誘《ひ》き出して、一緒に堺の大浜へ行きよったやろがな？　どうやね三好、ちゃんとそう報告してくれた奴がある。」

江治は二度びっくりした。そして思わず語気を強めて問い返した。

「そんなけしからんこと、一体誰が言いました？」

「ほんなこと、誰が言うたかってえぇがな。会社では何百人の男工のうちからお前一人に眼をかけて、皆《みんな》の模範を示してもらおう思って学校へやったるのんや。それやのんに、その学生がはたの男工と同じようにげん妻なんぞ拵えてお前、大事の女工ひっぱり出してたまるもんか。」

「……。」

「まんだそれどころやあれへん。君はあの工をどこかへ隠しよったやろ？」

江治はいつも付けたりの多い主任の言葉を、一通り黙って承《き》いてから要点を摑んで返答しようと考えていたが、意外の沙汰《さた》に驚いた。

「何？　私が菊枝さんを隠した！」

「そうや、どこへやってん？」

「ばかばかしい。冗談いってもらいますまい！」彼は思わず語気を強める。

すると相手はいやに落ち着き払って、

「えろう怒ったるなあ。自分で悪いことしといてここで怒る奴あるかね。」

江治は、第一神聖な恋を他人《ひと》と同一視してげん妻呼ばわりされるのが口惜《くや》しかった。

それで、

「なるほど、先日の交代日に二人で大浜の菊人形へ遊びに行きました。しかし、私が菊枝さんを誘《ひ》き出したりなんかしたのでは断じてないです。二人の間には全然、やましい関係などありません。」

こうきっぱり言い放った。すると職工係はやっと三好江治のカードを索《さが》し出して綴《と》じ込《こ》みから抜き取り、ぽいと傍《かたわ》らへ置いてから机の上へ肘《ひじ》つきして、いかにも人を食った態度に鼻の先であしらって前の言葉を訊き返す。

「えぇ、何やてぇ？」

「僕たち二人の仲にはげん妻だなんて侮辱した言葉を使われるほどの、卑《いや》しい行為は断じてありません。神聖な魂と魂の共鳴した、神の前にも恥じない清いプラトニック・ラヴなんですから――。」

彼は力《りき》み返ってぶるぶる唇を顫《ふる》わせつつ真剣に弁解した。しかし主任は、

「神聖な清い魂のラヴやってえ？　口先ばかりで本当は××××のラヴやろう？」

とあくまで相手を嘲弄《ちょうろう》したように揶揄《からか》って、

「何やね、その言い草は。アハ、アハ、ハ、ハ、ハ……。」と哄笑《こうしょう》した。

「笑いごとじゃないんです、まったく……。」

江治の声は口惜しさのあまり泣き声をさえ含んでいるのだった。

「おいおいおい、何やねお前、俺を口先で言いくるめるつもりやね。どっこい俺はまだな、君たち青二才《あおにさい》の口先でごまかされるほど耄碌《もうろく》しとらん。やましい関係がない者《もん》を、なんの用があってまた大浜の潮湯《しおゆ》くんだりまで伴《つ》れて行きおるんやね？　ほんなたわいもない理屈は百遍繰り返しても通らん。」

「でも、実際そんなことはないのですから、断じて……。」

「あかんあかん、何ぼ弁解しても林がいよらんのが何よりの証拠や。」

職工係はこう言いながら手を振った。そして、

「それからやね、君はもう一つほかにいかんことがある。」

「何をしました？」江治は再びきっとなって反問した。

「労働組合に入りよったやろ？」

「はあ。」

「はあやあれへんで、あんなけったいなもんに入会しくさって。会社ではあんな無茶なものに入りよるような男工、よう使わんわ。」

浪漫的《ロマンチック》な彼の性格はあまりに現実的な工場の空気に到底そぐわないものであった。十人が十人、百人が百人とも恋愛といえば直ちに肉欲のみを対象としている環境で、彼だけが崇高に聖なる花を咲かせることは許されない。江治は透《す》き徹《とお》った胸中を証明する術《すべ》

のないのを悲しんだ。

「労働組合に加盟したことは否定しませんが、菊枝さんとの仲を誤解されているのは残念でたまりません。あくまで否定します。」

「ちゃんと証拠が挙がったるのんに、まだそんなしらじらしいこと言うてんにゃな。」

「でも、実際そうなんです。私を疑われるのなら菊枝さんをここへ出して下さい。」

彼は自分ながら逆上してしまいそうな昂奮を覚えた。

「阿呆《あほ》みたいなこと言うないな。菊枝をここへ出す必要があるか。自分でどこかへ隠《か》匿《く》しといて居所《いどころ》知ったるくせに。」

「知りません。存じません。私はあくまで否定する。」

「何や君の言葉つきは、まんで台詞《せりふ》のようやがな。おい、三好、ここは壮士《そうし》芝居《しばい》[100]の舞台と違《ちゃ》うのんやで――。」

「ばかな、そんなはずがあるものですか。菊枝さんをどこへやったのです？ 私は行って彼女を伴《つ》れて来るから教えて下さい。どうぞ教えて下さい。」

江治はすすりなきを交えて迫った。けれども職工係主任はそんなことを少しも意に留めぬよう、

「それ見い、そないに菊枝恋しがるのんが肩入れしたる何よりの証拠や。」と冷やかし

て、

「さあ、いつまでも未練たらしく泣きべそかいとらんと、さっさと男らしゅうスッパナ持って帰り。勘定は下宿屋へ渡すよってな――。」

こう言い捨ててぷいと計算係の方へ立ち去ってしまった。そして小窓がぴしゃりと締まる。

江治はぐらぐらっと家が揺れ出して屋根瓦が剥がれ落ち、なかの机や椅子が動くような錯覚を見た。断崖から突き飛ばされて底《そこ》いも知れぬ深淵《しんえん》に溺れる如き、息もできぬ不安がどっと頭を襲って渦巻いてくる。失望のあまり危《あやう》くその場へ昏倒《こんとう》しそうであった。と、彼は固く閉じられた窓外の棚へ顔を伏せて、しばらくはそこを立ち去る力さえもなく辛うじて他人のような体を支えていた。

*　　*　　*

江治は五年もの長い間明け暮れともに働いた組長が、たとえ効《ききめ》はないにもしろ一度くらい引き止めの嘆願をしてくれるだろうと内心期待をもって工場へ入った。しかしそれどころか、かえって逆様《さかさま》に組長の彼は江治の解雇されたことを嘲笑《あざわら》うくらいであった。

「組長はん、永らく厄介になりましたがね、今日突然に私馘《くび》んなってしもうたのです。」

「君、夜学に通わせてもらっとって、げん妻ひっかけたりなんかするよって解雇になるんや。まあ、どこへ行っても気張って勉強(仕事を)し給え。」

組長は、江治が挨拶しているのに調革《ベルト》を継《つな》ぐ仕事の手ひとつ休めず、無愛想に応えるのだった。それからまた女工たちは女工たちで、

「三好さん、あんた菊枝はんに肩入れして解雇になったんやろ。もう菊枝はん寄宿にいえへんで、悲しいやろ?」と揶揄《からか》った。そうして皆《みんな》毎日見ている彼の顔を穴のあくほどずけずけ物珍しげに眺める。

江治は機械直し工になるとき苦しい工面して買った道具、スモール・[101]スパンナーから五六まで揃えて五挺《ごちょう》と、鉗子《やっとこ》、[102]リード・ペンチ、片手ハンマー、[103]革ポンチ、[104]シャットル・ボックス・ゲージなど全部取り纏めて、悄然《しょうぜん》と下宿へ帰った。そして取りあえず勘定してもらうために帳場へ赴くと、折しも公休を取って休んでいた親父《おやじ》がおって、

「三好、お前げん妻拵《こしら》えて解雇んなりよったな。惜しいことしたなあ、学校まで卒業しといて。」と言った。

「私、とんでもない嫌疑《けんぎ》かけられて残念でなりまへんわ。」

彼は言った。

「お前、肩入れした女子《おなご》があるんやったら、何でまたないしょごとせんと俺に言えへ

んにゃ。俺が媒介《せわ》して正式に通勤願さえ出しゃ、どうもあれへんこと知っとりくさってからに……。」

「まったく取り返しのつかんことをしてしまいました。」

「返す返すも残念やなあ。わいも、君にだけは大いに嘱望《しょくぼう》しとったのや。」

下宿の親父が、お世辞にもこう言ってくれるのが彼には嬉しく思われた。

やがて沢田が勘定を済ますと江治の手取り金は二円六銭しか残らなかった。彼は積立金のことがいかにしても諦《あきら》め難《がた》い。[105]満期後二ヶ年以上も毎月給料の二日分ずつ差し引かれた強制貯金ゆえ、相当な金額に達しており、それさえあれば悠然として次の就職口を見つけるまでの食いつなぎがあるのに――。

だが入社の際に差し入れた証文が今はものを言った。積立金は泣いても笑っても下《さ》がらない。

「満期以内に会社を出て行く者は、その事情の如何《いかん》にかかわらず積立金を没収する」

こんな条文が浪華紡績の職工規定中にあって、ちゃんと契約書に印刷されておったことを、江治は入社してしまってから初めて知ったのであった。

「どこかへ行くあてがあるんか?」

親父が訊いた。

「いいえ、別にあてがないんだぁ。」

「そんなやったら、自家《うち》から添書《そえがき》つけたるよって西宮工場へ行きんか?」

「どうぞ頼みますわ。」

彼はそうでもするよりほか、どこならという目あてが差し当たりない。

「とにかく、しばらく向こうで働いて時機を待ち。そのうち職工係でも人が変わったら、またわいが取りなして帰還《もど》してもらったるさかい。」

「はあ。」

彼は大阪を離れて西宮へ行くことに淡い哀愁を誘われた。何だか彼女がまだ寄宿舎にいるような、いないとしても後に再び帰って来そうな気がしてしょうがない。彼女の父が生活し、彼女もまた幾星霜《いくせいそう》かをそこに育《はぐく》まれたのだと思うと、空高く聳《そび》ゆる二百尺の魔のような煙突が限りなく彼には懐かしまれた。そして呪いの奴隷の島さえ、水面《すいめん》に映って美しいもののように感情のせいで美化されて見える。

江治は伝言一つせずに姿を消した菊枝の仕打ちが判らなかった。憎い、恨まれる。しかし離れて行けば行くほど忘れられぬ想いがつのり、焼くように恋しい愛慕《あいぼ》の情がすぐと恨みや憎悪に打ち克《か》って、彼は彼女の心に信用を置いた。

四十一

江治は[106]ありぎり[107]身代《しんだい》すっかり入れたただ一個の行李《こうり》を落ち着くまでといって沢田に預け、二円六銭の金を懐中して傷める胸を抱きつつさまようように場末の工場地帯を歩いた。そして阪神電車の乗り場と安治《あじ》川の渡船場筋《とせんばすじ》への岐れ《わかれ》路《みち》に立った。

胸は疼《うず》く……。彼は行方《ゆくえ》に迷ってたたずんだ。すると伝法川《でんぽうがわ》と正蓮寺川《しょうれんじがわ》に挟まれて[108]巍然《ぎぜん》として聳《そび》ゆる、[109]近世工業労働者としての洗礼を受けた[110]揺籃《ようらん》の工場が、六甲の連峰へ傾いた夕陽に照らされて血のように跳《おど》って見えた。

彼は菊枝の心を信じてまっすぐに渡船場筋へ向かう——。そして[111]湊町《みなとまち》の駅舎で一夜を過ごし、明くる日の一番で彼女の故郷郡山《こおりやま》を訪《と》うた。

しかしこんな問題が起きようことを予期して訊ねておいたのではなかったから、彼女の家の町名番地はしっかり判らない。でも彼はうろ憶《おぼ》えに頭に残る魚町《うおちょう》というのを捜《さが》して、片っ端から表札を見て回った。そしてようやくのことで林たきという女名前の家を発見して内裡《なか》へ入り、いろいろ問い糾《ただ》してみると彼女の家には相違なかったが尋ねる菊枝の姿は見えない。彼女の母らしい女主人が、

「まあ、そうして大阪からわざわざ来とうくれやしたんですか？　それはせっかくでしたが、菊枝はちっとも家へ戻って来まへんがなあ……。」

こう言ってさも気の毒らしく茶をすすめた以上、何の得るところもなしに終わった。で、彼はがっかりして大阪へ帰ったが、どうしても菊枝が寄宿に隠匿《かこ》われているように思えてしょうがないので、思い切って西宮へ行くことができなかった。

郡山で案外ひまどったので日がとっぷり暮れた。町には木賃宿《きちんやど》がある。飯屋《めしや》もあった。けれども彼の懐《ふところ》には汽車賃に使ってしまった残りがもう一円余りしかないので、一泊十銭の木賃宿へもうかうかとは入れなかった。だが、悩ましい日が続き出してからというものまるで彼女が持って逃げたようにおそろしく食欲が減り、飯はごくわずかしか喉へ通らぬので貧しい彼にはかえってそれが助かるのであった。

江治は焼き芋を少しばかり買って袂《たもと》へ忍ばせ、荒れ果てた空き家へ入って寝ることに決心した。

奴隷の島の対岸に近世文明が置き忘れた如く一本楠《くすのき》の巨木があって、その基に七、八軒の長屋が建っている。それを界隈《かいわい》では幽霊屋敷と噂《うわさ》して、家主が家賃無料と貼り出しているにもかかわらず誰も入り手がない。彼はその家について三つほどの生々しい怪談を聞いていた。そのうちでも一番怖ろしいのは奴隷の島から泳いで逃亡を企てた女工が隠れてい、督促《とくそく》に発見されてさんざん弄《もてあそ》ばれたうえ遂に殺されて、まだ端から三軒目の家の壁に血がついているというのであった。そして前の楠の虚洞《うろあな》に二匹のこうせた狸《たぬき》が棲《す》んでいて、夜中にその時の光景を真似《まね》るという。彼はそんな狸の芸当《げいとう》など信じはせぬものの、女工が殺されたという事実にあまりいい気持ちはしなかった。しかし恋する者に恐怖はない。

あらゆる感覚が彼女を対象としてのみ動くようになってほとんど味覚を失ってしまった彼は、粘土を食うような焼き芋を無理矢理に喉へ押し込んで腹を作り、その幽霊長屋に隠れて忌《いま》わしい形骸《むくろ》を自ら虐《しいた》げ、時どき出ては大阪の二大長橋といわれている恩貴島《おきじま》橋《ばし》の上にたたずんだ。

星一つ見えぬ真の闇に青白い欄干《らんかん》の瓦斯灯《ガスとう》が淡い光を黒く満潮した水の面《おも》へ投げかけていた。そうして橋杭《はしぐい》から三、四尺というところに、奴隷の島へ続く蘆原《あしはら》が蒼茫《そうぼう》と繁茂《はんも》して、吹きあげる潮風にさやさやと葉鳴りしている。

彼は欄干に身を寄せてしばし蘆原を凝視《みつ》めながらたたずんでいたが、ふと欄干を跨《また》いで橋桁《はしげた》の端《はし》を飛び越え、さらに杭に掴《つか》まって下へ降り、身を跳《おど》らせて島へ移った。そうして生《は》え繁った蘆原の中を獣《けもの》のように分けて寄宿舎の方へ進んだ。工場より一番遠い方の塀際《へいぎわ》に位《くらい》した、松の一号室と聞き及んでいた彼女の部屋の裏手へ行って、もしや洩《も》れ来《く》る声なりとも聴こうと思ったのである。

彼女の部屋を限りなく懐かしみながら、江治はじっとたたずんで中の物声《ものごえ》を耳そばだてて聴いた。しかしはすっぱな女工たちが訳もなく汚い言葉であけすけ喋《しゃべ》くるばかりで、美しい菊枝の声らしい声は幽《かす》かな微風《そよかぜ》ほども洩れてこない。でも、彼は長い間たたずんだ。そして十一時半の汽笛を聞いてなかの工たちがすっかり熟睡に陥ったらしく廊下を通る足音一つ聞こえなくなってから、ともすれば汀《みぎわ》の泥濘《どろ》へのめりそうな危なっかしい小径《こみち》を通って諦めた如くしょんぼりと帰路について彼は五、六歩あゆんだ。と、眼前の草叢《くさむら》に、ふと麻裏草履《あさうらぞうり》を片足発見した。

彼は何心《なにごころ》なく、ほんのちょっとした気まぐれでそれを拾い上げた。すると古草履だと思ったものがばかに新しい。彼は再び何の考えもなく、塀内《へいない》の夜警灯《やけいとう》から洩《も》れる光に照らして拾った麻裏を何か大事な品物ででもあるかのように透《す》かして見た。その瞬間に、江治は愕然《がくぜん》と胸を打たれた。そうして思わず、

「ううん……。」と苦し気な呻《うめ》き声をあげた。

赤い鼻緒《はなお》の表には「松の一号林キクエ」という文字が見える。それは几帳面《きちょうめん》な彼女
115 が足許《あしもと》の悪い朋輩たちにすり換えられたり、かっぱらわれたりせぬために、ちゃんとおろしたとき書いておいたらしい廊下《ろう》履《か》きの上草履《うわぞうり》である。彼は懐かしさのあまり押し戴

くようにしばし額《ひたい》に当ててからしっかり抱いて、その最も強く彼女の体に触れたらしい踵《かかと》の部分へ口づけをした。そして微《かす》かに残る彼女の匂いを貪《むさぼ》るように嗅《か》いで食べた。

しかし彼は、次に怖ろしい絶望に襲われねばならなかった。……こんな新しい草履がなぜ草叢《くさむら》へ落ちている？　彼女が棄《す》てたのだ。ではなぜ棄てたか？　寄宿舎を出てどこかへ行くのに邪魔になったのだ。江治はそんな推理を立てて彼女がもはや寄宿舎にいないのだと結論を下した。と、怒りと悲しみがこんがらがって、堤防を切った洪水のように乱れ渦巻く……。

江治は初めて心から彼女を疑った。だが疑えば疑うほど自分が棄てられたことを確実に意識して失恋の悲痛を増すので、その苦しさから逃れるために強いて彼女の処女性を信じようと焦った。けれども焦れば焦るほどますます疑いが深くなってきた。

江治は夢遊病者の如くひょろひょろと隠れ家を指して帰った。そしていつも出入りをしつけている便所の所を潜《もぐ》って内裡《なか》へ入るなり、のめるように[116]打ち倒れて泣いた。そして彼は黴臭《かびくさ》い幽霊長屋に痩せこけた身を横たえて、夜もすがら寝もやらずに焼くような懊悩《おうのう》にさいなまれた。

[117]いたいけない頃から国を飛び出すまで連続して、彼の心の生活の二分の一を占めたお繁の記憶が連想される。（僕が、お繁を恋していたのだなあ）過ぎし日の無意識な交わり

が恋であったことを彼は悟った。すると、それも今度の場合と似たりよったりな結果に終わっていて、彼女の方から冷めて逃げ去った寥《さび》しい失恋の形であった。江治は、思えば多《た》恨《こん》やるせない——。

＊　＊　＊

菊枝のことばかりしか考えられない腑《ふ》脱《ぬ》けたような日が幾日も続いた。彼は失恋の形骸《むくろ》を抱いて朽《く》ち果てた空き家に立て籠もり、時々思い出した如く[118]飄々《ひょうひょう》と町へ姿を現してはわずかに焼き芋と関東煮《かんとうだき》の一串に生命《いのち》をつなぎ、力のない吐息《といき》をついては濛々《もうもう》と黒煙を漲《みなぎ》らせている浪華紡績の高い煙突を仰ぎ眺め、また飄々と隠れ家へ帰って来るのであった。

あれほど固い約束を交わしておきながら手紙一本、伝言一つせずに自分を棄てて去った菊枝の仕打ちが彼は忘れようとしても恨めしかった。憎らしい。そして島の草叢で拾った片足の草履を前にして男泣きに泣きながら、怒って芥《ごみ》だらけの土間へ叩きつけた。しかし次の瞬間には堪えられぬ侘《わび》しさが襲って限りない怒りはすぐにやるせない恋慕《れんぼ》の情に変わっていく……。彼はたったいま投げつけた草履を後悔して拾い上げ、

「菊ちゃん、菊枝さん、恋しい菊枝さん……。」と呼ばわりながら食べてしまうように接吻した。

それから幾日かこんな狂恋《きょうれん》の悩ましい日が続いたのち、彼は神の言葉を思い出して昂奮を鎮《しず》め、去った恋人の幸福を祈る殊勝な心地に立ち返った。

「おお菊枝よ、君行きたくば行け。恋を失っても、自分にはまだそれ以上の大事な生《いき》甲斐《がい》ある仕事がある。あの大発明を見《み》ん事《ごと》成し遂げて、偉くなった我が後年を見るがいい。」

彼は自分の心に叫んだ。そして(もし彼女が新たに走った恋人と結婚して、まず良人《おっと》に死に別れるとかまたは棄てられるようなことがあって、明日知れぬ定めない人生の航路に行き悩むようなことがあったら、その時こそは喜んで彼女の不幸を救ってやろう。そのときもし彼女が新しき人との愛の結晶物を抱えておっても俺は喜んで諸共《もろとも》に引き取り、隣人として一生聖愛を捧げよう――)とロマンチックな空想を描いた。

彼は(すべては神が我《われ》に発明の栄冠を与えるための試練なんだ)と考え直して、こじつけながらも失恋の悩みに一縷《いちる》の光明を探り摑むと、一時にどっと空腹を覚えた。で、すぐに飯屋へ赴《おもむ》いて大盛りを二皿と割り[119]一皿、それからお副食《かず》を三皿、息もつかずに平らげて、しばらくぶりに大きな呼吸《いき》をした。

縄暖簾《なわのれん》の飯屋を出ると彼の懐《ふところ》にはもう二銭しかお銭《あし》がなかった。一週間も日付の過ぎた添書《そえがき》と職工学校の免状と、やっぱり離すことのできない菊枝の遺品が、夜学校へ通った黒繻子《くろじゅす》の風呂敷に包まれてあるきり。とてもそのまま西宮へ行くことはできなかった。で、彼はいったん沢田へ行って預けた行李を受け取り、その中から外套を出して近所の質屋へ入れて小遣を拵《こしら》えた。彼女に買ってもらった愛の外套が、こんな惨《みじ》めなことに役立とうとは思わなかった。

やがて電車賃の出来た江治は、萌ゆるような若草の生え繁った新淀川の堤防を遡《さかのぼ》って、[120]阪神電車の停留場《ていりゅうじょう》へと向かった。ただ一個の竹行李を肩にした彼の貧しい姿が、[121]澎湃《ほうはい》とした河べりをとぼとぼと行く……。

彼は五年も怠《たゆ》まず弛《ゆる》まず[122]孜々《しし》として明け暮れ働いて何を獲得したのだ？　長い間の重い労働によって蓄積した物が風に飛ぶような軽い竹行李一個。なかに入っている品は油臭い工場服と破れかかった単衣《ひとえ》一枚と、垢染《あかじ》みた浴衣《ゆかた》があるきりで、後は古本や教科書や製図器械の一組、それから飯の種のスパンナーがあるきり、そのほかには名称《な》を呼び立てるほどの品がない。彼は酒も飲まず、煙草も喫《す》わず、博奕《ばくち》は思いもよらないことだし、女郎買いももちろんしない。そんな真面目《まじめ》な清教徒《ピューリタン》の生活をしていて、季節季節の着物一枚こざっぱりした物を着られないほど労働の報酬が少ないのであった。（一体、それほど俺の労働に価値がないものなのだろうか？　否々《いないな》そんなばかばかしいはずがあるものか。俺たちの労働の価値を黙って横取りする者がいるから、こんなに俺ばかりではないすべての労働者が惨めなのだ）江治は自問自答しながら行李を持って黒い電車に乗り込んだ。

四十二

株主を同じゅうする浪華紡績西宮工場は、有馬《ありま》山脈口を背景に兜山《かぶとやま》[123]を背負って香爐園《こうろえん》[124]の松原続きにあって、二百五十フィートの円形赤煉瓦煙突と百二十フィートのタンクと塵突《じんとつ》[125]が辺りに一本の煙突もない透徹《とうてつ》した青空に向かって魔のように聳《そび》え、白砂青松《はくさせいしょう》の自然美を征服した王者の如く泰然と構えている。そして八万錘《すい》の精紡機《せいぼうき》と一千台の織機が昼夜囂然《ごうぜん》と轟《とどろ》き、タンクの脇の塵突から間断なく綿粕《わたかす》の塵芥《じんかい》を強烈な風車で送り揚げて四方へ吹き飛ばすので、浜の老松《おいまつ》はすっかり葉を鎖《とざ》されてしまい、汚れた灰色の雪が積もったように見える。そうしてそのために枯死《こし》した木さえ数見られた。

同じ会社でも工場が異なると管理人が違うゆえまるで事情が変わり、彼は指定下宿から難なく入社することができて前のように働き出した。もっとも西成工場にいたことは秘《かく》して、他社の経験工だと布令《ふれ》出したのである。工場では大阪からやって来た学校出の経験者だとてなかなか女工たちの受けがいい。そして第一回の勘定日に決定された給料は西成工場より三割方よかったので彼は嬉しく思った。だが菊枝のことがどうしても忘れられないので、彼はおのずと憂鬱な日を送らねばならなかった。

絶対に逃れることのできぬ工場以外では喧噪《けんそう》を嫌い、人を厭《いと》うようになった江治は、間代を張り込んで三畳の別間を借り、独り黙々としてそこで起《お》き伏《ふ》しした。相も変わらぬ粗末を通り越したような荒家《あばらや》ではあったが、でも三尺の小窓から浜の景色が覗かれて舟の出入りが眺められるのは思わぬ儲け物だった。かなり日が長くなって早く夜が明け、五時の起床汽笛にはもう戸外が明るい。彼はウォーヴ……、ウォーヴ……、ウォーヴ……と三回に切って猛獣のように吼《ほ》え哮《たけ》る朝の汽笛を聞きながら、静かな寂《しず》かな朝凪《あさなぎ》に棹《さお》さす小舟を見て眼を醒《さ》まし早天《そうてん》[126]の礼拝をして工場へ出かけた。

と、ある晩のこと彼は昼間機械に引っかけて綻《ほころ》ばしたズボンを縫っておると、隣の間《ま》にいて織布の仕拵部《しこしらえぶ》へ出ている荒巻工《あらまきこう》[127]の女がすうっと障子《しょうじ》を開いて入って来た。

「こんばんは。」

「こんばんは。」彼も言葉だけかけた。

「えろう精が出まんな。何してやはりますの？」荒巻工は馴《な》れ馴《な》れしく話しかけた。

「お見かけの通りズボンの綻び……。」

「まあまあ、あんた男はんのくせして感心だんなあ。わてが縫ったげまひょう、こっちへ貸しなはれ……。」

荒巻工はつかつかっと江治の側《そば》へ寄って彼が渡しもせぬのに引ったくるようにズボンを取り上げて針を運んだ。

彼女は仕拵部部長のお妾《めかけ》で、時たま旦那を迎えるほかはいつも隣室に独りいる女であった。二十二、三くらいな年恰好で、蝶々を崩したことのない大柄な色白の女だ。

「わて、いつもかっつも独りで淋しゅうてしょうないよってしばらく遊ばせとうよ。」

彼女は針を運びながら江治の顔をしげしげ盗み見て言った。

「どうぞ。」

江治は少々妙な思いがしたけれど、まさか「嫌です」とも言えないからこう返事して[128]つくねんと腕を組んで手持ち無沙汰でいた。

「三好さん、何《なん》かわてに面白い話しとうくんなはれな？」

すると彼女はズボンの綻《ほころ》びを縫い終わってきちんとそれを折りたたみ、つと立って部屋の隅へ置いてから笑売女《しょうばいおんな》のような媚《こび》を含めてこんなことを彼に言う。そして、

「まあ三好さん、毎日一つ屋根の下で働いていて、家へ戻ったからってそんなにすましてんでもよろしいやおまへんか？　あんたは学校へ行きやはったのやさかい、面白い話たんと識《し》ってやはりますやろがな……。」

「僕が、嫂《ねえ》さんに話して喜ばれるような話題《はなし》は何にももっていない。」

「まあ、ずいぶんひどいわ、三好さん。」

「……。」彼は彼女の瞳孔《ひとみ》にひどく下品な色合いを発見した。

「人にズボン縫わせといて、世間話一つしてくりゃはらんのやわ。」

「……。」江治は黙ってうつむいていた。

「わて、三好さん、貴方《あんた》のこと思てまんのやわ。可愛《かわい》がっとう……。」

彼女は突然こうあけすけに言って当惑した江治の方へぴったりと膝を寄せつけ、情欲に燃え立つ眼で焼き尽くすように××××××××××××××××××××××。そして、

「三好さん、三好さん。」×××。

「……。」

「××××××……。」

×××——。

××××××××××××××××××××××××××××××××。

「三好さん、三好さんいうたら……。」

危ないところであった。しかし次の瞬間に彼は厳粛なあるものに襲われた。そして、

「何をするのです、嫂《ねえ》さん！　そんな嫌なことをすると、僕が明日さっそく部長に告げるよ。」

こうきっぱり言い放って彼は女を突き退《の》けた。そうして、

「僕をね、嫂さん、だらしないほかの男工と同じ眼で見ては当てが違うよ。今度から僕の部屋へなんか、入って来たら承知しないからそう思って下さい。」

女はばつの悪い顔してすごすご彼の部屋を出て行った。

＊　　＊　　＊

工場ではまた織布の女工たちが彼を関東生まれだろうとつかぬ噂をし合い、服こそいつも汚いのを着ているがなかなか小意気な男前だとてちやほや持て囃《はや》した。そうして同組の若い工が蚯蚓《みみず》の匐《は》うような拙《まず》い字の艶文《つやぶみ》をつけたり、いろんな食べ物や石鹼や自分の写真などを贈ったりして肩入れする。ことに三等見回り工のあやのは一番猛烈に彼の尻を追い、部長が喚《よ》んでいたなど少女工に伝言させては江治を場外の寂《しず》かな煉瓦の陰へ鎌《かま》かけて誘《ひ》き出し、

「江治さん、この間の返事早《はよ》う承《き》かせとう？」と、何の憶《おぼ》えもない彼に迫った。

「何の返事だね、一体？」

「まあ、江治さんいうたらいつもあんなこと言うてうち泣かせるんやわ。」

「冗談言っちゃ困るよ。」

「うち、あんたのことばかり想って寄宿へいんでも夜の目もろくろく眠らずにいるんやわ。」

「いよいよ弱ったね、そいつは……。」

「ちょっとも弱れへんわ、うちに返事さえ承《き》かせてくれたら……。」

江治は何のためらうところもなく相手を捕えてこんな交渉のできる、勇敢な彼女が羨《うらや》ましかった。

「今度の交代日に、神戸か大阪へ伴《つ》れて行っとうよ。うち、お金は二人で使うくらい持っとるよってに。」

「……。」しかし彼はどうもすぐ返事することができない。

あやのは笑窪《えくぼ》の引っ込む、髪に少し癖のある、そして小柄なちょっと菊枝に似通った点のある可愛い工であった。そしてそのころ女工たちの間にはまだほとんど使われていない頬紅《ほおべに》を彼女はいつもつけていた。

彼は、菊枝のことを忘れて苛《さいな》むような懊悩《おうのう》から解脱《げだつ》するにはすべからく新しい恋をするに限ると理屈では思う。そしてちょっとでも頬紅つけた三等見回り工のあやのに仕事中軽い魅惑を感じる利那《せつな》があると、彼はすぐに己の頭の中で彼女と菊枝を取り組ませて喧嘩させてみた。だが何遍やってみても菊枝の方が勝って、あやのにはとても愛慕の情が起こらないのだった。

彼女は[129]天竺木《てんじくも》綿《めん》の端《は》切《ぎ》れで江治の工具袋を拵《こしら》えて贈った。

スパンナーを二挺X字形に組み合わせて、K. MIYOSHIと彼が鉛筆で書いた上を刺繍《ししゅう》したものだ。江治が道具をその袋の中へ入れて仕舞って帰ると、彼女は紛失せぬようにとて毎日それを寄宿舎へ持って帰り、翌日またわざわざ持って来た。江治は我が身に引き較べて彼女のやるせない片恋《かたこい》の想いを十分察した。しかしどうすることもできない因果な運命が支配していた。

* * *

今を盛りと咲き誇る躑躅《つつじ》が辺りの山々を時に染めて、逝《ゆ》く春の名残《なごり》を飾っている。江治は今日もまた傷める胸を抱いて憂鬱な面もちに鎖《とざ》されながら、独り香爐《こうろ》園《えん》をさまよった。そして暖かい春風が含む花の香りと若葉の匂いに蒸されて過ぎし恋の日の追憶《おもい》に耽《ふけ》り、ひどく感傷的になって胸を疼《うず》かせつつ山の中腹へ登ってラジューム温泉旅館のある六甲《ろっこう》[130]苦楽園《くらくえん》のところまでやって来た。碧海《へきかい》を背にした赤い瓦の家が切り立てたような断崖の上にいくつもの箱を据えた如く建って西洋の油絵を見るように美しい。玩具《おもちゃ》のような電車が、のどかな村里を脱けてその山の端をぐるりと緩やかに回って行く……。

彼は近頃ひどく体力が衰えて少しの坂道にも疲れを覚ゆるようになった脚を、とある[131]生《は》え込《こ》みに休めて心持ち汗ばんだ顔をハンカチで拭《ぬぐ》い、眼の下に続く芦屋の絶景を木《こ》の間《ま》越しに眺めおろした。そうして幸い懐に一円ほどお銭《あし》があったので、来たついでだからラジューム温泉を一風呂浴びていこうかと思案していると、一台の自動車が唸《うな》りながら坂道を登って来た。ガソリンの臭いがさっと鼻を衝《つ》く。彼は奇《き》態《たい》な癖にも、このガソリンや石油の燃焼する臭いが好きであった。

(ずいぶん急な坂を登るなあ)彼がこう思って感心していると、自動車はそこでぴったり停《と》まってしまい、詰襟《つめえり》の運転手がひらりと身を跳《おど》らせて先へ降りた。江治は見るともなしにその方を向いて内裡《なか》の客が出て来るのを待った。

「ここまでしか登りません。」

運転手がこう言って扉《ドア》のハンドルへ手をかけた。

その瞬間に、江治はがくりと脅《おび》えた。彼の心臓は歪《くる》うような烈《はげ》しい動悸《どうき》が狂乱して波打つ……。

自動車の客は菊枝と西成工場の工場長であった。彼は本当の年よりもずっと若々しく見せる瀟洒《しょうしゃ》な[132]袷服《あわせふく》に惜しげもなく貴金属の付属品をくっつけ、細身《ほそみ》の洋杖《ステッキ》を持ったいかにも都会人らしい風采《ふうさい》をしている。彼女はまた[133]とこぎり派手な[134]お召《めし》か何かの袷衣《あわせ》に織紋《おりもん》の丸帯をあげ、流行色のパラソルとオペラ・バッグ[135]を持って堂々たる令嬢か女優みたいな艶麗《あで》やかな姿をしていた。そして紅差《べにさ》し指には宝石入りの指輪が光っていた。

江治と菊枝の視線が一瞬間ちらっと行き会った。二人は別々な思いで愕然《がくぜん》とする。と、彼女は慌てて彼から眼を外《そ》らし黙って男の陰へ身を隠した。工場長は脇目もふらずに棒のように佇立《つった》っている。そして両人《ふたり》は次の瞬間に二間《にけん》ほど江治のいるところを行き過ぎた。

「菊枝さん！」

江治はやにわに生え込みから飛び出して二人のあとを追っかけた。

菊枝はかつて心を捧げた男といま体を許している男との間に立って極度に困る。そして良心の閃《ひらめ》きと一緒に、

「ゆるして江治さん！」と懸命に叫んだが彼女の理性はこんがらがってしまって完全な言葉にならなかった。

逆上してしまって江治もまた彼女の声を聴かない。菊枝は、彼が棄てたことを恨んで今日こんなところに待ち伏せており、鋭利な刃物を懐に忍ばせていて今にも抜きそうに思えた。

「菊枝さん！」

江治は再び夢中で彼女の名を呼んだ。

「……。」

工場長はきりっと身構えて彼を睨《にら》みつけた。険悪な瞬間――。

「待って下さい！　き、菊枝さん。」

しかしこう三度目の声を出すとき、江治はくらくらっと眼が暈《まわ》って二足三足よろめいた。そうしてその勢いに思わず体の中心を失って彼女の体へ取り縋《すが》るように、手を触れて二人の行く手へ昏倒《こんとう》した。

「怖い！」

菊枝は悲鳴をあげて男の方へ身を寄せる。

「君や、三好やないか！」

工場長は女を庇《かば》いながら憤然として口を切った。しかし彼の声も慄《ふる》えを帯びている。

「林に、君は一体なんの用があるんや？」

「……。」江治は赭土《あかつち》の上へのめったままただ藻掻《もが》いた。

と、工場長は喘《あえ》いでいる彼を尻目にかけて、不自然な嘲笑をもって応えた。

「あ、貴方《あんた》にもの言ってやしないです。き、菊枝さん、菊枝さん、菊枝さぁん……。」

「失敬なこと言うな！」

「……。」

江治は気が焦るばかりで言うべき言葉が喉《のど》へ出なかった。自分の体をぶつぶつに切られているような気がして、やたらに全身が戦慄《おのの》くばかりである。

「さあ、こんな不良少年には構わんと行こう。」

やがて相手はこう言い放って彼女を促《うなが》し、わざと落ち着いたらしく洋杖《ステッキ》を振り回しつつ峻《けわ》しい坂道を温泉の方へ登って行った。ほとんど喪心《そうしん》したようになって、よう起きあがりもせずに倒れている江治の眼の上へ孔雀《くじゃく》のような彼女が裳裾《もすそ》を翻《ひるがえ》して行くのだった。

四十三

彼は余程時が経ってからやおら身を起こして血のように滲《にじ》んだ口惜《くや》し涙を拭《ぬぐ》った。そして気脱《きぬ》けした男の如くとぼとぼと山をくだって麓《ふもと》にある沼の縁《ふち》まで帰り、草叢《くさむら》の上へ打ち伏して昂奮を鎮めた。

(奴の帰りを待ち受けて決闘してやろか)

こうも思った。しかしそんな破滅の前に臨んでも彼女を憎み切れない。むらむらと憎悪の念が湧いてもすぐその後から甘い愛慕《あいぼ》の情が流れ出て彼女の前に温順でありたい。

野蛮な振る舞いを見せて彼女に乱暴者だと思われたくはなかった。

江治はふと自分の手を見た。そうすると左の小指がひと節短く、なお紅差し指との間から掌面《てのひら》半分へかけて醜いYの字形の瑕痕《きずあと》があらわに見えている。それから長くのばした髪の毛で隠れてはいるものの頭にはまるで犬の駈《はし》っているような禿があった。纏《まと》っている着物は国を発《た》つ時に着て出たなりで、はげちょろけた[136]結城縞《ゆうきじま》の袷衣《あわせ》[137]に新モスリンのよれよれになった兵児帯《へこおび》。あまりに貧しい自分の姿であった。それは結局現実の社会で経済生活に破綻《はたん》した者の象《かたち》で、恋愛もまた経済生活の上に打ち立てられた人生の上層建築である以上、それに敗けた者は恋愛を享楽する無資格者のように思われた。

(菊枝は俺を棄てるつもりで愛したのではなかろう？　しかしあまりに貧乏なるがゆえに恋を楽しむことさえできないくせに、自分の考えはあんまり虫のよすぎる浪漫《ロマン》主義だ)

彼女にとってはいたずらな理想にのみ走って現実を踏まぬ江治が、何かしら物足りないような気持ちがしたのであった。

彼は自分の不甲斐なさにほとほと愛想が尽きた。相思《そうし》の彼女と一緒でたまの休みに遊びに行くのに洋服一着あらばこそ、靴一足あらばこそ、いつもいつも女にばかり小遣を出させて、ただの一度だって[138]捌《さば》けた金を使うことさえできないのであった。

彼がどんな高遠な理想をもっておるにしろ、理想は実現しなければ彼女にとっても彼にとっても三文《さんもん》の値打ちもなかった。彼女はやはり女である。一枚の着物も欲しかった。しかし理想だけではいつまで経っても恵まれないだろうと考えると侘《わび》しかった。

沼の面《おも》は小波《さざなみ》[139]だもたたずに静止している。その固体のような水上をあめんぼの一群が巧みに滑走して微《かす》かな微かな波紋を描いた。

江治は(俺は自惚《うぬぼ》れてみたところで結局片輪者の貧しい一職工に過ぎないのだ。職工イコール落伍者《らくごしゃ》。今のところそれ以上の何者でもあり得ない)と悲しい反省をつけて彼女のことを諦めた。

けれども妻のあるうえ女郎や芸者を買って遊び、それで道徳の冒瀆《ぼうとく》だとも思わずに平気で済ましている汚《けが》れた奴に彼女が弄《もてあそ》ばれたのは残念に堪えなかった。自分の手から高潔な玉《たま》を奪い、あまつさえペテンにかけて馘《くび》まで切った工場長が憎い。しかし彼は何事も運命だと考えてひたすら神の意《こころ》に従い心の平和を保とうとした。そして「敵を愛する心」の苦しい体験をなめた。

江治は[140]リチャード・アークライトや、エドマンド・カートライトなどという偉大な発明家の辛苦艱難《しんくかんなん》を想う。[141]ノッチンガムの市民をはじめ全英国の手工業者や無頼漢からあらゆる迫害を受け、[142]洗うような貧困と戦いつつ数十年の苦闘を続けて今日全世界の津々《つつ》浦々《うらうら》にあまねく据わっている紡績機械や力織機《りきしょっき》の原型を築きあげた一方《ひとかた》ならぬ努力を見ると、わずか一婦人の帰去来《ききょらい》[143]に喜怒哀楽を感じ、めそめそ泣いたり笑ったりする自分の小心さ、女々しさが恥ずかしかった。そして、そんなことではとてもこの大発明を完成する資格がなかろうと思った。

「ええい、菊枝去らば去れ。こんな男らしい、貴い、偉大な、人道的な僕の事業に共鳴のできないような平凡な女は、豚にやってしまう！」

彼は捨て鉢のように言い放った。そして、

「今に見ろ、いんまに見ておれ。世界的の偉人になって驚かせてやるから――。」

彼は前に人あるように独り言《ご》った。すると、あたかも神か自然の声のような山彦《やまびこ》がこれに応えるのだった。

「今に見ろ……いんまに見ておれ……世界的の偉人になって驚かせてやるから……。」

江治は暮れ方になってから沼の縁を発《た》って下宿へ帰った。そして食堂を覗いてみると相も変わらぬ南京米の麦飯だったから何《なん》ぞ栄養になる物を少し摂《と》って元気をつけようと思い、外から玉子を買って部屋へ戻ると見回り工のあやのが巻寿司を土産《みやげ》に持って遊びに来ていた。

「おお！　びっくりした。見回りさんか。」

彼は常になく威勢のいい声で女に言葉をかけた。

「お留守の間に、黙って入らせてもらってすみまへん。」

「なに。」

――しかし手土産《てみやげ》だけ貰って二人で食べてから、彼は女を帰した。そして独り冷たい垢《あか》まみれの蒲団《ふとん》にくるまって、

「もう、僕は金が出来るまで恋をしない。一生しないかも判らん……。」とすすりなきながら独り言《ご》ちて咽《むせ》ぶような静寂《せいじゃく》に陥った。

××××××××××××××、歓楽の曲に有頂天《うちょうてん》になっている姿が、払っても払っても彼の眼の先へ幻影となって現れる……。江治は菊枝の肉体が恋しくなった。

* * *

英国から発行される繊維工業専門雑誌『テキスタイル・レコーダー』、『テキスタイル・ワールド・ジャーナル』、『テキスタイル・マニュファクチャー』の三誌は筆を揃えて驚嘆《きょうたん》すべき大発明を紹介し、これが直ちに翻訳されて日本の[144]『紡織評論』に転載された。

その要点は三好江治の考案とほとんど同一の原理に基づき、圧搾空気《あっさくくうき》と電磁気《でんじき》の応用による無杼《むひ》自動織機なのである。

江治はある日のこと寝間《ねま》の中で偶然にこの記事を見た。そして愕然《がくぜん》と蒲団を蹴《け》って跳《は》ね起き、「むうう……。」と恐ろしい呻《うめ》き声をあげた。そうして悪夢から醒《さ》めた時みたいに苦し気な吐息をついてさらに劇《はげ》しく唸《うな》った。

「……。」昏絶《こんぜつ》のおどろき。

「発明にも破れた！」と江治は叫んだ。

「三好さん、三好さん、どっか悪《わる》おまんのか？」

彼がただならぬ呻き声を発したので、隣室の荒巻工は急病でも起こしたのではないかと気遣い障子の外から声をかけて訊いた。

「どうもしやしまへん、おおきにありがとう。どうぞ心配せずに寝《やす》んでくれ給え。」

江治はややあってから答えた。

「そんならよろしおますけど、わて差し込みでも来てんやないか思《おも》て[145]おろろきましたわ。」

「何、ちょっと本読んでいて書いたることにびっくりしたんです。」

「本に、何がまた書いておましてん？　本でびっくりしてあんな大けな声立てるって、けったいな人だんなあ。」

「……。」

「さいなら[146]静かに寝《やす》みなはれ。わても独り寝ますよって——。」

荒巻工の嫂《ねえ》さんは、こう言い残して我が部屋へ入って行った。

晩春の夜は音もなく更《ふ》ける……。

と、あたかも人類の終焉《しゅうえん》が来て発電機がことごとく停止してガス発生器[147]が毀《こわ》れ、おまけに油田が涸渇《こかつ》してあらゆる灯《とも》し火《び》が消えうせた時に残るただ一本の蠟燭《ろうそく》、それさえも尽きて最後の焔《ほのお》が芯の上に羽ばたくような寂寥《せきりょう》そのものの世界が、彼の前に展《ひら》かれるのであった。

彼は再び床へ入った[148]けれど、もう一睡もできるはずがない。あらゆる理想に破れて生きる希望から手もなく小突《こづ》き落とされたみすぼらしい敗北者の姿が断崖の下に投げ出されて見られた。

四十四

いったん諦めた菊枝への追慕《ついぼ》が、発明に破れた彼の頭へ再び潮《うしお》のように甦《よみがえ》ってくる。重ね重ねの悲劇に彼はもう堪えられなくなって、どっとそのまま床《とこ》に就《つ》いてしまった。江治はすべての存在が怨恨《えんこん》に堪えない。自分という者の生存が呪詛《じゅそ》しられた。そうしてますます神を疑い、遂に彼は否定した。（確実に、神という代物《しろもの》はない）と。偶像から万能《ばんのう》の神エホバを見出して真理だと思った彼は、それもやっぱり人間の空想で作り上げた偶像の変形にほかならないことを、求めても与えられなかった事実によって証明され、会得《えとく》したのである。がしかし、身の愚かさからとはいえその神という化物《ばけもの》船《ぶね》に乗せられて既に人生の川の半ば近くまで漕ぎ出した彼には、それから先が問題であった。

発明しようとすれば何度となく他人《ひと》に先を越されてしまい、恋すればまた相手を横取られる。こうして智力と金力のない彼はいつも強い者に敗《ま》けねばならない。彼が行こうとする道は片っ端から暗黒に鎖《とざ》されてしまった八方塞《はっぽうふさ》がりであった。

（ああ、俺はもう行くべき道が一筋もない。今日《こんにち》の社会では、貧乏に生まれたということが既にもうその人間の一生を不幸な運命に決定してしまっておる。俺だって家が分《ぶ》限者《げんしゃ》で高等工業へでも入れてもらっておれば、こんな発明くらいもっと早く発表しておる。無力な者は一生従順な奴隷として強者の前に叩頭《ぬかず》き、彼らのために生命を捧げねばならんのか？　しかし俺は嫌だ。それくらいなら……）

夜は音もなく朝《あした》へ近づいていった。

程近い香櫨園の海岸では、真砂《まさご》を洗う波の音ばかりが永《とこし》えに変わらぬ音を立てている。

そして春は逝くのであった。

江治の頭へ祖母と母の死に顔が浮かんだ。二人の顔は現世《げんせ》の苦悩から解脱《げだつ》して、平和と[149]安佚《あんいつ》そのもののような眠りを続けている。それから工場の[150]ロープ筋《すじ》、高圧電線、井戸、タンクの上、匕首《あいくち》、こういったものが矢《や》継早《つぎばや》に彼の頭へ浮かんでは消え、消えては浮かぶ。

直径が五間《ごけん》もある巨大なエンジンの[151]調速輪《フライホイール》に、腕ほど太い[152]調綱《ロープ》が十本も掛かって振れもせずに回転している。そこへ飛び込むと人間の体がさながら蛙《かえる》の逆裂《さかざ》きのように股《また》から引き裂かれて、向こうの防火壁へ一含《ひとふく》みの糸屑みたいにべったりと叩きつけられる光景。それからまたどこかに潜在している彼女、ひょっとしたら西成工場へ帰っているかもしれぬ菊枝の体を担《かつ》いで屋根から防火壁の真《ま》あ天辺《てっぺん》へ登り、彼女を両脚に挟んで頭の空を通っている高圧の裸線《はだかせん》を二本両の手でむずと攫む。すると三万五千オームの電気抵抗《レジスタンス》をもった二人の肉体が計ることさえできない瞬時のうちに真っ黒焦げになって死んでしまう。彼女の、美しい乳房の辺りを閃《ひらめ》く短刀で一突きに刺し刳《えぐ》り、エンジンのエクゾーストの如くどくどく噴出する鮮血で紅《くれない》に染められた屍《しかばね》を見届けて、猿のように急いでタンクの梯子《タラップ》をかけ登る。そして最終の高い段から下を目がけてひと思いに飛ぶ。

だがそんな凝《こ》ったことをして愚図ついている間に見つけられてふん縛《じば》られでもすれば役に立たないから、いっそ手っ取り早く彼女を攫《さら》うなり原動部前の深井戸へ飛び込んでしまおうか？

江治はこんな考えにばかり襲われた。そしてどこにいるか判りもしない彼女が、いつしか元の工場にいるように仮想されたりなどした。

彼は浅薄《せんぱく》な虚栄心から処女の貞操まで売って一時の歓楽に酔っている彼女、冷たい黄金に眩惑《げんわく》して温かい貴い童貞の愛をむげに斥《しりぞ》けた菊枝、しかしいいほど弄《もてあそ》ばれた末、子供の一人も孕《はら》んでから破れ草履の如く路傍《ろぼう》に打ち棄てられて身の振り方に行き迷うに決まっている女を、いっそ自分の手で今のうちに殺してやった方が、悲劇を知らずに済んで永遠の幸福ではないかと思う。しかしやっぱり彼女は生に執着を感じているようにも考えられた。

彼は彼女の情意が働く限り、好感をもって菊枝の記憶に宿りたいのである。それがせめてものつれない願いだった。

鉛色《なまりいろ》に染まった、どんよりした空の日が幾日も続いた。音もない五月雨《さみだれ》が、毎日毎日
153 やみもやらずに絹糸《きぬいと》を垂れた如く降る……。
江治は体に、内臓がすっかり腫《は》れてしまったような圧迫を感じた。そして手や脚はさながら蝮《まむし》みたいにただ骨と皮ばかりに痩《や》せこけ、廊下を歩くのさえ億劫《おっくう》なほど体力が衰えた。太陽の直射にはひとたまりもなくぐらぐらと眩暈《めまい》を感じる。たった一日に一膳の

飯さえ、お茶で無理矢理に流し込まねば喉へ通らなかった。

＊　＊　＊

江治がどんな手段でもって自分の肉体を破壊したらいいであろうと悶々《もんもん》としながら指定下宿の汚《きたな》らしい部屋に寝ていると、訳を知らぬ見回り工のあやのは想う男の姿が工場に見えなくなったので心配して訪ねて来た。

「こんにちは、三好さんいやはりますか？」

江治は人に声をかけられるのがたまらなく厭《いと》わしかった。が、聞かぬ風も装っていられないので、

「いますが、どんな用ですか？」

こう乗り気のない返事をした。すると彼女は具合の悪い障子を開けて内裡《なか》へ入って来た。

「ああ、貴女《あんた》でしたか。」

江治は起きもせずに、ちょっと彼女の足許《あしもと》へ一瞥《いちべつ》をくれたきりで応じた。

「うち、この頃ちょっとも貴方《あんた》の姿が見えんよって不思議に思って下宿の人に問うてみたら、病気で寝ていやはるいうことやったさかいびっくりして見舞いましたのやわ。」

「ありがとう。」と彼は仕方なく言った。

「あのう、これ何《なん》にもあれしまへんけど玉子やさかい……。」

見回り工はこう言いつつ新モス[154]の風呂敷から鶏卵《けいらん》の箱を出して江治の枕許へ置いた。そうして彼の顔を覗《のぞ》くようにして、

「うち、一日でもあんたの姿が工場に見えんと、淋《さび》しゅうて心配で仕事も何にも手につかんわ。昨日も一台持ちの工の機《はた》、杼《ひ》打《う》ちしてしまって不憫《かわい》そうで仕方なかったわ。それに、寄宿へいんだかってあんたのことばっかし想われてろくろく夜の目も眠られへんの……。」

「……。」彼は黙って彼女の言葉を聴いた。

「なあ江治さん、早《はよ》う癒《なお》って工場へ出てちょうだいよ。うちゃ、貴方《あんた》みたいな学問のある人、こんなお多福《たふく》[155]好いてくれんいうこと判ったるけど、ほれでも顔見せて時たま話《はなし》してくれるだけでもええよって……。」

彼女は感傷的になって遂に涙をこぼし出す。江治は自分の身にひき較べて、どんなに素《そ》っ気《け》なくされようと蔑《さげす》まれようと相手を憎むことさえできなく、かえってそうされればされるほどますます相手の人が恋しい真に愛する者の心根《こころね》がよく汲み取られた。しかしながら声を出すのがおっくうでしょうがない。

「どこがわるい？」

「どことといって、大した病気ではない。」

「うちが、少しさすってあげるわ。」

「そんなことしなくっても……。」

「ずいぶんひどく眼が落ち込んどるわ。」

あやのは江治の額《ひたい》に手を当てて涙に潤《うる》んだ眼をしばたたかせながら静かに彼を撫《な》でる。江治は拒《こば》む訳にゆかなかった。そしてままならぬ人生が呪わしく、彼女の情に思わず澄んだ涙が湧いて出た。

「どっか痛む?」

「いいや……。」

「でも、貴方《あんた》苦しそうに涙こぼしとるわ。」

二人の間にしばらく沈黙が時を占めた。と、ややあってから江治は、「あやのさん。」と初めて彼女の名を呼んで咽《むせ》ぶようにうつむいている見回り工の手を把《と》った。そして時どき息を切って苦《くる》し気《げ》に言う。

「あやのさん、貴女《あんた》はいつも僕に親切を尽くしてくれるねえ。僕は貴女の親切に感謝している。そして貴女の心持ちはよく判っとる。しかし、ただそれだけで、僕は貴女の親切に酬《むく》いることができないのですよ。貴女の愛だけを受けてねえ、僕が貴女を愛し返すことが許されない悲しい運命なんだ。が、どうぞ赦《ゆる》しておくれ……。」

彼女のすすりなきが起こった。

「うち、うち、うち、どうせこんな無学な女子《おなご》やよって、貴方から可愛がってもらおうとは、思いまへん、思いまへん、思いまへん……。」

「そんなに苦しませて、まったくすまないねえ。何という気まぐれな運命の悪戯《いたずら》なんだろう……。」

「最前《さいぜん》も言《ゆ》うた通り、貴方の顔見るだけでうちは満足します。ほうして折があったらせめて一遍なりとも一緒に遊びに伴《つ》れて行ってもろたら、それでもううちは一生独身で暮らそうと思てるわ。」

「だがねえ、弱い者《もん》が生きることは辛い。せっかくだけれど、その顔ももう見せられないかも判らない。」

江治は悲しく言った。

「貴方、会社やめはるの？」

「はあ。」

「どうしてまた？」

「人間の運命は明日知れないものだ。ひょっとしたら僕、外国へ働きに行くかもしれないんです。」

「うち、どうしよう、どうしよう、どうしよう……。」彼女は遂に声をあげて泣いた。

「工場はいけないからね、年期[156]があいたら早くお国へ帰って、国の人と結婚して下さい。都会の人間は皆魂《みんな》が腐っとるから、決して目をくれてはならん。こう言う僕自身にもねえ……。」

あやのは向日葵《ひまわり》のように打ち萎《しお》れて、門の時間が切れぬうちにとしょぼしょぼ帰って行く。彼は不憫な彼女と会うのもそれが最後のように思えて何となく懐《なつ》かしいまま、酔いどれのようによろめく足取りで下宿の入口まであやのを送って出た。

四十五

すべての希望を失った江治は遂に死の中に安息所《あんそくじょ》を発見した。そして襲うがままな誘惑に身を委《ゆだ》ねて香櫨園《こうろえん》付近の鉄道線路を夢遊病者の如くさまよい回った。

しかし髪の毛ほども入用《いりよう》のない生命でいて、いざとなればなかなか死ねないのであった。(今度こそはひと思いに飛び込んでしまわなければならん)彼はこう決心して汽車の来るのを生《は》え込《こ》みの陰で待ち伏せたが、巨大な怪物のような機関車が地響き立てて咆《ほ》え哮《たけ》るエクゾーストを吐きながら側まで近づいて来ると、急に怯気《おじけ》づいてそのまま固くなって立ち竦《すく》んでしまい脚が硬張《こわば》って動けない。汽車は「臆病者よ、ざまあみろ！」と嘲笑《ちょうしょう》のスチームを浴びせて行き過ぎる。彼はぽかんとしてその偉大な後姿を見送った。

しばらく時が経つと(今度こそはいよいよ)と思い、薄闇に紛《まぎ》れて軌条《レール》の上へ身を横たえて待ち受けた。しかし怖ろしい音で軌条が鳴り出すとまたまた怯気づいて飛び退《の》いてしまった。機械に嚙まれて惨死《ざんし》を遂げた朋輩の姿が、彼の眼前に地獄のように彷彿《ほうふつ》するのであった。

だが彼は四、五日経つと、やっぱり死出《しで》の旅発《たびだ》ちの用意をした。

江治はかつての日敬虔《けいけん》の念を禁じ得なかった聖書が、今はいかにも憎悪に堪えないものとなった。で、これを侮辱しながら一枚一枚ばらばらに引きちぎり、厠《かわや》へ持って行って唾を吐きかけ、鼻汁《はな》をかみ、痰《たん》を吐いて、なおその上へ糞と小便とをひりかけた。すると溜飲《りゅういん》のさがったような、晴々しい軽やかな心地がした。

それからまた、彼は工学書も蔑《さげす》んだ。そうして、

「こんなつまらん物を読んだり研究したりすることによって、人間は決して幸福になれやしない。」

こう独り言《ご》ちながら、これはかなり嵩《かさ》が高くてまさか厠へも棄てられぬゆえ、竈《かまど》の前

へ搬《はこ》んで一冊一冊引っ掻きむしって火の中へ焚《く》べた。

江治が蒼ざめた顔して本を燃やしておると、朋輩の男工たちはそれを惜しがった。

「三好君、それ機械の型録《カタログ》やないかいな?」

「そうだ。」

「君、そんなもったいないことするんやったら、わいに廉《やす》う分けてんか? それでちっと名称《なまえ》おぼえて機械の研究するよってにな……。」こんなに言って仲間の職工たちは彼が焼き棄てている工学書を所望《しょもう》する。

「あかん。」と江治は言った。

「頼むわ、君……。」

「駄目だ!」

しかし彼は焼いても与えることをしなかった。なぜなれば、機械の本を読んで技術の研究をやり、良い職工となって能率をあげることは、[157]江治の体験に照らして、その人の幸福をもたらすものではなかった。また現在のような分配組織のもとにおいては人類全体のために生産した愛の衣服が一国だけの間にすらちっとも公平に分配されず、金のために宙ぶらりんしていて、一年に千反《たん》も布を織る、織り主の女工が、満足な着物一枚もたぬというばかばかしい誤謬《ごびゅう》に陥るのであったから——。

＊　＊　＊

人生は短く人の運命にはよく盛衰《せいすい》があった。かつての昔、数多《あまた》の大商家が軒《のき》を列《つら》ねて[158]日本の三大貿易港を作っていた市《まち》、大阪と切れぬ縁につながれて太閤《たいこう》の盛衰を連想させる市、[159]土佐十一士が腹を切って毛唐人《けとうじん》を驚かせた市、そうした[160]泉州《せんしゅう》堺を背負って立った人々も今は早《は》や過去の名となって地下に眠っているのであった。去年、歓喜の絶頂にあった輝かしい市は、江治にとって今や絶望の市である。しかし茅渟《ちぬ》の浦辺《うらべ》を打つ浪は今日も去年も三百年前も変わらない。そして明日も来月来年も、永《とこし》えに変わることなく疲れもせずに浜を洗うであろう……。

香櫨園から阪神電車に乗って梅田で市電に乗り換え、さらに[161]阪堺《はんかい》線で揺られた彼はひどく暈《よ》って住吉《すみよし》あたりからもうとてもたまらなかった。肛門へ管《くだ》を差して高い水圧をかけたように、臓腑《ぞうふ》が残らず口へ押し出されそうで体の置き所もない。魂と眼と車輪と窓外を過ぎ行く電柱とが、一緒こたにこんがらがってくるくる回《ま》いを続けた。そうして口のなかへ向けて水臭い液体が湧くように込みあがってき、顔色は真《ま》っ蒼《さお》になって土のような紫灰色《しかいしょく》を呈し、全身の毛孔《けあな》が残らず粟粒《あわつぶ》みたいに膨張した。

江治はほかの乗客に醜態《しゅうたい》を見せて迷惑をかけまいと思い、一生懸命に下唇を上歯で食いしばりながら、ぐっとこらえて車掌台にたたずんでいた。けれどもとうとう市へ差しかかる頃に汚物を吐いた。そして大浜の終点へ着くまでに都合三回ほど苦悶《くもん》してぐわっと嘔吐《おうと》した。固形物をほとんど食べていないからさほど汚《きたな》らしい物ではなかったけれど、でも気味の悪い液体である。そして腹に物がないだけに、それだけ吐くときの苦悶に攻められた。

彼はがくんとして電車が終点へ停《と》まるとさながら振り落とされるようによろめいて降車し、なお地震で地べたが揺れているような気味悪い感じに怯《おび》えつつ、半ばのたくり這《は》ってようやく浜辺へ辿《たど》って行った。そして人足《ひとあし》の疎《まば》らな砂地へ屍《しかばね》の如く身を横たえてのさばった。すると晩春とは[162]言《い》い条《じょう》まだ肌寒い潮風が毛孔を舐《な》めておもむろに暈《よ》いを醒《さ》ましてくれた。

鉄道自殺に失敗した彼は機関場《きかんば》のロープ筋、高圧線、井戸、縄、劇薬、ピストル、匕首《あいくち》、汽船の甲板《かんぱん》と、いろいろな死に方を考えたがなかなかいい方法がすけなかった。死そのものは美しい甘い陶酔であるけれどその瞬間が恐怖され、ロープ筋や高圧線は択《えら》べない。最も楽で容易なものは高価な道具が要った。そしてそれよりも楽なことは法律で禁ぜられているのだった。実に、貧乏なるがゆえに死ぬることさえ自由でない。

江治は遂に思い出深い大浜の海を墳墓《ふんぼ》に択んだ。

（彼女と発明の理想を物語った大浜の海で俺が死んだら、虚栄に眼《まなこ》の眩《くら》んだ彼女も感慨に打たれよう？　そして三好江治のために真実の涙を一滴でも注いでくれたら俺はそれだけで本望だ……）

彼は寥《さび》しくこう思った。そうして死の瞬間まで恋しい彼女の幻影を抱いて、刹那《せつな》の恐怖に打ち克《か》とうと決心したのだ。

いつしか陽は落ちて辺りは晩景《ばんけい》に迫られた。薄暗いなかに浪頭《なみがしら》だけが白く飛び散って見え、潮湯《しおゆ》と桟橋の電灯が湿気の多い春の海面を靄《もや》のように暈《ぼか》している。

彼は思った。（今宵限りが俺の生命で、明日になったら地上から俺というものの存在が消えてなくなる。魂はどこかへ飛んで行ってしまうんだ。しかしこのままだまって死んでしまえば、何のために死んだのか永久に誰も知ることがない。死の刹那まで彼女を愛して、二分の一は彼女の前に捧げた男一匹の生命も、遂に彼女が知らないで済むだろう犬死にだ。遺書を残して逝《ゆ》かなくては……）と。

しかしあいにく用意してこなかったので紙も鉛筆も持ち合わせがなく、どこかで求めようにも懐《ふところ》の銭入れには電車賃をやってあとがもうわずかに四銭しか残っていなかった。

「砂に書こうか？　ええい、誰が見よう、浪めが浚《さら》って行くくらいなことだ。」

江治は独り呟いて袂《たもと》に忍ばせていた菊枝の写真を出した。彼女がまだ腰縫揚《こしあ》[163]げした着物の頃撮ったものである。まるで平和な愛の女神のように安らかな顔。

「おお、菊ちゃん!」

江治は色褪《いろあ》せた写真に最後の接吻《せっぷん》をして、ぐいと左の小指を噛み切った。そうして台紙の裏へ持っていって「噫大浜《ああおおはま》」と三文字血書《けっしょ》した。しかし余程ひどく食いちぎっていつまでもだらだら血が滲むので、K. M. と名前の頭文字を付け加えた。

……夜は静かに更《ふ》ける。彼は不思議に一滴の涙も出なかった。そしてただ、過《す》ぎ来《こ》し二十年の徒労な存在がすうっと一冊の煤《すす》けた家の過去帳に描き込まれて、音もなくそこの砂地に展《の》べられるのであった。

彼はこの間から悩み続けた衰弱と疲労がどこかへ逃げたように不思議と体が軽やかになって、頭がますます透徹《とうてつ》して明瞭の度を増した。と、何の要《よう》[164]があって自分はこの世の中へ生まれ出たのか訳が判らない。何のために母は自分という者を産んだのか理由が知れぬ。江治は生まれ出たことを一番不幸に思って親を呪った。

煤《すす》けた過去帳の中から母の影法師が淡《あわ》く浮き出て見えた。彼はその母に抗議を申し込む。

「おい母よ、お前はなぜ自分を産んでくれた? 俺は生まれ出たことを一番不幸に思い、呪って、怨《うら》んで悲しむ。我が産んだ子供ならなぜちゃんと立派に育てあげて、世の中へ出ても路頭に迷わぬだけのことをしない? 我が産んだ子を養育する力もないくせして、俺という者を産んだことは大体生意気な沙汰だ！」

「……。」

「答えらりょまい。お前が俺を娑婆《しゃば》へ産み出したということは、どんな詫びにも償《つぐな》えない××××悪だ。親とは、××××の何者でもあり得ない。」

彼は母に代わって自分で答えを作ってみた。

「私は、ちっともお前を拵《こしら》えようというつもりはなかったよ、そして苦しい目して産もうという考えはね。ただ××××××××××りを作ってしまっただけだ。」

「で、私に罪はないというのかね？」

「ほんの××××××××××××××××××××××したに過ぎないんだがねえ……。」

「××××××××××××、俺に二十年の苦痛を与えたんだ。いや、俺はまだ二十年で済んで結構だったが、五十年も六十年も、あるいは八十年もの堪えられぬ苦痛を、子は親から押しつけられているのだ。ことに貧乏な子は、より一層その苦痛が深刻だ。」

「そんなに私ばかり眼の敵《かたき》にしなくたって、ちっと性欲の奴を責めたらいいだろう。大体、性欲なんて厄介なものを拵えた神さまが悪い。」

「母よ、無智なる母よ。そんなことを言って自分の責任を逃れようとしても駄目だ。

俺の体がこんな有機体に塊《かたま》らぬ先に、魂を備えぬうちに、×××××××××てしまわなかった。俺はお前を怨む、悪魔、悪魔、悪魔！」

彼はなぜかしら父のことをちっとも考えなかった。

次には歓喜と光明と理想に燃えた過ぎし恋の日がありありと甦《よみがえ》って回想せられた。そしてそのとき思い切って彼女の肉体を捕えておかなかったことが、取り返しのつかぬ失敗で、今日の破局をもたらしたように考えられる。（たとえ発明に破れても彼女さえあれば、あるいは人生は輝かしいかもしれない？）江治はふとこんなことを思ってもみた。しかしもはやすべては[165]カタストロフであった。

闇の夜は次第に濃く更けていく……。そして春雨が音もなく降り出して、江治の着物を濡らすのであった。

四十六

程近い海岸を走る南海本線の[166]轣轆《れきろく》が止んで、どこからともなく犬の遠声《とおごえ》が浪の音に混じって淋し気に聞こえる。公園の電灯は淡《あわ》い暈《かさ》をきて黝《くろず》んだ樹木の葉を照らして糸のような雨がしとしとと降りしきった。

江治は渚《みぎわ》をうろついて恰好な死に場所を捜した。しかしかなり沖まで遠浅《とおあさ》になっているその辺にはとても死ねそうなところがないので、隠れるように浴場裏の桟橋へ出てその突端《とったん》まで渡った。と、遥かな工場の灯《ひ》らしい明かりが、雨に霞んで淡く淡く眺められる。近くは同じ南海の浜続きにあるタオル工場をはじめ、[167]泉南泉北に煙突を林立して連なる大小数多《あまた》の紡績工場、遠くは大阪、西宮、神戸あたりから淡路島らしい辺まで、舞台裏の装置のようになって一望のもとに収められて濡れしょぼった灯《あかり》がまたたいている。それからまた大阪の[168]築港《ちっこう》の桟橋が真っ黒い海へ突き出た灯の岬のように見えた。

江治は欄干《らんかん》に身を寄せて、じっと海の面《おも》を見やった。そこは潮湯《しおゆ》のタンクへ海水を揚げる鉄管の源で、ただ一個の小さな電灯が黝《くろず》んだ海面を夢のようにぼんやり照らしておるきりだった。余程沖になっているその辺には波がないのか、海は魔のようにじっとして音もない。

彼はひと思いに飛び込んでしまおうと考えて欄干の[169]貫木《ぬきぎ》に足をかけた。しかし身を跳《おど》らせる刹那《せつな》にさっと恐怖が襲って思わず逡巡《ためら》ってしまった。そうして(こんな卑怯《ひきょう》なことではいけない、こんな[170]小胆《しょうたん》なことでは死ねない、水は俺を待ち受けているんだ。もしそこへ行かなかったら、もう俺の[171]介錯《かいしゃく》に手を貸すものはないぞ)と後悔して自らを励《はげ》ました。水が彼を嘲笑《あざわら》っているようだ。

彼はよく眼を瞠《みは》ってもう一度菊枝の写真を凝視し、熱い口づけをした。そしてやがて着物の兵児帯《へこおび》を解いて二、三本に引き裂き、雨に濡れぬよう彼女の写真を鳥打帽《とりうちぼう》[172]に包んで欄干に結《ゆ》わえつけた。それから(今度という今度はどんなことがあってもひるまないぞ)と繰り返し繰り返し思いつつ裂いた兵児帯の紐で我が両脚をふた所《ところ》結束した。もし飛び込んでから三度《みたび》死が怖くなって、泳ぎ出さない予防である。木綿の袷衣《あわせ》は、早《は》や雨にべっとり濡れ果てて重くなっていた。

……菊枝の顔が、ノッペラボーのようにずんずん拡大して海の面《おも》いっぱいに見えた。と、彼は、「おお！　菊枝ちゃん。」と叫んで幻影《まぼろし》のなかへまっしぐらに飛び込んで行った――。

が、しかし、彼女の顔はすぐに消えてしまって、彼の眼前には涯《はて》しもない闇の帳《とばり》が大《おお》口《ぐち》開けて迫った。そしてなかなか容易に意識を失わない。足が桟橋の板を離れて水面へ落ち着くまで、水面から海底へ沈み行くまで、それからまた浮き揚がる態《さま》が明瞭に判った。彼はその刹那にも死なねばならぬことを確実に思い詰め、悪夢のなかで空を翔《かけ》る時のような固い緊張を水圧のために全身へ感じながら、大口を開いて呑めるだけ多くの潮水を呷《あお》ることを忘れなかった。と、鹹《から》い味までよく覚えられて足に触れる魚までが頭の頂辺《てっぺん》へはっきりと感応《かんのう》してきた。そして遂に水面まで体が浮き揚がってしまう。（まだ死んでいないぞ、畜生！）彼はこう思ってひたすら死を焦った。

上から覗いたのとは違って海にはやっぱり浪があった。そうして江治の体を貝殻の付着した桟橋の杭へ、ザップンザップンと打ちつけた。

彼は浪に翻弄されながらもまだ死んでいないことを意識し、藻《も》掻《が》き足掻《あが》いてかなり長い時間怖ろしい苦悶を打ち続けた。けれども耳へはもう潮水が入って既に聴覚がなかった。

――五分、十分、十五分と厳粛な時が過ぎてゆく……。

糠《ぬか》のような、また絹糸《きぬいと》のような五月雨《さみだれ》が音もなく降りしきった。

＊　＊　＊

江治が意識を恢復《かいふく》するとそこは浴場の汽罐室《きかんしつ》であった。[173]バブコック・アンド・ウィルコックス水管式汽罐が二基据わって[174]自動給炭機《メカニカル・ストーカー》によって熾《さか》んに焚かれておる。彼が貴い苦悶を経た後《のち》やっと意識を失って安らかな世界へ落ち着くと、間もなくそこの火夫《かふ》が水見《みずみ》のために桟橋へ現れて波間《なみま》に漂っている白いものを発見し、まだようやく息を引き取ったばかりだと見て救いあげて汽罐室へ搬《はこ》んだのであった。見れば労働服の二人の男がびしょ濡れになった着物を炉《ろ》の側へかけて乾かしたり、カンテキに温《あたた》めて体をさすってくれたりなど介抱してくれているのだった。

「お、お、お、気がついたな。」

彼が息を吹き返してげっと呑んだ潮水を吐き、ぱっちり眼を瞠《みは》ると火夫はこう言ってさも嬉しげに欣《よろこ》んだ。

「君！　しっかりし、気をたしかに持つんや。」

「助かってよかった。もう五分間も遅かったらあかんところやったのに。あんたはこの真夜中に桟橋の下で死んでいましたんやで。ほんまに危ないところやった。」

二人の火夫は代わる代わるこんなことを言って欣びながら、なお親切に江治を介抱した。そしてあらかた乾いた着物を取って彼に纏《まと》わせ、帯の代用《かわり》に自分の手拭を二本結び継《つな》いで巻いて、なおその端を少し裂いた切れで、噛みちぎった彼の指先へ繃帯《ほうたい》を施す。

江治は頭が混乱してしまってしばらくは何が何やら訳が判らなかったが、程経ってから初めて自分はまだ生きていることに気づいた。そして、

(ああ、また俺は生きてしまったのかなあ……)とほとほと絶望した。

しかしながら、

「ありがとう。いろいろご迷惑かけてすみません。」

こう言って、あまり嬉しくもない礼を述べなければならなかった。

――すっかり窓を鎖《とざ》した汽罐室はずいぶん温かかった。だが水からあがった江治は寒

くて寒くて堪えられない。がたがたがたがたまるで地震みたいな胴顫《どうぶる》いが間断《かんだん》なく全身を襲って、彼はどうにもじっとしておることができなかった。そのうえ貝殻で擦り傷を負った胸の辺りや、小指の先がずきずき痛んだ。火夫たちは汽罐の炉《ろ》の中から真っ白に燃え立った石炭のおき[175]をスコップで掬《すく》っては、石油の空き缶で作ったカンテキへあけて、しきりに彼を温めるのであったがなかなかこたえない。

——しばらくすると大浜公園の派出所から巡査がやって来た。そして自殺者の彼と救助者の火夫たちの原籍姓名現住所などを訊《き》いて手帳に記し、やや体の温まるのを待って江治を本署へ連行するのであった。

「君、僕の見たところでは覚悟の自殺らしいが、そうじゃないかね？」

まだ年若い、そして新米らしい巡査はこう訊いた。

「はあ。」

「いずれ、男子《おとこ》が死を企《くわだ》てるくらいには言うに言われぬ込み入った事情があったのだろうが、こうなっては残らず訳を言ってしまわにゃならん。署へ行ってから事実を隠したり嘘をついたりするといかんよ。」

「はあ、正直に申し上げます。」

江治は従順に頷《うなず》いて巡査の後に続いた。咽《むせ》ぶような糠雨《ぬかあめ》がまだやまずに降っている。

そのなかに[176]廃市《はいし》界の街が静寂そのもののようにまどろんでいた。

巡査はふと彼を顧《かえり》みて、

「君寒くはないか？」と訊いた。

「寒いです。」

江治は低く答えた。すると彼は、

「そりゃあいかん。」と独り言《ご》つように言いながら苦もなく自分の外套《がいとう》を脱ぎ、黙々と歩む江治の背中へ着せかけた。

「風邪でも引いてはいけない……。」

そして巡査は雨に濡れしょぼりながら行くのである。江治はぽろぽろっと一滴の涙がこぼれた。

やがて[177]宿院《しゅくいん》の堺署へ着くと、その巡査は彼を傍《かたわ》らに待たせて上官に報告し、その身柄を引き渡して大浜公園の派出所へ帰って行く。

江治はすぐに[178]巡査部長の前へ引き出された。そうして凭《もた》れも何もつかぬ尻の痛い[179]挽物《ひきもの》の丸椅子に掛けさせられて、まず薄汚《うすぎたな》い八字《はちじ》鬚《ひげ》の部長から取り調べられた。

「三好エー治いうたらお前か？」

部長は一段高い場所に据え付けられた机の上から江治を見くだして言った。

「いいえ、三好コー治です。」

「原籍はどこだ？」

「京都府与謝《よざ》郡《ぐん》加悦《かや》町《ちょう》字《あざ》加悦《かや》奥《おく》です。」

「戸主は誰だ？」

「私が戸主です。」

「年は？」

「明治××年×月×日生まれで、二十歳です。」

部長は背後《うしろ》の戸棚から市町村便覧《べんらん》を取り出して見、赤線の[180]罫紙《けいし》にのろのろと毛筆を走らせては調書を作った。

「現住所はどこだ？」

しかしながら彼は、西宮の工場へも下宿へももう帰らぬ決心で家を出《い》で、既に一度死んだ者に現住所などはあり得ないから、

「現住所は、ありませんです。」と答えた。すると部長は、江治の言葉がまだ終わるか終わらぬうちに、

「浮浪者だな！　住所もないのに今頃大浜あたりをうろついとるのは怪しい。おおかた、どこかで賊《ぞく》でも働こうと思って様子を窺《うかが》っていたんだろう？」と直感して鋭く言う。

「いいえ、とんでもない。」

「そうに違いない。」

「いいえ、私は自殺する決心で下宿屋を出て来たから、それで現住所がないと申しあげているんです。そんな怪しい者では断じてありません。」

「堺へ来るまではどこにおった？」

「西宮におりました。」

「もっとくわしく言え。」

「兵庫県武庫《むこ》郡《ぐん》西宮町、浪華紡績株式会社西宮工場指定下宿新田方。」

「大浜へはいつ来たのだ？」

「今晩の六時頃でした。」

「お前は、何か悪事を働いて、その発覚を恐れて投身したのだろう？　何もかも、警察ではよう判るど。すっかり白状してしまえ。」

「滅相《めっそう》もない。そんなばかなことはありません。」

「嘘ぬかせ！」

部長はいきなり机を叩いて大声に一喝《いっかつ》し、ぎょろりと凄《すご》い眼つきで江治の顔を睨《にら》んだ。

「私はね、世の中に愛想が尽きて、生きることが厭になったから死のうと思って海へ飛び込んだまでです。」

「お前は、[181]徴兵《ちょうへい》を厭《きら》って自殺したんだろう？　けしからん奴だ、徴兵忌避《きひ》などしやがって――。」

「そんなことは絶対にないです。私の体は行きたくても兵隊にはとってもらえぬ片輪者ですから、この通り……。」

江治は左の手を出してひと節短くなった小指を示した。すると何歳の折どこでどうして怪我したなど、横道へ外《そ》れてうるさいほど細《こま》かしくほぜくって訊ねていちいち答えさせられ、それからまた元へ戻ってようやく自殺の原因に入った。と、今度は菊枝の原籍から職業に至るまで知った限りを逐一《ちくいち》答えねばならなかった。

「お前は、その女を殺したのだな。死体はどこへ棄てた？　[182]白状せ、白状せんか！」

「め、滅相な。どうして私が、その女など殺すもんですか……。」

「隠すな！」

巡査部長は再び机を叩いて怒鳴りつけた。

「お前の、その指は一体どうした？　女を殺す時に相手が抵抗して受けた傷だろう、そうに違いない。おや、貴様頸筋《くびすじ》の辺にもだいぶ掠《かす》り傷を負っとるな、ちょっと見せ。」

部長は江治の体をぐいと引き寄せて見、

「ううん、女に引っ掻かれたな？　たしかに爪の痕だ。」と言った。

こんなにして、警察は何とか彼に罪名をなすりつけて罪に問いたいもののようであった。そうして容易に彼の申し立てを承《き》かなかったが、ようやくのことで一時間ほど後に桟橋へ残した写真を取り寄せ、それによって渋々《しぶしぶ》疑いをはらして覚悟の自殺と調書を作った。

次に、江治は警部補の前へ引き出された。そうしてまたぞろ原籍から始まってほとんど巡査部長の場合の繰り返しに等しい訊問を小一時間にわたって受けた。

「昨夜の九時半頃に、潮湯で浴客《よっきゃく》の金時計をすったのはお前だろう？　それから一昨夜の十時頃、公園で若い娘の尻を追い回したのもお前だろう？　お前たちの仲間は今何人ほどいる、教えてくれないか？　そうするとお前だけは赦《ゆる》してやるから……。」

警部補は時々こんな、とんでもない鎌《かま》をかけては、彼を不良少年に陥し入れようとした。所在ない夜勤の退屈まぎれにやたらと手間取らせばかりしたあげくやっとのことで、

「よっし、警部さんの手が隙《す》くまでしばらくそこで待っとれ。」と机前を下がらせた。

それからもう一遍江治は警部の前へ引き出され、またしても原籍から始まって同じような事柄をしちくどく訊かれた。

そして最後に警部は、

「何やね君は、女々《めめ》しい男だなあ。それほど大きな目論見《もくろみ》を立てるくらいな者《もん》が一遍失敗したからってじきに悲観して死ぬということがあるもんか。死のうと思った半《なか》ばの原因がわずか一婦人に棄てられたことにあるって、何やねそれは。アハ、ハ、ハ、ハ……。」

こう冷笑して受付の部下に命じ、裏へ連れて行かせて監房に続いた陰惨な保護室へ彼を放り込んだ。江治は先の、官服《かんぷく》を脱いで着せてくれた公園の巡査にひき較べて、本署の奴は全然人種の異なった人間であるように思えた。

四十七

警察では誰か保護者が受け取りに来なければ独り保護室を出せないとて、雇い主の西宮工場へ身柄引取方の通達を発したが何日経っても迎えに来ない。今や工業労働者とその雇い主との間は主従関係や家族関係ではあり得ないのだったから、一定の時間賃金を払って労働さえ買えば、後は雇われ者が死のうと生きようと彼の体に何の責任も持つ必要がなかったから——。

江治は魚釣りの餌箱《えさばこ》のような器《うつわ》に入れた官給弁当を受けて、冥想のうちに六昼夜半を保護室で過ごした。そして明くれば月がわりの六月朔日《ついたち》である。

——煤《すす》けた天井に豆ランプのような小さい電灯がただ一個きり点《つ》いて、三方羽目板《はめいた》に囲まれた十畳の部屋へ滅入るような暗灰色《あんかいしょく》を投げかけている。時計が懸《か》かっていないので何どきか時刻を知ることができないが、もう余程夜が更《ふ》けたとみえて遠からぬ大通りを走る阪堺線の軋《きし》りも聞こえず、袷衣《あわせ》を着た上に夜具代わりの赤毛布《あかケット》を二枚敷いて掛けているのだが、それにもかかわらずひしひしと寒さが身に迫った。江治はここへやって来てからというものさっぱり夜と昼とが食い違ってしまって、毎夜毎夜眠れない晩が続いた。今日はひとつ昼間どんなことがあっても眠らずにいて変な食い違いを取り戻そうと思い、じっと天井板の節穴《ふしあな》と睨《にら》めっこして思索に耽っておると、つい長い間の懊悩《おうのう》で身を削《そ》ぐような疲れと衰弱のためにいつしか深い眠りに陥ってしまう。今晩はひとつよく眠ってやろうと思って気張っても、夜が更けるにつれてあれやこれやにだんだん眼が冴えて少しも寝られなかった。

彼は今夜こそたとえ一瞬でもいいからとろりとしたいと思った。しかし例によって焦躁すればするほど眼が冴えて頭がはっきり澄み渡ってき、側に寝ている家出した資産家の息子や、酔いどれや、肥《ふと》った仲居《なかい》らしい女などの呑気《のんき》げな鼾声《いびきごえ》が耳に入った。また時々大きな声で「旦那、旦那……」など言って溜所《たまり》の巡査を呼ぶ未決囚の声が監房の方から異様に物凄く響き渡ってきて痛いほど強く耳を打った。

　普通に行うことを許された範囲内の方法によっては、死もまた生きることと同じように苦痛であり、ほとんど運命的なものであって容易に自分の力で成し遂げられぬことを悟《さと》った彼は、やっぱり苦しい人生の旅に還らねばならなかった。江治はかれこれ一週間の思索によってようやく纏《まと》めたこれから先の行くべき道を、もう一遍繰り返して静かに考えた。と、物心ついてからこの方、ずっと念入りに刻むが如く描き収めてきた虫ばんだ色もない追憶の絵巻物が、音もなくそこに展《の》べられて「この悲惨が汝《なんじ》の半生だ」と示される――。

　まことに三好江治の半生は貧乏なるがゆえに智力なく、無智なるがゆえに弱く、弱いがためにいつも強者から抑えつけられ、虐《しいた》げられ、奪われ、陥《おと》し入《い》れられてきた血涙《けつるい》そのものの歴史であった。

　しかし彼の頭へは日本五百万[183]の兄妹《きょうだい》たちが、自分と同じような[184]荊棘《けいきょく》の路《みち》を辿《たど》って行くべく運命づけられて、眼に見えぬ制度の力に何ともなし得ないで呻《うめ》きながら愛の生産をしている惨《いた》ましい姿が浮かんで、怖ろしく度外れな悲惨だと思っている自分の歴史も、結局は全無産者大衆の一単位にしか相当していないことに思い至った。すると自分の行くべき道がはっきり判る。そしてまた××××××のもとにおいて大発明、ことに製造機械の発明をやることはいよいよそこへ富を集中して資本主義の発展を助長するものであって××××××××××××××××××××××××を発見して、過ぎし日の矛盾に満ちた幼稚な空想がまぐれ当たりにも成功しなかったことをかえって喜ぶ気になった。柄にもないロマンチシズムと、功名心《こうみょうしん》と、センチメントと、そして臆病で迷信深かった我が過《す》ぎ来《こ》し方《かた》が、つくづく顧みられて唾棄《だき》された。

江治は、菊枝が叛《そむ》き去ったのもお繁の心が冷淡になったのも、半ばの罪は彼女たちを包む雰囲気のせいだと思った。腐敗した環境が悪いのだから、真に憎むべきはその環境を作り出す物質万能の世の中だと考える。するとすべてが誤謬《ごびゅう》に満ち満ちた社会制度の縮図として、彼の眼前へ不合理極まる、圧制《あっせい》あくなき、暴虐の限りを尽くす「工場」が、四本槍(煙突の避雷針がそう見えた)をりゅうりゅう[185]扱《しご》いて挑戦してきた。駒忠の主人や工場長などという人間悪の[186]権化《ごんげ》が絵で見た吸血鬼の姿をして恋人の心臓から紅い血を啜《すす》って見《まみ》えた——。

しばらく経つといずこからともなく幽《かす》かなる[187]暁鐘《ぎょうしょう》が聞こえてくる……。いと朗《ほが》らかな鐘の音《ね》だ。

彼は(もう、夜明けだなあ……)と思いながらその鐘の音を聴いた。と、澄んだ霊魂がさらに[188]醇化《じゅんか》されて何ともいえぬ爽やかな気分が襲う。それに彼は限りなく力づけられた。

「人生は悩ましく、貧乏人の生きることは苦痛だ。しかしながら、死によって回避しようとするのは卑怯《ひきょう》だ。汝《なんじ》一人の安佚《あんいつ》を望む個人主義は唾棄すべきブルジョア根性だ。汝一人が死によって苦悩から解脱《げだつ》しても汝の親や兄妹や子や友は、この悪制度の改革せられざる限り永《とこし》えの呻《うめ》きを打ち続けるであろう――。汝は今、再生したのだぞ。前世の[189]怯懦《きょうだ》と迷信を大浜の海底へ棄てて、新たなる人格を築きあげ、反抗しろ！　破壊しろ！　そうして[190]建設せ！　燃え！　たぎれ！　叫べ！　思索せ！　戦いだ！　勇敢なれ！　突進せ！　ただ真理へ――。」

江治は心のなかでふとこんな力強い声を聞いた。そして、慥《たし》かに確《たし》かに受け入れた。

「俺はもう、金も、恋も、名誉も要らん。ただ、正義さえあれば生きられるぞ！　次の時代に来る、輝かしい愛の人間社会を作るための礎《いしずえ》となろう。それこそ真《まこと》に貴い、偉大な、生き甲斐のある、男らしい一生の仕事だ。」

彼はこう腹の底で言ってむっくり起きあがった。と、今や彼の心にも戸外にも黎明《れいめい》が来て、窓はほのぼのと白《しら》み始める……。

彼は発明の失敗をかえって喜んだ。機械文明によって救われない堕落《だらく》に陥った人類を、さらに奈落《ならく》へまで突き進める罪悪を偶然にも犯さずに済んで、まったく助かったと胸を撫でおろした。

江治はあまりに愚昧《ぐまい》であった我が半生を恥ずかしく思った。だがそれは、幾万巻の書を読むことよりも貴い、確実な、実地体験の証明によって活きた学問をし、今日の覚醒《かくせい》をもたらした進歩の道程であって、誰《たれ》恥ずかしからぬ金字塔[191]として燦然《さんぜん》と彼の歴史に照り映《は》ゆるのであった。と、同時にまた全無産階級の歴史であらねばならん。

失恋もよかった。もし彼が菊枝を得たら永久に覚《さ》むることなく、彼女の足下《そっか》にひれ伏して平凡な幸福と神の奴隷として、意義もなく墳墓《ふんぼ》へ近づいただろう。

「おお！　蜘蛛《くも》の巣の如く張り巡った資本主義の鋼鉄網よ。俺は自ら酸[192]素アセチレンガスと燃えて、根こそぎこれを焼き尽くし、熔《と》かしてくれるぞ！」

江治は場所も忘れて敢然《かんぜん》と叫んだ。そして独りで保護室を出て行こうと思い、[193]欣然《きんぜん》として警部のもとへ交渉に赴《おもむ》いた。と、いよいよ曙《あけぼの》が迫って陰惨な警察署へも白い光が流れ込む……。戸外《そと》は輝かしい朝ぼらけだった。

注

第一篇

1 紹縮緬　ちりめんの一種。シースルー地で夏向き。日露戦争(一九〇四~〇五(明治三十七~三十八)年)後に全国的に大流行した。

2 機家《はたや》　織物業を営む家で、一般的には「機屋」と書く。問屋《とんや》も、織機を一、二台だけしか持たない小規模な家も、すべて機屋と呼ぶ。

3 大江山　京都府北部の加悦谷《かやだに》と呼ばれる地域の南東にある連山の総称。

4 大節季　大晦日。年末。

5 筬《おさ》　織機の主要な部品の一つで、手機《てばた》では竹の薄片を櫛の歯のように並べ、枠を付けてある。織物の幅と経糸《たていと》を整え、杼《ひ》で打ち込まれた緯糸《よこいと》を押さえて織り目の密度を決める。今日の力織機の筬は金属製、あるいは炭素繊維製である。なお、杼については本篇注61を参照。

6 駒忠　京都府与謝《よざ》郡旧加悦《かや》町の旧家の屋号、商号。駒田地区の忠左衛門が語源。

7 千本搗　直径七、八センチメートルの棒状の長い杵で、四、五人の者が臼を囲んで同時に餅を搗くこと。

8 緯糸《ぬきいと》　織機で布を織るとき、既に装填してある経糸《たていと》に対し、杼《ひ》を使って左右から織り込む糸のこと。緯糸《ぬきいと》は細長い管《くだ》(本篇注11参照)に巻かれ、杼の内部に装着される。管は頻繁に取り替えが必要。一般的には「よこいと」と読む。

9 はたいて(はたく)　(方言)たたく。

10 自在の餅(自在餅)　一般的にはあんころ餅のことをいうが、この場合はもち米ではなく、各種ドングリの実の粉で作る餅のこと。

11 管《くだ》　織機で、杼《ひ》の中に装塡する緯糸を巻いた棒状のボビン。

12 撚《よ》り緯《ぬき》　撚《よ》り(ねじり)をかけた緯糸。ちりめん用の緯糸には一メートルにつき三、四千回の撚りがかけてある。

13 股たぶら　(方言)太腿。太もも。

14 錘《つむ》　糸巻き機の回転部の心棒。

15 おっち　(古方言)(子どもが言う)わたし。自分。

16 石場突き　建築工事で、基礎を突き固める工程。

17 羅紗　厚手の密な毛織物で、表面が起毛されていてやわらかなもの。

18 包み餅　小豆あんなどを中に入れた丸餅。

19 いんで(いぬる)　(方言)帰る。去る。

20 天保の皮巾着　ぜいたくが禁じられた天保の改革(一八四一~四三(天保十二~十四)年)期の(ぜいたくな)皮革製の巾着(財布)。思い切って気前のいい振る舞いや、分不相応な行いをすることを強調する表現。

21　駒　子馬。

22　雪中行軍の軍歌　『雪の進軍』。永井建子《けんし》が一八九五(明治二十八)年、日清戦争での従軍体験に基づき作詞作曲した軍歌。

23　駈け　命令形である「駈けろ」「駈けよ」に相当する方言的表現。西日本でよく使われる。実際の発音は「かけぇ」となる。第四篇注190も参照のこと。

24　にえ込む　(古方言)食い込む。

25　一丁　長さの単位で約百九メートル。「町」とも書く。

26　裾をふかせた(ふかせる)　袷《あわせ》や綿入れの着物で、裾や袖口の裏地を表側にのぞかせて厚ぼったい縁《ふち》に見えるように仕立てること。

27　鉄砲玉の草　リュウノヒゲ(竜の鬚)のこと。黒い実が付き、それをおもちゃの鉄砲の玉とした。

28　荒はたき　(この場合)ドングリの実を叩いて粗《あら》くつぶすこと。

29　箕篏《とうみ》　脱穀時に不要な皮などを除去するための平たい編み籠状の農具。両手で持ち上下に繰り返し動かして軽いゴミを飛ばした。

30　孟宗藪　孟宗竹《もうそうちく》と呼ばれる大形の竹のやぶ。

31　たらす　(子どもなどを)すかしなだめる。

32　枝木《おどろ》　(方言)細い木の枝を乾燥させ、かまど用の燃料としたもの。

33　尻が来る　関係者として苦情や後始末を押し付けられる。とばっちりがくる。

34　おぞ者　(古方言)気が強く能力を有する者。

35 **真似糞** 取るに足らないほどのもの。

36 **どもならず** (方言)どうもならない子ども。いたずら者、わんぱく坊主。

37 **親子** 唇で傷口を舐める行為。

38 **吊し柿** 干し柿。

39 **われ** お前。

40 **背戸** 家の後ろの出入り口。またそのあたり。

41 **おばはんね** 「おばはんのいえ」が短縮されたもの。

42 **細引** 細い縄。ひも。

43 **晩景** (方言)夕方。夜。

44 **鬼子母神** 安産や育児の神。また、法華経護持の神ともされる。もとは幼児を食う鬼女であったが、仏陀に自分の末子を隠されて親の心を知るようになり、仏教に帰依《きえ》したという。本作品の舞台・加悦の鬼子母神は地域の高台にあり、境内は子どもたちの遊び場であった。正式の読み方は「きしもじん」だが、地元での読み方は「きしぼじん」。

45 **つかぬ** だしぬけな。突飛な。

46 **今年は、雪でんが死なにゃええがなあ** 著者は高齢の曽祖母に「今年(今日、今晩の間違い?)は雪だが、(江治が)死ぬことがなければいい」と言わせたと考えられるが、正確な意味は不明。「でんが」は逆接を表す「だんが」と同様、「ですが」「だが」の方言形と考えられる。

47 **渋** 渋み。あく。(この場合)身体に悪い成分。

48 上がり端　(方言)上がり框《かまち》。
49 剃り落とした眉　既婚女性は歯を染め(お歯黒)、さらに出産を経験したあと眉を剃り落とす習慣が明治時代まで残っていた。
50 不調法　しくじり。不始末。行き届かない。手際が悪い。
51 大けにしとりゃ　(方言)大きくしているならば。育てているならば。
52 断って　あやまりを申し出て。
53 うら　(古方言)わたし。おもに女性語。
54 鴉おどし　カラスなど鳥が止まらないように、屋根の棟《むね》に張り渡した縄や竹。
55 桑実色《ふなびいろ》　クワの実のような暗い赤紫色。
56 搔きずらす　ぼたん雪が大量に降る様子を表している。軒先などの雪を鍬《くわ》や熊手で搔き下ろす(搔きずらす)時のように、雪が塊になって降ってくるさま。豪雪地である丹後地方では、雪が屋根から落ちてくることを「雪がずる」といい、また屋根の雪下ろしがひんぱんに行われる。
57 うたてや　なげかわしい。気に入らない。あいにくだ。
58 独り言ちて(独り言つ)　独り言を言う。
59 透かして　透かし見て。
60 なしたこったい　(方言)なんということだ。
61 杼　機織《はたお》りで経糸《たていと》に緯糸《よこいと》を織り込むための細長い舟形の用具。杼の内部には糸が細長い管《くだ》に巻かれていて、経糸の間を左右に移動しながら送り出される。シャトル(shuttle)。

62 ありゃこりゃに　(方言)逆に。反対に。
63 あた　(方言)とても。非常に。
64 時分どき　(この場合)ちょうど食事のとき。時期。ころあい。
65 腰巾着　ある人の身辺を離れずに付き従っている人(この場合、悪い意味はない)。
66 一斤　斤は重さの単位で百六十匁《もんめ》。約六百グラム。
67 白下　白下糖のこと。白砂糖に精製される前の黒糖の固まり。
68 竹皮　孟宗竹のタケノコが生長するとき、その皮を剝いで包装用にしたもの。
69 五斗　斗は尺貫法における容量の単位で一升の十倍。約十八リットル。(この場合)米約九十リットル相当の金額を一年間の借地代として支払っている。丹後地方における一般的な読み方は「とう」。
70 どんなれへん　(方言)どうもならない。
71 串柿食わんと　正月行事の一つとして串柿を食べる習慣がある。幸運をカキ集めるというのが丹後、但馬地方での一般的な考え方であった。(この場合)新年を迎えるな!
72 茶々母茶　無茶苦茶。
73 穀潰し　食べるのは一人前だが、満足に仕事をせず役に立たない人間のこと。
74 ムシコ　リョウブ(樹木)の若芽。煮たり蒸したり、また乾燥保存して食用とする。
75 嫁菜　キク科の多年草で、湿ったところに生える野菊。春の若葉が食用になる。
76 藪ニク　ノビル、あるいは野生のニラのことと考えられる。

77 鼠麴草《ほうこう》　ソキクソウ。母子草《ははこぐさ》。春の七草の一つで、茎葉の若いものを食用にする。
78 酸茎《すいとう》　スイバ、スカンポのこと。酸茎は方言。若い茎が食用となる。
79 茅花《つばな》　チガヤの花穂。若い穂は食べられる。ツンバナ。
80 雀の枕　スズメノテッポウのこと。草笛の素材となるが、食用ではない。
81 烏の豌豆　マメ科の越年草で薬用植物。若芽や若い莢《さや》を食用とし、熟した豆も炒って食用にできる。
82 莧《ひゆ》　ヒユ科の一年草で葉を食用にする。
83 山牛蒡　モリアザミの根。
84 鼠茸　マツタケ目ホウキタケ科のキノコの一般名。太い茎から枝が数多くに分かれ、上端は細かい枝が無数に並ぶ。
85 布引き　フウセンタケ科フウセンタケ属のアブラシメジのこと。
86 針茸　サルノコシカケ目に属し、傘の裏、茸の下側に無数の針状の突起があるキノコの総称。
87 黒皮　イボタケ科クロカワ属のキノコ。
88 香茸　担子菌類ヒダナシタケ目のキノコ。香り高いキノコでマツタケ同様に高級食材として知られる。林の中で列を作って生える。
89 簀籠　竹や藁で編んだ大きな籠で、両肩に掛けられるようになっている。農作業時の運搬用に使われた。
90 三本松　加悦奥地区と三河内《みごち》地区の境となる山中にある場所。かつて三本の大きな松があった。

91　宮津湾　京都府北部の若狭湾の最西端にある湾。その海岸線はほぼ現在の宮津市域。(この場合)ここから見えるのは、手前から与謝《よざ》の海(阿蘇《あそ》の海)、天の橋立、そして宮津湾。

92　松畷　松の木の生えたまっすぐな長い道。天の橋立のこと。

93　羨めえ(いかめい)　(方言)うらやましい。

94　新の四月　太陽暦(グレゴリオ暦)に基づく四月。日本では一八七二(明治五)年にそれまでの太陰暦を廃し、太陽暦の採用が決められた。一年を三百六十五日とし、それを十二カ月に分け、四年ごとに閏年《うるうどし》をおき、旧暦明治五年十二月三日が新暦明治六年一月一日とされた。しかし、その後もとくに農村地帯では日々の生活は旧暦によっていたため、太陽暦を新暦と呼んでいた。

95　機先　機織りをする人の助手。普段は織機の先(奥の方)にいて、経糸《たていと》を見張っている。

96　但馬峠　丹後の国(現在の京都府北部)から但馬の国(現在の兵庫県北部)へ抜ける峠のことで、現在の名前は加悦奥《かやおく》峠。

97　さぶしい　さびしい。

98　爪くる　(方言)つねる。

99　べべクロ　ウスバカゲロウの幼虫。アリジゴクの方言名。

100　よし　(古方言)たとえ。もし仮に。万が一。

101　稲木　刈り取った稲を乾燥させるための木の枠。丹後地方では四メートルぐらいの高さの木枠を細い木で毎秋組み立てた。秋以外の時期には稲木は小屋などに保管された。

102　向こう人夫で　人夫の費用を向こう持ちで。

103 十人手間　労働力延べ十人分。
104 ぐるめ　ぐるみ。
105 なか　(この場合)元の家の場所よりすこし山中へ入ったところなので「なか」と呼んだ。
106 貫《ぬき》　家の構造上の横木で、柱と柱を横に貫いてつなぐ材。
107 ほぞ　伝統的な建築における、木材を組み立てる際の接合用の突起のこと。受けるほうはほぞ穴と呼ぶ。
108 掛矢　大型の木槌。杭を打ち込んだり、物を壊すために使う。
109 門《かど》　(この場合)家の前あたりのこと。家の前の門《もん》があるあたり、という意味。実際に門がなくてもこのようにいう。
110 妙見さん　同じ加悦奥地区の近くにある妙見堂の本尊妙見菩薩のこと。妙見菩薩は北斗七星を神格化した菩薩で、密教系や日蓮宗系で祀《まつ》ることが多い。
111 最上はん　鬼子母神の御堂に祀られている最上位稲荷大明神のこと。日蓮宗にかかわる稲荷大明神で、伏見稲荷大社系の正一位稲荷大明神とは別の神とされる。
112 七面さん　同じ加悦奥地区の近くにある七面堂の七面大明神のこと。七面大明神は七面天女とも呼ばれ日蓮宗によって法華経の守護神の一つとされている。
113 水油　液状の油。この場合は頭髪用のツバキ油。
114 始末して(始末する)　節約する。倹約する。
115 熊手鍬　固い畑や地面を最初に掘り起こすための鍬。三本の丈夫な歯がある。備中鍬《びっちゅうぐわ》。

116 溜まり　(この場合)家畜小屋の小便溜まりのこと。

117 遅がけ　(方言)予定より遅れていること。

118 甘薯　サツマイモ。

119 天子牡丹　ダリアの異名。

120 薩摩芋の……見たことがなかった　丹後地方ではサツマイモは食用として流通していたものの、栽培は太平洋戦争時までされなかったといわれる。

121 株てこ　木の株。

122 岩資母　大江山の加悦側で見られる蛇紋岩のことと考えられる。

123 大黒天　七福神の一人で福の神とされる。ヒンズー教に起源がある仏教の守護神の一つ。

124 使いしめ　使わしめ。神のお使い、使者。

125 鼠不入　ネズミが入り込まないように作った、丈夫な食品・食器戸棚。一般的には這不入《はいらず》。

126 一貫　貫は尺貫法による重さの単位で三・七五キログラム。この場合は一度に背に負うことができる量(ひとかつぎ)という意味で特定の重さを表してはいない。

127 投げやって(投げやる)　(飼料として)与えて。

128 こっちど　(方言)こちら。われわれ。うち。

129 博労　牛馬の売買人、仲介人。牛馬の病を診る人。

130 丹波の国の八犢子　兵庫県豊岡市但東《たんとう》町字薬王寺《やこうじ》にある大生部《おおいくべ》兵主《ひょうず》神社のこと。牛《ご》頭《ず》天王《てんのう》を祀り、家畜の守護神として広く地域の信仰を集めている。「八《や》犢子《こうじ》」は著者の記憶違いによる薬王《やこう》寺《じ》の当て字と思われる。犢は「子牛」という意味。場所は丹波ではなく但馬にあり、舞台である加悦地区からは徒歩で半日の距離。

131 俵　俵《ひょう》は俵《たわら》で保存した穀物を数える単位。明治時代後半においては一俵は四斗とされた。実際の計量では目減りを考え、四斗より少し多めに入れるのが一般的であった。

132 よくせき　やむをえないさま。よくよく。よっぽど。

133 反　反は田畑の面積を表す単位。十六世紀末に行われた太閤検地《たいこうけんち》により、一反は三百歩《ぶ》(坪。約九百九十二平方メートル)とされた。通常一反の田から一石(約百八十リットル)の米が収穫でき、それがひと一人が一年に必要とする米の量とされていた。

134 企業する　商いをする。

135 堤　農業用水の溜め池のこと。

136 百万陀羅　同じことを何度も繰り返して言うこと。

137 手筋　手先を使ってする事柄の素質・天分。

138 らっしもない　とんでもない。ひどい。

139 信玄袋　厚手の布地で作り底を付け、口をひもで締めるようにした、おもに旅行用の手提げ袋。

140 すけない　(方言)少ない。

141 やおら　おもむろに。ゆっくりと。静かに。

142 合力　(方言)助けること。金銭や物品を与えること。

143 心得違い　道理、道徳にはずれた考え・行為。

144 掛け機　手織りの織機で布を織ること。
145 白綸子　綸子はちりめんの一種。なめらかで光沢があり、無地ものと紋様の入ったものがある。白綸子は染めていないもの。
146 四つ身　身丈の四倍の布(和服用の反物の幅)で裁ち、仕立てた着物。子ども用。
147 淡竹　竹の一種。北海道以外で広く見られる一般的な竹で細工物の素材となる。マダケより太く、モウソウチクより細い。呉竹《くれたけ》とも呼ぶ。
148 灸をおろし(おろす)　ツボの場所を確認し初めて灸をすえること。
149 芋の葉の露　サトイモの葉にのった露。丸く玉のようになっている。
150 チリケ　鍼灸の経絡《けいらく》におけるツボ(経穴)の一つ。身柱。
151 壺落ち　経絡のツボのうち、(特定の治療のための)おしまいのツボ。
152 織り前　織機の前。
153 鉦太鼓(で捜す)　大騒ぎして方々を捜し歩く。
154 竜蝨　ゲンゴロウ。
155 枕経　一般に亡くなってすぐ、あるいは納棺の前に、死者の枕もとでする読経。本来は死をみとりながら読経すること。
156 所化僧　若くまだ修行中の僧侶。
157 計りきり盛りきりにする飯　計っただけ盛っただけで追加のない、死者のための最後の白飯。
158 碾臼　穀物を粉にするための石臼。直径三、四十センチメートル程度の分厚い石臼二枚の間に溝が彫ってあり、上の石臼の小穴から穀物を入れながら回すと中で粉になり、次第に外へ出てくる。

159 穴掘り　当時の埋葬法は土葬。地域の人々が当番で墓穴《はかあな》を掘る作業を担当した。

160 湯灌　葬儀において納棺前に遺体を洗い清めること。

161 題目　日蓮宗で唱える「南無妙法蓮華経」のこと。

162 着物を逆様に　葬儀における習慣で、亡くなった人には着物の襟《えり》を左前に着せ、着物を覆いかけるときには上下を逆にかける。現世と死後の世界はさかさまになっているという考えを基にした風習。逆さ事。

163 灯明　神仏に供える灯《ともしび》。かつては皿に油を入れて供え、後にロウソクとなった。

164 方便品第二、如来寿量品第十六　鳩摩羅什《くまらじゅう》訳『妙法蓮華経』(一般的に『法華経』)にある二番目と十六番目の教えで、日蓮宗では如来神力品《にょらいじんりきほん》第二十一を加えて「日蓮宗三品経」と呼ぶ。これらが日々の読経においてもっとも頻繁に唱えられる。

165 善の綱　(この場合)葬儀で使う白布の反物を綱にしたもので、柩《ひつぎ》に繋ぎ参列者が手にして埋葬地へ向かう。

166 棺の行く方を睨めつける　原文は「棺を睨めつける」であったが、出棺直後であるという状況を考え、訂正した。

167 石油発動機　灯油(ケロシン)を燃料とする内燃機関。熱効率や回転速度は低かったが、機械、燃料ともに価格が安く、維持も比較的容易だったため、一九六〇年代まで広く使われた。

168 独りがて　おのずから。自然に。

169 付けごと　思いついたことをそのまま口に出すこと。

170 視学　旧制の学校制度で、教職員の監督や学事の指導を担当した地方官吏。

171 電灯会社　一九一〇(明治四十三)年、加悦町の事業家杉本利右ヱ門らにより丹後電気株式会社が設立された。物語では駒忠の事業として描かれているが、実際には無関係。本書の「解説」を参照。

172 紀念碑　これに相当する記念碑は加悦奥青山《あおやま》公園に現存する「丹後《たんご》絽織《ろおり》開始紀念」碑である。これは駒忠に関わるものではなく、細井三郎助らが絽ちりめんの開発に成功したことをのみ記念して一九一〇年に建立された。著者が駒忠で働き始めたころのことである。

173 雑嚢　物入れの袋。肩からかける布製のかばん。

174 三尺　尺は尺貫法における長さの単位。一尺は約三十・三センチメートル。三尺は約九十一センチメートル。

175 フランネル　平織りあるいは綾織りの厚めの布地の表面を毛羽立たせたやわらかな織物。ウール製や木綿製がある。

176 真岡　真岡《もおか》木綿で知られる栃木県真岡地区(現在の真岡市一帯)の製品。かつて木綿織物の一大生産地であった。

177 はばかった(はばかる)　気がねする。遠慮する。ためらう。

178 誕辰　誕生日。辰は日という意味。

179 ×××　この伏せ字は天長節と考えられる。大日本帝国憲法における今上天皇の誕生日のこと。

180 芸屋台　加悦谷《かやだに》祭りの祭事における屋台(山車《だし》)のうち、小さな舞台があり、そこで子どもが歌舞伎を演じるもの。

181 『妹背山』　歌舞伎の出し物である『妹背《いもせ》山《やま》婦女《おんな》庭訓《ていきん》』。

182 求女　『妹背山婦女庭訓』の登場人物の一人。

183 きっと　すぐに。すみやかに。必ず。

184 学年末で春休み　一八九二(明治二十五)年に小学校でも四月学年始期制が始まった。原文では「冬休み」となっているが、春休みに訂正。

185 屑糸繰り　糸繰りで廃棄された屑糸を使って、また糸を繰ること。品質のいい糸は取れない。

186 二宮金次郎　江戸時代末期の篤農家二宮尊徳(一七八七―一八五六)の通称。たきぎを背負って歩きながら本を読む姿の像が大正時代以降、多くの学校に建てられた。

187 彷彿　(この場合)姿・形がぼんやりと目に浮かぶこと。

188 草書　漢字の書体の一つ。書体をくずし、最も簡単で早く書けるようにしたもの。

189 変体仮名　古い異体のひらがな。現在使われている平仮名と違う字源またはくずし方の仮名。一般的に元となった漢字の草書体により近い。

190 糸店　ちりめん用の生糸の卸店。

191 丁稚　商家などに年季奉公して雑用を担当した男の子。

192 いんだ(いぬる)　(方言)帰る。(この場合)父親が離縁の結果、里へ帰ってしまった。

193 **百匁掛け**　百匁の重さがある。匁は尺貫法の単位で三・七五グラム。（この場合）百匁は三百七十五グラム。

194 **日本蠟燭**　ハゼノキの果実から取り出した油脂分から作るろうそく。

195 **お歯黒の椀**　お歯黒（本篇注49参照）に用いる濃い茶色の液——鉄漿《かね》を入れるための椀。鉄漿は鉄片を茶汁または酢の中に浸し酸化させて作った。

196 **弁じられて（弁じる）**　用が足りる。用を足す。

197 **仏づくって（仏づくる）**　死相が現れる。

198 **底い**　奥底。行き着いて終わりの場所。

199 **此経難持**　法華経十一番目の見宝塔品《けんほうとうほん》に説かれる一句で、「宝塔偈《ほうとうげ》」と呼ぶこともある。仏陀の教えを信じることの難しさと大切さを説くお経。日蓮は伊豆の国へ流罪となったとき荒れる海の船上でこの経を読んだが、今日でもその読み方をまね、独特のゆっくりとした節回しで唱えられるという。

200 **丈**　尺貫法の単位の一つ。十尺。約三メートル。

201 **榊**　ツバキ科の常緑樹。高さ約五メートルで、その枝葉を神事に用いる。

202 **しゃじこばらん（しゃじこばる）**　（方言）かたくなる（普通、行儀作法でいう）。しゃっちこばる。

203 **自我経**　正しくは自我偈《じがげ》。『妙法蓮華経』の如来寿量品第十六の偈文（詩句）が「自我得仏来」の言葉からはじまるので、そう呼ぶ。

204 **功徳**　仏教の言葉で、現世・来世に幸福をもたらすもとになる善行のこと。この場合には単なる「効果」という意味で用いられている。

205 一丈二尺の竪穴　竪穴は墓穴《はかあな》のこと。当時は土葬であり、柩は座棺(死者を座った姿勢で縦長の箱あるいは樽に納める)を用いたので、埋葬には縦に深い穴を掘った。一丈は十尺で合計十二尺(約三・六メートル)。一般に墓穴の深さは六尺(約一・八メートル)前後であったので、この深さの数字は習慣的な表現と考えられる。

206 お剃刀　死者を仏の弟子として送り出すために髪の毛を剃ること。

207 櫂のような物　法要で用いる法具の如意《にょい》のこと。

208 引導　葬儀のとき、導師が柩の前で死者が悟りを得るよう法語を唱えること。その法語。

209 妙鉢　シンバルのような打楽器。鐃鈸《にょうはち》、鈸《はち》とも言う。

210 埋けぞめ　土葬のとき、柩を土中に入れた後、最初に土を投げ入れること。

211 墓方の者　土葬のとき、埋葬のための穴を掘り、のちに墓の形に整える当番の人たち。死者の近所の人々が順番に担当した。

212 忌明　喪に服す期間(通常四十九日間)が終わること。その間、七日間ごとに仏事が行われる。

213 いけて(いける)　埋《い》ける。埋葬する。

214 ほうろ　(方言)ほりゃあ。それは。

215 日天　日天子、太陽のこと。もとはインド神話の神で、仏教に取り入れられた。観世音菩薩の変化身ともいい、仏法守護神の一つ。

第二篇

1 打って(打つ)　博奕を打つ。賭け事をする。
2 網のおりた時　警察による取り締まりがあったとき。
3 破裂弾《かみわり》　(違法狩猟や魚獲りのための)手製火薬弾。
4 きかぬ気　(方言)きかん気。勝ち気。人に譲ったり負けたりするのを嫌う気性。
5 庭づき　米の収穫後、脱穀や籾《もみ》すりをして玄米にする作業。
6 宿六　亭主を親しみ、また卑しめて呼ぶ表現。
7 藁すべ　稲のわらの芯の部分、わらのくず。わらしべ。
8 いついっ日　何時何日。明確に言えるはずの、その日。
9 あかしを立て(あかしを立てる)　潔白であることを証明する。(この場合)証拠を出してくれ。
10 留守ごと　留守の間にすること。
11 三幅前掛　反物を三幅分使って作った一般的な前掛け。前垂れとも言う。
12 ほくつき(ほくつく)　(方言)喜ぶ。嬉しくなる。
13 差し込む　腹部や胸部が突然激しく痛むこと。おもに胃けいれんなどによって起こる。差し込み。
14 割合もない　(この場合)土蔵の壁の見かけよりも。
15 女郎　女性を卑しめて言う表現。

16 探偵　刑事。捜査担当の警官。
17 その筋　その問題に係わる官庁。一般に警察のこと。
18 贓品　盗んで手に入れた物。盗品。贓物。
19 赦放　罪を許されて放免されること。釈放。
20 南京袋　黄麻を粗く織った大型の袋。穀物などを入れた。
21 馬の耳に風　人の言葉をまったく気にかけず無視すること。馬耳東風。
22 犬禿　江治の頭にある犬の形をしたはげ。第一篇四章(四七頁)を参照。
23 とんがり　他人に強く当たること(人)。
24 エクゾースト　排気ガスのこと。
25 肩馬　(方言)肩車のこと。「かたくま」とも言う。これは肩駒《かたこま》の音変化と考えられている。
26 賄い方　食事の準備を担当する人。
27 唐櫃　物入れ用の大型の箱。
28 支那米　中国産の米。南京米《なんきんまい》とも呼ぶ。日本の短粒米《たんりゅうまい》とは異なる長粒米《ちょうりゅうまい》を意味している。長粒米は粘り気が少なく、日本人には質の悪い米という認識が一般的にあった。
29 麦　大麦を加工して押し麦としたもの。米飯をかさ増しするために使われた。
30 朋輩　同じ主人に仕える同僚。
31 工　(この場合)機家に奉公している女工のこと。
32 鍋座　囲炉裏端《いろりばた》の座席のうち主婦の座る席。(この場合)台所のそばのかまど・囲炉裏のある、家族や奉公人たちが食事をする通常板敷きの部屋のうち、主人らの場所とされているあたりのこと。

33 竈《くど》 （方言）かまど。（この場合）別の釜を使い、もう一つのかまどで白飯を炊くこと。

34 片口 どんぶり状の容器で、一カ所に注ぎ口があるもの。

35 芋苗 芋茎とも書く。サトイモの茎。乾かしたものは食用。植え付けのための芋の苗ではない。

36 どくしょう （方言）ひどく。とんでもなく。

37 車回し 織物工場での職種の一つ。八丁撚糸機での絹糸撚《よ》りを担当する。

38 五右衛門風呂 鋳鉄製《ちゅうてつせい》の深い釜の形をした風呂。下部を火で直接熱して湯をわかす。木製の丸い板を水に浮かして蓋《ふた》とし、入浴するときにはその蓋を沈めて底板とした。盗賊の石川五右衛門が鉄釜で釜ゆでの刑に処せられたという説から名付けられたという。

39 閨 寝るための部屋。寝室。

40 回《ま》い（回う） （方言）回転する。回る。

41 難物 ちりめんで一定数以上の瑕疵《かし》がある製品。不合格品。

42 いらって（いらう） （方言）さわる。いじる。いろう、とも。

43 腰巻 女性の和服の下着の一種。長方形の布で作られ、左右のすみに紐《ひも》がある。巻きスカート状に腰から膝までをおおう。普通のものは綿、高級なものは絹で羽二重《はぶたえ》やちりめんでできている。股間を覆う部分はない。昭和初期まで広く着用されていた。湯文字《ゆもじ》。お腰。

44 下管巻き 八丁撚糸における工程で、撚《よ》りをかけるために絹糸を巻くこと。

45 静繰り　静輪《しずわ》という陶器製の輪を取り付けた糸繰り機を用い、吊り下げた静輪に糸を通し張力をかけながら、糸枠に糸を巻き取ること。

46 糊付け　八丁撚糸における工程で、糊を付けて糸の強度を増し、毛羽を押さえること。

47 整経　製織の準備の一つで、必要な本数の経糸を長さと張力をそろえて巻いておくこと。

48 縮緬の節取り　織りあがったちりめんを精練前にチェックする工程で、緯糸《よこいと》の間に入った異物を除去し、織機による油汚れなどを事前に落とすこと。難物を出さないための最終工程。

49 割栗　割り栗石。建築工事の基礎に使った十～二十センチメートル程度の石。

50 復命　命令を受けて事を処理した者がその経過や結果を報告すること。

51 恵比須講　恵比須を祭る行事で商売繁盛を祈願した。親戚、知人を招き、使用人も一緒に宴が催される。その祭日は地域によって異なる。

52 膳部　膳にのせて供する食物・料理。食膳。

53 小春日和　初冬における春の初めのような穏やかで暖かい天気のこと。

54 与謝の海　京都府宮津の宮津湾の西寄り、天の橋立によってできた内海のこと。阿蘇の海とも呼ぶ。

55 根方　木の根元。ものの下部。

56 唐苧　カラムシのことか。カラムシはイラクサ科の多年生植物。その植物繊維は古くから糸やロープ、衣類作りに広く用いられ、一定の高さまで伸びたら頻繁に刈り取られた。

57 毛氈　獣毛を縮絨《しゅくじゅう》加工して繊維を密着させたフェルト状の敷物用毛織物。

58 一間　間《けん》は土地や建物等に用いる尺貫法による長さの単位。一間は六尺で、約一・八二メートル。
59 かやの木　榧。イチイ科の常緑の高木。良質の材木となる。
60 ボウロ　玉子ボーロ、あるいは衛生ボーロと呼ばれる小さな球状の菓子のこと。
61 この先《せん》　ついしばらく前に。
62 年　年季のこと。奉公する約束の年限。
63 おっちになんど　(方言)私なんかに。
64 高等　高等小学校のこと。尋常小学校(この小説の当時は六年間)のあと、高等小学校は二年間の課程だった。
65 とつけもない　(方言)思いもよらない、途方もない。
66 新地　新しく造成された土地。歓楽街は新地に置かれたことが多く、(この場合)遊廓のこと。
67 下の物　下半身に付ける下着。
68 唐縮緬　モスリン(木綿や羊毛などのよく梳《す》いた糸を平織りにしたもの)のこと。
69 尻目にかけて(尻目にかける)　人を見下す態度をとる。さげすむ。
70 したって　してあって。
71 さぶしい　(方言)さもしい。意地きたない。
72 一反　反はちりめんなど和服地(反物)を数えるときの単位。幅は三十五、六センチメートル、長さは反物の使用目的により九～十四メートルで、和服地一反は成人の着物一着分にあたる。
73 正金　現金。

74 判取帳　金品の受け渡しを確認するために証印を書き込む帳面。
75 数わらなかった　(方言)数えることができなかった。
76 しちくどく(しちくどい)　やたらにくどい。
77 木に牡丹餅がなった　はなしがうますぎることのたとえ。木に餅がなる。
78 錦紗縮緬　撚《よ》りの強い極細の絹糸を緯糸《よこいと》に使って、細かいシボと模様を織り込んだ薄手のちりめん。大正期以降に大流行した。
79 組織　(専門用語)ちりめんの織り方。
80 宮津　当時の京都府北部の与謝《よざ》郡の中心地。江戸時代以降、日本海側の北前廻船《きたまえかいせん》航路の重要な港の一つ、また漁港として栄えた。一八八九(明治二十二)年に町となった。一八九九(明治三十二)年に郡制が実施されると、宮津町に郡役所が置かれた。
81 護謨輪《ごむわ》俥　車輪の外側に弾性ゴムをはめた人力車。
82 郡役所のある町　当時の宮津町(現在の宮津市)。
83 ペタル　ペダル。かつては一般にこういった。
84 五つほど村を通りぬけて　算所《さんじょ》村、三河内《みごち》村、四辻《よつつじ》村、幾地《いくじ》村、上山田《かみやまだ》村、そして下山田《しもやまだ》村。その後、岩滝村、吉津《よしづ》村を通って宮津町となった。現在の京都府与謝野町加悦地区から宮津市へのルート。
85 文珠　天の橋立の南寄りの文珠地区のこと。ここに文殊菩薩を祀る知恩寺文殊堂がある。
86 智慧の餅　知恩寺によって許可された四軒の茶屋が売る小豆あんを載せた餅のこと。「文殊(菩薩)の智慧」による命名。

87 **冠木門**　左右に柱を立て、柱の間の上部に横向きの木を掛け渡しただけの門。屋根はない。

88 **与謝の海**　この場所から見えるのは与謝の海ではなく宮津湾。著者の間違い。

89 **舞鶴通いの連絡船**　この当時、丹後地方には舞鶴までしか鉄道が来ていなかったため、舞鶴港から宮津港まで連絡線が運行されていた。舞鶴―宮津間の鉄道が開通したのは一九二四(大正十三)年、この物語の舞台である加悦谷(丹後山田駅)まで開通したのは翌一九二五(大正十四)年であった。

90 **大島小島**　宮津湾沖にある冠島《かんむりじま》(大島《おおしま》)と沓島《くつじま》(小島《こしま》)。舞鶴市に属する。

91 **本床**　本式の床の間。

92 **丸髷**　江戸時代以降明治時代にかけて一般的だった既婚女性の髪型。頭上の丸い部分が大きいものはより若い女性が結った。

93 **黒繻子**　繻子織(サテン)にした黒色の織物で、普通、帯や半襟に使われる。繻子は織り方ゆえに非常に光沢がある布地。

94 **衣紋をぬいた(ぬく)**　着物の胸の上で合わさる部分を上方に少しずらして、後ろの首もとを開ける。

95 **花セイド**　花形のランプ・シェード。

96 **タングステン電球**　タングステンをフィラメントに用いた白熱電球。この頃(一九一〇年代前半)に日本での本格的な導入が始まった。

97 長襦袢　和服用のひとえの下着で、着物と同じ丈のもの。襦袢はポルトガル語 gibão ジバンから。

98 重たい　ちりめんの優劣を決める要素の一つは使用する絹糸の量(重さ)である。

99 紡縮緬　絹紡糸(屑繭、絹糸屑で製造した糸)を使って製造した廉価なちりめん。

100 錦手　赤・緑・黄色・青・紫などで上絵をつけた陶磁器。

101 すき鍋　すきやき。

102 よばれます(よばれる)　(食べ物を)いただく。ごちそうになる。食べる。

103 馬力車　荷物用の馬車。荷馬車。単に「馬力」とも言った。

104 緋縮緬　緋色(わずかに黄色味がある鮮やかな赤)に染めたちりめん。通常婦人の下着(長襦袢、腰巻)に用いる。

105 精練所　織り上がったちりめんを白生地として仕上げるための精練加工をする工場。

106 青磁色の縮緬　一八九〇(明治二十三)年に開催された第三回内国勧業博覧会の「審査報告　第一部Ⅲ」には丹後ちりめんの品質について述べられているが、そのなかに精練後の製品に青みを帯びる欠点があることが指摘されている。この報告には青みを帯びる問題の原因についての説明はない。「精練所から突き返された青磁色の縮緬」とあることから、絹糸の質、準備過程などに原因があり、織り元が責任を問われていたようである。

107 資母　シボ。織物で緯糸《よこいと》に強く撚《よ》りをかけたものを使うことでできる表面の凹凸。撚り具合を増減することでいろいろな風合いに仕上がる。皺と書いて「しぼ」と読むのが一般的。「資母」

は著者の造語。
108 難箇所　織りきずなど、難点のある箇所のこと。
109 縮緬を練って(縮緬を練る)　織り上げたちりめんを石鹸と熱水で加工、乾燥して完成品にする。
110 受負　請負のこと。仕上げた仕事の量と質によって報酬を受ける仕事形態。受負という漢字表現もよく使われた。
111 本身　大人用のサイズで作られた着物のこと。
112 峰山　現在の京丹後市峰山町のこと。
113 笑売人　売笑婦から来た表現。
114 両みち　ふたまた。両天秤。
115 銘仙　平織りの絹織物で、太めの経糸《たていと》を使い、緯糸《よこいと》にも玉糸などを使った、厚めの丈夫な普段使いの着物生地のこと。玉糸は二匹のカイコが作った大きな繭で二本の糸があることで必ず絡み、太めで節ができる。
116 木守り　カキの木などに実をいくつか残しておく習慣。神様にささげるため、鳥に冬の餌を残すため、鳥に種を広めてもらうためなどの理由があるという。
117 国境の峠　丹後の国と但馬の国の境にある加悦《かや》奥《おく》峠のこと。
118 小倉　小倉織。丈夫で、帯や学生服などに用いた。
119 袷衣　裏地を縫い合わせた着物。
120 屋号　職業や家族関係を表すための家名で、姓以外の通称。この場合「駒忠」。

121　ませくれた　ませた。年齢の割に大人びた。
122　但馬　但馬の国。現在の兵庫県北部の日本海沿いの地域。そのすぐ東に丹後の国が位置する。
123　丹後　京都府北部一帯の旧国名。
124　自在鉤　囲炉裏《いろり》や竈《かまど》の上に吊り下げ、鍋や釜を掛けて使うもの。鉤の位置が自由に調節でき、煮炊きのコントロールができる。
125　中年寄り　中くらいの年寄り。中年増《ちゅうどしま》。
126　宵宮　本祭りの前夜にとりおこなう祭礼。その日のこと。
127　状袋　手紙や書類などを入れる紙製の袋。封筒。
128　両　円と同じ意味で使われている。
129　いげちない　人情味がない。薄情な。むごい。貪欲な。
130　因縁ずく　因縁によって生じた不可避なこと。
131　みちゃないわい　(方言)道はないでしょう。方法・すべがないでしょう。
132　一廉　(この場合、副詞的に)それ相応に。一人前に。
133　四十二の祝い　男性が数え四十二歳で行う厄払いのこと。
134　もちゃあすぶ　(方言)もてあそぶ。人を慰みものにする。なぶる。
135　しりつけ　尻付け。おしまい。終わりにすること。
136　とやこう　(方言)とやかく。
137　まめに　元気に。

138　ちいます　(方言)と言います。
139　奉公人聞き　従業員を募集してまわる人。
140　かたがた　あわせて。
141　添書　紹介状。
142　活動写真　映画のこと。活動写真(motion picture, movie)は短くして単に「活動」とも呼んだ。
143　混棉　数種類の原料の木綿を目的に応じて混ぜ合わせること。
144　打棉　原料の木綿を叩いてほぐすこと。
145　梳棉　木綿を梳《す》いてゴミなどを取り除き、太いひも状の繊維の束にすること。
146　練条　太いひも状になった繊維の束をさらに整え、均質にすること。
147　粗紡　糸状に紡いでいくこと。
148　精紡　糸を使用目的に応じて最終的に仕上げること。
149　ダブラー　合糸機。数本の糸を撚《よ》りをかけながら一本の糸にすること。その機械。(doubler)
150　おっとろしや　(方言)おどろくべきさまである。おそろしい。おどろし。
151　ユニバーサル・ノッター　ユニバーサル・ワインディング社製の(切れた)糸を継《つな》ぎ合わせるための機械。(Universal Winding knotter)
152　お針　裁縫。
153　華燭の典　結婚式。婚礼。

154 なぁした(なした)　(方言)なんと。
155 広み　広いところ。都会。
156 ご免なして　許していただいて。
157 協商　相談して取り決めること。
158 手金　手付金。
159 初手　物事の初め。最初。
160 趣味　(この場合)興味のこと。
161 紋織機械　紋紙《もんがみ》と呼ばれるパンチ・カードを利用して自動的に紋様を織ることができる織機。フランス、リヨンのジョゼフ・マリー・ジャカール(Joseph Marie Jacquard)により発明・改良された。日本ではジャカード式織機と呼んでいる。
162 追い回し　(工場の)使い走りをする者。下っ端。
163 調速輪　回転機械が作動する速度を一定にするための輪。しかし、この場合は調速輪ではなく、石油発動機の弾《はず》み車のことと考えられる。(flywheel)
164 米の搗ける(米を搗く)　玄米を精米(白米)にする。
165 風つき　身なりや振る舞いに表れた、人の様子、風体。
166 支那鞄　木で作り、外側を革または紙で張った中国風の箱形の鞄。もと中国で作られたという。
167 ×××　伏字は「頬突《ほおづ》き」と推定される。ホオズキの根には堕胎作用があるという。
168 流経　二十世紀前半においては「流経」「通経」といった表現が、「月経をうながす」という意味で用いられ、あやしい薬が販売されていたが、実際には堕胎のことを意味していた。
169 薬種屋　薬、とくに漢方薬を調合・販売する店。
170 産褥　お産をするとき、産婦の用いる寝床。(転じて)お産をする場所。
171 殿御　女性から男性を呼ぶ尊敬語。
172 兵児帯　男性あるいは子ども用のしごき帯。
173 後生楽　問題があっても苦にせずのんきにしていること。そういう人への罵りの語。太平楽。
174 二度と行こまい丹後の宮津　『宮津音頭』のはじめ。
175 福知山さん葵の御紋　『福知山音頭』の一部。
176 でんち　(方言)袖なしのちゃんちゃんこ。
177 筍子鳥　カッコウ(鳥)。
178 なか消え　冬の間に積もった雪がいったん解けてしまうこと。そのあとまた積雪がある。
179 雨蛙土瓶　青土瓶。お湯を沸かすための土瓶で、青く仕上げたもの。かつて広く使われた。
180 樒　シキミ。丹後地方ではシキビと呼び、その枝葉を仏前に供える。
181 峙って(峙つ)　ひときわ高くそびえたつ。
182 鷲山院妙月信女　著者の祖母の実際の法名は「鷲山院妙月信女」。
183 冬岸妙悟信女　著者の母の実際の法名は「到岸妙悟信女」。
184 過去帳　寺でその信徒の俗名、法名(戒名)、死亡年月日、享年などを記録した帳簿。親族の記録として各家の仏壇に置く仏具としての過去帳もある。

185 一回忌　原本では「二回忌」と書き「むかわり」と読ませているが、一回忌と訂正した。
186 お母がんとおばあがんと　(方言)お母のものと、おばあのものと。
187 幾星霜　(多く、苦労を経験したうえでの)長い年月のこと。いくとしつき。
188 タタリ　絡《たたり》。綛糸《かせいと》を掛け、手繰《てぐ》りをするための道具。
189 ほうら　(方言)それは。「ほうろ」とも。
190 かったに　(方言)まったく。さっぱり。
191 檀那寺　自家の帰依している寺のこと。著者の場合、京都府与謝郡加悦町(当時)の功徳山実相寺。
192 石橋　加悦町の加悦奥と加悦の間の橋。現在は川が暗渠化され見ることができない。
193 三番醤油　醤油醸造のためのもろみを絞ったあと、塩水を加えてまた絞ったのを二番醤油という。三番醤油はそれを繰り返したもの。ごく粗悪な醤油。
194 傍《かたえ》　かたわら。そば。
195 二年から　二年以上。
196 福知山街道　現在の国道一七六号線にほぼ一致する。
197 夜なび　(方言)夜なべ。夜業。
198 アーク灯　アーク放電を利用した灯火。かつて高照度の光源が必要なときに使われた。
199 二人ながら　二人とも。二人のどちらも。
200 嫉妬せいでかなあ　嫉妬(悋気)しないだろうか。焼き餅を焼かないだろうか。

201 大江山の鬼　酒呑童子《しゅてんどうじ》伝説の鬼のこと。
202 身上　暮らし向き。家の経済状態。財産。資産。
203 焙烙　素焼きの平たく浅い土鍋。
204 糊汁　八丁撚糸機で使う薄い糊。
205 泰然として　おちついて。ゆうゆうとして。
206 天火《てんび》　天火《てんか》とも。落雷で起きる火災。自然に起こる火災。神の懲らしめの火。
207 むっくり　急に起き上がるさま。むっくと。
208 癇　ひきつけを起こす病気。興奮しやすい性質、気持ち。
209 いがり（いがる）　叫ぶ。わめく。
210 ほかした（ほかす）　（方言）捨てる。
211 かてて加えて　おまけに。そのうえに。
212 葛籠　ツヅラフジの蔓《つる》で編んだ箱。衣類などを入れる。
213 放恣な　だらしのない。しまりのない。
214 丹後縮緬　京都府北部、丹後地方一帯で生産されるちりめん。この物語の背景となる明治時代後半から大正時代にかけて、伝統的なちりめんのほか、絽ちりめんや錦紗ちりめんなど数々の新製品が開発された。
215 浜縮緬　滋賀県の長浜一帯で生産されるちりめん。
216 節季　夏のお盆の時期と、年末の二つの時期のこと。かつては決算期であり、使用人の休暇の時期であった。

217 みすみす見えて　眼の前に見えていながら。はっきりそうとわかっていながら。

218 代物　売買するための品。商品。

219 いなん　(方言)帰らない。いぬるの否定形。

220 経巻いたる(経を巻く)　(方言)経糸を用意してやる。(この場合)材料の絹糸代を負担してやる。

221 鎌をかけて(鎌をかける)　相手の本心を知るため、言葉巧みにさそいをかける。

222 梯子段　階段。

223 土蔵の観音開きの次　土蔵には、外側に左右に開く観音開きの土製の防火扉があり、その次に木製の頑丈な引き戸の内扉がある。

224 素敵に　ひどく。並外れて。程度や分量がはなはだしい。

225 殺いで(殺ぐ)　殺す。

226 どくしょうもない　非常に。「どくしょう」と同じ意味。本篇注36を参照。

227 お天子様　天皇への敬愛を表す表現。

228 褒引き　宝引《ほうび》き。正月の遊びの一つで、細い紐をたばねておき、そのうちのいくつかにお金か品物(宝)を結びつけておいて引き当てる。褒美が当たるので褒引きとも書いた。

229 早緒　(この場合)紡錘機で使う、動力伝達用の細ひも。

230 花合わせ　花札。

231 いろは骨牌　いろは四十七文字と「京」の字の合計四十八文字で始まることわざからなる江戸

時代後期にできたとされるカルタ。娯楽用のみならず教育用にも広く使われた。

232 局　郵便局。

233 間男　夫のある女が他の男と密通すること。密通相手の男。

234 まんがええ(間がいい)　(方言)具合がいい。都合がいい。

235 高島田　江戸期、御殿女中が結った豪華な髪形。明治以降、花嫁の髪形となった。第三篇注203の島田髷の一種。

236 おくれる　(方言)(だれかがだれかにものを)くださる。また、動詞と共に用い、～してくださる、という意味を表す。

237 張り込んで(張り込む)　思い切って大金を使う。奮発する。

238 かかり　(仕事の)始めどき。始業時。

239 縁取莫蓙　布の縁を付けたござ。

240 着蒲団　(方言)掛け布団のこと。

241 扉の上　階段を上がりきったところに床と平行に設置された階下との仕切りの扉の上。

242 峠越し　年越し。

243 定紋　家ごとに定められた家紋。

244 弓張り提灯　竹を割って作った棒を弓状に折り曲げ、その間に取り付けた手持ちの提灯。

245 喞筒　消防用のポンプで、人が引く車に載せてあった。

246 馬簾　纏の飾りとして厚紙、革などを細長く裁ち、周囲に垂らし下げたもの。

247 纏　消防団のしるし。竿《さお》の先に種々の飾りを付け、多くはその下に馬簾を下げた。この時代にも江戸期の纏の伝統が続いていたと思われる。
248 高張り提灯　長い竿の先に付けて高く掲げるように作られた提灯。祭事、葬儀、非常時用。
249 鳶　鳶口のこと。固い棒の先にトンビのくちばしに似た鉄製の鉤《かぎ》を付けたもの。一般に材木運搬時などに使う。
250 他国　丹後の国のこと。織り手の多くは隣の但馬の国から来ていた。
251 音沙汰　連絡。(この場合)反応。
252 ほいない　本意ない。思うようにならず残念だ。
253 やや　ややこ。赤子。赤ちゃん。子ども。
254 どぎゃあに　(方言)どんなに。
255 葬殮　葬式、葬儀。かつては「そうれん」という言い方が一般的だった。
256 段　場合。局面。
257 麗々しく　派手に。人目につくように。
258 払われた(払う)　(算盤を)はらう。ご破算にする。
259 六角石　(方言)小さな水晶のこと。
260 寸断に　ずたずたに。細切れに。

第三篇

1　**伝法**　現在の大阪市此花区伝法地区。
2　**裁ち盤**　裁ち板。裁縫をするとき、布地を切る台。
3　**阿波**　阿波の国。現在の徳島県。
4　**恩貴島橋**　現在の大阪市此花区西島一丁目の正蓮寺川沿いにあった橋。現在は川が暗渠になっているため、橋は存在しない。
5　**織布**　この表現は通常「しょくふ」と発音されるが、紡織工場の布地を織っている現場では「おりふ」という読み方も使われていた。
6　**げん妻**　(一般的に)女性。人の妻。情婦。めかけ。
7　**坊**《ぼん》　(おもに西日本で)男の子を親しみを込めて呼ぶときの言葉。
8　**工**　工員。工場労働者。男工、女工の両方を含む。
9　**肩縫揚げ**　大人用の着物を子どもが着る場合、肩幅を縫い狭めること。
10　**厚司**　平織りまたは綾織りの厚い木綿織物。仕事着として用いた。
11　**菜っ葉服**　労働者用の作業着。薄青色が多かったことからこのように呼んだ。
12　**帯革**　革製のベルト。
13　**まんで**　(方言)まるで。あたかも。
14　**三丹言葉**　丹後、丹波、但馬の国の方言。京都府(山城の国を除く)と兵庫県北西部一帯の方言。

15　**麻裏**　麻裏草履のこと。平たく編んだ麻を裏一面に縫い付けた草履。滑りにくい。

16　**表**　畳表のこと。畳の表に使うイグサの茎を麻糸で織ったもの。畳に縫い付けるタイプのほか、置くだけのものもあった。

17　**戸主**　旧民法の戸籍制度における一家の主人。家長。

18　**近江**　近江の国。現在の滋賀県。

19　**部長**　(この場合)職工の直属の上司。工場の組織全体における身分は低く、紡績会社の社員待遇さえ受けていない。

20　**鋸歯状**　のこぎりの歯のような。

21　**ライン・シャフト**　工場内の天井に設置された動力伝達用の主軸。幹軸《かんじく》。

22　**調革**　ライン・シャフトから動力を織機などに伝えるベルト。

23　**機間**　織機と織機の間。

24　**篠つく**　篠はほそい竹(シノダケ、シノブダケ)のことで、それを束ねた如くに激しい降り方をする大雨を表す。

25　**瀑布**　巨大な滝のこと。

26　**小幅織機**　幅の狭いちりめんのような布地を織る織機。今日、ちりめんの幅は約三十六から三十九センチメートルとなっている。

27　**広幅織機**　一般的に約九十から百二十センチメートルの幅の布を織る織機。

28　**エンジン・ラッパ**　油差し。注油器。

29　ペコペコ　金属製の油差しで注油するとき、油差しの底から出る音。

30　経掛け　織機に経糸《たていと》を装塡して織るための準備をすること。経糸は「くりいと」とも読み、この作業を一般的に「くりかけ」と呼んだ。

31　運転が停まった　紡織工場には紡績部と織布部があるが、当時紡績部が二交代二十四時間操業であった一方、織布部は昼業だけが一般的であった。

32　木綿の疵を戻したり　製織時にできる織《お》り疵《きず》を目立たないように直すこと(節取《ふしと》り)と考えられる。著者が「戻す」という表現を使ったのは、織物として瑕疵《かし》(不良な場所)のない「正常な状態に戻す」と言いたかったのであろう。

33　ほぜくって(ほぜくる)　(方言)ほじくる。

34　揚り機　布地を織り終わって空になった織機。

35　雪駄　草履の裏に皮を張った履き物。耐久性があり、湿気が通りにくい。

36　単衣　裏のない一重の着物。

37　モスリン友禅　モスリンに友禅染をほどこしたもの。

38　束髪　ひとまとめにして束ねた髪。明治以降にはやった女性の西洋風髪形の一つ。

39　中途半端な技術　(この場合)織布機械工がする仕事としては低レベルの作業に必要な程度の技術。

40　デテールズ・オブ・カタローグ　(この場合、織機の構成部品の)詳細解説入り目録のこと。しかしこれは「カタローグ・オブ・ルームズ Catalogue of Looms」、あるいは「カタローグ・オブ・ルーム・デテールズ Catalogue of Loom Details」などであったと思われる。(details of catalogue)

41 **スパンナー**　スパナ。ボルトの頭やナットを回す工具。レンチ。(spanner)

42 **毎日二時間二分ずつの残業**　時給二十パーセント増しの残業を毎日二時間。ここで使われている「分《ぶ》」は十分の一(十パーセント)のことで二分は二十パーセントとなる。『女工哀史』の第五章「労働条件」、および本書の原文では「歩《ぶ》」が使われているが、これは特殊な使い方で実質的には十パーセントを表すので、一般的な「分」に直した。本書には他にも同様の「分」があるが、比率を表す場合、すべて十パーセントを意味する。

43 **止宿職工**　下宿している工場労働者。

44 **勘定**　(この場合)会社からの支払い。賃金。

45 **ところが……行き会った。**　この一文のお孝への言及は唐突であり、内容的にも不自然。著者の推敲がおよばなかったものと考えられる。

46 **肩入れ**　気に入って世話を焼くこと。好きになること。その相手。(この場合)お気に入りの女工のこと。

47 **交代日**　昼夜業交代日。紡績の運転部では総員を二分して甲番・乙番と名付け、一定期間ごとに昼夜交代させ、交代の日を休日とした。(『女工哀史』第五部「労働条件」第十三章による)

48 **盆屋**　茶屋。売春仲介のための斡旋所。そのための貸部屋。

49 **夜なび**　夜なべ。夜業。(この場合)夜の営み。性行為。

50 宝塚　現在の兵庫県宝塚市。一八八七(明治二十)年に宝塚温泉が開業し、一八九七(明治三十)年には現在のＪＲ福知山線、一九一〇(明治四十三)年には現在の阪急宝塚線が開通し、一九一四(大正三)年には宝塚少女歌劇団が公演を始めた。

51 新淀川　かつて淀川は河口部が大川、中津川《なかつ》、神崎川《かんざき》の三河川に分流して大阪湾に注いでいたが、複雑な形状により洪水がひんぱんに起きた。明治時代に中津川を利用して水路を拡大する治水工事を完成させ、それを新淀川と呼んだ。現在の淀川の本流。

52 杼　杼は「ひ」と読むのが一般的だが、「おさ」とも読める。梭という漢字も杼のことを意味するが「おさ」と読む。

53 衝程運動　往復運動。

54 弧動　弦を張ったときの弓のように曲がった形沿いに動くこと。弧形往復運動。

55 調革　革製の調帯《しらべおび》(動力伝達用のベルト)。

56 紅差し指　薬指。紅を付けるときに使う指。

57 ビーム　これから織る長い経糸を巻いた軸。織機の一番奥に設置されている。(beam)

58 ヨードホルム　特異の臭気をもつ結晶性粉末の化合物で消毒に用いられた。

59 つれない　何の変わりもない。何事もない。

60 職工学校　大阪府立職工学校のこと。一九〇七(明治四十)年に創立、当時の大阪府西成郡野田村において開校した。主人公が通った夜間部は西野田工業補習学校のことと考えられる。

61 工務　工務係のこと。工場では工場長の下に工務主任(技師長)、工務係(技師)、部長、組長、工員とあり、工務係までだけが社員待遇だった。それ以下はすべて期間契約の雇員、職工であった(小説のモデルであった内外綿会社西成工場の例)。

62 **高等工業**　(旧制)高等工業学校。この小説の当時、工業分野で高等教育を提供していた官立(国立)学校。新制大学の工学部に相当する。

63 **梳棉機**　木綿をくしけずって長い繊維に伸ばし、同時に不純物を取り除く機械。(carding engine)

64 **針布**　梳綿機の部品で、表面に無数の針がブラシのように植えられた分厚い布。ドラムに巻かれた針布の針が回転しながら木綿の固まりを少しずつ引き伸ばしていく。

65 **ゲージ**　測定器具。(この場合)長さを知るための測定器。(gauge)

66 **ケンス**　木綿を糸にする過程で用いられる容器。その機械は can coiler と呼ばれる。(この場合)その中身のこと。(cans)

67 **団子理屈**　(方言)つまらない理屈。屁理屈。

68 **昔とった搗杵**　昔使った(餅つきの)杵は、年をとっても身体が使い方を憶えている。若いころに身に付けた技術は、年をとっても衰えていない。一般的には「昔取った杵柄《きねづか》」と言う。

69 **はたの**　(何かの)近くの。あたりの。そばの。

70 **回し根**　主軸台。固定心受。回転機械の主軸を支えている部分。(head-stock)

71 **円筒**　(この場合)大きな円筒状の部品の周りに針布が巻かれていて木綿を梳《す》く。

72 **蝶々**　蝶が羽を広げたような形に結った髪。明治・大正期に流行。銀杏返し。

73 テクニカル・リーダー　技術読本。(technical reader)

74 勧工場　一つの建物の中に多種の小規模な商店が入った場所。現在のショッピング・モールのさきがけともいえる。

75 西大阪の娯楽街　現在の大阪市西区九条一帯のこと。

76 遊廓　九条の東にあった松島遊廓のこと。明治時代初期から本格的な遊廓として発展し、松島新地とも呼ばれた。中央の通りに桜並木があり、花見の名所としても知られていた。

77 はけ場　捌け場。流通し、よく売れる場所。

78 工銀　仕事に従事した労働者に支払う賃金、工賃。

79 出雲やうなぎまむし　当時のウナギは松江の宍道湖《しんじこ》から送られてきていて、出雲屋というウナギ専門店が多かったという。

80 曲げ物　ヒノキ、スギなどの薄い板を円筒形に曲げ、底をつけた容器。わっぱ。

81 張り店　遊廓の女郎屋で、往来に面したところが格子張りにしてあり、その内側に女郎が並び座って客を待っている店。

82 渡船筋　河岸へ至る通りのうち対岸の通りへ渡し船があるもの。(この場合)九条一帯と対岸の西九条の間を流れる安治川には橋がほとんどなく、十カ所ほどの渡船場があった。

83 耶蘇　イエス・キリスト。キリスト教。

84 救霊会　伝道のための集会。

85 打棉部　打棉機を使って棉花からゴミを取り除き、均整にし、やわらかい帯状にする部門。このあとで梳綿機へ送られる。

86 **九条**　現在の大阪市西区九条一帯。当時は大阪府西成郡九条村で、すぐ東隣には松島遊廓がある繁華街だった。

87 **罐**　汽罐。ボイラー。高圧の蒸気を作る設備。

88 **ぼろおまんなあ(ぼろい)**　楽《らく》で、儲けが大きい。(この場合)仕事が早く終わったのに(日給を丸々貰ったのでしょう?・)楽して儲けましたね。

89 **一人くれおれへんにゃ**　一日分(の給金を)払ってくれない。一日分全額払ってくれない。

90 **丸仕**　丸場(本篇注98を参照)の作業を担当する男工。

91 **練条工**　練条機で働く工員。練条機は精製された木綿を長いひものような状態に伸ばす機械。そののちに、目的別に太さの異なる糸に仕上げられる。

92 **ピアノ・モーション**　ピアノのハンマーが弦を叩くような動き。

93 **なんかしてけつかる**　「なにをぬかしてけつかる」の短縮形。なにを言ってやがる。「けつかる」は「いる」「ある」の卑しめた表現。

94 **フライヤー**　回転速度を一定に維持するため機械に組み込まれるフライホイール(はずみ車)のことと考えられる。重い車であり、回転時に重低音が出る。

95 **いがり声**　(方言)しわがれ声。低く怒鳴るような声。

96 **ちょこ嬲る**　(方言)生意気な態度で馬鹿にする。ちょこざいでなぶる。

97 **姦通罪**　妻が夫以外の男性と性的関係をもったとき、その妻と相手の男性を対象として成立した犯罪。一九四七(昭和二十二)年に廃止。

98 丸場　精紡を経て出来上がった綛糸《かせいと》を出荷できるように準備する部門。そこで働く職工は丸仕と呼ぶ。

99 三三が九つ打たれた　手打ち(手締め)が行われ、決着が付けられた。

100 偏心輪　円の中心からずれたところに回転の中心がある輪。回転運動を往復運動に変え、またその逆の作用を行う装置に使う。エクセントリック(eccentric)。

101 槓桿　てこ。

102 チン・ローラー　太い金属製のローラー。精紡機の内部にある部品で、粗糸を引き伸ばし、紡錘(スピンドル)を動かしている。(tin roller)

103 紡錘　木棉、羊毛など繊維のかたまりから糸をつむぐとき、最終工程において仕上がった糸を巻きつける細長い心棒。錘《つむ》。紡績工場の規模はスピンドルの数(錘数)によって表示される。

104 盗人草　ぬすっとぐさ。ヌスビトハギのことと思われる。秋になるとその実(種)が動物の毛皮や人の衣服に付着し、繁殖地を広げる。

105 向こう番　業務のシフトが終わった組。現在業務にかかっている組は此方番《こっち》。

106 管糸　(この場合)糸を巻きつけるコップ状の芯。

107 篠巻　紡績の過程で木綿糸のもととなる太いひも状の綿を巻きつけたもの。

108 五百目　五百匁《もんめ》のこと。一・八七五キログラム。

109 枡目の糞男工　枡目の数ほどいる、あるいは枡で量り売りするほどいる、つまらない男工という意味。

110 ベヤリング　ボール・ベアリングのこと。玉軸受け。回転軸の内部に金属球を入れ、その転がりで回転摩擦を減らす軸受け。(ball bearing)

111 駅の橋　跨線橋《こせんきょう》。鉄道駅の構内にある線路をまたぐための橋。

112 正蓮寺　大阪府此花区伝法地区にある江戸時代初期開基の日蓮宗の寺院。毎年八月の川施餓鬼《かわせがき》会《え》で有名。

113 『不如帰』のカラクリ唄　徳冨蘆花《とくとみろか》作の『不如帰』をのぞきからくりで歌う口上《こうじょう》。『不如帰』は海軍少尉川島武男と幸せな夫婦生活を営む浪子が、結核を理由に離縁させられ死へと至る女の人生の不条理を描いた当時の人気小説。のぞきからくりは大道芸の一つで、客に箱の中の絵を覗かせながら芸人が筋を語る紙芝居のようなもの。

114 摂州　摂津の国。現在の大阪府北西部と兵庫県南東部にあたる。

115 名代　名前を知られていること。評判の高いこと。

116 こぼれ梅　みりんの搾《しぼ》り粕。散りゆく梅の花に似ていることから、この名で呼ばれる。

117 太白　精製した純白の白砂糖。

118 三盆白　和三盆のこと。日本の伝統的な製法により黒糖から糖蜜分を取り除いた極薄茶色の砂糖。独特の風味のため和菓子製造に用いられる。

119 女衒　一般に若い女を集めてきて、女郎屋に売ることを仕事とする人。

120 床几　一枚板の腰掛けで、二、三人が座ることができる簡易な椅子。

121 馬型台　馬の背のような形の台。単純な腰掛けであり背もたれはない。一般的に丸太を縦に二分割したもの。
122 胡麻すっとった(胡麻する)　(女工言葉で)告げ口をすること。(『女工哀史』第十六部「女工の心理」の第五十四章「工場に発達する社会語」項による)
123 好きやん　好きな人。
124 兼帯　かけもち。兼任。二つ以上の職務を兼ねること。
125 固め　警備。警護。守り。
126 あまつさえ　そのうえ。おまけに。
127 虻蜂取らず　あれもこれもとねらって、一物も得られないこと。
128 どずべた(すべた)　女性をいやしめ、ののしって呼ぶ表現。「ど」は強調のための接頭辞。
129 六甲　六甲山。神戸市の北側にある六甲山地のこと。武庫《むこ》の山。
130 浮絵　西洋画の透視画法を取り入れた立体感のある絵。景色が浮き上がるように見える。
131 裳裾　着物のすそ。裳(昔、女性が腰から下にまとった衣)のすそ。
132 汽罐　高圧蒸気を発生させるための燃焼装置。当時の工場では、蒸気機関のための動力源、機器の熱源、施設の暖房、精練などに大量の蒸気を使った。普通、本篇注87のように単に「罐」、またボイラーと呼ばれていた。
133 かつえて(かつえる)　空腹に苦しむ。飢《かつ》える。
134 ばばたれ猫　(方言)糞垂れ猫。

135 当て唄　替え歌。
136 小使　用務員、作業員、雑用係の旧称。
137 艶文　恋文。ラブレター。
138 誘惑状　勧誘状。他会社からの引き抜きのための手紙。
139 運転袋　『女工哀史』第七部「彼女を縛る二重の桎梏」の第二十二章に「持ち物として運転袋と手拭を必らず携帯せしめる」との記述があることから、工場への出勤時に携帯させられた個人用の物入れ袋であろう。
140 関東煮屋　(方言)おでん屋。
141 おぼこい　(方言)子どもっぽい。初々しい。
142 しゅっと　(方言)〜しやると。〜すると。『女工哀史』第十六部「女工の心理」第五十四章「工場に発達する社会語」項には「しゅっと」との表記で、「否定詞の一種」と説明されている。だがこれは否定詞というより、相手の言い分に対して否定、拒絶を表す表現と考えられる。
143 しかつめらしい　まじめで、堅苦しい。もったいぶっている。
144 蚊燻し　蚊を追い払うために煙をくゆらし立てるもの。蚊やり。これが後に蚊取り線香へと発展した。
145 蝮指　マムシの頭部に似た指。第一関節から先が太くて短い指。
146 でも重役　だれ「でも」務まる「重役」。会社の重役を軽蔑して呼んだ表現。
147 幾人の男が培ったであろう　幾人もの男が彼女への欲望を抱き、大きくふくらませてきたであろう。

148 蚊くすべ　蚊燻しに同じ。蚊やり。

149 左撚りと右撚り　ちりめんを織るとき、緯糸《よこいと》には撚《よ》り(ねじり)をかけた糸を使う。右撚りか左撚りの緯糸を正しく使って織ることで、ちりめん独特のシボ(生地上の凹凸)ができる。使う糸を間違うとシボがデザイン通りにできず不良品(難物)とされる一因となる。

150 社員　正規社員。工場の女工や男工はすべて一定の期間契約被雇用者であり、正規社員ではなかった。

151 猖獗　伝染病のような悪い事が広い地域にはびこり、猛威をふるうこと。

152 鼠島の避病院　淀川沿いにかつて存在した鼠島に置かれた隔離病院のこと。大阪市立消毒隔離所として一九〇〇(明治三十三)年に完成した。現在の大阪市福島区大開四丁目にある新家西公園一帯にあった。(巻末の地図を参照)

153 釣り台　人や物を乗せて運ぶ台。板を台として両端を釣り上げ、前後で人がかついだ。

154 石炭酸水　フェノール水。消毒用の液体。

155 昇汞水　塩化水銀水。塩化水銀に塩を加えて水に溶かしたもの。消毒・防腐用の液体。

156 上しも(下)の汚物　嘔吐と大便による汚物。

157 舎監　寄宿舎の監督者。

158 跣足だ　裸足で逃げて行くの意から、いちころだ。顔負けだ。

159 梅田　大阪市北部の繁華街で、当時の国鉄大阪駅、阪神・阪急電車の梅田駅の一帯。

160 川施餓鬼　川岸や船上で行われる施餓鬼供養。その供養に用いる船を施餓鬼船と呼ぶ。水死者など身元不明者も供養される。現在、正蓮寺の川施餓鬼は八月二十六日に行われている。

161 麻殻　皮をはいだ麻の茎。盂蘭盆《うらぼん》などの門火《かどび》を焚くときに用いる。麻がら。

162 精霊棚　精霊棚を設置する行事は一九四三(昭和十八)年以降失われた。

163 はね題目　日蓮宗の祈りである「南無妙法蓮華経」という題目の「法」の字以外を筆端をひげのように伸ばして書いたもの。すべてのものが法の光を受けて活動している姿を表しているとされる。髭題目。

164 切り髪　一般的に未亡人が結ったとされる髪形。

165 裾模様の御寮人さん　裾に模様のある礼装用着物を着込んだ良家の女性。

166 コッポリ　少女用の塗り下駄で、祝い事の盛装に用いる。ぽっくり。

167 お娘はん　お嬢さん。

168 オールダム　イギリス、マンチェスター郊外北東部にある地域。十九世紀後半から二十世紀前半にかけて綿製品産業で栄えた。(Oldham)

169 プラット・ブラザーズ会社　二十世紀初頭における世界最大の繊維産業機械の製造会社。(Platt Brothers & Co., Ltd.)

170 削り　(この場合)かんな仕上げのこと。

171 バファー　緩衝材。(buffer)

172 瓔珞　珠玉を連ねた首飾りや腕輪のような装身具。仏像の飾り具。

173 片割れ月　半分またはそれ以上欠けている月。
174 一折　折り箱一つ。
175 手水をつかい(つかう)　手や顔を洗う。用便を済ませる。
176 瓦斯縞　ガス糸で織った縞模様の布地。ガス糸は木綿糸にガスで熱加工をして毛羽をとり、艶《つや》出《だ》ししたもの。
177 本場出来　本場で製造された。(この場合)丹後ちりめんの襟を意味している。
178 新派　明治時代中期に始まった新しい芝居の様式。伝統的な歌舞伎に対し、新しい流派の芝居として新派と呼ばれる。新派劇。
179 活劇　アクション。動きの多い演劇や映画。
180 芦辺倶楽部　大阪市南区千日前にあった興行館で、一九一〇、一一(明治四十三、四十四)年に開館。寄席のほか二つの映画館、そして屋上には屋上庭園(芦辺パーク)があった。一九一二年に起きた一帯の火事で焼失したが、一九一四年に再建された。宮堂が語っているのはこの再建された芦辺倶楽部のことと考えられる。
181 連鎖劇　一つの物語を活動写真(映画)と演劇の組み合わせで見せたもの。
182 五味国太郎　二十世紀初期、サイレント映画時代の映画俳優。
183 『宮島心中』　一九一七(大正六)年六月に公開された新派劇のサイレント映画(日活)。ただし、この作品に五味国太郎が出演したという記録はない。
184 褄　着物の裾の両端。

185 紅灯の巷　いろまち。歓楽街。遊廓。花柳界。

186 放泄　放出と排泄。

187 ゲレン場　ゲレン(グレーン)は重さの単位で、一ゲレンは〇・〇六四八グラム。秤量を行う場所。(grain)

188 具合ちょ　具合。「(っ)ちょ」は名詞や、形容詞の語幹について強調感を表す。

189 伊達　人目を引くための振る舞い。見栄を張るための行為。

190 綛場　精紡を経てできあがった糸をH型やX型の綛木《かせぎ》という木枠に巻き取る作業をする部門。一定量巻き上げられた糸は綛木からはずされ、糸の束(綛糸)にして出荷される。木綿糸一綛《ひとかせ》は七百六十八メートル、毛糸一綛は五百十二メートル。

191 最後之助　最後。人名に擬して言う表現。

192 摑ませもん　うまくだまされて摑んでしまう(摑んでしまった)、とんでもないもの。にせもの。

193 ばばかけんような　(金銭的な)問題を起こさないような。語意は「糞をかけないような」。

194 五燭光　燭は光度の単位。一燭光は第二次世界大戦後しばらくの間使われていた単位、一カンデラにほぼ相当する。

195 やにわに　いきなり。だしぬけに。突然。

196 匕首　鍔《つば》のない短刀。隠して携帯できる短刀。

197 伝勇　当時このあたりを縄張りとしていた伝安《でんやす》という博徒の一家をモデルにしている。

198 わがのよがり　自己中心的なこと。そういう人。

199 治外法権　(この場合)ある特定の場所において、法律や警察権限が及ばないこと。もともとは国際法上、外国人が滞在中の国の法律(とくに司法権)に従わなくてもいい権利。
200 忍び返し　泥棒や敵が忍び込むのを防ぐため、塀などの上に設置した障害物。針金、ガラス片など鋭利なものが使われた。
201 飛驒　飛驒の国。現在の岐阜県の北部。
202 夫婦膳　箱膳《はこぜん》(お膳のセット)を夫婦のために二つ揃えたものと考えられる。
203 島田髷　日本髪の代表的な髪形で、おもに未婚女性が結う。また、婚礼に結う風習となっている。第二篇注235の高島田参照。
204 金釘流　鉄釘を並べたような下手な筆跡のことを流派のように呼んであざける表現。
205 カンテキ　(関西方言)炭火をおこしたり、煮炊きをしたりするための簡便な土製のこんろで、一般には七輪《しちりん》という。江戸時代から普及が始まり、昭和時代まで各家庭などでごく普通に使われた。
206 名代　人の代理に立つこと。代理。
207 唐津　佐賀県北西部の市。唐津焼。唐津では陶器の生産がさかんだったため、一般的に陶器のことをいう場合もある。
208 手塩皿　小さく浅い皿。もと食膳の不浄を払うため、これに塩を盛ったことからいう。
209 向付　会席料理で膳の向こう(奥)側に置かれる一品料理。刺身、酢の物などの類。
210 衝程　行程。ストローク。ピストンなどの往復機関が行き来する距離。

211 ガス機関　石炭ガスのような可燃性ガスを燃料とする内燃機関。

212 喞子　ピストンのこと。

213 曲柄　クランク。クランクシャフト。クランクは往復運動を回転運動に、あるいはその逆の変換動作をする機械機構の主要部品。

214 ボートー錐　ボルト錐。(bolt auger)

215 経通鉤　切れた経糸を結びつけるために糸を引っ張る鉤。

216 口さがない　人の噂や批判を無責任にすること。やたらに言いふらすこと。

217 松島　松島遊廓のこと。九条地区のすぐ東にあった。本篇注76を参照

218 杼を啜りながら（杼を啜る）　杼に緯糸《よこいと》を巻きつけた管《くだ》を入れ、糸の端を杼の穴から取り出すとき、口を付けて吸い出す。

219 地軸は三回転した　三年間経った。

220 杼打ち　飛び杼が経糸に当たり、経糸を切断すること。

221 綾竹　織機において経糸の乱れを防ぎ、糸筋を揃えるため、経糸の間にはさんでおく棒。普通竹製だったのでこのように呼ぶ。

222 綜絖　織機で緯糸《よこいと》を通すために、経糸《たていと》を上下に分ける仕組み。ヘルド(heald)、ヘドル(heddle)。

223 三等品　生産した布は一等品だけが合格品とされる。二等から四等までは織り賃の減額対象となった。

224 おろし　（問題ある織物を）製造したこと。

225 停めな　(方言)停めるな。
226 やかし　ばかり。ばっかり。
227 製額賞与　製造額(仕事量)によって余分に支払われる賃金。
228 減台処分　担当する織機の台数を減らされる罰。減台されるとその分の賃金が減らされた。
229 リイド・キャップ　筬《おさ》の枠の上部のこと。筬はその前後する動きで、杼によって織り込まれる緯糸《よこいと》を経糸《たていと》に押さえ込んで織り目の密度を決めるが、織り手は機織《はたお》り中にこの部分をひんぱんに扱う必要がある。(reed cap)
230 用度　用度係のこと。部品など必需品の準備をしておき、必要に応じて供給する職務。

第四篇

1 西成線　日本国有鉄道西成線。現在のＪＲ西日本桜島線。女工や職工たちの乗降した駅は西九条駅と考えられる。
2 畷　縄のすじ。あぜ道。まっすぐな長い道。
3 大運動会　遠足会のことを大阪の紡績工場では運動会と呼び、実際に運動会を催すこともあった。(『女工哀史』第十五部「娯楽の問題」第四十四章「遠足および運動会」項)
4 無韻　詩文で韻をふまないこと。
5 関西線　日本国有鉄道関西線。現在のＪＲ大和路線。
6 山家　山の中の家。また、山里。

7 買い切り　観客席、乗り物の座席などを全部買うこと。貸し切り。
8 糞尿を売った代金　人糞尿は一九六〇年代まで貴重な肥料として売買されていた。
9 鷹揚に　ちいさなことにこだわらず悠々として。おっとりとして。
10 若草山　奈良公園の東寄りにある小高い山。東大寺や春日大社が麓にある。
11 三笠山　若草山の南にある山。西麓には春日大社がある。草におおわれた若草山とは異なり、三笠山一帯は森林となっている。御蓋山とも書く。
12 攀じて(攀じる)　(木や急な坂に)登る。
13 郡山　当時の生駒郡郡山町。現在の大和郡山市。江戸時代より金魚の養殖生産で有名。
14 大丈夫　間違いなく。たしかに。
15 ワット　ジェームズ・ワット。イギリスの機械技術者。本格的な蒸気機関を発明し、産業革命の発展に大きく寄与した。(James Watt)
16 エジソン　トーマス・エディソン。アメリカの発明家。白熱電灯など電気関係の発明・開発で世界の電化に貢献した。(Thomas Edison)
17 エドマンド・カートライト　イギリスの発明家。蒸気機関を動力源とする織機を発明して、産業革命を推進した。(Edmund Cartwright)
18 ジョン・ケイ　イギリスの発明家。飛び杼を発明し、織布工程の生産性向上に貢献した。(John Kay)
19 ハイスピード・エレクトリック・パワー・ルーム　高速電動織機。(high speed electric power

loom)

20 エヤー・ルーム　空気織機。(air loom, air-jet loom)

21 ノースロップ・オートマチック・ルーム・コンパニー　著者はノースロップ自動織機会社としているが、正確にはノースロップ式自動織機を製造販売していたアメリカ、マサチューセッツ州にあったドレーパー社のこと。(Northrop automatic loom, Draper Corporation)

22 ルチーカ織機会社　ゲオルグ・フィッシャー社傘下にあったリュティ織機製造部門のこと。(Rüti Maschinenfabrik)

23 はにかましく(はにかましい)　(方言)恥ずかしそうに。はにかみながら。

24 筬框　筬の枠のこと。筬については第三篇の注229を参照。

25 スッパナ　スパンナーに同じ。第三篇注41参照。

26 糠煎餅　米ぬかでできた煎餅。「鹿せんべい」として今でも奈良公園で売られている。

27 神鹿　神の使いとして神社で飼っておく鹿。

28 革綴じ　動力を伝える革製のベルトをつなぎ合わせること。

29 綛捩じ　綛とは精紡後の糸を巻き枠から取り外した糸の束。それを扱う早さを競うのが「綛捩じ競走」と考えられる。

30 バンド編み　紡績過程に使われるエプロン・バンドと呼ばれる部品を作ること。

31 かませたる(かませる、かます)　相手に何かをしかける。相手をおどかすような動作、言葉をしかける。

32　猿股　男子用の短い下ばき。ももひきの短いもの。

33　隠し　ポケット。

34　毎勘定　毎月の給与の支払い額。月々の賃金。

35　工銀委任　賃金の受け取りを委任すること。この場合、下宿の主人に会社からの賃金受け取りの権限をゆだねること。

36　ぼてりん　妊婦。妊娠中。「腹ぼて」に同じ。

37　帳〆（帳締め）　帳簿の決算。

38　五人働いた　このころの工場は普通十二時間勤務制で、十二時間働くと一人と呼んだ。

39　証券印紙　一八八四（明治十七）年、証券印紙規則の改正により印紙貼付制度ができて設けられた納税のための証紙。金銭授受に関わる契約書を取り交わすときに必要とされる。

40　へつって（へつる）　へずる。少し削って減らす。上前をはねる。

41　コック　（水道などの）栓。（cock）

42　水管式汽罐　一八九六（明治二十九）年に発明された「宮原式水管汽罐」のこと。当時としては画期的な高性能の蒸気ボイラーであった。

43　杼直し大工　織機で使う飛び杼の修理を担当した大工。杼の枠は木製。

44　敷島　紙巻きタバコの商品名。一九〇四（明治三十七）年発売。高級タバコであった。

45　仰山な　おおげさな。

46　大浜　現在の大阪府堺市にあった海浜公園。一八七九（明治十二）年に開園。一九〇三（明治三十六)年には大阪で開かれた第五回内国勧業博覧会の会場となり、堺水族館が設置されたほか、公会堂、潮湯、海水浴場、料理旅館や土産物屋などがあり、関西有数のレジャー地として賑わった。

47 **銭菊** 花の直径が二、三センチメートル程度の小菊のこと。銅銭のサイズから来た表現。

48 **十二段返し** 段返しは菊人形の見せ方の一つで、舞台で物語のシーンを次々に変えて見せること。一般的にせいぜい二、三の舞台転換に限られていたが、ここでは十二回ものシーンが繰り広げられた。

49 **大潮湯** 大浜公園にかつてあった大浜潮湯のこと。一九一三(大正二)年開業。

50 **かかり湯** かけ湯。かぶり湯。

51 **真綿** くず繭を原料にして作った絹の綿。十六世紀に木綿が日本にもたらされるまで、綿とは真綿のことであった。

52 **茅渟の海** 大阪湾の古称。

53 **七分三分** 髪を七分三分に分けて結う束髪。大正期から若い女性の間で流行した洋髪の髪形。

54 **なしくる(ねしくる)** (方言)こすりつける。

55 **サック** (この場合)キャラメルの箱。

56 **糸筋** (この場合)糸による筋。織布作業で扱う糸によってついた筋状の傷痕。

57 **一体** もともと。元来。本来なら。

58 **土人** 発展途上の地域で原始的な生活をしている人々を侮蔑して呼んだ表現。土地の人。先住民。

59 肥料汲み　人糞尿を回収すること、またはその回収を生業とする人。一九六〇年代まで、各家からの糞尿の回収は衛生管理としてだけではなく、農家の肥料用として重要であった。本篇注8も参照。

60 女男浪　交互に打ち寄せてくる低い波と高い波。男女浪。夫婦浪。

61 小使　雑用のこと。

62 セメント樽　当時セメントは木製の樽に入れて輸送されていた。セメンとも略す。

63 険　目つき、顔つき、話し方などに表れるきつい感じ。とげとげしさのある様子。

64 どやして(どやす)　張り飛ばす。殴る。

65 愛惜　愛情にひかれ、失うことに苦しみをおぼえること。

66 そしてお孝は……迎えた。　この一文はお孝が宮堂と結婚したままその後数年を過ごしていったことを示唆しているが、次章との時間的な連続性に無理があり、また内容的にも不自然である。著者の推敲が不十分であったものと考えられる。

67 第一代工務　第一代理工務。

68 スチーム・ストーヴ　蒸気ストーブ。工場のボイラーから供給される蒸気を使った集中暖房のストーブ。(steam stove)

69 飲む打つ　大酒を飲み、博奕を打つ。

70 桎梏　人の生活や行動を厳しく制限し、自由を束縛するもの。手かせと足かせのこと。

71 腫物　炎症で皮膚の一部が腫れあがったもの。できもの。(この場合)妊娠した胎児。

72 邪慳　相手のことを考えず、意地悪い扱いをすること。邪険。

73 深川　かつての東京府東京市にあった区名で、現在の江東区北西部に位置。関東大震災で灰燼に帰した大日本紡績深川工場があった(『女工哀史』第十一部第三十二章)。深川の名は現在も隅田川沿いの下町として知られる。

74 小山　富士紡績小山工場があった静岡県最北東部に位置する小山町か。『女工哀史』第十五部第四十五章に著者は「富士紡川崎、程ヶ谷(保土ケ谷)、小山等関東諸工場」と記し、静岡県小山町を関東ととらえていたことがわかる。

75 毒婦がかりの表情　いかにも毒婦(無慈悲・性悪の女)らしい表情。

76 三番　三番目の交代時間。

77 琉球表　畳表の一種。素材と編み方ゆえに目は粗いが丈夫で、縁《ふち》をつけない。

78 勺　尺貫法の単位の一つ。一合の十分の一。十八立方センチメートル。五勺は九十立方センチメートル。

79 散薬　粉薬。

80 鑢紙　サンドペーパーのこと。

81 二分丸　直径二分(六・三五ミリメートル)の丸い棒鉄鋼のこと。(この場合)欧米から輸入された機械が使われていた紡織工場が舞台であり、この「分」は一インチの八分の一のことで、約三・二ミリメートルとなる。

82 火造った　鍛造した。金属素材を加熱してハンマーなどで叩いて造った。

83　**機械磨き**　織機や紡錘機械などの維持や掃除のこと。

84　**未決監**　未決囚を拘禁する施設。警察の留置場。

85　**造幣局**　一八七一（明治四）年に設立された貨幣の鋳造を行う国の特殊工場。大阪市北区天満にあり、春の桜の花見時には構内が開放される。

86　**深編笠**　（この場合）移送中の犯罪者の顔が隠れるように作られた円錐形の編み笠。

87　**堀川の監獄**　大阪監獄署。天満堀川沿いに一八八二（明治十五）年に設置され、当初堀川監獄と呼ばれた。一九二〇（大正九）年に閉鎖、移転。現在の大阪市北区扇町の扇町公園がその跡地にあたる。

88　**雇員**　短中期契約で雇用されている者。（この場合）社員より一つ格下であった。

89　**赤いべべ**　当時の囚人服の色が赤かったことによる表現。

90　**なうたる（綯《な》う）**　撚《よ》りをかけて多くのすじを交え合わせる。あざなう。（この場合）縄をなっている。

91　**本当の監獄**　自分たちが働いている工場を「監獄」と考えての表現。

92　**大日本労働総同盟友愛会**　一九一二（大正元）年に結成された労働者組織である友愛会をもとに、一九一九年に全国的かつ戦闘的な労働組合として発展してできた団体。のち一九二一年に日本労働総同盟となる。

93　**住友鋳鋼所**　一九〇一（明治三十四）年に創設された住友鋳鋼場の後身のこと。

94　**S氏**　鈴木文治。日本の労働運動の初期のリーダーの一人で、友愛会の創始者。

95 ブルジョア　資本家階級に属する人々。資産家。(この場合)金持ちたち。(bourgeois フランス語)

96 手合　やつら。連中。対象者をやや軽蔑して使う表現。

97 むら雲　群雲。群がり立つ多くの雲。

98 居残り　(この場合)残業。

99 済む　(この場合)言い訳ができる。納得がいく説明ができる。

100 壮士芝居　明治の中頃になって自由民権運動思想を広めるために、自由党の壮士(自由民権運動の活動家)や青年知識階級が始めた素人演劇。書生たちによる芝居。

101 スモール・スパンナーから五六まで揃えて五挺　小さなスパナから大きなのまで揃えて五本。「五六」はスパナのサイズと考えられる。

102 リード・ペンチ　先端が細いペンチ。(英語の pinch に由来する表現)

103 革ポンチ　革に穴を開けるパンチ。

104 シャットル・ボックス・ゲージ　杼の枠を計るゲージ。(shuttle box gauge)

105 満期　職工の契約には通常三年間の勤務期間(年期)があった。契約の満期終了後に再契約を結ぶと、さらに次の三年間、また満期になるまで勤務を続けなければならなかった。(『女工哀史』第四部「雇傭契約制度」参照)

106 ありぎり　ある限りの。ありったけの。

107 身代　個人の財産。家の財産。

108 **巍然**　高くそびえ立っている様子。ぬきんでて偉大であるさま。

109 **近世**　近ごろの世の中。現代のこと。歴史区分で使う「近世」という意味ではない。

110 **揺籃**　ゆりかご。物事が発展する初期やその場所。

111 **湊町**　大阪の難波《なんば》湊町。奈良方面への列車の便がある。

112 **こうせた**　（方言）年老いた。老獪《ろうかい》な。著者の出身地丹後地方（旧竹野郡）の方言に「こーせる」（大人びる）、また著者の妻としをの岐阜県や隣の三重県の方言に「こうへる」「こへる」「こっぺる」（老成する、老獪になる、（動物などが）年を取って怪しい物となる）がある。劫経《こうへ》る。

113 **瓦斯灯**　石炭ガスを燃料とした街路灯。明治初期に輸入された。

114 **蒼茫**　見わたす限り青々として広い様子。

115 **足許の悪い**　（この場合）いい履き物を持っていない。

116 **寝もやらず**　眠ることもせず。

117 **いたいけない**　幼い。あどけない。

118 **飄々**　当てもなくさまようさま。足もとのふらふらして定まらない様子。

119 **割り**　半割り（半分）のことか。

120 **阪神電車の停留場**　（この場合）阪神電車淀川駅のこと。

121 **澎湃とした**　水が多く流れている様子。水のみなぎり逆巻くさま。

122 **孜々として**　熱心に努め、励む様子。

123 **兜山**　今日の西宮市にある甲山《かぶとやま》のこと。

124 香櫨園　現在の阪神電鉄香櫨園駅近くにあった香櫨園遊園地のこと。
125 塵突　埃を排出するための煙突。
126 早天　早朝。あけがた。
127 荒巻工　織機に掛ける経糸《たていと》を準備することを整経というが、それを担当する工員のこと。
128 つくねん　何することもなく、ただ一人でぼんやりしていること。
129 天竺木綿　厚手の木綿生地。明治初期、インド(天竺)から輸入されたことによる名前。
130 苦楽園　西宮市の一地区。かつて温泉地があった。一九一〇年代(明治末期)から別荘地として開発が始まり、現在も関西有数の高級住宅地として知られている。初期の開発時に明礬《みょうばん》温泉が発見され、それをもとに保養地が作られたが、一九三八(昭和十三)年の阪神大水害により温泉が枯渇、保養地としての苦楽園の歴史は終わった。
131 生え込み　道路脇で雑草や雑木が自然に生え繁ったところ。著者はこれと植え込みを使い分けている。
132 袷服　袷。裏地のある衣服。裏地がないのは単衣《ひとえ》。
133 とこぎり　(方言、京言葉)思いきり。とても。
134 お召　お召ちりめん。経糸、緯糸の両方に撚りをかけた先染めの絹糸を使って織るちりめん。高級品とされている。
135 オペラ・バッグ　観劇などのときに女性が持つ小型のバッグ。一九〇五(明治三十八)年に布製の手提げ袋がこの名で発売され、日本のハンドバッグの原型になったという。

136　結城縞　結城紬に似せて織った木綿の縞織物。結城紬は絹織物。
137　新モスリン　木綿糸で織られたモスリン(毛斯綸)。日本では、モスリンは柔らかい毛織りの薄地のこと。
138　捌《さば》けた　世慣れしていて、相手に気安い感じをあたえるさま。
139　だも　でさえも。ですらも。
140　リチャード・アークライト　イギリスの発明家。木綿から綿糸を作る工程である梳綿《そめん》と紡績の機械化に貢献。(Richard Arkwright)
141　ノッチンガム　イギリス、イングランドの町。十九世紀の産業革命と人口の急増に対応できなかったことで知られている。(Nottingham)
142　洗うような貧困　非常に貧しく、洗い流したように何もないことをいう。「赤貧洗うが如し」。
143　帰去来　著者は「行き来、動静」の意味で用いている。「帰去来」は本来、陶淵明《とうえんめい》の詩にある「官職を退いて故郷に帰ろうとする」という意味の字句。
144　『紡織評論』　『紡織界』(紡織雑誌社、大阪府高石町)がモデルと考えられる。
145　おろろきました(おろろく)　(方言)驚く。
146　さいなら　(方言)そういうことであれば。ここでは、別れの挨拶としては使われていない。
147　ガス発生器　燃料用のガスを発生させる装置。当時は石炭の高温乾留によって得られるガスが都市部で一般的に使われはじめていた。
148　手もなく　たやすく。容易に。

149 安佚　何もしないで気楽に遊び暮らすこと。安んじて楽しむこと。
150 ロープ筋　フライホイールに掛かっている動力伝達用のロープのこと。
151 調速輪　第二篇注163を参照。
152 調綱　調革で太く、ロープ状のもの。動力伝達用。
153 やみもやらず　やむこともなく。
154 新モス　新モスリンの略。本篇注137参照。
155 お多福　おたふくの面《めん》のような顔の女性。みにくい顔の女性をあざけって言う。
156 年期　年単位の契約期間。本篇注105参照。
157 分配組織　分配するための枠組。分配制度。
158 日本の三大貿易港　安土桃山時代の対外貿易なら平戸、長崎、堺。
159 土佐十一士　一八六八(慶応四)年、堺港に複数のフランス兵が上陸し、警護担当の土佐藩士がこれを阻止せんとして殺傷する事件(堺事件)が発生した。後日、処罰のために切腹させられた十一名の藩士をいう。
160 泉州　和泉《いずみ》の国。現在の大阪府の南部。中世には堺の鉄砲が名高く、江戸時代になると商業的農業が発達、和泉木綿など家内手工業が盛んであった。
161 阪堺線　阪堺電気軌道の阪堺線。一九一二(明治四十五)年に大浜公園へ大浜支線が開業し、堺水族館などがあった大浜公園へ結ばれた。
162 言い条　言いながら。

163 腰縫揚げ　着物の長さを体に合わせるため、着丈の余分を腰まわりで縫い揚げること。
164 要　必要性。必要であること。
165 カタストロフ　破滅。破局。(catastrophe フランス語)
166 轣轆　車輪から出る大きな音。
167 泉南泉北　泉州(和泉の国)の南部と北部。和泉の国は南北に細長く、この場合、全体のこと。
168 築港　江戸時代の大阪は海運、河川水運で栄え、日本一の商都となった。明治時代になり外国船の出入りが本格化すると既存の施設は不十分であることがわかり、安治川の河口に新しい港の建設(築港)が始まった。一九〇三(明治三十六)年に埋立地と鉄製の大桟橋が完成したが、この大桟橋は全長四百五十五メートル、幅二十七メートルという大規模なもので、桟橋の灯りは大阪湾沿いの各地から見えた。現在の大阪港中央突堤はこの大桟橋を埋め立てて拡大したもの。
169 貫木　木造の構築物(この場合は欄干)の水平に取り付けられた横木。
170 小胆な　気が小さいこと。小心なこと。度胸がないこと。
171 介錯　切腹する人の首をはねて即座にとどめを刺すこと。また、自死の手伝いのこと。
172 鳥打帽　狩猟時に用いられた前びさしのついた平たい帽子。ハンチング。
173 バブコック・アンド・ウィルコックス　アメリカの総合重機械製造会社。(Babcock & Wilcox Company)
174 自動給炭機　ボイラーの石炭燃焼室に自動的に石炭を供給する機械。(mechanical stoker)
175 おき　おきび。炭火。

176 **廃市** さびれたまち。住む人が少なくなり、すたれてしまったまち。

177 **宿院** 当時の大阪府堺市宿院地区。現在も堺警察署があり、千利休屋敷跡や与謝野晶子の生家がある。

178 **巡査部長** 当時の大阪府の警察官の階級のひとつ。巡査の上で、警部補の下。警部補の上は警部となる。

179 **挽物** ろくろで挽いて製造した木製品。

180 **罫紙** 罫線(文字を揃えて書くための一定間隔の線)が引いてある紙。

181 **徴兵** 一八七三(明治六)年、欧米列強の例にならい国民皆兵の理念に基づく徴兵令が布告された。本格的な対外戦争の可能性が迫った一八八九(明治二十二)年になり、この徴兵令の抜本的改正が行われ、従来の徴兵猶予条項が廃止され、国民皆兵の徹底が図られた。同年二月に公布された大日本帝国憲法では、兵役が日本臣民の義務の一つと定められ、徴兵令はその後一九二七(昭和二)年兵役法が公布されるまで続いた。徴兵のための身体検査は毎年二十歳になった成人男子を対象として行われた。(この場合)主人公が二十歳であることを述べたため、巡査部長は徴兵について尋ねた。

182 **白状せ** (方言)白状せよ。白状しなさい。実際の発音は「白状せぇ」。

183 **五百万の兄妹たち** 当時のどのような分野の労働者総数なのか不明。『女工哀史』は第二次及び第三次産業分野の労働者総数を約三百万人としている。

184 **荊棘** いばら等とげのある背の低い木。苦難の多い様子のこと。

185 扱いて(扱く)　片方の手に握った(槍のような)細長いものを、もう一方の手で前後に動かす。

186 権化　ある抽象的な特質が、具体的な姿をとって現れたかのように思える人やもの。化身。

187 暁鐘　寺で明け方にならす鐘。(比喩的に)新しい時代を告げるもの。

188 醇化　不純なところを取り去り、純粋にすること。純化。

189 怯懦　気弱なこと。いくじがないこと。

190 建設せ!……突進せ!　この部分の「建設せ」「燃え」「思索せ」「突進せ」は西日本各地で広く使われる表現をもとに書かれている。実際の発音は「せ」より「せぇ」に近く、鼓舞・奨励、時には命令する意味合いを表現している。この「せ」は「せよ」と考えることもできるが、その場合、文語調となり、また命令的な意味合いが強くなりすぎるので、著者はあえて避けたのかもしれない。第一篇注23参照。

191 金字塔　不滅の業績。永く後世に残るすぐれた業績。

192 酸素アセチレンガス　鋼鉄製品を焼き切るために使われる工業用ガス。

193 欣然　喜んで快く物事を行う様子。

解　説

松本　満

細井和喜蔵《ほそいわきぞう》は『女工哀史』の著者である。一九二五(大正一四)年七月、『女工哀史』は改造社から出版されたが、細井はその一カ月後、二八歳の若さで病死した。その時すでに彼の手元には『奴隷』『工場』その他の原稿が準備されていたが、生前に単行本として世に出たのは『女工哀史』一冊だけであった。

細井和喜蔵の人生

細井は、一八九七(明治三〇)年、京都府与謝《よざ》郡加悦《かや》町(現与謝野《よさの》町)加悦奥《かやおく》に生まれた。婿養子であった父市蔵は、細井が生まれる前に離縁されて家を出ており、六歳の時には、母りきが入水自殺して亡くなっている。細井は祖母うたに育てられたが、一二歳の時、貧困と祖母の病気のため、小学校を五年で退学、上隣の機屋《はたや》「駒忠《こまちゅう》」の小僧となって働き始めた。この間の事情は『奴隷』に描かれている通りだと思われる。

一五歳の時に、単身故郷を出て大阪に行き、紡績工場で機械工として働き始め、二三歳で東京に出るまでの七年あまり、いくつかの工場を転々とした。この間細井は、昼間十数時間働いた後、大阪府立職工学校(現在の大阪府立西野田工科高等学校)夜間部に通い、三年の課程を修了している。また、労働組合である友愛会の大阪の支部発足にともなって、細井も加わり、労働組合活動を開始している。

一九二〇(大正九)年、細井は東京に出て、東京モスリン紡織株式会社亀戸《かめいど》工場に入るが、病気などの理由で二年後には退職して文筆活動に入る。このころ、労働組合の先輩の紹介で、岐阜県出身の女工堀としをと出会い結婚した。退職の前後から雑誌『種蒔く人』の同人となって、詩や短編小説を発表している。

一九二三(大正一二)年七月『女工哀史』の執筆に着手する。九月、関東大震災に遭遇、近隣で「亀戸事件」と呼ばれる労組幹部等殺害事件が起こり、細井夫妻は関西に逃れた。知人の紹介で兵庫県川辺《かわべ》郡多田《ただ》村(現川西市)の「猪名川《いながわ》染織所」に入り、働きながら『女工哀史』の執筆を続けた。

一九二四(大正一三)年二月、再び上京して『女工哀史』をまとめ、先輩作家で友人でもある藤森成吉《ふじもりせいきち》に斡旋を依頼し、改造社から出版することが決まる。この前後、細井は多くの短編小説や詩、評論、エッセイを雑誌や新聞に発表している。同時に『奴隷』『工場』その他の小説、戯曲の執筆にも着手した。

一九二五(大正一四)年七月、改造社から『女工哀史』が出版されたが、それを待ったかのように細井は、翌八月一八日、亀戸の博愛病院で結核と腹膜炎のため死去した。妊娠中であった妻としをは九月に出産したが、生まれた子は一週間後に亡くなった。

『女工哀史』の世界を小説に

細井は『女工哀史』自序で次のように述べている。

「私は『女工哀史』を余りに圧縮して書いた。いま私は、工場を小説の形式によって芸術的に表現したものを、世の中へ送り出そうと意図している。」

『女工哀史』は紡織女工の苛酷な労働実態を、自らの体験をも含めてまとめ記録したものであり、小説的な要素も取り入れて書かれてはいるものの、手軽に手に取れる読み物とはいいがたい。細井はこの内容をよりわかりやすく小説に書いて世に出し、当の女工を含む多くの働く人々に読んでもらいたいと考えた。それが小説『奴隷』と『工場』である。しかし、細井はそれが世に出るのを見ることなくこの世を去った。

『女工哀史』は、大方の予想に反して異常な売れ行きを示し、何回となく版を重ねた。

この成功により、細井の遺稿も世に出ることになった。同じ一九二五年の一一月にまず『工場』が改造社から出版され、翌二六年三月に『奴隷』が、七月には他の戯曲等を集めた『無限の鐘』が世に出た。

『女工哀史』はその後名著として広く知られ、一九五四(昭和二九)年に岩波文庫に収録。現在に至るまで版を重ねている。題名『女工哀史』が労働者の悲惨な実態を表す言葉として用いられることもしばしばである。だが、その著者である細井和喜蔵の名はその著書ほどに広く知られてきたとはいえない。さらには彼の小説『奴隷』『工場』について知る人はほとんどいなかったといえよう。『奴隷』と『工場』は戦後、『細井和喜蔵全集』(全四巻、三一書房、一九五五/五六年)と『細井和喜蔵集』(日本プロレタリア文学集7、新日本出版社、一九八五年)に収録されたが、多くの読者の目に触れることがないままに終わった。

『女工哀史』は記録であり、統計等の資料が多く、労働実態に関する事実の記述が中心となっている。しかし、『女工哀史』の記録文学としての特質は、事実の記述にとどまらず、生き生きとした戯曲や小説風に再構成された描写の部分を多数織り込んでいるところにある。『女工哀史』の中にはそのように物語風に構成された箇所が少なくとも一八カ所存在する。そして、そのうち少なくとも一〇カ所が、『奴隷』『工場』のエピソードの素材として生かされている。

藤森成吉は、『細井和喜蔵全集』(第一巻)の解説で、細井が『奴隷』『工場』を書いた理由を次のように述べている。

「(細井が)この小説を書かずにいられなかったのは、前書(『女工哀史』)に書き尽せなかったものが彼のこころに鬱積していたためであり、同時に彼の文学的才能が表現を求める痒さに堪えられなかったためである。」

『女工哀史』で書き尽くせなかったものとは何だろうか。右の二作品の中で、主人公江治《こうじ》が「ボール・ベヤリングのように」と形容された涙を落とす場面が二カ所ある。一つは、恋人の女工菊枝が江治に対して示した、自らの幸福を顧みない無償の愛の表現に対する涙(『奴隷』)であり、もう一つは、乳飲み子を連れて出勤している女工が、わずかの休憩時間のたびに保育場に来て授乳する姿を見て流す涙(『工場』)である。後者では、哀れな母子の授乳の場面に「江治は思わずぼろぼろっと、大粒な涙を土の上へボール・ベヤリングのように落とし」ている。機械工であった細井らしい表現だが、涙の重さ、悲しみの深さが、鋼鉄製の「ボール・ベヤリング」の重さで表現されている。『女工哀史』には同じ授乳の場面が詩の形式で描写されているが、記録文学の性格上そこに涙は描かれていない。細井は、その涙をこそ描きたかった。苦しみや悲しみを抱きつつ懸命に生きる女工たちの人間としての姿、その心の叫びをまるごと描きたかった。そのためには「小説の形式によって芸術的に表現」することがどうしても必要だったのである。

この二作品は著者細井和喜蔵の自伝的小説でもある。主人公三好江治はほとんど作者自身であるといってもいい。特に『奴隷』は、細井の故郷加悦谷《かやだに》地方を舞台として、彼の幼少期が、彼に関する事柄についてはほぼ時代背景と事実にそって描かれている。描写された情景はさながら加悦谷の風物詩であり、描かれた人々の営みは、そのまま当時の民俗誌ともなっている。主人公三好江治をはじめ、登場人物は仮名であるが、江治の家の上隣にある大きな機屋「駒忠《こまちゅう》」だけは実在の屋号をそのまま使っている。(ただし、『工場』に出てくる「極東紡績(東洋紡績がモデル)」創設者山辺丈夫《やまのべたけお》及び実業家渋沢栄一は実名である)

『奴隷』の後半から『工場』にかけては舞台を大阪に移して物語が展開し、次第にフィクションの部分も多くなっていくが、それでも細井の実際の事績や、『女工哀史』の記述と重なる部分が多い。

故郷・加悦谷

細井の人生と作品世界とを重ねあわせたどってみよう。

細井和喜蔵の故郷加悦谷は、京都府北部の旧加悦《かや》町と旧野田川《のだがわ》町(いずれも現与謝野町)からなる、北側だけが海に接する細長い盆地である。古くから開けた土地で、朝鮮半島とも行き来があり、加悦の地名の由来は朝鮮半島にかつて存在した「伽耶《かや》国」からきているともいわれる。雨や雪の日が多い「うらにし」と呼ばれる気候は、乾燥を嫌う絹織物に適していたこともあって、古くから織物が盛んであった。江戸中期にちりめん製織の技術が導入され、「丹後ちりめん」の産地として発展した。明治・大正期には紋織りを自動化した力織機が導入され、技術も向上して生産量は増大し繁栄したが、一方で、織り手や賃機《ちんばた》業者の劣悪な労働条件の問題を生むことにもなった。

大江《おおえ》山《やま》の山懐に源を発する野田川は、南北に長い加悦谷平野の真中を北に流れ、天橋立にふさがれて内海となった阿蘇海《あそのうみ》に注ぎ、さらに日本海へと流れ込んでいる。野田川流域に立つと、南東方面に広がる雄大な大江山連峰を眺めることができる。この平野の中央部東寄りには、日本海三大古墳の一つ、全長一四五メートルの蛭子《えびす》山《やま》古墳(前方後円墳)があり、現在は古墳公園として整備されている。平野の西側に位置し、細井和喜蔵の生家があった加悦奥駒田の付近にも古墳群がある。細井の子どものころの遊び場であった駒田の丘には、『奴隷』にも出て来る鬼子母神のお堂があり、その脇に「女工哀史・細井和喜蔵碑」が建てられていて、毎年秋一一月に碑前祭が行われている。加悦奥に向かう府道と旧国道一七六号線が交わる所に、昭和初期の雰囲気を今に伝える旧加悦町役場庁舎があり、現在は与謝野町観光協会、喫茶店が入っている。この庁舎から南西方面、加悦天満神社に向かう古い道がある。両側に昔ながらの機屋や商家の建物が並び、「ちりめん街道」の名で呼ばれている。ここでは江戸末期に建てられ、明治、大正期に栄えた生糸、ちりめん問屋の「旧尾藤《びとう》家住宅」が公開されていて、細井が育ったころの丹後ちりめんの繁栄の様子を垣間見ることができる。「ちりめん街道」は天満神社の下からさらに南の後野《うしろの》地区に延びていて、一帯が文化庁による「重要伝統的建造物群保存地区」の指定を受けている。

細井は年老いた曽祖母を一人残して故郷を出たが、生涯加悦谷を懐かしみ、忘れることはなかった。そして、故郷を舞台にした『奴隷』『親』『無限の鐘』などの文学作品を生み出した。加悦谷は実に細井和喜蔵文学の原点である。

産業の近代化の中で

『奴隷』の第一篇と第二篇には、主人公三好江治が故郷加悦谷を舞台に幼少期から少年期を経て成長し、大阪に出るまでが描かれている。時代は一九〇二(明治三五)年ごろから一二(明治四五)年ごろまでの約一〇年間である。

明治の後半から大正にかけて、日本の資本主義経済は飛躍的に発展し、産業革命の波は一足遅れでこの地方にまで及んだ。『加悦町誌』によると、一九〇八(明治四一)年、地元の機業家杉本治助によって石油発動機と力織機が導入され、ちりめんの生産は飛躍的に伸びた。さらに一九一〇(明治四三)年、杉本利右ヱ門によって「丹後電気株式会社」が設立され、ガス発電機が設置されて送電を開始、初めて電灯がともった。同じころ、これらの波に乗るかのように、細井三郎助が京都の小林織物技師の助力を得て絽《ろ》ちりめんを開発し、丹後ちりめんの発展に大きく貢献した。

小説上の機屋「駒忠」は、別々になされた右の三つの業績を一人で成し遂げたことになっている。「駒忠」は大地主であると同時に、地元産業振興に貢献した新興事業家であり、郡会議員をも務める地元の名士として権勢をふるう存在である。

三好江治一家は、賃機《ちんばた》と呼ばれる下請けとして祖母がちりめんを織って細々と生計を立てている。ほかに耳の遠い曽祖母がいて三人暮らしである。婿養子であった父は離縁されてすでに家を出ており、母は出奔して行方知れずである。一家は分限者「駒忠」の支配を受け、屋敷の地代の取り立てが厳しい。

江治は「駒忠」の息子勝太郎にいじめられ、反撃した拍子にけがをさせてしまう。怒った「駒忠」は、それを口実に江治たち一家を無理やり粗末な掘立小屋に引っ越させ、跡地に洋館と工場を建てた。ちりめん業が好況の中、「駒忠」は新工場建設のための土地を必要としていたのである。一家は「郡会議員で大地主で、大縮緬屋という分限者」にはどんなに踏みつけられても頭があがらなかった。

病気で帰省した江治の母はほどなく自死し、やがて祖母もが病気となり、江治はやむなく小学校を中退、「駒忠」の小僧として働くことになる。江治は「駒忠」での厳しい労働に耐えつつ、隣家のお繁《しげ》とほのかな愛を育み、加悦谷の美しい自然の中で楽しい日々をも送る。

この間、近隣の貧しい庶民の哀しいエピソードと、但馬《たじま》の国の工女お孝《こう》の家で出会った工女募集人のエピソードが挿入される。そして第二篇の終わりに至って、江治は意を決して故郷を去り大阪へ向かう。その後、「駒忠」の工場兼女工宿舎が不審火によって炎上し、女工一四人が焼死するという悲劇が起こる。

なぜ「駒忠」を実名にしたのか

さて、作者細井和喜蔵はなぜ「駒忠」だけを実名にしたのか。

これに関して、細井の妻で、後に再婚して高井姓となったとしを氏の、次のような談話が残されている。

「(「駒忠」の実名を使うことに)私は反対し、ほかの名前にするよう申しましたが、「そんなことをするのはストのとき資本家と妥協する弱さだ。遠くの的を射るときも、近くの的を射るときも、的に向いて真直に射るのだ」と言って、ききませんでした。普段は大へんおとなしい人で大きな声も出さず、女の人にはものすごくやさしかった。大がいのことは私の言うことをきいて呉れましたが、このことはどうしてもききませんでした。」(沢村秀夫「和喜蔵に関する覚え書き」『郷土と美術』第六九号、一九五九年)

「駒忠」は実名の屋号であるが、作中の「駒忠」は実在の「駒忠」とは大きく異なっている。実在の「駒忠」のものではない力織機導入等の三つの業績を、作中ではすべて「駒忠」に帰している。作中の「駒忠」は旧来の地主階級である上に、新しく発展しつつある資本主義経済のもとで台頭してきた、地方の新興実業家の典型的な姿として描く。江治やお繁、但馬のお孝の家のような貧農や賃機業者は、地代や小作料を年貢として地主に召し上げられる上に、新たに浸透してきた資本主義的経済関係によって、安価な労働力として搾取されねばならない運命にあった。

また、作中での「駒忠」による女工への理不尽な扱いも、「駒忠」ではない他の機屋での出来事として、地元では伝えられている例もある。この点でも「駒忠」は他の多くの機屋の代表である。

作者は実際とは異なる「駒忠」像を作中に創作すると同時に、名前自体は実名とした。そこには、作者細井にとってどうしても実名でなくてはならない理由があったと思われる。そしてそれは、細井がなぜこのような小説を書いたか、その創作の意図とも深くかかわっている。

細井は、「駒忠」によって、江治や周りの人々がどのように虐げられたかについても、詳細に描いている。地元の人たちからすれば「駒忠」は村の「名門」の家である。それを手ひどく悪役のように描く『奴隷』という小説は、地元民の感情からすれば、受け入れがたい側面を持ったのも事実である。その意味で、としを氏の抱いた杞憂は当然のことであった。それでも細井は実名を用いることを躊躇しなかった。

細井は『奴隷』執筆とほぼ同時期に発表した評論で、次のように述べている。

「プロレタリア〔労働者〕文学は、しいたげられた一人の労働者が自分ひとり幸福になるためのものであったり、ある一人のブルジョア〔資本家〕に対して放たれる呪詛《のろい》であったりするものではなく、あくまでも全無産階級〔全労働者〕のソリダリティ〔連帯〕に基調を置いた相互扶助的で積極的な前向きのものでなくてはならない。」(「プロレタリア芸術としての通俗物」『文壇』一九二四年九月号)

細井は、明らかにこの考えのもとに『奴隷』を書いた。とすれば、「駒忠」という一機屋に対する呪詛や怨嗟を描くことは細井の本意ではないということになる。つまり、「駒忠」の実名をあえて出す必要はなかった……。

しかし、表現された呪詛や怨嗟は生々しい。たとえば、江治が加悦を出る際の描写は象徴的である。

江治が村外れの石橋まで来ると「駒忠」の工場が見えた。「石油発動機と力織機の音が乱調子に響いて、永《とこし》えの怨嗟《うらみ》を彼方の山へ刻んでいく……。それは彼にとって限りない呪詛《のろい》であった。（中略）江治は（おお！　駒忠よ焼けてしまえ）と思った。」

では、この怨嗟・呪詛は作者である細井自身の実際の感情ではなかったのか？　私は、これはほかならぬ細井和喜蔵のいつわりのない実際の心情だったのではないかと思う。なぜなら、貧困の中、両親と祖母を失って曽祖母を養わねばならない立場となった薄幸の少年が、周囲から何らかの保護を受けることも、温情を感じることもなく、大人と同様に酷使されつつ育たねばならなかったとしたら、自分をそのように扱ったものを怨まずにいられないからである。その怨みをリアルに描くためには「駒忠」の名は、細井にとって不可欠であった。それを創作のバネとして、細井は自分の少年時代を江治に託して渾身の筆致で描いた。（この呪詛・怨嗟の生々しさから、細井の心のさらに深い所に、

何らかの私的な怨念があった可能性もないとはいえないが、それを知り得る資料はなく、ここでは考察の対象から外したい）

さらに、前述のように、細井は実在の「駒忠」を忠実に描いたのではない。旧来の地主階級にして新興ブルジョアジーの末端に連なり、地方の貧しい民衆の上にのしかかって苦しめる象徴的存在としての「駒忠」を描いたのである。それを仮名にすることはできたが、細井は、そうすることで物語が現実から遊離し、文字通り架空のものとなることを恐れた。先に紹介した高井としを氏の談話はそのことを物語っている。金や権力の威力のもとで、往々にしてなかったことにされる理不尽な仕打ち、それを白日のもとにさらすには、批判を受けたとしても実名によるリアリティが必要だと、彼は考えたのではないだろうか。

とはいえ、そうすることで、「駒忠」は作中において、実際とはかけ離れた血も涙もない存在として描かれねばならなかった。とりわけ、第二篇の終わりの、火災の場面がそうである。現実には「駒忠」の工場兼宿舎が焼けた事実はなく、フィクションである。だが、焼けあとから見つかった一四名の女工の焼死体にたいするぞんざいな扱いようや、駆け付けた親に対する冷たい対応、主人が保険金による焼け太りをほくそ笑むようなあたりは、いかにも冷酷無比な「駒忠」という存在を際立たせる結果になっている。

この部分は、江治が加悦を去ったあとの出来事であり、主人公を離れた別個のエピソードとなっている。また、ここの描写には、『女工哀史』「第十一　病人、死者の惨虐」の中の、地震や火事で命を落とした女工たちの惨状を描いた箇所がオーバーラップしてくる。細井は、『女工哀史』で取り上げた勃興期の繊維産業資本の非人間的な側面を、小説の中に凝縮して描いたともいえる。

一方、作者細井和喜蔵は、

「ダンシング・ホールから観た田舎の盆踊りが芸術でなくても、田吾作と村乙女にとっては芸術だ。女工にとってはゲエテの詩よりも女工唄の方が遥かに詩だ。……これと同じようにどんな立派な芸術でも相手にわからなければ無価値だ。」(「プロレタリア芸術としての通俗物」同前)

との主張を展開した。労働者を解放するどんなに崇高な思想も、当の労働者に伝わらなければ意味がない。どんなに高邁な闘いの理念も、出発点は自らが受けた理不尽な仕打ちに対する個人的な怒り、怨念である。それなくして隣人への共感も、虐げられたあらゆる人々への連帯意識も生まれない。弱く虐げられた者の側、盆踊りや女工小唄の世界、個人的な怨念の世界を描き、そこからスタートし、一歩一歩怨念の向こうにある世界に至る。それは細井自身のたどった道でもあった。

細井が、『奴隷』の第一、二篇において、怨嗟の対象である「駒忠」をあえて実名で描き、「駒忠よ焼けてしまえ」とその個人的な呪詛を江治に託して叫ばせたもう一つの理由はそこにあったのではないだろうか。細井の真の願いはそのような怨嗟の叫びを、閉ざされた個人的な内面の呪いに終わらせず、その「奴隷」の鎖を断ち切って、働く者たち同士の共感と連帯に根ざした共通の叫びに高め広い世界に解き放つこと、これが小説『奴隷』の描こうとしたテーマである。

一方で細井は、実際に「駒忠」を知る故郷の人たちに対しては、理不尽なしうちには黙さず立ち上がろうと暗に呼びかけているのである。実名にしたのは告発の相手を曖昧にせず、その本気度を示すためでもある。相手は「駒忠」個人ではなく、加悦谷の全機屋、機業家である。だからこそ、実名を懸念する妻としをに、「そんなことをするのはストのとき資本家と妥協する弱さだ」と言ったのであろう。

紡績工場と奴隷の島

第三篇と第四篇は江治が大阪に出てからの物語である。一五歳の江治は紡織工場に入り、極貧のうちに学びながら仕事に打ち込み、一人前の職工として成長する。一方、働いても一向に報われることのない職工たち、とりわけ女工の現状に大きな矛盾を感じ、救われる方法はないかと苦悩しつつ模索を続ける。しかし、やがて訪れた失恋と、抱いた発明の夢の破綻によって絶望のどん底に突き落とされ、江治は入水自殺をはかるところにまで追い詰められる。幸いそれは未遂に終わり、死の淵からよみがえった江治は新たな希望に生きる決意をする。そして、物語は続編の『工場』へと受け継がれる。

　作中で、主人公江治が最初に働いたのは、「浪華紡績会社西成工場」であるが、細井が実際に働いたのは、同じ此花《このはな》区伝法《でんぼう》町にあって、隣り合って建っていた「内外綿会社第一紡績工場」である。

　『女工哀史』において、「浪華紡績」は二カ所で取り上げられている。一つは一八九一（明治二四）年に起きた濃尾《のうび》地震によって工場が倒壊し、多数の犠牲者が出た事件についてであり、もう一つは付属する女工の寄宿舎の典型的な実例としてである。『女工哀史』によると、「浪華紡績（後に東洋紡績）西成工場」の女工寄宿舎は、すぐ脇を流れる正蓮寺《しょうれんじ》川の中洲の上に建てられており、女工たちは駅の陸橋のような橋を渡って工場に通っていた。彼女たちは外出を厳しく制限され、周囲は川に囲まれて逃げることもできず、実質的な軟禁状態に置かれていた。細井はこの中洲のことを「奴隷の島」と呼び、小説『奴隷』にも、そのままの名称と姿で登場させている。細井は、おそらくはこの「奴隷の島」こそが、小説『奴隷』の大阪での舞台にふさわしいと考えた。それゆえ、江治の働いた工場を「内外綿」でなく「浪華紡績」に設定したのだろう。

女工お孝のモデル

江治は「浪華紡績」を初めて訪ねた時、兵庫県但馬の出身の女工お孝に会わせてほしいと願い出ている。お孝は以前「駒忠」で働いていた女工で、江治とは顔見知りであった。第二篇で、江治は、駒忠の主人に子を孕まされたお孝の実家に、その後始末として手切れ金を届けさせられる。その訪問中に、「浪華紡績」の工女募集人犬山がやってくる。犬山は、言葉巧みにお孝の父親を説得し、貧乏な者にとっては高額な支度金(実際は会社からの借金)を受け取らせ、それと引き替えにお孝を働きに出すことを約束させた。その時、江治は犬山の名刺をもらい、それを頼りに大阪に来たのであった。

工女募集人犬山は、『奴隷』『工場』において、人身売買に等しい工女募集の実態を体現する人物として重要な役割が与えられている。『女工哀史』「第三　女工募集の裏表」の中に、「大貫たま」という兵庫県出身の女工のエピソードがあり、募集人がたまの家に来て、女工に勧誘する際の巧みな口舌が七ページにわたって紹介されているが、その中身は作中でお孝のところに来た犬山のそれと基本の部分で同じである。

大貫たまは兵庫県出身で、最初「堺市大和川の某工場へ応募して行き、誘拐の手にかかって遂に東京まで来た末、はては金一円で肉を売る亀戸の淫売窟へ落ち込んだ悲惨な」運命をたどった女性であると記されている。『奴隷』では、この大貫たまをモデルとして、「浪華紡績」に来て以降のお孝が描かれていると思われる。

『奴隷』の中のお孝は、赤ん坊を両親に託して「浪華紡績」に入る。お孝はそこで工場監督たる工務係の男に言い寄られて彼の子を宿す。ところが工務係はほどなく上海へ異動となる。困ったお孝は、江治の友人の青年工を誘惑して結婚、二人の子にしようとする。だが結婚の破綻、工場内での死産と不運が続く。さらに、やむなく舞いもどった寄宿舎では世話婦からの虐待を受け、それに反撃した結果の傷害事件、そして逮捕服役と、お孝の波乱の人生が描かれる。お孝はその後、続編『工場』において、工女募集人犬山の手引きによって名古屋の工場に移り、さらに東京に出て亀戸の新設工場に入り込む。その工場で今は「相も変わらぬ労働をいとなんでいる」として、お孝のエピソードは終わっている。

お孝の姿には、大正期の、あらゆる社会矛盾の集中点としての紡織女工の悲運と悲劇、つまり「哀史」が凝縮して描かれている。ただ、実在の人物と思われる大貫たまが売春婦となったのに対し、お孝はあと一歩のところでその誘いを拒否している。そして落ち着いた先が、「相も変わらぬ」元の女工だったというところは、彼女のその後の貧しいが安穏な人生を想像させる。「哀史」を体現する『奴隷』第二のヒロインお孝の行く末を、大貫たまのようにはしなかったところに、「哀史」を「哀史」にしたくない作者細井のぎりぎりの視線が感じられる。

ヒロイン菊枝のモデル

主人公江治は、「浪華紡績」に入るとすぐ、ある清楚で親切な少女工に出会う。それが『奴隷』第一のヒロイン菊枝である。二人は純粋な愛を育み、将来の結婚を約束するが、ある日、菊枝は何の前触れもなく工場から姿を消す。江治は茫然自失し、絶望の淵に立たされる。

この江治の恋とその相手の突然の失踪による失恋という物語は、細井和喜蔵の実体験に基づくものである。細井の友人が発行していた詩誌『鎖』(第三巻第一号、一九二四年)に掲載された細井の手記「大阪」によると、菊枝のモデルは細井の初恋の相手、小川花という女工であった。小川花は結婚のために突然帰郷させられ、やがて夫に捨てられて工場に舞いもどったが、たった一晩の患いで死んでしまったという。その時妊娠四カ月であったとも記されている。お孝すなわち大貫たまと並び、この菊枝すなわち小川花という女性も、女工の「哀史」を体現する存在だった。

ただ、作中の菊枝は、花とは違い、続編の『工場』において江治との再会を果たす。そして、お互いに抱いた誤解を解き新たな愛を育むのだが、結核が菊枝を蝕み、江治に看取られながら静かに息を引き取る。細井は、お孝と同様、ヒロイン菊枝を実在の小川花の悲惨さから救っている。

社会への眼

『奴隷』第三篇、第四篇にはまた、江治の青春時代の思想的遍歴が描かれる。江治が故郷を出た時は、何か崇高な理想のようなものを抱いていたわけではなく、金もうけと出世を漠然と思い描いていたに過ぎない。作者細井自身も工場に入った頃の自分を「社会制度や工場組織や人生に対して何の批評眼ももたぬ、ほとんど思想のない、一個の平凡な奴隷」(『女工哀史』自序)だったと書いている。それが、二十歳ごろまでの数年間の体験を経て、思想的にも人間的にも成長を遂げ、「輝かしい愛の人間社会を作るための礎となろう」と決意するに至る。何が彼の成長を促したのだろうか。

最初の重要な体験は、江治が織機の修理をしている最中に、不注意な組長が機械を勝手に動かし、左手を巻き込まれて小指を半ば失ったことである。江治は組長に「ぼんやりさらすな、この糞坊主！」と怒鳴られた。これは、細井自身が「鉄工部のボール盤で左の小指を一本めちゃくちゃにしてしまったとき、三文の手当金も貰わぬのみかあべこべにぼんやりしているからだとて叱り飛ばされたことを、当然と肯定して何の恨みにも思わなかった」(『女工哀史』自序)と書いていることと重なる。工場での労働災害の実態を知れば知るほど工場側の対応に疑問を抱くようになった江治の姿は、そのまま作者細井の姿でもあった。

次に、江治は夜間の職工学校に通い、三年の課程を修了していることがあげられる。江治は眠い目をこすりながら必死に勉強した。そして、英語などの一般教養に加え、紡織術や原動機、製図など専門的知識を身につけた。これらは江治が世界を読み解く力となり、職場では一人前の織機工として働く力の源泉となった。細井の手記「どん底生活と文学の芽生え」(『無限の鐘』改造社、一九二四年)には、「二十八銭の日給を得て夜分職工学校の夜学へ通っていた」と記されていて、これらがほぼ事実だったことがわかる。

同じころ、キリスト教の教会に誘われ、一時牧師の説く神の教えに共鳴するが、その理想主義的で人道主義的な教えと、あまりに過酷な現実との乖離に疑問を抱く。細井自身のキリスト教とのかかわりを記した資料はなく、この点に関しては不明である。

次に菊枝との恋愛である。江治は菊枝と一度のみのデートをした時、彼女の手を見る。「爪の間へは機械掃除のために油墨や歯糞が入って黒くなり、指の節々は高く、梅干しのように薄黒味を帯びたしわが渦巻いている。」江治は彼女の手をこんなふうにさせるのは機械があまりにも不完全だからであり、これを改良する発明をすれば、乙女の美しい手を荒らさないで済むと考えるようになる。江治の頭の中に次々と発明のアイデアが湧き、織機の改良による工場の改革、労働の軽減を夢見るようになる。

細井の小川花(菊枝のモデル)との恋については前述の手記に詳しく述べられている。細井はそこで「人間は皆、自分達が着ている着物はただ出来たように思っている。衣服を纏《まと》うために幾万の若い女性が犠牲になっていくかを果たして考えたことがあるだろうか？　恋人の手がすべてを物語っている」と記していて、この恋とその破綻が彼を『女工哀史』執筆へと方向づける最大の要因となったことをうかがわせる。

最後に、鈴木文治《ぶんじ》(作中ではS氏)らによって一九一二(明治四五)年に創立された労働組合の全国組織「友愛会」の伝法《でんぽう》支部ができ、その演説会に江治が参加したことが描かれる。江治はここで会長の演説を聞いて「いっぺんに感激」してしまい、即刻入会した。「友愛会」の記録を見ると、一九一六(大正五)年に大阪第一支部の発会式が、一九一九(大正八)年には伝法支部の発会式が行われ、前者においては鈴木文治の、後者においては、当時神戸にいたキリスト教社会主義者賀川豊彦《かがわとよひこ》の講演がなされている。細井はこれらの両方に参加した可能性が高い。なぜなら、鈴木文治の講演は実際には伝法支部でなく大阪第一支部で行われたものだからである。細井は二つの発会式を作中では一つのものとして描いたとみられる。

江治は、労働者の生活を向上させようと思ったら、ただ嘆いたり憤ったりするだけでなく、労働組合という運動体を作って、社会の悪い仕組みに直接働きかけをするというのが「最も穏健着実で、かつ有効な手段」であることを、労働者の頭で心底了解した。やがて江治に破局が訪れる。発明の夢は破れ、菊枝は工場長の「げん妻」(妾)となったことを知る。ショックを受けた江治は、入水自殺をはかるが未遂に終わる。そして、これからは貧しい者と共に立ち上がり、正義に生きようと決心をするのである。

細井和喜蔵自身は、二〇歳の六月、入水自殺をはかったが未遂に終わったことを告白している。前掲の手記によると、「発明と恋に破れた僕は、今や死の断崖に立ってどすぐろい奈落を目指して飛び込もうとする自分を支える力」を失い、「茅渟《ちぬ》の浦に永遠の眠りを求めて」行く。しかし、海は彼の命を奪わず「大波に乗せて砂浜の上へ叩き揚げ」る。そして、警察の保護室に四日間留め置かれるうち、「六年間に習得した機械鍛冶の技術を抛棄して、文学の道へ志そうと決心」した。彼はその時の体験が新たな人生へと踏み出す転機となったと記している。作中の江治と違うのは、細井がここで決意したのは文学の道に進むことであった点である。

労働現場のリアリティ

最後に作品全体について考えてみたい。小説『奴隷』が持つ他にない特徴の一つが、工場など労働現場での環境と作業のリアルな描写である。工場内の数多くの機械の有様、騒音、湿度、温度、匂い、埃、塵、そこで黙々と働く人々、そして彼らを取り巻く人間関係。これは、そこで実際に職工として働いた経験を持たないと全く書けないレベルのものである。近代日本の発展を支えた紡織産業の労働現場の実態を、そこに働く人間の全体像に加え、織機の作業工程から、構造、部品一つひとつの名称や動きに至るまで、これほど精緻に描いた文学、あるいは記録が他にあるだろうか。

細井は、当時の文壇作家たちだけでなく、労働者作家といわれる人たちであっても、「諸々の労働者の表面生活の、単なる自然主義的表現さえもできてはいない」（「電車に乗った夢の中で思ったこと」『種蒔く人』第四巻第六一号、一九二二年）として、彼らがあまりに労働の現場や工場の機械に無知で、彼らの描く労働にはリアリティがないことを嘆きかつ批判していた。彼はまた、「これまでは、職業のことを書くと、くどいと言われたものだが、これからの文芸はそうした急所にまで食い込んで行って、特殊なものをつかみ出すような行き方が必要だ。そういうものに接したとき、読者はぐうんと胸を打たれるようないきいきとした衝動を作品から受けるのである」(同前)とも述べている。『奴隷』『工場』は、まぎれもなくその実践であった。

細井和喜蔵のユーモア

細井のユーモアについて少し触れておきたい。『奴隷』の描く内容は決して明るいとはいえないが、その中にあっても細井はユーモアを忘れてはいない。

たとえば、「駒忠」の小僧のころ、江治はお主婦《かみ》さんに、主人の浮気について偵察を依頼され、宮津に行く場面がある。江治は主人の浮気の現場を目撃し、夢中になって思わず身を乗り出し発見されてしまう。ひどく叱られると思いきや、座敷に呼び上げられてごちそうを勧められ、たらふく食った上に口止めの小遣いまでもらって意気揚々と引き揚げる。その場での江治のまじめくさった殊勝な振る舞いが、かえっておかしさを醸し出している。

また、江治が浪華紡績に勤務のころ、大阪でコレラが猛威を振るい、工場にも感染者が出たため、防疫の係官が来て工場を閉鎖しようとする場面がある。工場長がたくみにその係官を籠絡するのだが、その様子がまるで喜劇の一場面を思わせる描写となっている。細井にユーモアのセンスがあったことは疑いない。

伏せ字について

読者の中には、「×××」で記された伏せ字が気になった方もあると思う。一九二五(大正一四)年五月には、それまでの法律(一八九三(明治二六)年の「出版法」)に加えて治安維持法が施行されており、検閲によって『奴隷』『工場』には多くの伏せ字の箇所が見られる。細井の原稿は失われており、復元は望めない。伏せ字は政治的な主張を含む部分より、性的な描写の部分がはるかに多い。高邁で難解な文学よりも、労働者が気楽に読めるような通俗小説的な文学を目指した細井は、性的な描写も厭わず、自らの文学理念の実践としてあえて書いたと思われるが、この試みにより、当時の文壇での評価を低めたことは否めない。

文学としての評価

『奴隷』の文学としての評価について見てみよう。『女工哀史』は別として、細井の『奴隷』『工場』を始めとする小説、戯曲などの作品は、日本近代文学史においてほとんど評価されることはなかった。山田清三郎著『プロレタリア文学史』(理論社、一九五四年)においても、『女工哀史』と『或る機械』を取り上げた後で『工場』に少し触れているくらいである。

『奴隷』『工場』等の作品は、細井の死後刊行された。書き上げた原稿が遺されていたが、悲願であった『女工哀史』刊行直後に細井が病死したため、出版の前に作者の手が入ることがなく、校正作業はすべて改造社の編集者に委ねられた。残念ながらその校正は不十分であり、刊本には細井自身による誤記と思われる箇所や、表記の不統一がみられ、編集者により付された振り仮名の誤りや印刷時の誤植も少なくなかった。作品として評価されるには、そういった面も不利に働いたかもしれない。

しかし、これらの作品についての高い評価も残されている。まず、『女工哀史』の出版に尽力した先輩作家藤森成吉の評価である。藤森は労働者を描く作家として、自らの労働体験の不足を痛感し、細井の手引きによっていくつかの工場に潜りこみ、労働を実体験した。それを『狼へ！——わが労働』(春秋社、一九二六年)という本にまとめて出版した。その中で次のように述べている。

「おどろくべき研究心だ。情熱だ。明晰な頭脳だ。(中略)日本の文学的文献は、これに依ってたしかに一の豊富を加えたと云える。芸術として、果してどの程度まで評価され得るか。そんなことは姑《しばら》く措《お》く。ただ今の人気作家の作品の亡びた後も、なお且《か》つ余命を持つことは疑いない。」

平林初之輔『無産階級の文化』(1923年)出版記念会にて．前列右端が細井和喜蔵，その隣が青野季吉．後列右から3人目藤森成吉，左から4人目平林初之輔．他に小川未明，秋田雨雀，堺利彦ら．(写真・日本近代文学館提供)

これは『工場』について述べたものではあるが、『奴隷』にも通じている。また、改造社版の『女工哀史』を含む四冊の装丁を担当した柳瀬《やなせ》正夢《まさむ》は『奴隷』について次のように評している。

「私が此《こ》の長編によって細井君を尊敬する所以は、暗闇の奴隷生活を絶望の底に腐らしていないことである。暁《あかつき》を胎《はら》んだ闇は一字一字の活字の中に飛躍を用意している。組織によっての生きる力なのだ。(中略)此の長編は苦痛の時代が胎んだ健康な良き種である。」(「『奴隷』愚評——細井和喜蔵君の贈りもの」『文芸戦線』一九二六年五月号)

また、文芸評論家青野《あおの》季吉《すえきち》は、細井

の作品の優れた点について次のように書いている。

「私は、単なる興奮と感傷で満足していない日本のプロレタリア作家が、かならずこの残された世界〔労働者が生産労働に携っている現場のこと〕に向かって眼を開くであろうと信じている。その意味において細井和喜蔵君の『工場』、『女工哀史』は正に立派に先駆を為したものと言ってよい。私が『「調べた」芸術』を発表した時、真先にハガキで同意を寄せてくれたのは、細井君であった。そしてその時既に細井君の懐には、『工場』の原稿が入っていたのであった。その時、僕はそれを少しも知らなかった。」(「再び「調べた」芸術」『文芸戦線』一九二六年一月号)

青野は、単なる印象を並べたような小説を批判し、これからは、客観的で正確な調査に基づく「調べた」文学が求められていると主張した。この「調べた芸術」論が、四年後に発表された蔵原惟人《くらはらこれひと》の評論「プロレタリヤ・レアリズムへの道」に受け継がれ、さらにその芸術論を実作に反映させたのが小林多喜二《たきじ》の『蟹工船』であった。その意味で『女工哀史』『奴隷』『工場』は『蟹工船』の先駆となった作品であったともいえる。

『奴隷』『工場』と現代

一九五六(昭和三一)年に刊行された『細井和喜蔵全集』(第一巻)の藤森成吉の解説に次

のような一節がある。

「昨年の細井和喜蔵歿後三十年記念会で貴司山治《きしやまじ》君が絶賛したような言葉(「『工場』等の小説は小林多喜二の小説よりもすぐれている」)が正しくないとしても、今まで一個の大衆小説視されて来た偏見は少くともただされるべきだろう。」

私は、この中で、プロレタリア作家として細井と共通する通俗(大衆)小説路線を唱えていた貴司山治が、細井の小説を「小林多喜二よりもすぐれている」と評したとされる点に注目したい。藤森はこれを「正しくない」としているが、貴司はおそらく作品の芸術的完成度を比較しているのではない。その作品がどれだけ大衆の興味と共感を呼び起こし、「奴隷」状態からの覚醒をうながすものとなっているかを問うているのだと思う。『奴隷』『工場』は、人々が働いている現場に、どのような矛盾が存在し、理不尽がまかり通っているかを抉《えぐ》り出すことで、「ああ、その通りだな」との読者の共感を呼び覚ますことができる。その点で、多喜二作品に勝っていると私も思う。しかもそれは、百年近く前のことであるにもかかわらず二一世紀の現代に通じている。

たとえば、作中で描かれる職場でのセクシャルハラスメントやパワーハラスメントの実態は、程度に差があるとしても、その本質において現代も同じではないか。また、作業現場での労働災害のおそるべき実態が繰り返し描かれているが、労働者の人権を守る法律が一応整備された現代において、それらは法律に見合った程度に防止されているのか。さらに、病死として描かれている女工の死の多くは正確にいえば労災死、過労死であり、そしてその労災死、過労死は今も深刻な問題であり続けている。作中では「指定下宿」制度のからくりを詳細に描くが、指定下宿が派遣元のような役割を果たす仕組みは、現代の派遣労働と似ている。労働組合やその活動をする者を不当に差別し排除しようとするやり方にも共通するものがある。勤務時間を巡っては、強制残業やサービス残業など、今もある巧妙なやり口が、『奴隷』『工場』の中ではすでに実践されている。

『奴隷』『工場』は時代を越えた普遍性を備えた小説であり、働く者の苦しみが続く限り、『女工哀史』とともに読み継がれていくべき作品である。その意味で、この『奴隷』『工場』が、初版本から一世紀近くを経た今、『女工哀史』と同じく岩波文庫の一冊として出版され、多くの読者の目に触れることの持つ意味は大きい。これを機として、細井和喜蔵という人物について、また彼が命をかけて訴えようとしたことについての理解が、より広まり深まることを期待したい。

広域図

地図 1
加悦
兵庫県
福知山
京都府
京都
大阪府
大阪
奈良
地図 2
淡路島
奈良県

地図 1　加悦地方

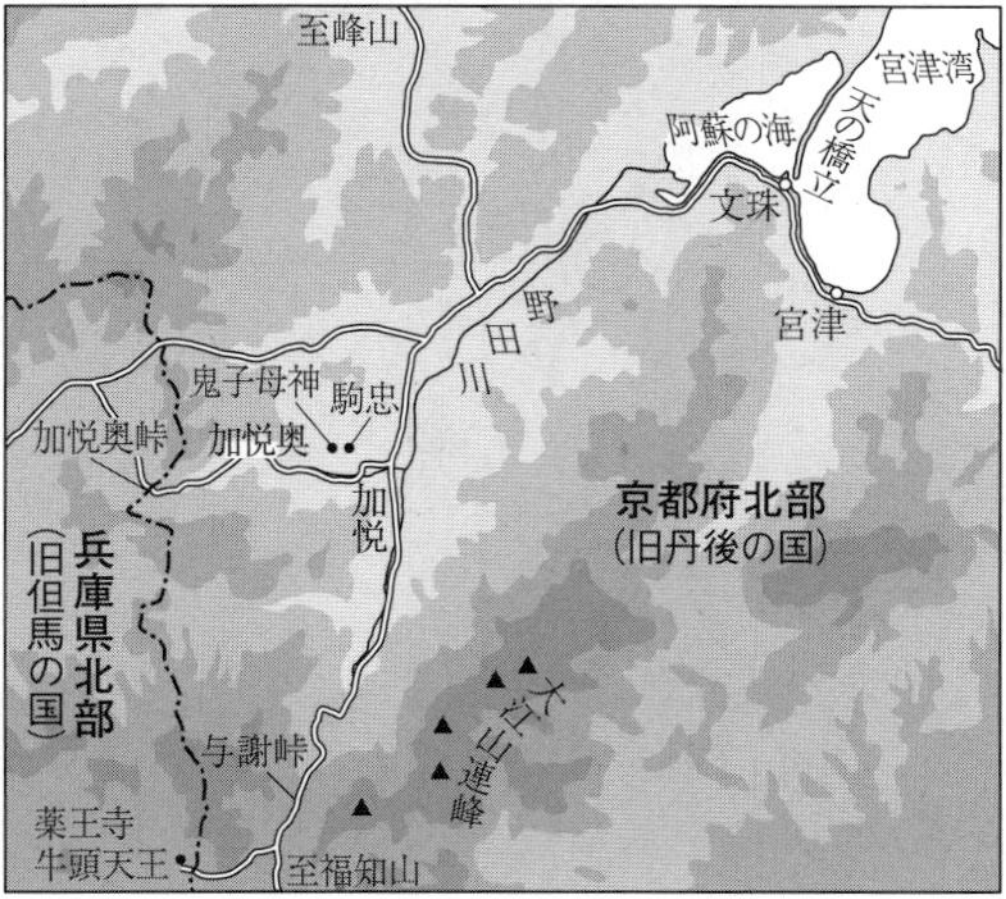
至峰山
宮津湾
阿蘇の海
天の橋立
文珠
野田川
宮津
鬼子母神
駒忠
加悦奥峠
加悦奥
加悦
京都府北部
(旧丹後の国)
兵庫県北部
(旧但馬の国)
大江山連峰
与謝峠
薬王寺
牛頭天王
至福知山

地図 2
大阪湾周辺

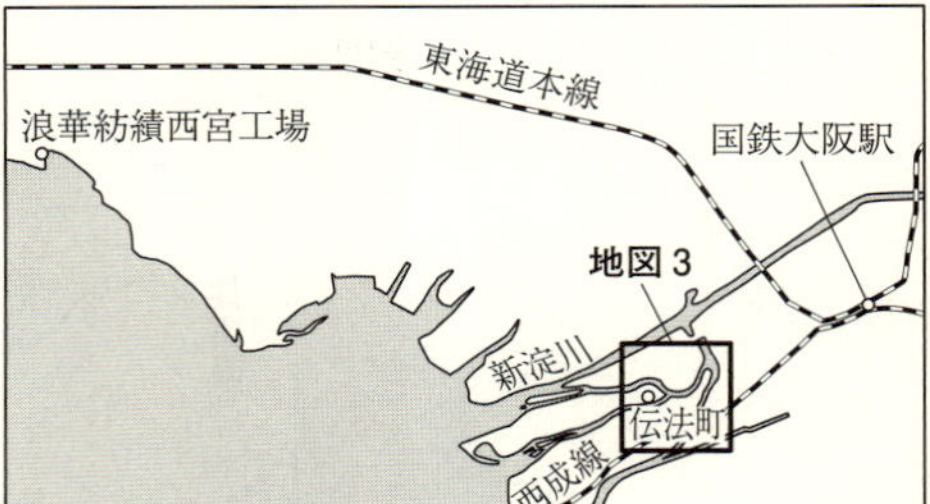

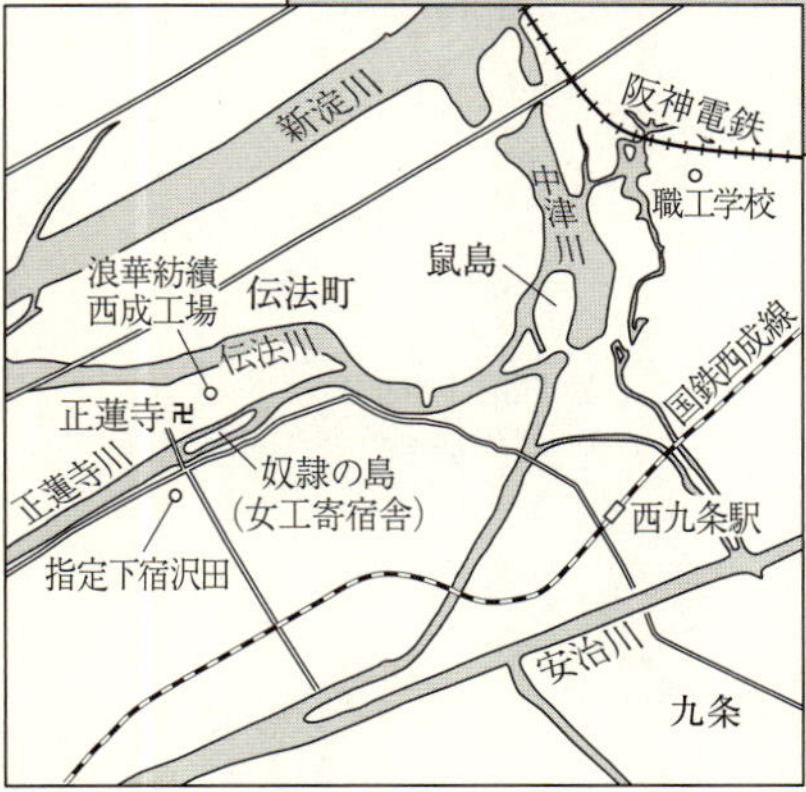

地図 3
伝法地区

〔編集付記〕

一、本書『奴隷』は、一九二六年、改造社から出版された。底本には同書を用いた。

二、『奴隷』とその続編である『工場』は著者の死後(一九二五年)、同じ改造社による『女工哀史』の成功を承けて、残された原稿をもとにして刊行された。そのため著者細井和喜蔵が推敲する機会が限られていたと考えられ、また校正をする機会もないままであった。結果として、編集上の不備(明らかな間違い、表現の不統一、誤植、振り仮名の誤り、不適切な句読点の使用など)が多く残された。今回の刊行においては、細井忠俊氏と山岸さち子氏が校訂を担当し、こうした不備を可能な限り正した。

三、読者の理解を助けるため新たに注を付した。注の作成は細井忠俊氏、松本満氏、山岸さち子氏が担当した。

四、巻末の地図は、細井忠俊氏の考証に基づく。

五、『奴隷』および『工場』は、『女工哀史』を小説の形式で表現し、世に送り出す意図で執筆されており(『女工哀史』自序)、この度の文庫化にあたり、『奴隷』『工場』にそれぞれサブタイトル「小説・女工哀史1」「同2」を新たに付した。

六、著者が重視した読みやすさを考慮し、以下の要領に従って表記を改めた。

・旧字は新字に、旧仮名遣いは新仮名遣いに改める。

・漢字語のうち代名詞・副詞・接続詞など、使用頻度の高いものを一定の枠内で平仮名に改める。

・送り仮名等は、なるべく現在の使用例に近いものとなるよう補い、また削除する。（は入る→入る、話し→話、当る→当たる、など）
・同様の意味の漢字は、なるべく常用漢字を使う。（捲く→巻く、廻る→回る、吸鳴る→怒鳴る、など）
・特異な表記は平易なものに改めた場合がある。（菌子→茸、など）
・読みにくい漢字には振り仮名を添えた。振り仮名には方言音を反映したものがある。
・文脈より判断し、読点を句点に変更、あるいは新たに読点を補った箇所がある。
七、「××」は、底本にある伏せ字である。原稿が失われていることから、伏せ字の復元は行いえなかった。
八、本書中に、身体・精神障害等にかかわる差別的表現があるが、原文の歴史性を考慮し、そのままとした。

（岩波文庫編集部）

奴《ど》　隷《れい》—小説《しょうせつ》・女工哀史《じょこうあいし》1

2018年10月16日　第1刷発行

作　者　細井和喜蔵《ほそいわきぞう》

発行者　岡本　厚

発行所　株式会社　岩波書店
〒101-8002 東京都千代田区一ツ橋 2-5-5

案内 03-5210-4000　営業部 03-5210-4111
文庫編集部 03-5210-4051
http://www.iwanami.co.jp/

印刷 製本・法令印刷　カバー・精興社

ISBN 978-4-00-331352-7　Printed in Japan

読書子に寄す

――岩波文庫発刊に際して――

岩波茂雄

真理は万人によって求められることを自ら欲し、芸術は万人によって愛されることを自ら望む。かつては民を愚昧ならしめるために学芸が最も狭き堂宇に閉鎖されたことがあった。今や知識と美とを特権階級の独占より奪い返すことはつねに進取的なる民衆の切実なる要求である。岩波文庫はこの要求に応じそれに励まされて生まれた。それは生命ある不朽の書を少数者の書斎と研究室とより解放して街頭にくまなく立たしめ民衆に伍せしめるであろう。近時大量生産予約出版の流行を見る。その広告宣伝の狂態はしばらくおくも、後代にのこすと誇称する全集がその編集に万全の用意をなしたるか。千古の典籍の翻訳企図に敬虔の態度を欠かざりしか。さらに分売を許さず読者を繫縛して数十冊を強うるがごとき、はたしてその揚言する学芸解放のゆえんなりや。吾人は天下の名士の声に和してこれを推挙するに躊躇するものである。このときにあたって、岩波書店は自己の責務のいよいよ重大なるを思い、従来の方針の徹底を期するため、すでに十数年以前より志して来た計画を慎重審議この際断然実行することにした。吾人は範をかのレクラム文庫にとり、古今東西にわたって文芸・哲学・社会科学・自然科学等種類のいかんを問わず、いやしくも万人の必読すべき真に古典的価値ある書をきわめて簡易なる形式において逐次刊行し、あらゆる人間に須要なる生活向上の資料、生活批判の原理を提供せんと欲する。この文庫は予約出版の方法を排したるがゆえに、読者は自己の欲する時に自己の欲する書物を各個に自由に選択することができる。携帯に便にして価格の低きを最主とするがゆえに、外観を顧みざるも内容に至っては厳選最も力を尽くし、従来の岩波出版物の特色をますます発揮せしめようとする。この計画たるや世間の一時の投機的なるものと異なり、永遠の事業として吾人は微力を傾倒し、あらゆる犠牲を忍んで今後永久に継続発展せしめ、もって文庫の使命を遺憾なく果たさしめることを期する。芸術を愛し知識を求むる士の自ら進んでこの挙に参加し、希望と忠言とを寄せられることは吾人の熱望するところである。その性質上経済的には最も困難多きこの事業にあえて当たらんとする吾人の志を諒として、その達成のため世の読書子とのうるわしき共同を期待する。

昭和二年七月